KB059057

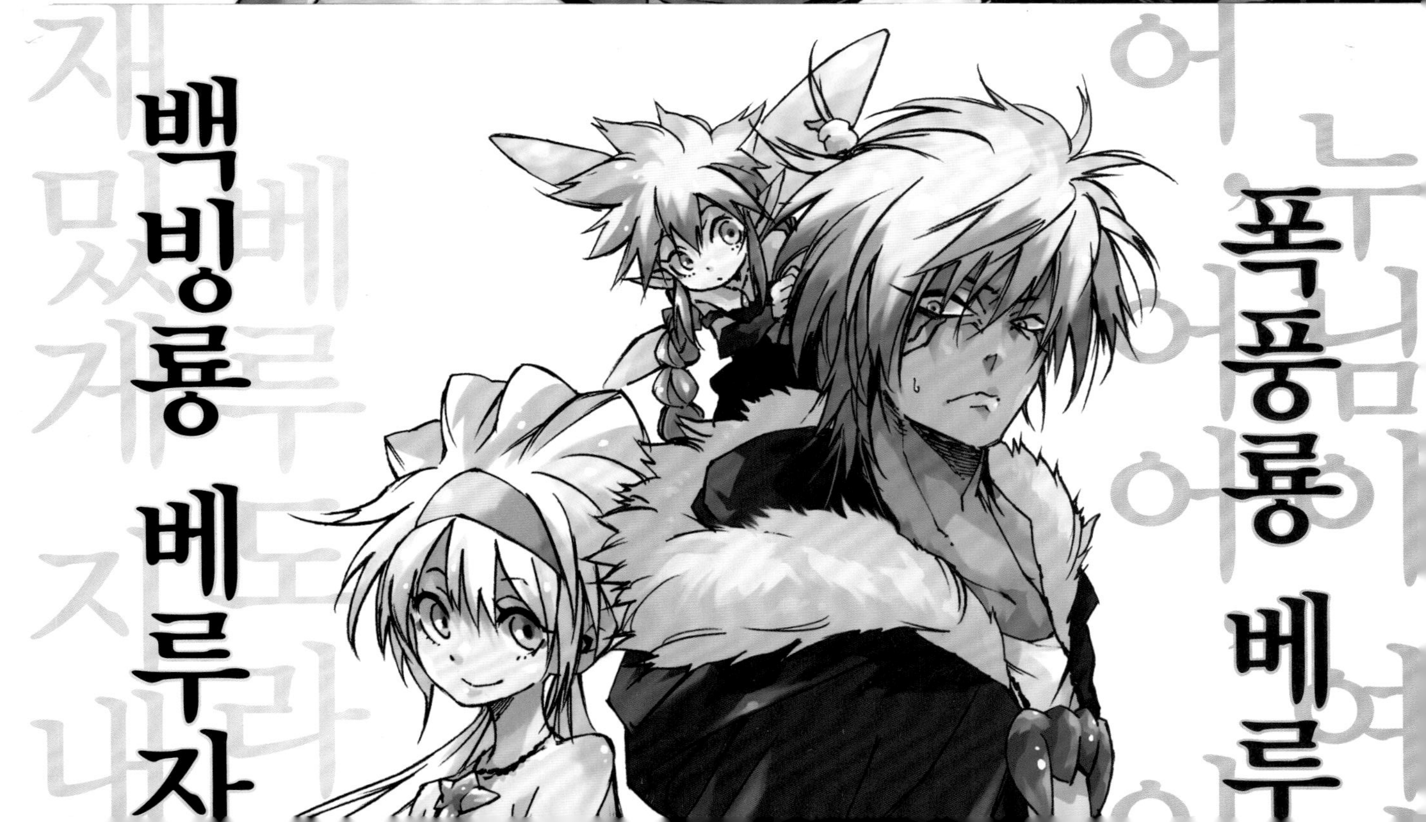
폭풍룡 베루
백빙룡 베루자

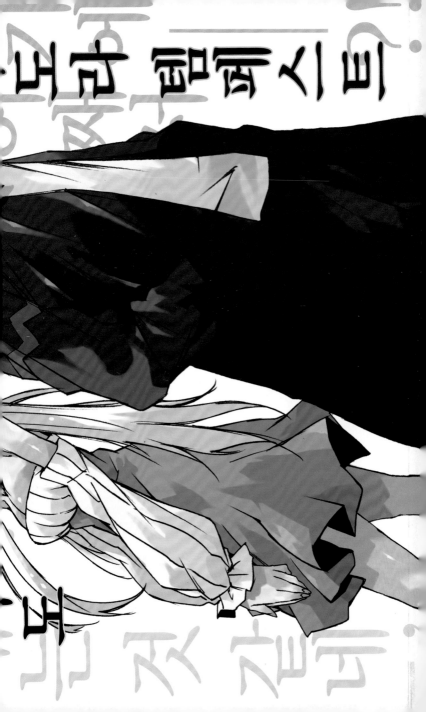

전생했더니 슬라임이 있던 건에 대하여 14

Regarding Reincarnated to Slime

목차 — 용마격돌 편

서장

광대들의 결단

Regarding Reincarnated to Slime

제국 내부에 아직 그 정보는 전해지지 않았다.

하지만 그건 제국신민들에게 있어선 행복이었을 것이다.

쥬라의 대삼림을 빠져나가 서방열국으로 침공했어야 할 제국 장병—— 즉, 그들이 사랑하는 가족들이 아무런 방법도 써보지 못하고 몰살당했다, 라니.

100만에 가까운 군인들이 공격했으니, 패배한다는 건 생각할 수가 없었다.

반드시 제국의 비원인 서쪽의 정복을 이룩하여, 제국황제 루드 라의 이름 아래에 완전한 통일국가를 수립할 것이라고, 모두가 믿어 의심치 않았으니까.

쥬라의 대삼림은 꺼려지는 곳이었지만, 사룡 베루도라가 약해 진 지금, 두려워할 자는 아무도 존재하지 않는다.

그랬을 것이다.

——위대한 황제폐하의 치세에서 역대 최강으로 평가되는 제 국군에 의한 침공 작전이 지금 드디어 시작되었다——.

그게 일반적인 신민들의 감상이었으며, 패배는커녕 고전을 예 상하는 자도 없는 형국이었다.

서방열국에 도달하지도 못한 채, 쥬라의 대삼림에서 패도가 좌절되리라고는 누구 하나 상상조차 하지 않았던 것이다.

그러나 제국군은 아무런 목적도 달성하지 못하고 섬멸되었다.

쥬라 템페스트 연방국이라는, 안중에도 없었던 복병에 의해 세상이 넓다는 것을 새삼 깨닫게 된 것이다.

제국신민들이 그 사실을 알게 되는 날까지는 이제 얼마 남지 않았다.

●

제도에 있는 혼성군단의 본거지.

군단장에 배당되는 호화로운 방에 남들의 눈을 피해 모인 자들이 있었다.

이 방의 주인인 유우키를 필두로 하여, 카가리, 라플라스, 티어, 풋맨으로 구성된 중용광대연합의 멤버들. 그리고 '케르베로스(삼거두)'의 보스 중의 한 명인 미샤였다.

베가는 마수군단에서 작전행동 중이었기 때문에 이번엔 참가하지 않았다.

그런 분위기 속에서 라플라스와 미샤의 보고가 끝났다.

유우키는 그 내용을 듣고, 자신도 모르게 쓴웃음을 지었다.

온갖 상황을 예상했었지만, 이 결과는 예상외였다고 할 수 있었다.

너무나도 압도적이고, 예상했던 것보다 지나치게 빨랐다. 작전을 재검토할 필요가 있을 정도로 리무루 일행의 전과가 너무 컸던 것이다.

무엇보다 경악해야 할 사실은 마왕 리무루의 세력이 크고 강해지는 속도였다.

"설마…… 그 대군을 어렵지 않게 격멸할 줄이야. 이길 거라고는 생각했지만, 리무루 씨의 부하들 중에 희생자가 없다는 건 너무 위험하잖아."

"믿을 수가 없군요. 그 정도의 군대라면 세 마왕의 세력을 동시에 상대하더라도 호각으로 맞붙어 싸울 수 있었을 텐데요……."

"아니, 십대마왕과 비교한다면 '옥타그램(팔성마왕)'은 전력의 차원이 달라. 기이는 각별하다고 쳐도 루미너스와 다구류루는 예전부터 패권을 놓고 겨루던 사이였잖아? 레온의 세력은 너희도 잘 알고 있을 테고, 부하를 두지 않기로 유명했던 밀림조차 예전에 마왕이었던 칼리온이랑 프레이라는 부하를 얻은 상태야. 혼자 있는 건 라미리스와 디노뿐이지 않나?"

카가리는 유우키의 말에 반론했지만, 설명을 들으면서 점차 납득이 된다는 표정을 지었다.

확실히 카가리가 마왕이었던 시절과는 상황이 달랐다.

기이에 대해선 더 말할 것도 없었다.

밀림도 지금은 쥬라의 대삼림 이남의 광대한 영토의 지배자이다.

루미너스랑 다구류루는 천사들과의 싸움에서도 세력이 줄어드는 일 없이, 늘 큰 세력을 자랑하고 있었다. 레온 같은 예외라면 또 모를까, 카가리가 마왕이었던 시절의 신참 마왕들과는 비교가 되지 않을 정도다.

나름대로 부하를 모으고 있는 마왕조차도, 자신이 살아남을 수 있는지는 아닌지는 운에 달렸었다. 카가리, 즉, '커스 로드(주술왕)' 카자리무도 그건 마찬가지였다.

　그렇기에 더더욱 지혜를 짜고, 다른 마왕과도 협력관계를 구축하려고 했다. 살아남기 위해서 갖가지 수단을 강구했던 것이다.

　('블러디 로드(선혈의 패왕)' 로이 발렌타인은 대역에 지나지 않았고, 루미너스 신이 진짜 마왕이었지. 그 루미너스조차도 다구류루와의 세력다툼에 승리하지 못하고 있어. 우리 같은 하찮은 것들과는 달리, 힘이 있는 자들이 부러웠지. 칼리온이랑 프레이는 현명하네. 나도 좀 더 현명하게 살았어야 했어. 그렇게 했으면 모두를 슬프게 만드는 일도, 클레이만을 잃는 일도 없었을 텐데…….)

　지금 생각해보면, 많은 마인들을 강제적으로 부하로 둔다고 해봤자 의미가 없었다. 아무리 많은 수를 갖춰놓았다고 해도 어떤 일정한 수준 이상의 강함을 가진 자를 상대로는 군대 따위는 전혀 의미가 없는 것이니까.

　그 사실은 클레이만의 실패를 보더라도 명백했다.

　카가리와 동료들이 정말로 해야 했던 일은 진심을 서로 솔직히 얘기할 수 있는 동료를 늘리는 것이었다.

　(아니, 그건 지금이니까 할 수 있는 말이야. 계속 배신을 당해왔던 우리 입장에선 타인을 신용하는 것은 무리한 일이었으니까.)

　그렇다. 유우키와 만나지 않았더라면, 지금도 카가리는 이 세상을 계속 원망하고 있었을 것이다.

　이제 와선 의미가 없다고 다시 생각을 고쳐먹으면서, 카가리는 그 후회를 마음속에 집어넣었다.

그런 카가리의 속사정은 상관하지 않고, 회의는 계속 이어졌다.

"그건 그렇고 정말 힘들었겠네, 라플라스."

"정말 그래. 이번에도 또 지독한 꼴을 당했지 뭐야."

정나미가 떨어졌다는 듯이 완전히 지친 표정으로 라플라스가 고개를 끄덕였다.

"아하하. 열흘 정도 계속 싸웠다면서?"

"그렇다니까. 그 트레이니라고 하던 누님도 엄청 강해졌지 뭐야. 봐주기는커녕 자칫 방심했다간 내가 죽을 정도였다니까. 더구나 전장은 숲속이었다고. 불리하기도 불리했으니, 난 정말 열심히 싸웠다고 생각하거든?"

라플라스의 불평은 오랫동안 계속되었다.

수상쩍다는 취급을 받은 것은 자업자득이지만, 이번만큼은 약간 느낀 게 있었던 모양이다.

그런 라플라스를 유우키가 그쯤 하자고 말하면서 달랬다.

"어찌 되었든 최종적으로는 믿어주었잖아?"

"꽁꽁 묶여서 저항도 하지 못하게 된 뒤에야 말이지. 마왕 리무루의 간부들이 날 감시하고 있었고, 그 정도의 취급을 받았다면 믿어준 거라고 할 순 없을 것 같은데."

그래도 교섭하여 정보를 가지고 돌아왔으니까, 역시 라플라스는 대단하다고 해야 할 것이다.

"그런데도 용케 무사히 해방될 수 있었네."

"들자하니 마왕 기이가 뒤에서 힘을 좀 써준 모양이던데. 보스를 믿는다기보다 이 상황을 이용하려는 느낌이었어."

만약 여전히 명확하게 적대하던 중이었다면 붙잡힌 라플라스가 해방되는 일은 없었을 것이다. 그 이전에 라플라스도 절대로 깊이 침투하진 않았을 것이다.

그동안의 고충을 늘어놓는 걸 일단 끝낸 라플라스.

유우키는 그걸 보고 일단 안심했지만, 방심하기에는 아직 일렀다.

"저도 라플라스 님과 같은 기분을 맛봤습니다. 이번 일은 질릴 정도로 피곤하군요. 칼리굴리오 군단장을 부추겨서 전쟁을 오래 끄는 것이 제 역할이었죠. 그건 충분히 이해하고 있었지만, 도중부터는 진심으로 후퇴를 건의했다니까요. 제 의견을 기각했을 때는 그 남자를 때려죽여서라도 도망가자는 생각을 했을 정도로⋯⋯."

대단히 불쾌하다는 표정을 지으면서 미샤가 그 뒤를 이어 말했다.

애초에 그런 진언을 했을 때는 이미 늦은 상황이었지만.

미샤가 무사히 도망칠 수 있었던 것은 유우키가 리무루와 공동 전선을 구축하고 있었기 때문이다. 그렇지 않았다면 지금쯤 이미 디아블로의 손에 걸려 죽었을 것이다.

"뭐, 운이 좋았네. 리무루 씨가 약속을 지키는 타입이라서 다행이었어."

"그건 그렇다 쳐도, 그 리무루라는 슬라임은 비상식적인 존재네요. 기갑군단에 소속된 자들 중에도 마왕에게 필적할 만한 맹자들이 있었던 것으로 기억하는데요?"

"있었지."

"있었죠. 마왕 리무루가 나설 것도 없이, 부하들의 손으로 처리되고 있었지만요."

무시무시한 데몬 로드(악마공)까지 리무루의 부하가 되어 있었다고, 미샤가 어이없는 표정으로 설명했다. 미샤 자신도 현실감이 없는지라 될 대로 되라는 듯이 대충 설명하고 있었다.

누구에게도 속박되는 일이 없는 데몬(악마족)의 왕에 해당하는 최상위존재가 한 명의 마왕을 따른다니…….

"충격적인 사실은 눈앞에서 '더블오 넘버(한 자릿수)' 두 명이 모르모트를 처리하는 것처럼 쓰러졌다는 거예요. 솔직히 말하자면 그런 괴물에게 도전하는 것도 멍청한 짓이라고 할 수 있겠군요."

그렇게 마무리를 지었지만, 모두가 믿기 어렵다는 기분으로 얘기를 듣고 있었다.

무거워질 것 같은 분위기를 바꾸려고 유우키는 화제를 전환했다.

"버니와 지우의 정체도 놀라웠지. 이렇게까지 다무라다의 손바닥 위에서 놀아나고 있었을 줄이야. 나도 분한 마음이 한가득해."

이건 유우키의 본심이었다.

다무라다가 배신자다──는 그 확신은 유우키 일행에게 있어서도 충격이었다.

다무라다는 유우키의 심복이자, 지금까지 여러 해에 걸쳐서 믿어온 인물이었다. 유우키 진영의 중추적인 위치에 자리 잡은 대간부였던 것이다.

제국 안에서의 발판이 되어준 인물이며, 비밀결사 '케르베로스'

를 맡길 정도로 신용도 하고 있었다. 그런 인물이 배신을 했다면, 지금까지의 전략을 전부 다시 검토할 필요가 있다는 압박감에 몰리게 된다.

쓰고 버릴 장기말로 보고 있었던 마사유키에게 제국의 최강 전력이 두 명이나 붙어 있었다. 이 사실도 또한 다무라다의 선견지명이 뛰어나다는 것을 증명하고 있었다.

다무라다는 유우키보다 높은 시점에서 유우키 일행의 행동에 영향을 끼치고 있었을 것이다. 그 사실을 깨달은 지금, 유우키의 자존심은 엉망진창이 되어 있었다.

"그러네요. 지금 생각해보면 클레이만의 폭주도 다무라다가 관여한 게 아닌가 하는 의심이 들어요."

깊은 생각에 잠겨 있던 카가리도 그렇게 말했다.

그 의견을 듣고 고개를 끄덕이는 유우키.

"부정은 할 수 없으려나. 우리의 계획이 차례로 실패한 것도 지금 생각해보면 아주 조금은 이상하니까 말이야. 하지만 그런다고 다무라다가 이득을 본다고 생각할 수가 없어. 우리의 세력이 거대해진 것도 다무라다의 협력이 있었기 때문에 가능했던 것이니까. 우리의 힘을 빼앗을 생각이었다면, 처음부터 주지 않으면 되는 것이었고 말이지."

"그 점이 의문이에요. 다무라다는 유우키 님에게 심취하고 있는 것 같았거든요. 그 모습은 도저히 연기로는 보이지 않았고, 그 충성심도 진짜라는 생각이 들었죠. 우리는 그의 협력을 받으면서, 다양한 계획을 완수해왔어요."

"동료로서 의견을 말해보자면, 다무라다 님은 진심으로 조직을

15

위해서 일하고 있었다 생각합니다. 그 공적은 실로 대단한 것이었고, 보스에게 바치는 충성도 진심이었을 겁니다. 단, 그 남자가 비정하고 냉철한 면을 지닌 것도 사실이죠. '돈'을 관장하는 것을 보더라도 그 합리주의적인 측면을 엿볼 수 있습니다. 그러니까 어떤 이유로 인해 보스를 배신하는 일은──."

있을 수 없다, 고는 단언할 수 없다──고 미샤가 말했다. 그러나 그런 미샤를 향해 유우키는 고개를 가로저으면서 대꾸했다.

"다무라다가 배신한 것은 틀림없어. 하지만 말이지, 그게 진심인지 아닌지는 몰라."

아니, 역시 진심이려나. 그렇게 중얼거리면서 쓴웃음을 짓는 유우키.

"저도 보스의 의견에 찬성이라고 할까요. 모든 것이 연기였다고 하면, 다무라다의 행동에 아무런 의미도 찾아낼 수 없으니까요."

카가리도 또한 유우키와 같은 결론에 이른 것 같았다. 그런 말을 꺼내자마자, 자신의 의견을 늘어놓기 시작했다.

"제가 설명할 테니, 잘 들어보세요. 가드라 노사의 보고를 듣고, 저희는 다무라다의 배신을 눈치챘어요. 가드라가 살해당한 장소는 황제 루드라가 머무는 성이며, 눈앞에 서 있던 자는 제국의 그림자 속에 숨어 있는 자── 콘도 중위였다고 하더군요."

"황제가 머무르는 성…… 과연. 다무라다는 그곳으로 들어갈 수 있을 정도의 지위를 가지고 있다는 얘기가 되는군요."

미샤의 말에 고개를 끄덕이면서, 정보를 더 추가하는 유우키.

"그러네. 추가로 더 말하자면, 네가 가지고 온 정보를 통해서 다무라다의 정체도 좀 더 검토할 수 있었어. '더블오 넘버'에게 명령할 수 있는 자라면 황제를 제외하면 소수일 테니까 말이지."

유우키의 말을 듣고, 모두가 헉 하고 놀라면서 고개를 끄덕였다.

"과연. 그러고 보니 그렇구먼. 생각해보면 지극히 당연한 얘기였어."

"그렇군요. 다무라다는 우리를 배신한 게 아니라 황제의 명령을 따랐던 것일 뿐이란 말이군요."

"본의가 아니었을지도 모르지만, 이제 와선 어찌 됐든 상관없는 일이지."

처음부터 유우키 일행의 적이었을지도 모르고, 그렇지 않을지도 모른다. 그러나 이 경우엔 다무라다가 배신자라는 결과만이 모든 것이었다.

그리고 배신행위를 납득하지 못하는 자들은 바로 라플라스를 비롯한 광대들이었다.

"확실히 보스의 말이 맞겠어. 하지만 말이지, 다무라다가 클레이만, 그 바보 녀석을 부추겼을 가능성도 있다면 그 빚은 톡톡히 갚아야겠지?"

"그러네, 그 말이 맞아! 우리가 가서 죽여버리자!"

"홋홋호. 심부름꾼은 신용이 제일이죠. 배신자는 용서하지 않습니다!"

아주 가벼운 말투로 숙청을 제안하는 라플라스.

그 말에 티어와 풋맨도 동의했다.

그러나 그런 세 명을 유우키가 말렸다.

"자자, 잠깐 기다려봐. 다무라다의 정체는 임페리얼 가디언(제국황제 근위기사단)의 상위 실력자야. 웬만한 마왕보다도 위험한 상대라는 건 당연할 테고. 그렇다면 너희가 이길 수 있을지 없을지도 모르거든?"

"……그러네요. 인정하고 싶진 않지만, 전성기의 저라도 그 가드라 노사에게는 이기지 못했을 거라고 생각해요. 그런 가드라 노사를, 아무리 기습했다고 해도 일격으로 처리할 수 있다면, 다무라다의 실력은 상당한 수준이라고 생각해야겠죠."

"그건 그렇겠지만……."

"그리고—— 다무라다의 행위에는 숨겨진 메시지가 있다고 생각해."

아주 잠시 생각한 뒤에, 유우키는 그렇게 말했다. 그리고 어디까지나 그건 가정의 얘기라는 것을 전제한 뒤에 자신의 생각을 늘어놓기 시작했다.

"다무라다는 조심성이 많은 남자야. 우리에 대해서도 잘 알고 있으며, 마왕 리무루의 정보도 상세하게 알고 있어. 그런 남자라면 당연히 '부활의 팔찌'에 대해서도 알고 있었겠지."

"무슨 뜻인가요?"

"그러니까 말이지, 다무라다는 가드라 노사가 되살아날 가능성을 이미 알아차리고 있었을 거라고 생각해."

"하지만 그렇다면—— 설마——?!"

가드라를 처리한 것이 아니라 놓아준 것이 아닌가——하는 가능성에 미샤도 생각이 미쳤다.

"가드라가 마지막으로 대치하고 있던 자는 '정보 속에 둥지를 틀고 사는 괴인'이었잖아? 만약 가드라를 살려놓았다면 콘도 중위의 손에 들어갔겠지. 그렇게 되면 분명 모든 수단이 동원되어 가드라가 알고 있는 정보가 전부 노출되었을 거야.”

“그렇게 되었다면 우리의 목적도 전부 드러났을 거란 말인가요?”

“아마도 그렇겠지. 하지만 말이지, 이해가 안 되는 점도 있어. 가드라의 입을 막은 덕분에 리무루 씨의 정보도 누설되지 않고 끝났어. 그 결과, 제국은 큰 타격을 입게 되었지. 다무라다가 우리에 대한 의리를 지키려는 이유만으로 제국에게 손해를 끼치는 짓을 했으리라는 생각은 들지 않는단 말이지…….”

유우키가 그 점을 설명할 수가 없다고 말하며 쓴웃음을 지었다.

그 말을 들은 카가리가 다시 자신의 생각을 입에 올렸다.

“다무라다는 유우키 님보다 황제 루드라에게 더 충성을 바치고 있다. 이건 틀림없는 사실이겠죠. 그리고 동시에, 우리들도 동료라 생각하고 있다. 아니, 그건 아니군요. 이용할 수 있다, 내지는 어떤 역할을 맡길 수 있다고, 그렇게 생각하고 있었다고 한다면요?”

“흠흠, 계속해봐.”

“제국군의 패배도 황제 루드라의 뜻에 따른 것이었다──는 가능성도 존재할 수 있겠죠.”

“그런 말도 안 되는…….”

“그런 일이 있을 수가 있나.”

미샤와 라플라스가 즉시 부정했지만, 유우키는 재미있다는 듯이 그 의견을 음미했다.

“그 가능성은 다무라다가 어떤 목적을 가지고 있다고 생각해서 이끌어낸 결론이려나?”

“간단한 얘기죠. 대량의 죽음은 거대한 의식에는 필수적인 것.

마왕의 각성에도 수많은 '영혼'을 필요로 하듯이, 다무라다나 황제 루드라도 또한 제국군 그 자체를 산 제물로 바친 것이라 할 수 있지 않을까요?"

"있을 수 있는 얘기군. 계속해봐."

"그렇다면 필승을 기하는 콘도 중위의 방해를 했다고 쳐도 전혀 이상할 게 없는 게 되죠. 그와 동시에 우리를 그냥 봐주고 있는 의미도, 어렴풋이나마 보인다고 할까요……."

가드라는 황제에게 경고의 말씀을 드리려고 했다. 그걸 방해한 것이 다무라다였다.

만약 가드라가 지닌 정보가 콘도에게 흘러가기라도 했다면…….

제국군의 피해는 이렇게까지 커지진 않았을 것이다. 그 이전에 리무루 일행에 대한 작전행동도 지금과는 다른 형태가 되었을 것이 틀림없다.

다무라다 정도 되는 남자가 그걸 알아차리지 못할 리가 없으니, 그 행위는 의도적인 것이었다고 생각해도 틀리지 않을 것이다.

그럼 그 목적이란 과연 무엇인가?

"시금석, 이려나?"

"네, 그렇겠죠."

유우키의 답을 듣고, 카가리가 만족스러운 표정으로 웃었다.

"진정한 강자를 탄생시키기 위해선 다수의 희생자는 묵인된다. 그리고 우리마저도 강자를 탄생시키기 위한 장기말로 이용할 생각이 아닐까요?"

"혹은 우리를 잡아먹을 생각이었는지도 모르겠군."

"——?"

"클레이만은 말이지. 나나 카가리가 아닌 사람의 명령을 순순히 들을 녀석이 아니었잖아."

"그랬지."

"응응."

"그건 틀림없죠."

"그런 클레이만을 폭주하게 만들었다면 어떤 비기를 사용한 게 아닐까 하는 생각이 든단 말이지."

"그러네요. 예를 들자면 세뇌라거나?"

카가리의 지적에 유우키가 고개를 끄덕였다.

"그렇게 강력한 것이 아니라도 '사고유도'를 당했을 가능성도 있다고 생각해. 우리처럼 아이템을 사용했을지도 모르고, 어쩌면 마리아베르처럼 지배 계열의 스킬(능력)을 숨긴 채 가지고 있을 가능성도 버릴 수 없겠지."

그 추론을 듣고, 모두가 굳은 표정을 지었다.

"일이 귀찮아졌군요."

미샤의 말을 듣고 고개를 끄덕이는 일동.

그런 동료들을 돌아본 뒤에 유우키가 쓴웃음을 지으면서 자신의 생각을 밝혔다.

"하지만 안심해. 나에겐 그 힘은 통하지 않아. 지금부터 한 명씩, 내가 잠시만 너희를 만져볼 텐데 괜찮겠지?"

문제없다고, 모두가 승낙했다.

여기서 부정하는 것 자체가 조종당하고 있다는 걸 자백하는 꼴이다. 자신의 결백을 증명하기 위해서라도 유우키의 제안을 거절하는 자는 없었다.

"보아하니 아무도 세뇌를 당하진 않은 것 같네. 뭐, 언동이 이상했다면 바로 알아차렸을 테니까, 단독으로 행동하는 자가 아니라면 괜찮을 거라고 생각했지만."

"그렇다면 내가 위험했겠구먼."

자리에서 일어나서 한 바퀴 빙글 돌더니, 라플라스가 그렇게 말했다. 그러나 그 말을, 유우키와 카가리가 정확히 동시에 부정했다.

"아니, 아니, 넌 괜찮겠지."

"그래요. 당신만큼은 그런 걱정을 할 필요가 없겠죠."

그 말을 듣고, 라플라스는 토라진 듯이 자기 자리에 돌아가더니, 불평을 늘어놓기 시작했다.

"뭐야. 날 좀 더 걱정해달라고, 정말이지."

그런 라플라스의 익살스러운 태도가 그 자리의 무거운 분위기를 날려버렸다.

웃음소리가 울려 퍼졌고, 모두의 머릿속도 환기되었다.

그걸 고맙게 여기면서, 유우키가 하다 만 얘기를 다시 이어가기 위해서 입을 열었다.

"자, 자, 다무라다가 무슨 생각을 하고 있는지는 일단 미뤄두기로 하고. 문제는 앞으로 어떻게 할 것인가, 로군."

"그러네요. 우리의 계획이 어디까지 누설된 것인지, 다무라다에게 따져 묻고 싶은 심정이군요."

"이봐, 이봐, 그렇게 느긋한 말을 해도 되는 상황이야? 우리 계획은 이미 다 들통 난 상황이잖아?"

"다무라다에겐 계획을 전부 말했으니까 말이지. 들통이 났느냐 아니냐를 따질 수준의 문제가 아니라고 하겠네."

"그렇다면 어서 도망치는 게 좋지 않겠어?"

"그게 말이지, 그럴 수도 없는 상황이야."

현재 유우키의 파벌은 제국으로 거점을 옮기고 있었다.

서방열국에 숨어 있는 자들도 있긴 하지만, 극소수였다. 그곳으로 피신한다는 게 가능할 리도 없으며, 새로운 은신처 같은 건 그리 쉽게 준비할 수 있는 것도 아니었다.

무엇보다도 말단 구성원들 전부를 피신시키기에는 시간과 준비가 너무 부족했던 것이다.

"적어도 '케르베로스'를 저 혼자서 운영하는 것은 불가능합니다. 다무라다의 처리능력에 의존하는 면이 컸던 데다, 그자의 부하에 대해선 저도 파악하지 못하고 있으니까요."

또 한 명의 보스인 베가는 폭력밖에 장점이 없는 남자다. 조직의 운영 면에서의 활동은 도저히 기대할 수 없었다.

그걸 감안한 상태에서 한 미샤의 발언이었다.

"알고 있어. '케르베로스'는 이제 머리를 제거할 수밖에 없겠군. 다무라다의 부하는 전원 추방하기로 하자고. 그보다 문제는 혼성 군단 쪽이야. 이 전력을 그냥 포기하는 건 아까워―― 아니, 거점을 전부 잃어버리는 건 피하고 싶단 말이지."

손절하는 것도 하나의 방법이지만, 이번 일은 역시 손실이 너무 크다.

10만 명이나 되는 인원을 받아들여 줄 곳은 이 세계의 어디에도 존재하지 않을 것이다. 그렇다면 부하들은 놔두고 갈 수밖에 없지만, 그렇게 하면 남은 자들이 숙청될 것은 틀림없다.

애초에 다무라다의 의도를 추측한다면, 유우키 일행의 비밀을 입 밖으로 뱉진 않은 것으로 여겨졌다.

"다무라다가 가드라의 입을 막은 이유는 몇 가지가 있을 것 같지만, 그중 하나는 우리의 정보를 콘도에게 넘겨주지 않으려 했기 때문이라고 생각해. 아마도 내 생각이지만, 황제 근위기사단도 하나로 뭉쳐진 집단은 아니라고 할 수 있겠지. 우리가 계획하고 있는 제도에서의 쿠데타 말인데, 다무라다의 입장에선 이걸 성공시켜주길 바라고 있는 게 아닐까?"

"그 의도를 파악할 수가 없습니다만 다무라다가 저희에 대한 걸 감추고 싶어 했다면, 그 목적은 그것밖에 없겠죠."

유우키와 카가리는 서로의 생각을 미리 읽어내는 것처럼 의견을 맞추기 시작했다.

그런 두 사람을, 남은 자들은 당혹스러운 표정으로 바라보고 있었다. 그리고 참을 수 없게 되었는지, 라플라스가 끼어들려는 듯이 소리를 높였다.

"아니, 아니, 아니, 잠깐만. 가드라를 일부러 놓아준 것도 보스의 추측에 불과할 뿐이잖아? 그렇다면 그건 단순한 착각이고, 콘도와 다무라다가 사실은 사이가 좋을 가능성이 더 큰 것 아냐?"

지당한 의견이라고 생각하면서 모두가 고개를 끄덕였지만, 유우키는 "그건 아니라고 생각해"라고 자신만만하게 대답했다.

"잘 들어봐. 우리가 쿠데타를 꾸민 것은 마왕 기이와 거래한 결과이기도 해. 그 일은 다무라다도 알고 있어. 우리의 계획을 방해하는 것보다 제도에 혼란을 발생시켜서 기이의 눈을 속이는 게 더 좋다고, 그렇게 생각하고 있는 게 아닐까?"

"으음, 그렇게 생각할 수도 있으⋯⋯려나?"

"난 모르겠어."

"홋홋호."

티어와 풋맨은 이미 얘기를 따라가지 못하고 있는 모습이었다. 두 사람은 오자미를 꺼내서 놀기 시작했다.

"제도에 혼란을 일으킨다니, 황제의 심복이 그걸 허용할까요?"

미샤는 자신 나름대로 생각을 정리하려고 했지만, 유우키랑 카가리의 시점으로 상황을 보는 것에는 실패했다.

어떤 의미에선, 그게 일반적인 반응인 것이다.

애초에 유우키와 카가리의 생각은, 목적을 위해선 어떤 희생이든 치를 수 있다는 절대적인 합리성을 지닌 자들에게만 허용되는 것이니까.

더구나 그건 자신들의 입장을 유리하게 만들 수만 있다면 어떤 것이든 최대한 허용하는 유우키와 카가리의 사고방식이며, 다른 자들의 시점에선 모순으로 가득 찬 것처럼 생각될 정도로, 미샤조차도 이해할 수 없는 광기로 가득 찬 것이었다.

이해하라는 것 자체가 무모한 일이었다.

"미샤, 어렵게 생각할 것 없어요. 중요한 건 다무라다가 누구를 적으로 삼고 경계하고 있는가에 착안한 시점이니까. 다무라다는 말이죠, 유우키 님이나 마왕 리무루가 아니라, 처음부터 마지막까지 마왕 기이 크림존을 적으로 여기고 있어요. 거기까지만 생각이 미칠 수 있다면, 우리가 제도에서 난동을 일으키는 것을 묵인하는 것도 납득할 수 있는 거죠."

"콘도는 아니야. 그자는 기이뿐만 아니라, 황제에게 거역하는 자 모두를 적대시하고 있어. 다무라다와는 전혀 다른 시점에서 황제 루드라를 따르고 있는 거야."

그러니까 대립하는 일도 있을 수 있다고, 유우키는 그렇게 결론을 지었다. 그리고 카가리도 그 말에 수긍했다.

"뭐, 좋아. 보스랑 카가리 님이 그렇게 말한다면, 나도 그걸 믿을 뿐이지."

아무런 반발도 없이 단언하는 라플라스.

그에 동조하면서 고개를 끄덕이는 티어와 풋맨.

그리고 미샤가, 핵심적인 질문을 입에 올렸다.

"그렇다면 유우키 님. 앞으로의 방침은 어떻게 하실 겁니까? 다무라다가 적이라는 것이 판명되었다면, 그 본심은 어떻든 간에 믿을 순 없다. 이렇게 생각하는 것은 당연하겠죠. 그럼 쿠데타를 중지하고, 무리라는 것을 알면서도 도피행으로 방침을 바꾸시겠습니까? 다행히도 지금, 혼성군단의 60퍼센트가 드워프 왕국의 이스트(동부도시) 봉쇄작전에 종사 중입니다. 여기에다 제도에 남은 전력을 더하고, 제 쪽에서도 최대한 해줄 수 있는 지원을 한다면, 지방도시를 함락시키는 것쯤은 그다지 어렵지 않겠죠. 그곳을 거점으로 삼는다면——."

"제국에게 불만이 있는 병합된 나라들이 일어나, 제국에게 반기를 드는 대연합을 결성할 수 있단 말인가?"

"네, 네에. 그게 가장 확실하게 전력을 확보할 수 있으며, 승산이 높은 작전이 아닐까요?"

"나쁘진 않네. 제국귀족에게 억압당하고 있는 지방 같은 곳은 찾으면 얼마든지 있을 테니까 말이지. 그런 장소라면 우리는 반란군이 아니라 해방군을 자칭할 수 있을 거야."

"그럼?"

"안 됐지만, 그 의견은 기각이야."

그건 왜냐——고 되물으려고 한 미샤. 그러나 그것이 실현될 일은 없었다.

"우리가 살아남기 위해선 쿠데타를 일으킬 수밖에 없어. 그렇지, 다무라다?"

미샤가 입을 열기도 전에, 유우키가 그렇게 발언했기 때문이다.

그 의미를 미샤가 이해하기도 전에, 그 자리에 있던 광대들이 전투태세에 들어가 있었다. 그리고 닫혀 있던 문이 열리더니, 한 명의 남자가 들어왔다.

"정답입니다. 역시 보스는 대단하시군요."

그 남자는 다무라다였다.

평소와 마찬가지인 상인의 복장. 그러나 그 기운은, 이젠 숨길 마음도 없는 것인지 군인의 것이었다.

방안이 일촉즉발의 팽팽한 분위기를 띠게 되었다. 재빨리 움직이려고 한 라플라스를, 다무라다가 조용한 목소리로 제지했다.

"그만둬라. 이 건물은 이미 내 부하들로 포위되어 있으니까."

그 모습을 관찰하고 있던 유우키는 어깨의 힘을 빼면서 소파에 몸을 깊이 묻었다.

"천천히 애기할 수 있는 시간은 있을까? 있다면 너도 자리에 앉지, 그래."

"하지만 보스, 그렇게 느긋하게——."

"괜찮아, 괜찮아. 됐으니까 너도 얌전하게 자리에 앉도록 해."

불만스러운 표정을 지은 라플라스에게도 앉도록 재촉한 뒤에, 유우키는 대담한 미소를 지으면서 다무라다를 응시했다.

"그래서, 뭘 노리는 거지?"

"보스에게 오해를 사고 있을 거라고 생각해서 말이죠. 저에게도 사정이 있다는걸, 설명하러 온 겁니다."

그렇게 대답하면서, 다무라다는 유우키가 지시한 대로 자리에 앉았다. 그 대담한 모습을 본 라플라스와 다른 자들은 머쓱해질 수밖에 없었다.

그리고——.

주위에 앉은 자들을 아랑곳하지 않은 채, 유우키와 다무라다의 문답이 시작되었다.

"사정, 이라."

"그렇습니다. 저는 말이죠, 보스가 진심으로 쿠데타를 성공시켜주면 좋겠다고, 그렇게 생각하고 있습니다."

"그럼 가드라를 놓아준 것도?"

"큭큭큭, 역시 무사했습니까. 그 시도는 도박이었지만, 그 남자의 조심성을 생각하면 살아남을 것이라고 생각했죠."

"목적은 콘도에게 정보를 넘겨주지 않으려는 것, 맞나?"

"바로 그렇습니다."

"너는 황제에게 충성을 맹세하고 있는 건가?"

"맹세했었, 습니다."

"맹세했었다, 라. 그럼 지금은?"

"몇 번이나 한 말이고, 믿을 수 없을지도 모르겠지만, 제 충성은 보스를 향해 바치고 있습니다."

"믿을 수 있을 리가 없지."

"그렇겠죠."

그렇게 두 사람은 미소를 지으면서 날카롭게 설전을 벌였다.

"가드라가 지닌 정보를 묵살한 것으로 인해 기갑군단은 궤멸했다고 할 수 있겠죠. 그리고 지금, 마수군단은 제도를 떠나 있습니다. 기갑군단의 상황이 전해졌다고 해도 돌아올 때까지는 시간이 걸릴 겁니다. 현 상태에서 제도를 지킬 전력은 대폭 줄어든 상태입니다. 때는 지금이다. 그렇게 생각하지 않습니까?"

"그렇게 생각해. 밥상을 차려주는 건가 싶을 정도로, 우리에게 아주 좋은 상황이지."

"그렇습니다. 몇 년이나 되는 시간을 들여서 밥상을 차렸지죠——."

"다무라다, 너는……."

"전 말입니다, 보스. 루드라 폐하를 쓰러트리기 위해 살고 있습니다. 그게 유일하게 그분을 구할 길이니까요. 그러기 위한 최선책이 바로 당신이 천하를 차지해주는 것이었습니다. 그 생각은 지금도 바뀌지 않았으며, 상황도 다 갖춰졌죠. 남은 건 당신의 결단에 달렸습니다."

"흥."

유우키는 재미없다는 표정으로 콧방귀를 뀌었다.

모든 것이 다무라다의 의도대로 돌아가고 있어, 그게 진심으로 마음에 들지 않았다.

하지만, 거절하는 것도 생각해봐야 했다. 지금의 상황은 다무라다의 말대로, 더할 나위 없이 잘 갖춰져 있었기 때문이다.

문제는 다무라다를 믿을 것인가 아닌가, 그것 하나뿐이었다.

"하나 대답해줘."

"무엇이든 물어보시죠."

"너는 왜, 나에게 상담도 하지 않고 클레이만을 쓰고 버릴 장기 말로 삼은 거지?"

유우키와 중용광대연합은 서로 배신하지 않겠다고 맹세하였다. 이 세상에서 얼마 되지 않는, 믿을 수 있는 자들이었다.

그중의 한 명이었던 클레이만도 또한, 유우키에게 있어선 소중한 동료였던 것이다.

카가리, 라플라스, 티어, 그리고 풋맨도, 유우키가 한 질문을 듣고 분위기가 달라졌다. 다무라다에게 시선을 집중하면서, 어설픈 변명은 허용하지 않겠다는 듯이 노려봤다.

그렇게 살기등등한 분위기 속에서, 다무라다는 차분하게 대답했다.

"클레이만의 건에 대해서도 저는 관여하지 않았습니다. 범인이 누구인지는 짐작이 가지만, 그 녀석이 그런 수단을 쓸 줄은 예상하지 못했죠."

한순간 정적이 찾아왔지만, 그걸 깨트린 자는 유우키였다.

"그 녀석은 콘도 타츠야를 말하는 건가?"

"…………."

"너는 콘도에 대해서 많이 아는 것 같군. 여러 가지로 비밀도 있는 것 같은데, 그런데도 믿어달라고 하는 건 너무 뻔뻔한 얘기라고 생각하지 않나?"

침묵하는 다무라다에게, 유우키가 지론을 늘어놓았다. 그 말에 다무라다는 고뇌하는 듯한 표정을 지었다.

반론하는 일도 없이 다 들은 후, 넌지시 대답했다.

"──금칙사항에 저촉되는지라, 모든 것을 대답할 순 없습니다. 콘도에 대해서도, 그 실력을 전부 아는 건 아니다── 제 입으로 그렇게 말할 수밖에 없군요. 그래도 믿어주면 좋겠습니다. 루드라 폐하를 구하기 위해서, 말이죠."

그렇게 말한 다무라다를, 광대들은 꿰뚫을 정도로 차가운 시선으로 노려보았다.

모두 하나같이 믿을 수 없다고 생각하는 표정을 짓고 있었다.

그건 유우키도 마찬가지였다.

단, 지금의 상황은 유우키 일행에게 있어서도 낙관할 수 있는 게 아니었다.

건물 밖에는 다무라다의 부하들이 대기하고 있는 데다, 무시할 수 없는 기운을 방 밖에서 느끼고 있었다. 로열 나이트(근위기사) 중에서도 상위의 실력자들을, 다무라다가 데려온 것 같았다.

그런 포위망을 돌파하여 탈출하는 것은 아무리 유우키 일행이라고 해도 어려웠다.

(나만 빠져나가는 거라면 어떻게든 되겠지만, 모두 무사히 탈출할 순 없겠군. 그렇다면 이 자리에선 제안을 받아들이는 것도 취할 수 있는 선택지 중에 하나겠지…….)

유우키는 그렇게 계산했다.

그리고 문득, 흔들림 없이 똑바로 자신을 응시하는 다무라다의 시선을 알아차렸다.

그 눈은 처음 만났을 때와 전혀 달라지지 않았다.

유우키는 눈을 감고 옛날을 회상했다.

처음 만났을 때부터 다무라다는 대담하고 뻔뻔스러웠으며, '돈'을 지불하면 어떤 요구이든 받아들여 주었다. 그런데도 동료들을 위해서라면 아낌없이 자금을 투자하는, 모순에 찬 행동을 취하는 남자였다.

전 말이죠. 자신이 믿는 자를 위해서라면 어떤 희생이라도 주저하지 않을 겁니다. ──그런 말을, 다무라다는 한 적이 있었다.

그때의 다무라다의 눈에는 대체 누구의 모습이 비쳤던 것일까…….

(나는 아니겠지. 하지만 그 눈은 마음에 들었었어…….)

유우키를 보스라고 부르며 충성을 맹세해주었다.

그런 다무라다였지만, 어딘가 신용할 수 없는 점도 동시에 갖추고 있었다.

지금 생각해보면, 그걸 섭섭하게 느꼈다고 할 수 있었다. 그걸 깨달은 유우키는 눈을 뜨고 다무라다를 바라봤다.

"네 말에는 거짓이 있어. 너의 충성은 나에게 바친 것과 동시에, 오래전부터 계속 황제 루드라에게 향하고 있었지. 그건 지금도 달라지지 않았어. 그렇지?"

"후훗, 당할 수가 없군요, 보스에겐."

그 중얼거림은 긍정이었다.

그게 오히려 유우키가 다무라다라는 남자를 믿게 만드는 동기가 되었다.

"좋아. 여기서 너와 싸우는 것보다는 쿠데타를 성공시키는 게 더 낫겠지."

유우키의 결정에, 불만의 뜻을 표명하는 자는 없었다.

"어쩔 수 없군요. 유우키 님이 그렇게 정하셨다면 우리는 따를 뿐입니다."

"그래야지. 다무라다 씨, 만약 당신이 배신할 때엔 내가 제대로 그 빚을 갚을 거니까 그렇게 알고 있으쇼."

"나도 도와줄게, 라플라스!"

"홋홋호, 저도 잊지 말아주시길."

이때, 광대들은 결단을 내렸다.

보스인 유우키를 믿겠다고.

그곳에는 동료로서의 유대가 확실하게 존재했다.

다무라다도 또한, 그 안에 포함되어 있었다.

제1장

포상과 진화

Regarding Reincarnated to Slime

대략 70만 명이나 되는 제국군 장병을 소생시킨 다음 날.

투기장에는 이번 공방전에서 활약한 자들이 정렬해 있었다. 말단병사들로 관객석이 가득 메워져 있었다.

오늘은 전승축하회를 여는 날이다.

제국과의 전쟁은 계속되고 있지만, 사기 고양을 위해선 필요할 것이라는 생각으로 기획된 것이다.

크루세이더즈(성기사단)에서 파견된 박카스랑 루미너스 휘하의 '초극자'들도 참가하였다.

지우에 의해 살해되었지만, 그 장소가 미궁 안이었던 것이 다행이었다. 제대로 소생했고, 사과도 받아주었다.

본인들은 "저희가 미숙했기 때문입니다"라고 하나같이 말했지만, 우리나라 안에서 일어난 범행이었으니까 말이지. 형식은 중요하다.

어쨌든 피해가 최소한으로 끝날 수 있어서 무엇보다 다행이었다. 전승축하회의 후반에는 맛있는 요리를 대접할 예정이니까 마음껏 즐겨주었으면 좋겠다.

영빈석에는 외국에서 온 손님도 있었다.

원군으로 방위전에 참가해준 알비스뿐만 아니라, 그 후에 조금 늦게 포비오랑 '쌍익(雙翼)' 두 명도, 정예만을 이끌고 달려 와줬다.

"밀림 님께서 걱정되시는지 도저히 진정 못 하셔서, 프레이 님이 저희를 보내셨습니다."

"하지만 역시 그럴 필요는 없었던 것 같군요. 저희도 리무루 님이라면 틀림없이 필승하실 것이라고 확신하고 있었습니다."

금발의 루치아 씨와 은발의 크레아 씨가 아름다운 목소리를 동시에 내면서 내게 말했다.

밀림에게 걱정을 끼쳐버린 것 같지만, 이번 승리를 보고받는다면 분명 안심해줄 것이다. 도시도 베루도라와 라미리스 덕분에 무사했으니, 곧바로 평온한 일상으로 돌아올 것이다.

"저는 연락요원으로 왔습니다. '마법통화'가 통하지 않게 되었기 때문에, 만약을 위해서 파견된 것입니다. 그리고—— 아니, 실례했습니다."

만일 우리의 패색이 짙었을 때는 곧장 돌아가서 원군을 파견할 예정이었다고 한다. 마력요소의 역장이 흐트러지면서 마법을 사용하지 못하게 될 가능성을 고려하여, 가장 발이 빠른 포비오가 선출되었다고 했다.

그 후에도 무슨 말을 하려고 했지만 도중에 중단해버렸다. 알비스 쪽으로 시선을 보낸 것이 마음에 걸렸지만, 이미 끝난 용건일 것이라 생각하고 흘려듣기로 했다.

나는 세 사람에게 고맙다는 인사를 한 뒤에, 귀빈석으로 안내한 것이다.

그리고 또 하나의 그룹.

드워르곤에서 온 손님들도 있다.

드워르곤에서 아크 위저드(궁정마도사)의 필두를 맡고 있는 노부인인 젠이었다. 호위로서 페가수스 나이츠(천상기사단) 단장인 돌프 씨도 같이 왔다.

이쪽은 불평이 메인이었다.

쥬라의 대삼림에서 금지된 주술을 쓰지 말라고 했다.

그 얘기도 그 얘기지만 왜 '태초의 악마'를 부리고 있느냐고, 눈빛이 변하면서 화를 냈다.

하지만 어쩔 수 없는 일이잖아.

정신을 차려보니 이미 있었으니, 이건 불가항력이란 말이지.

"불가항력으로 넘어갈 문제가 아니외다! 난 말이오, 지금까지 오래 살아왔지만 이렇게까지 어이없는 일은 한 번도 본 적이 없었소!"

"죄송합니다."

이젠 사과할 수밖에 없었다.

어쨌든 잘 달래고 설명하여 기분을 풀어주면서, 어떻게든 납득하도록 설득했다.

젠 씨는 이대로 돌아가 주셨으면 좋겠다는 게 본심이었지만, 앞으로의 일에 대해 논의도 해야만 했다.

그보다 실은, 이번 방문은 그게 목적이었던 것 같다.

드워르곤의 이스트(동부도시) 앞에는 여전히 유우키의 휘하 병력 6만 명이 진을 펼쳐놓고 있었다. 유우키와는 임시로 동맹을 맺은 관계라는 것을 전해놓았기 때문에, 전쟁은 시작되지 않은 채 그대로 긴장상태를 유지하고 있었지만.

그러나 이대로 내버려둘 수도 없는 노릇이었다. 유우키와도 논의한 뒤에, 앞으로의 방침에 대해서 서로 얘기를 나눠보고 싶다 생각했다.

현재 붙잡혔던 라플라스를 풀어주면서 내가 보내는 메시지를 맡겨놓았다. 지금 우리는 유우키의 연락을 기다리는 중이라고 할 수 있었다.

그런고로, 젠 씨와 돌프 씨도 귀빈석으로 안내했다. 전승축하회를 견학하는 것으로 애기가 진행된 것이다.

그런 식으로, 외국에서 온 손님들도 지켜보는 가운데 전승축하회가 시작되었다.

내가 있는 곳은 한 단계 더 높게 만들어진 표창대의 위. 그곳에 설치된 의자 위에 슬라임 모습으로 앉아 있었다.

내 뒤에는 리그루도와 리그루가 나란히 서 있었다. 그 두 사람을 정점으로, 문관들이 좌우로 나뉘어서 나란히 서 있었다.

내 눈 밑에 나란히 선 자들 중에는 평소에는 얼굴을 보이지 않는 미궁십걸도 일제히 자리를 잡았다. 오늘의 주역이므로 당연하다.

원래는 미궁의 보스들이므로, 얼굴을 보이는 것은 곤란하다. 하지만 오늘에 한해서만큼은 괜찮다. 왜냐하면 도시의 주민들이나 의용병인 모험가들은 부르지 않기 때문이다.

맨 처음 나선 사람은 내 옆에 서 있는 슈나였다. 내 말을 대신 전한다는 것을 전제로 한 뒤에, 공로를 치하하는 연설을 해주고 있었다.

훌륭한 내용이었지만, 이걸 생각한 사람은 내가 아니다.

슈나였다.

제1비서나 제2비서보다 슈나가 비서로서 더 유능했다.

연설을 잘 못하는 내 입장에선 너무나 큰 도움을 주었다.

시온은 연설에 어울리지 않는 성격이며, 디아블로에게 맡기는 것은 불안하다. 나를 찬미만 하다가 전승축하회가 끝나버릴 것 같았다.

슈나가 있어줘서 다행이라고 감사하면서, 나는 다음 순서에 대해 열심히 생각했다.

이번 전승축하회에선 공적의 발표와 동시에 포상도 수여할 예정이다. 즉, 부하들의 각성이라는 것을 시험해볼 생각이다.

....

....

......

라파엘(지혜지왕)의 말로는, 10만 개의 '영혼'을 부여함으로써, '진정한 마왕'에 필적할 정도로 강한 존재로 각성 및 진화할 것이라고 했다.

자격을 보유한 자만이 대상이지만, 놀랍게도 열두 명이나 있었다.

그게 누구인가 하면, 란가, 베니마루, 시온, 가비루, 게루도, 디아블로, 테스타로사, 울티마, 카레라, 쿠마라, 제기온, 아다루만이었다.

나와 영혼으로 연결되었으며 '마왕종'의 자격을 얻은 상태일 것이 조건인 것 같군.

의문인 점은 아다루만이 포함되어 있다는 것이었다.

이 녀석의 경우엔 내가 이름을 지어준 게 아니다. 그런데 어째

서 진화할 자격이 있는 것일까?

《해답. 개체명 : 아다루만의 신앙심이 일정치 이상을 돌파했으며, 지금은 마스터(주인님)와의 연결 관계가 확립되어 있습니다.》

아아, 루미너스로부터 배운 '신앙과 은총의 비오'를, 아다루만에게 가르쳐줬었지. 그 덕분에 이름을 지어준 부하들에게 필적할 정도로 연결이 된 것인가.

대단한걸, 아다루만. 자력으로 자격을 획득한 걸 보면, 엄청난 신앙력을 발휘하는 것 같군. 대상이 나라는 생각을 하니 쑥스럽지만, 그 점은 솔직히 칭찬하기로 하자.

아다루만의 건은 납득했다.

다음 문제는 진화를 시킬 자를 몇 명으로 할 것인가, 하는 것이다.

세어본 바로는, 내 안에 저장되어 있는 '영혼'의 수는 대략 100만이 좀 넘었다. 사망한 자들과 수가 맞지 않지만, 그 비밀은 라파엘에게 있다.

《제안. 획득한 '영혼'에 개체차가 있음을 확인했습니다. 균일하게 재구성하시겠습니까?   YES/NO》

그렇게 물었기 때문에, 잘 모르는 채 YES를 선택했다. 그러자 100만을 넘는 수로 불어나고 만 것이다.

되살린 제국장병들에겐 약간이지만 에너지 반환을 실시한 상태였다. 그렇기 때문에 좀 더 수가 줄어들 거로 생각했는데, 결과는 그 반대였다.

칼리굴리오 같이 각성한 자나 미궁 안에도 상당한 수의 강자가 쳐들어왔었다. 그런 자들은 통상적인 영혼보다 더 큰 에너지를 품고 있었으며, 빌린 것이라곤 하나 얼티밋 스킬(궁극능력)을 보유하고 있던 지우나 버니로부터도 대량의 에너지를 빼앗은 상태였다.

한 개인이 수십 명에서 수만 명 분량의 '영혼'의 에너지를 보유하고 있었다는 뜻이 될 것이다.

그런고로, 열 명을 각성시킬 수 있게 되었다.

시험해보기에 앞서서, 몇 가지 걱정거리가 있다.

첫 번째는 정보누설에 대한 것.

알비스랑 젠 같은 손님들 앞에서 이런 화려한 짓을 벌여도 괜찮을까, 하는 문제였다.

그러나 이 건에 관해선 그들을 믿기로 마음을 먹었다. 동맹관계에 있기 때문이 아니라, 어차피 들킬 것이라 생각했기 때문이다.

밀림을 속여 넘기는 것은 불가능하고, 가젤 왕은 디아블로의 건에 대해서도 날 믿어주었다. 젠 씨로부터는 상당히 큰 꾸중을 들었으니까, 이제 와서 미궁의 세력이 알려진다고 한들 큰 의미는 없을 것이다.

어차피 얼마 가지 않아 미궁 공략조의 입을 통해서 보스가 얼마나 강한 지에 대한 부자연스러운 소문이 돌게 될 테고 말이지.

이 자리에 있는 자들에겐 숨겨둘 의미가 없다고 생각한 것이다.

뒤이어서, 무슨 일이 일어날지 명확하지 않다는 점.

처음 시도하는 각성 진화라 예상외의 사태가 발생할 가능성이 있었다. 그래서 라미리스의 권능으로 이 투기장 전체를 격리하도록 만들었다.

이로 인해 무슨 일이 일어나도 피해가 외부에까지 퍼지는 것을 막을 수 있을 것이다. 그리고 기밀유지도 할 수 있으므로 일석이조라고 할 수 있었다.

마지막 걱정은 마왕으로 각성했을 때에 발생할 하베스트 페스티벌(진화의 수확제)이 되겠군.

내 경우에는 슬립 모드(저위활동상태)에 빠지면서, 3일이나 의식불명이었다. 같은 상황이 된다고 하면, 이 전시상황에 주력인 간부들이 잠에 들게 된다.

그렇게 되면 2, 3일은 아무것도 하지 못하는 상태가 되기 때문에, 무슨 일이 생기면 곤란해지지 않겠는가 하는 게 걱정이었다.

잠시 고민해봤지만, 이 우려에 대해서도 문제가 없다고 생각했다.

지금이라면 제국군도 없다. 칼리굴리오와 부하들을 조사하면서, 기갑군단에게는 즉시 움직일 수 있는 전력은 남아 있지 않다는 말을 들었다. 그야 뭐, 94만이나 되는 장병을 몰살시켰으니까 남아 있을 리가 없겠지.

제국 측에 남은 것은 마수군단과 혼성군단뿐.

유우키가 이끄는 혼성군단은 일단 동맹관계에 있으며, 마수군단은 기갑군단이 비장의 수단으로 아껴두고 있던 '공전비행병단'이 다른 방면으로 운반하고 있었다.

내 '아르고스(신의 눈)'로도 비공선의 동향은 파악할 수 있어서, 그 지점에서 급히 진행방향을 바꾼다고 해도 우리나라에 도착할 때까지는 3일 이상 걸린다는 계산결과가 나왔다.

통상속도는 평균적으로 시속 400킬로미터 정도. 최대전투속도라면 음속을 넘을 수 있다지만, 마력소모가 너무 커서 짧은 시간밖에 지속할 수 없다고 했다. 애초에 그런 장거리를 계속 비행할 수 있는지 아닌지도 의심스러웠다.

배나 열차 등은 비교가 되지 않는 속도지만, 하늘에는 하늘의 위협이 있다고 한다. 기류가 격렬하게 소용돌이치는 지점이나 마력요소가 불안정해서 마법을 일절 발동할 수 없게 되는 지점 등등.

상대하기 번거로운 하늘의 마물이 서식하는 지대도 있다고 하며, 직선 루트가 아니라 안전한 노선을 생각할 필요도 있다는 얘기를 들었다. 이 세계에서 음속의 이동수단이 있는 것만으로도 위협적이지만, 생각하고 있던 만큼 유리한 것도 아닌 모양이다.

이쪽은 경계할 필요는 없다는 생각이 들었다.

남은 것은 임페리얼 가디언(제국황제 근위기사단)이 움직일 가능성인데…….

이번에는 압승했지만, 그건 미궁이라는 어드밴티지가 있었기 때문이다. 죽어도 되살아날 수 있는 상황이었기 때문에 침착하게 대처할 수 있었다.

나라면 어떻게든 이겼을 것이다.

이래저래 어렵긴 해도 베니마루도 분명 승리했을 것이다.

하지만 시온이랑 란가는?

가비루나 게루도 정도라면 위험하지 않았을까.

그렇다면, 그야말로 빨리 대처할 필요가 있을 것이다.

만일, 기습적으로 강적과 조우했다고 하더라도 시간벌이 정도

45

는 할 수 있게 될 것이다. 지금도 존재하는 영혼의 연결이 '영혼의 회랑'으로 확립될 것이니까, 나와의 연결도 탄탄해지게 되는 것 같고 말이지. 이게 있다면 어떤 상황에 처하더라도 '사념전달'이 이어지게 될 것이 틀림없다.

조우함과 동시에 나에게 연락, 그 후에 협공으로 물리친다는 작전을 세울 수 있게 된다.

여차할 때를 대비해서, 지금 시간이 있는 동안에 모두를 각성시켜두고 싶다.

조심 또 조심하여 대비해두고 싶은 것이다.

그런고로, 지금이 가장 좋은 타이밍이라고 할 수 있었다.

....

....

......

갑작스러울 수도 있지만, 당장 시작하기로 하자.

맨 처음으로 지명할 자는 당연히 베니마루다.

대장군으로서, 전군의 지휘를 훌륭히 소화해냈다.

본인은 테스타로사를 비롯한 악마 아가씨들의 활약에 불만스러운 표정을 지었지만, 그건 그래, 불의의 사고 같은 것이다.

베니마루가 잘못한 것도 아니고, 하물며 내 탓도 아니야!

결과적으로는 문제가 없었으므로, 훌륭하게 임무를 수행했다고 할 수 있을 것이다.

연설을 마친 슈나가 베니마루를 불렀다.

그에 응하여, 베니마루가 한발 앞으로 나섰다. 그리고 내 앞에 한쪽 무릎을 꿇었다.

"좋아! 그럼 베니마루 군. 지금부터 바로 포상을 주려고 생각한다만──."

"그 '군'이라는 호칭은 그만 쓰시면 안 되겠습니까. 그렇게 부르시는 걸 보면, 틀림없이 무슨 나쁜 꿍꿍이를 꾸미고 계시는 거죠?"

이해가 안 되는군.

아직 아무것도 하지 않았는데, 날 꿰뚫어 보았다.

이번의 각성진화는 사실은 서프라이즈로 준비하고 있었다.

의논하면 틀림없이 반대할 거라고 생각해서, 말없이 실행하기로 한 것이다.

슈나가 베니마루의 공적을 읽어주고 있었다. 그동안에 나와 베니마루의 대화는 계속되고 있었다.

"실은 이번 전쟁으로 대량의 '영혼'을 획득했어. 테스타로사 일행이 내게 바친 것 같아. 그래서 말인데, 그걸 이용하면 나와 영혼이 연결된 자들을 각성시킬 수 있는 것 같지 뭐야."

"처음 듣는 말입니다만?"

"응? 그야 지금 처음 말했으니까."

서로를 응시하는 나와 베니마루.

말하면 반대할 거라고 생각했거든.

베니마루는 의외로 성실한 성격이라서, 자신의 힘만으로 강해지고 싶어 하는 것 같았으니까 말이지. 내가 마왕으로 진화했을 때도, 뭔가 개운치 않아 하는 면이 있는 것 같았고.

디아블로와 시온은 기뻐하면서 받아들일 것 같지만.

"그래서, 그 각성이란 건 뭡니까?"

좋은 질문이었다.

내 경우는 마력요소랑 마력이 열 배 이상이 되며, 게다가 영혼의 계보로 연결된 모든 마물들에게 기프트(축복)을 줄 수 있었다.

성장률이 어떻게 되는지는 불명이지만, 힘이 크게 늘어나는 것은 틀림없을 것이다.

"그러니까 말이지, 간단하게 말하자면 내가 마왕이 되었을 때 진화했었잖아? 그때랑 같은 현상, 하베스트 페스티벌이 일어날 거라고 생각하면 돼."

"네에?! 그렇다면 저뿐만 아니라 제 부하들에게도 영향이 나타난단 말입니까?"

"아마도 그럴 것 같아."

어디까지 영향이 미칠지는 불명이지만, 적어도 '쿠레나이(홍염중)'에겐 기프트가 분배될 것이다.

"아뇨, 아뇨, 아뇨, 그런 중대사를 의논도 없이 여기서 갑자기 말씀하셔도──."

"잠깐, 잠깐. 그렇게 말한다면 그럴지도 모르겠지만, 여기서 문답을 나누고 있을 상황이 아니야. 적들 중에 얼마나 강한 자가 있는지 명확하지 않은 지금, 우리의 전력강화는 필수사항이잖아?"

"그건 그렇겠습니다만……."

베니마루가 고민하는 듯한 표정으로 눈을 감았다.

그리고 눈을 떴고, 나를 보면서 깊고 깊은 한숨을 쉬었다.

보아하니 각오를 굳힌 모양이다.

단념한 건지도 모르겠지만, 큰 차이는 없을 것이다.

"그렇다면 각성시킬 자는 저만이 아니겠죠? 지금 시기의 전력저하는 위험하다고 생각합니다만, 그 문제는 어떻게 생각하고 계십니까?"

"각성할 자격이 있는 자는 열두 명이고, 현 상태에선 아홉 명만 가능해. 테스타로사 일행을 호위로 남겨둘 생각이니까 며칠 동안은 문제가 없을 거라고 판단했어."

"과연. 미궁도 있으니까, 시간벌이만큼은 문제가 없겠군요."

내 설명을 듣고, 베니마루도 납득해주었다.

남은 문제는 폭주의 가능성에 대한 것이다.

"하지만 마음에 걸리는 점이 하나 있어."

"그게 뭡니까?"

"지금의 너는 내가 진화했을 때보다도 강해. 각성에 의한 성장률이 명확하지 않으니까 지금의 나보다도 더 강해질 가능성이 있단 말이지."

그럴 경우에는 얼티밋 스킬 '벨제뷔트(폭식지왕)'에 의해 나에게도 피드백이 올 거라 생각하지만.

그래도 나 이상으로 강해질 가능성이 있다. 아니, 디아블로라면 틀림없이 나보다 더 강해질 것이다.

베니마루와 부하들이 배신할 것이라는 생각은 들지 않지만, 힘에 휘둘려서 폭주할 가능성은 부정할 수 없었다.

아마 괜찮을 거라고 생각하며 폭주했을 경우에 대비한 격리공간인 셈이지만, 그런 불안감이 있는 것은 사실이었다.

"그런 불안을 느끼면서까지 저희의 각성을 강행하고 싶단 말입니까?"

"그런 셈이지."

"저희는 사랑을 받고 있군요. 어떤 적에게도 지지 않도록, 쓸 수 있는 수는 전부 쓴다는 말이군요. 그렇다면 그 기대에 반드시 부응해보이겠습니다."

끝까지 다 말하지 않아도, 베니마루는 내 생각을 이해해주었다. 그뿐만 아니라, 반드시 폭주하지 않겠다고 호언장담해주었다.

믿음직스러웠다.

"널 믿고 있다."

"맡겨주십시오."

마침 그때 슈나의 연설이 끝났다.

그러면 지금 바로 포상을 수여하도록 하자.

*

"베니마루! 이번 싸움에서 보여준 너의 지휘는 실로 훌륭했다! 오늘부터는 '플레어 로드(혁노왕, 赫怒王)'라는 이름을 쓰도록 해라!"

"네엣, 감사합니다!!"

의식을 수행했다.

평소에는 친하게 지내는 사이라고 해도 병사들 앞에선 대장군이다. 베니마루는 그런 공사구별은 완벽하게 처리했다.

그런 베니마루에게 줄 것은 '플레어 로드'라는 칭호다. '진정한 마왕'이 되어도 마왕을 칭하지는 못하기 때문에, 그 대용으로 쓰라는 의미도 포함되어 있었다.

혁노라는 말에는 격렬한 분노라는 뜻이 있다.

약간 쉽게 발끈했던 성격도, 지금은 늘 냉정함을 잃지 않는 것처럼 보였다. 그러나 그 본질은 격렬한 불꽃. 조용히 분노를 불태우면서, 제어할 수 있게 되었을 뿐이었다.

나를 따르는 마왕으로서, 더 이상 잘 어울리는 칭호도 없을 것이다.

《질문. 규정량 '10만 개의 영혼'을 사용하여, 개체명 : 베니마루의 진화를 진행하시겠습니까?　　　　　　　　　　　　　　 YES/NO》

YES다.

승낙함과 동시에 나와 베니마루 사이에 '영혼의 회랑'이 만들어졌다. 지금까지 존재했던 것처럼 희박한 것이 아니라, 확고한 연결이 생성된 것이다.

그걸 통하여 10만개 분량의 영혼이 베니마루에게 흘러갔다.

그와 동시에 베니마루의 진화가 시작──되지 않았다.

변화 없음.

어라, 실패인가?

그렇게 생각한 나에게, 뭔가를 생각하는 듯한 표정으로 베니마루가 대답했다.

"아무래도 진화에는 또 하나의 조건이 있는 것 같습니다."

"그게 무슨 뜻이지?"

"아, 아뇨, 리무루 님이 아니라, 저에게 문제가 있는 것 같군요……."

그렇게 말하면서, 무슨 이유인지 베니마루는 말끝을 흐렸다.

응?

뭔가 수상한데.

"어떤 문제가 있는 거지?"

나는 목소리를 낮춰서 베니마루에게 조용히 질문했다. 그러자, 놀랄 만한 대답이 돌아온 것이다.

"실은 저에게도 세계의 목소리가 들렸습니다. 듣자하니 오니 (요귀, 妖鬼)에서 키신(귀신, 鬼神)으로 진화할 수 있다고 하는데, 그렇게 되면 아이를 만들 수 없게 된다고 하더군요."

베니마루의 말로는 키신이 되면 수명 자체가 없어지기 때문에 아이를 만들 필요가 없어진다고 한다.

뭐, 그야 그렇겠지.

오니도 상당히 수명이 긴 종족이었다. 그 상위종족이라면, 수명 자체가 사라져도 신기할 게 없겠군.

그 말은 곧, 키신이라는 존재는 아마도 일종의 정신생명체이겠지. 데몬(악마족)도 아이는 낳지 않는다는 것 같았으니, 수명이 없는 종족의 숙명 같은 것이라 하겠군.

죽어도 부활할 수 있으니까, 종의 보존 같은 것은 관계가 없는 얘기가 된다.

"그래서, 그게 왜 문제가 되는 건데?"

안타깝게도, 아이를 만들 수 없는 것은 나도 마찬가지다. 딱히 불편하지도 않고, 문제라고 생각되지도 않지만…….

"──저에겐 오거였던 시절의 미련이 있는 것 같습니다. 스스로도 잊어버리고 있었지만, 수장으로서 할 일을 마무리 짓지 않으면 안 되는 것 같군요."

"그 일을 마무리 짓는다는 건 즉, 아이를 만들지 않으면 진화하지 않는다는 뜻인가?"

"으, 음. 다음 세대를 남겨놓으란 뜻인 것 같습니다만……."

또 서로를 바라보는 나와 베니마루.

한창 축하행사를 진행하는 중인데, 이래도 되는 걸까?

참가자들로부터는 내가 베니마루에게 축하의 말을 해준 것처럼 보이겠지만, 빨리하지 않으면 문제가 일어난 상황이라는 것을 들키고 말 것이다.

나는 아주 조금 초조함을 느끼면서, 베니마루의 반응을 살폈다. 그러자 베니마루는 머쓱한 표정으로 시선을 이리저리 돌렸다.

이런 베니마루의 모습은 정말 보기 힘들다. 평소에는 늘 대담한 모습을 보이기 때문에 훨씬 더 복잡한 감정이 느껴졌다.

"각오를 굳히라고, 베니마루."

"아뇨, 그게 말입니다……."

변명을 하려고 하는 베니마루를 무시하고, 나는 소리를 높여 외쳤다.

"그렇군, 포상으로 결혼을 하고 싶다고? 그래서 상대는 누구이지?"

"잠깐, 리무루 님?!"

이런 때야말로 남자다움을 보여주면 좋겠다──고, 나는 남의 일처럼 그렇게 생각했다.

이렇게까지 밥상을 차려놓은 이상, 베니마루도 각오를 굳힐 수밖에 없을 것이다. 소극적인 베니마루를 움직이려면, 이 정도의 억지 치료가 필요한 것이다.

《……알림. 이 행동은 마스터의 목을 조르는 결과가 될 가능성이 있

습니다.》

뭐?

내 의문에 라파엘은 대답해주지 않았다.

아니, 아니, 괜찮겠지.

나 자신에게 그렇게 달래주듯 말해주고 있으려니, 투기장 안이 커다란 환호성으로 들끓었다.

다른 자들에게도 내 목소리가 전해지면서, 그 내용을 이해한 것 같았다.

"오라버니, 드디어 마음을 정하셨군요!"

그렇게 말하면서 슈나가 웃었다.

"그러면 도련님, 상대는 누구를 지명할 생각입니까?"

하쿠로우가 칼에 손을 대면서, 그렇게 물었다.

베니마루가 그 질문에 대답하기도 전에 모미지가, 그리고 내빈석에 있던 알비스가 일어섰다.

"리무루 폐하! 발언을 허락해주시면 감사하겠습니다!"

"저도 한 말씀 드려도 괜찮을는지요? 모미지 님과 마찬가지로 부탁드리고 싶은 바입니다!"

두 사람으로부터 범상치 않은 기백이 느껴졌다.

이건 이미 안 된다고 말할 수 있는 분위기가 아니었다.

"아, 알았어. 그러면 둘 다 이쪽으로 와주겠어?"

한창 축하행사를 진행 중인데, 그런 말을 하고 있을 때가 아닌 것 같았다. 투기장 안에 있는 자들은 이미 관객이 되어 있었다.

불만을 말하는 자는 아무도 없었으며── 그보다 여기서 중단하는 게 더 불만이 나올 것 같았다.

내게로 온 두 사람에게 발언을 허락했다.

"리무루 폐하, 저는 이번 포상으로서 베니마루 님과의 결혼을 허락받고 싶습니다."

맨 먼저 모미지가 대담하기 이를 데 없는 말을 입에 올렸다.

더구나 이 말에 하쿠로우가 맞장구를 쳤다.

"리무루 님, 포상이라는 것은 모시는 분께 받는 것. 그걸 어떤 것으로 달라고 요구하는 것은 예의에 어긋난 짓입니다. 하지만 부디 제 딸의 소원을 들어주시지 않겠습니까."

자신의 무훈도 모미지에게 양보할 테니 그녀의 소원을 들어달라고, 하쿠로우가 부탁한 것이다.

이렇게 되면 내가 거부하는 것도 어려운 상황이 되고 말았다.

베니마루는 아예 상황에 따라가지 못한 채 굳어버린 상태였다. 높은 판단력으로 정평이 나 있는 녀석인데, 지금은 머리가 전혀 돌아가지 않는 거 같다.

그리고 이 상황을 더욱 혼란스럽게 하는 발언이 있었다.

"리무루 폐하, 저도 베니마루 님의 두 번째 부인으로 입후보할 수 있게 허락해주십시오."

모미지의 발언에 이어서 알비스까지 그런 말을 꺼냈다.

나와 베니마루는 한목소리로, 자신도 모르게 ""뭐?""라고 되물었지 뭐야.

모미지와 알비스 사이에는 베니마루를 둘러싼 공방이 점점 격해지고 있었다. 그게 러브 앤드 배틀(자유전투연애주의)로 불리게 된 것은 유명한 얘기지만, 어느새 결론이 나 있었단 말인가?

"저기, 모미지가 첫 번째 부인이 되고, 알비스가 두 번째 부인이 되겠다는 뜻이야?"

"네!"

"바로 그렇습니다."

기뻐하는 표정으로, 모미지와 알비스가 대답했다.

눈을 한껏 뜬 채 놀라고 있는 베니마루.

이 두 사람 사이에 무슨 일이 있었는지 모르겠지만, 명확한 서열이 생겨나 버린 것 같았다.

"베니마루 님을 고민하게 만드는 짓을 하는 건 아내로서 실격입니다. 저와 알비스 씨, 둘 중 한 명만을 골라달라고 말하진 않겠습니다. 저희 둘을 동시에 아내로 맞아주십시오."

"잠깐, 그럴 수는——."

"괜찮습니다. 모미지 님과도 의논했습니다만, 베니마루 님의 기량이라면 문제가 없으리라는, 그런 결론에 도달했으니까요."

아니, 아니, 아니, 그게 무슨 결론이야?!

베니마루가 도와달라는 듯한 표정으로 날 보고 있었다.

하지만 말이지, 나도 난감한 상황이라고. 그렇게 쉽게 도와줄 수 있을 것 같지가——.

《해답. 현재의 쥬라 템페스트 연방국의 규칙에 따르면 '자손을 남긴다는 시점에서 일부다처제는 가능함. 단, 아이를 바라는 미망인에 한함'이라고 되어 있습니다. 이번 케이스에선 제2부인은 인정받을 수 없습니다.》

오, 오오!

확실히 그랬다.

무슨 이유인지 라파엘이 적극적으로 도와주고 있는 것 같은 기분이 들지만, 이거면 베니마루를 도와줄 수 있을 것 같군.

"아쉽지만, 알비스 씨. 우리나라에선 아이를 바라는 미망인이 아니면 제2부인은 될 수가 없어. 장래에는 정식적인 법률로서 제정할 생각이고, 그때에 규칙이 변경될 가능성도 있지만, 지금은 아직 허가할 수가──."

미안하다는 느낌으로, 나는 알비스의 부탁을 기각하려고 했다. 베니마루도 안도한 표정을 지으면서 고개를 끄덕이고 있었지만, 이걸로 이 얘기는 끝났다고 생각한 것은 큰 착각이었다.

"안심하십시오. 그 점에 대해서도 제대로 조사해두었으니까요. 실은 전 얼마 전에 결혼을 했다가──."

응, 얼마 전에 결혼을 했다고?

누구와── 아니, 그 전에 그러면 더욱 더 베니마루와의 결혼은 무리잖아.

그렇게 생각했지만, 그 뒤에 이어진 알비스의 발언은 내 상상을 넘어서는 것이었다.

"──남편과 사별하는 슬픈 일을 겪고 말았답니다. 그러니까 전, 베니마루 님의 제2부인이 될 조건을 만족하고 있는 거죠."

뭐어?

잠깐, 잠깐만. 그건 전쟁 때문이 아닌 거지?

그렇다면 큰 문제인데── 라고 걱정한 것이 멍청하게 느껴질 정도로, 알비스가 내세운 명분은 교활한 것이었다.

"잠깐, 잠깐만? 그, 결혼했다고 하는 남편 분은 어디의 누구지?"

"그건 저 내빈석에 있는 포비오랍니다."

알비스가 웃으면서 그렇게 가르쳐주었다.

…….

저기이, 포비오 씨는 살아 있는데?

나와 베니마루는 혼란스러운 표정으로, 자신도 모르게 서로의 얼굴을 바라봤다.

『이게 어떻게 된 거지?』

『저한테 물어보셔도 모릅니다!』

『그렇겠지…….』

'사념전달'을 사용할 것도 없이, 그렇게 시선만으로 대화를 나눴다.

그런 우리 앞으로 포비오가 찾아왔고, 죄송하다는 표정을 지은 채 한쪽 무릎을 꿇었다.

"정말로 죄송합니다. 저희 알비스가 멋대로 이상한 말을 하는 바람에."

"아니, 아니, 결혼을 했었어? 그보다 죽었다는 건 무슨 뜻이지?"

"그건 말이죠…….."

그리고 밝혀지게 된 내막.

모미지, 알비스, 그리고 포비오. 그 세 명의 설명을 듣고, 겨우 알비스가 세운 계획의 전후사정이 판명되었다.

즉, 쉽게 말하면 이렇게 된 것이다.

모미지와 알비스는 몇 번이나 주먹을 주고받으면서, 어떤 종류의 우정이 싹트기 시작했다. 그리고 두 사람은 쟁탈하는 것이 아니라 같이 싸우는 쪽으로 방향을 틀었다고 했다.

둘 다 베니마루의 아내가 되려면 어떻게 하면 될 것인가?

머리를 굴린 끝에 도출해낸 답이, 포비오와의 결혼이었다. 포비오와 결혼한 뒤에, 미궁 안에서 둘 중 하나가 죽을 때까지라는 조건으로 싸웠다. 그리고 알비스가 승리했고, 그 후에 미망인이 되었다는 신고까지 했다고 한다.

결투는 미궁 안에서 벌였기 때문에, 당연히 포비오는 살아 있었다.

"이기면 정말로 결혼해주겠다는 얘기를 들었습니다만, 저, 울어도 되겠죠?"

포비오가 계획에 동참한 건 그런 이유가 있었기 때문이었나……

고개를 숙인 포비오의 모습이 너무나도 불쌍해서, 나도 모르게 동정하고 말았다.

아니, 그 전에, 이런 경우엔 어떻게 되는 거지?

"리그루도, 이래도 되는 건가?"

"넷! 실로 명쾌한, 힘의 이론이 되겠습니다. 원하는 것을 손에 넣기 위해서, 지혜와 힘을 구사한 결과라고 생각합니다. 제 의견으로는 가능하다고 봅니다!"

가능하다고 한다.

리그루도의 발언을 듣고, 루그루도, 레그루도, 로그루도, 이 세 명이 응응 하고 고개를 끄덕이고 있었다.

진심이냐.

마물의 기준에선 알비스의 행동은 받아들일 수 있는 거란 말이군.

"오라버니, 모미지 님이랑 알비스 님이 이렇게까지 각오한 모습을 보여주셨어요. 이 자리는 남자답게 대답을 해주세요!"

슈나도 알비스의 행동에 찬성하는 건가.

아니, 슈나만이 아니로군.

"싫다면 싫다고, 폐가 되면 폐가 된다고, 그렇게 말하면 되는 것뿐이잖아요? 뭘 고민할 필요가 있는 겁니까."

시온의 경우는 아무런 생각도 없는 것처럼 보이지만, 꽤나 그럴 듯한 정론을 늘어놓고 있었다. 하지만 두 사람을 아내로 맞이하는 것에 반대하는 분위기는 아니었으며, 단순히 대답을 독촉하고 있을 뿐인 것 같았다.

지금까지 반대 의견 없음.

윤리적으로 아웃이라거나, 불결하다거나, 그런 생각은 아무도 하고 있지 않은 것 같군.

생각해보면 확실히 마물의 규칙은 약육강식이다.

강한 자가 모든 것을 빼앗는 것을, 내가 정한 규칙으로 제한하고 있는 것에 지나지 않는다. 본인들이 그걸 바라고 있으며, 아무도 불만을 제기하지 않는다면, 딱히 인정해도 좋지 않을까.

"베니마루, 언제까지 고민할 생각하지? 우유부단한 태도를 띠고 있다간, 저세상에서 네 아버님에게 비웃음을 사게 될 거다."

"소우에이…… 그렇게 말해도 말이지, 아버님은 어머님만을 사랑했고, 나와 슈나를 이 세상에 태어나게 해주셨어. 나도 그렇게 되고 싶다고 바라는 게 뭐가 잘못이란 말이야?!"

소우에이의 말이 거슬렸는지, 베니마루가 보기 드물게 격노하고 있었다.

그러나 소우에이는 동요하지 않았다.

"잘못이라곤 말하지 않았어. 너는 자신의 사랑을 의심하고 있는 것 같지만, 그거야말로 아이를 만들기만 하면 되는 이야기잖아. 남자와 여자, 양쪽에게 사랑이 없다면, 아이가 생길 리가 없어. 너에게 두 사람에 대한 호감이 없다면, 처음부터 거절하면 되는 거다. 그러나 조금이라도 두 사람을 좋게 생각하는 감정이 있다면── 그들을 품어주고 결과를 보여주면 되는 것뿐이지 않은가?"

소우에이 씨, 너무 스트레이트한 발언이네요.

깜짝 놀랄 정도로 성희롱적인 발언으로도 받아들일 수 있겠지만, 멋지게 보이는 것이 얄밉다.

그리고 그 발언 말인데, 마물에게 있어선 납득할 수 있는 내용이었던 것 같다.

잊어버리고 있었지만, 사랑이 없다면 아이는 태어나지 않는 거였지.

베니마루가 고민하는 것은 두 사람을 동시에 사랑하는 것은 성실하지 못한 짓이라고 느끼고 있기 때문이겠지. 또한 둘 중 한쪽을 선택하는 것은 나머지 한쪽을 슬프게 만드는 짓이 된다. 그렇기 때문에 더더욱 답을 내는 것을 뒤로 미루고 있었던 것이다.

그런 식으로 생각하는 건 마음에 든다니까.

하지만 이 경우에는 소우에이의 말대로 결과를 보여주면, 모든 문제가 해결되지 않을까.

"알비스 씨, 둘 중에 누가 먼저 베니마루 님의 아이를 가지는지를 놓고 승부하는 거예요!"

"지지 않을 거예요, 모미지 님. 제 사랑은 진짜니까. 남은 건 베니마루 님의 마음을 제 쪽으로 돌리는 것뿐입니다!"

그게 가장 힘든 일이라고 생각하지만, 본인들은 고민 같은 건 없는 것 같았다. 이렇게 되면 베니마루가 마음을 어떻게 먹느냐에 따라 달라지는 문제였다.

"베니마루, 지금은 축하행사 중이다. 그것도 너의 무훈을 칭찬하고 상을 주는 자리다. 어떤 말을 하더라도 허용할 테니까, 진심으로 대답해다오. 모미지와 알비스의 구애에 응할 것인가, 아닌가. 어느 쪽이냐?"

베니마루가 싫다고 한다면, 이 이야기는 이제 끝이다.

그러나 그렇지 않다면…….

"모미지, 알비스, 나는 리무루 님을 수호하는 '사무라이 대장'으로서, 너희들의 곁에 있어주지 못하게 될 것이다. 그래도 날 고르겠나?"

베니마루는 끝까지 성실했다. 장래의 일까지 계산하면서 고민하고 있었던 모양이다.

아이를 만든 뒤에 미련이 없어지면, 베니마루는 키신으로 진화할 것이다. 그렇게 되면 수명 자체가 없어지게 될 것이니, 모미지나 알비스의 임종을 곁에서 지켜봐 주는 입장이 되어버리고 만다.

그렇겠지. 자신만 진화하는 것이니까, 아내가 될 두 사람은 그냥 버려두는 셈이니…….

이런 상황에서 갑자기 답을 내놓으라는 말은 잔인하게 들리겠지.

나도 지금은 아직 실감이 잘 안 나지만, 사랑하는 사람이 먼저 떠나는 것은 괴로우리라 생각한다. 아니, 뭐, 특정한 개인의 얘기가 아니라, 모든 동료들에게 해당되는 것이지만 말이지.

베니마루의 고민도 이해할 수 있는 데다, 모미지랑 알비스도 마음이 흔들릴 수 있다고── 생각했지만, 그건 기우 이전의 얘기였다.

"전혀 문제없습니다! 아이를 기른 뒤에 어떻게 해서든 저도 진화할 테니까요."

"저도 동감입니다. 진화가 무리라고 해도, 제 아이들이 당신의 무료함을 달래드릴 거예요."

여자는 강하구나.

전혀 동요하는 일 없이, 얼마나 단단히 각오를 하고 있는지를 보여 주었던 것이다.

그 대답을 듣고, 베니마루가 후련한 미소를 지었다.

"리무루 님! 제가 두 명의 아내를 맞이하는 것을, 감히 부탁드려도 되겠습니까?"

여기서 안 된다고 말할 수 있을 리가 없으며, 그렇게 말할 생각도 없다.

무모한 부탁이 받아들여지는 전례를 만드는 결과가 되고 말았지만, 이번 일처럼 무훈을 세울 경우에 허가를 받을 수 있다면, 희망을 가지고 노력하는 마음가짐으로 이어질지도 모른다.

뭐, 상관없나, 라고 판단했다.

베니마루는 강경한 남자인 척 굴고 있는 만큼 순정파인 남자이기도 하다. 내버려두면 아무리 시간이 지나도 독신으로 남을 테니, 이건 좋은 기회라고 생각하기로 했다.

불안한 요소가 있다고 한다면, 모미지와 알비스, 두 사람을 동

시에 사랑하는 것이 된다는 점이지만…… 베니마루라면 잘 극복할 수 있을 거라고 믿기로 했다.

허락하는 김에 잘 해보라고, 응원도 해주기로 하자.

나는 의자에서 뿅하고 뛰어오르면서, 인간의 모습으로 변했다. 그리고 큰 목소리로 선언했다.

"허가하겠다! 내 '이름'을 걸고, 베니마루와 모미지, 그리고 알비스와의 '결혼'을 인정하마!!"

마물의 경우, 결혼이라는 것은 영혼의 결합 같은 것이다. 사랑이 없다면 아이가 태어나지 않는다는 사실로 봐도, 그건 명백했다.

그러므로 더더욱 '결혼'이라고 부르는 것이 딱 맞는다고 하겠다.

내 선언을 듣고, 베니마루의 입가에 미소가 새겨졌다. 그 얼굴은 기쁜 표정으로 물들고, 새빨갛게 변하였다. 그러나 가슴을 당당히 편 채, 그 두 손으로 모미지와 알비스를 힘껏 끌어안았다.

"감사합니다. 반드시 두 사람을 사랑하고, 제 성의를 보여주고 싶습니다!"

베니마루의 당당한 말을 듣고, 모미지와 알비스가 눈물을 글썽거리면서 기뻐하고 있었다. 감개무량한 듯한 모습이었고, 말도 나오지 않는 것 같았다.

솔직히 말해서 베니마루가 부러웠다.

미소녀와 미녀, 그야말로 양손에 꽃이다.

하지만…… 여자를 대하는 건 아직 미숙한 베니마루니까, 앞으로가 큰일이겠지만 말이지.

뭐, 뭐어, 나도 남의 말을 할 입장은 아니지만.

내 경우는 무성이라서, 신경을 써봤자 아무 소용이 없지만…….

베니마루의 말을 듣고, 투기장 안은 커다란 환호성으로 꽉 찼다.

슈나는 기쁜 표정으로 오빠를 축복하였고, 시온도 무슨 이유인지 자랑스러운 표정으로 박수를 치고 있었다.

물론 축복의 말뿐만 아니라, 질투에 찬 원망스러운 목소리도 들려왔지만, 그것까지도 포함한 축복이었다.

이리하여 축하행사 중에, 참가자들의 성원에 둘러싸인 상태로 모미지와 알비스, 그리고 베니마루는 혼례를 올린 것이다.

그대로 축하하고 싶었지만, 지금은 축하행사 중이며 진화 의식을 우선하고 싶다. 지금은 발표만 하고, 이 전승축하회라는 명목의 진화 의식이 종료된 후에, 천천히 베니마루의 결혼식을 개최하기로 하자.

오늘도 연회가 있을 예정이지만, 축하할 일은 많은 게 즐거운 법이다.

그러므로 오늘은 축하행사를 우선하겠다.

행복해 보이는 베니마루 일행을 뒤로 물러가게 한 뒤에, 슈나에게 준비하라고만 명령했다.

그치지 않고 계속 이어지던 환호성도, 내가 손을 들어 올림으로써 겨우 진정되었다.

실로 예상도 하지 못한 해프닝이었다.

내 시야의 끝에선 고부아가 울면서 주저앉았고, 무슨 이유인지 포비오가 달래주고 있었지만, 지금은 시간이 없다. 계속하여 축하행사를 진행하기로 했다.

*

나는 다시 슬라임 모습으로 돌아간 뒤에, 의자 위에 앉았다.

그걸 지켜본 뒤에, 아직 흥분이 가라앉지 않은 행사장에 늠름한 슈나의 목소리가 울려 퍼졌다.

"3대 군단장, 앞으로!"

3대 군단장이란 것은 제1, 제2, 제3군의 군단장을 가리킨다. 즉, 고부타, 게루도, 가비루, 이 세 명이 내 앞으로 나와서 한쪽 무릎을 꿇었다.

그러면 고부타부터.

"어흠! 고부타 군, 너에겐 포상이 없다!"

기대하는 표정으로 나를 보는 고부타에게 그렇게 말했다.

"네엣?! 너무합니다요! 그럼 왜 여기까지 부른 겁니까요?"

"좋은 질문이다. 너에겐 상은 없지만, 그 대신 권리를 한 가지 주려고 한다."

"권리란 말입니까요?"

고부타에게 '영혼'을 주어도 진화 같은 건 하지 않는다.

재능 그 자체 같은 녀석이긴 하지만, 자격을 보유하고 있지 않으므로 어쩔 수 없었다.

무기랑 방어구 쪽도 생각해봤지만, 지금 준 것보다 더 뛰어난 것은 고부타가 제대로 다루지 못하리라고 판단했다. 그리고 어차피 란가와 '변신(마랑합일)'할 수 있으니까 어중간한 무기 따윈 필요가 없다.

돈을 준다고 해도 어차피 변변찮은 일에 써버리겠지.

그 이전에 군단장은 급료가 높다. 매월 돈으로 환산하면 상당한 포인트가 지급되므로, 생활이 불편하지는 않을 것이다.

인간의 국가에선 이런 경우에 영지를 주기도 하겠지만, 우리나라에는 그런 식으로 분양해줄 영토는 없다. 그리고 어차피 고부타의 역량으론 통치하지 못할 테니까 의미가 없는 예일 뿐이었다.

그래서 나는 고부타에겐 특별한 권리를 인정해주자는 생각을 한 것이다.

내 말에 당혹스러워하는 고부타.

권리라는 말만으로는 무슨 뜻인지 이해가 되지 않겠지.

그러면 답을 가르쳐주도록 하자.

"너는 나에게 '지금처럼 그 가벼운 말투로 편하게 나를 대할 수 있는 권리'를 주도록 하겠다!"

아직도 당황하고 있는 고부타를 씨익 하고 웃으며 바라보면서, 나는 그렇게 선언했다.

내 말을 고부타가 이해하기도 전에, 아까 베니마루를 향해 지르던 것보다 더 큰 함성—— 아니, 노성이 울려 퍼졌다. 그건 숨길 수도 없을 만큼 강한 질투에 가득 찬 목소리였다.

시온이랑 슈나까지 무시무시한 시선으로 고부타를 응시하고 있었다.

어지간히도 부러웠던 모양이다.

"저, 저기, 정말입니까요?"

"애초에 넌 존댓말도 제대로 못 하잖아? 그러다가 큰 실수를 할 것 같으니, 이번 기회에 권리로서 인정해주기로 한 거야."

경의는 느껴지지만 말투가 완전히 글러 먹었단 말이지, 고부타는.

아니, 다른 사람들에게도 평소에는 편하게 말하라는 말을 하고 있었지만, 그게 꽤나 어려운 모양이었다. 그런 분위기 속에서 자연스럽게 대화하는 고부타에게, 다른 사람들은 빈번하게 불만을 제기했다고 했다.

대외적인 체면과도 관계가 있으니까 어떻게든 그 말투를 고치면 좋겠다고 말이다.

귀찮았기 때문에 '권리'로서 인정해주기로 한 것이다.

이 자리에는 포비오랑 젠 씨처럼 외국에서 온 손님도 있다. 여기서 미리 선전해두면, 고부타의 문제는 해결이 되는 것이라 할 수 있었다.

뭐, 체면이니 권위니 여러모로 귀찮아지는 일이 있겠지만, 마물인 우리에겐 그 정도로 딱딱한 제도는 필요가 없다.

나는 내가 하고 싶은 대로 할 뿐이다.

중요한 것은 외면이 아니라 내면.

고부타가 그 좋은 예다.

말투는 좀 그렇지만, 그 충성심은 진짜였다.

눈을 보면 알 수 있다고.

고부타는 날 위해서라면 죽는 것도 망설이지 않겠다는 눈을 하고 있었다.

그렇기에 더더욱 이 '권리'를 준 것이다.

"감사━━━합니다요!!"

고부타는 만면의 미소를 지으면서, 90도로 허리를 숙여 인사했다.

아주 기뻐했다.

아마 스스로도 말투를 고쳐보려고 했을 것이다.

효과는 전혀 나타나지 않았지만 말이지.

고부타에게 있어서 그 어떤 것보다 기쁜 포상인 것 같아서, 나도 기뻤다.

적절한 포상이란 것은 정말로 어려운 것이다.

*

자, 고부타 다음은 게루도로군.

"그다음 게루도, 너는 오늘부터 '배리어 로드(수정왕, 守征王)'라는 이름을 칭하도록 해라!"

"그 칭호를 기꺼이 받들겠습니다! 이 게루도, '배리어 로드'라는 이름에 부끄럽지 않게 정진할 것입니다!"

힘찬 목소리로 응하는 게루도.

큰 환호성이 울려 퍼지는 가운데, 나는 게루도에게 몰래 밝혔다.

"너에게도 베니마루와 마찬가지로 진화의 의식을 시험해볼 거야."

"그게 대체 무슨 말씀인지……?"

매번 설명하는 것도 귀찮으니까, '영혼'을 줄 예정인 자들에게 '사념전달'을 연결했다. 그리고 그들 모두에게 진화 의식에 대해 설명했다.

이때 '사고가속'의 병용도 잊지 않았다. 이렇게 함으로써, 현실 시간으로는 몇 초도 걸리지 않고 중요한 대화를 나눌 수 있게 되었다.

설명을 일단락하자마자, 게루도가 내게 대꾸했다.

『실로 고마운 제안입니다만, 저보다 적임자가 있을 것 같습니다. 이번 싸움에선 감독관이었던 카레라 공이 더 큰 공을 세웠습니다. 그녀에게도 자격이 있다면, 청하건대, 제가 아니라 카레라 공에게──.』

으──음, 영혼의 힘을 얻고 각성하는 기회를 사양하겠단 말인가?

카레라는 이번에 진화시킬 생각이 없다. 큰 공을 세운 것은 틀림없지만, 지금 단계에서도 그렇게 위험한 수준이었는데, 힘을 얻어서 폭주해도 곤란하기 때문이다.

우선은 어떻게 되는지를 볼 필요가 있기 때문에, 더더욱 안심하고 신뢰할 수 있는 고참 간부들부터 순서대로 진화시키고 싶다.

그렇게 설명했지만, 그래도 게루도는 망설이고 있었다.

『하지만 저도…….』

그렇군, 게루도의 입장에서도 불안한 것이다.

힘을 얻고 폭주하지 않을까 하는 생각에.

그리고 속죄의 의미도 있겠지.

그때 오크의 폭주로 인해, 쥬라의 대삼림에 크고 많은 재난을 불러온 것에 대한.

그 책임을 지는 자로서, 자신을 엄격하게 다스리고 있는 것이다.

그 눈은 강한 의지를 품은 채 반짝이고 있었으며, 결의를 담은 상태에서 나를 보고 있었다.

그렇기에 더더욱 나는 이렇게 대답했다.

『안심해라, 게루도. 오크 디재스터는 폭주했지만, 그 원인은 동료를 위해서가 아니었나?』

게루도가 폭주할 일은 없을 것이다.

그 정도의 각오가 있다면, 어떤 힘이라고 하더라도 분명 제어할 수 있을 것이다.

그리고——.

과거의 일로 게루도를 비난하는 자는 이젠 아무도 없는 것이다.

『너는 지금도 책임을 느끼고 있는 것 같지만, 나는 그런 너를 믿고 있다. 그리고 너라면 새로운 힘을 이용하여 모두를 지켜주 겠지!』

게루도가 진화하면, 그의 휘하에 있는 자들도 기프트(축복)를 받을 것이다. 그건 즉, 우리나라가 강고한 방어태세를 손에 넣는 결과로 이어지는 것이다.

그렇게 설명하자, 게루도의 눈이 한층 더 강하게 빛났다.

『……그렇다면 삼가 황공히 받도록 하겠습니다!』

승낙해준 것인가.

그래야 게루도지. 자신을 위해서가 아니라, 동료를 위해 힘을 발휘할 남자이다.

참고로, 게루도 이외에 거부하는 자는 없었다. 불안감을 느끼고 있는 자도 있는 것 같았지만, 그 이상으로 기대가 더 크다는 느낌이었다.

사전에 의사를 확인하지 않은 것은 미안하지만, 이건 기세가 중요한 것이다. 모두가 승낙해줘서, 정말 다행이라고 안도했다.

나는 '사고전달'을 해제하고 축하행사를 재개했다.

"네가 보여준 활약은 실로 훌륭했다. 그에 대한 포상으로 이걸

주마."

그렇게 말하면서, 슈나에게 신호를 보냈다.

슈나는 웃으면서 고개를 끄덕였고, 준비해두었던 장비 일체를 게루도에게 건네줬다.

갑옷과 방패, 이번 싸움에서 획득한 레전드(전설) 급의 장비를, 가름과 의논하면서 내가 직접 커스터마이즈(개조)한 것이다.

이건 게루도의 요기에 반응함으로써, 게루도만 다룰 수 있는 전용 무기와 방어구가 될 것이다. '성령무장'과 원리는 같으며, 가름도 재현할 수 없는 물건이었다.

갓즈(신화) 급과 레전드 급의 차이는 무기와 방어구의 숙련도──쉽게 말해서 레벨(기량)이다. 무기와 방어구 그 자체가 오랜 세월을 거쳐서 진화하는 것이다.

그 진화는 천차만별이며, 소재에 따라 필요한 햇수도 달라진다. 그뿐만 아니라 소유자가 우수할 경우, 진화의 속도가 훨씬 더 상승한다고 한다.

게루도는 수비에 특화된 능력을 가지고 있으므로, 레전드 급 장비라고 해도 금방 갓즈 급에 필적할 수준으로 방어력이 올라갈 것이라고 예측하고 있었다. 그 정도가 아니라, 라파엘의 예상으로는 이번 게루도의 진화에 따라 기프트를 얻을 가능성도 높다고 했다. 그렇게 되면 틀림없이 갓즈 급에 도달할 것이라고 나는 생각하고 있다.

그렇게 되면 방어력이 몇 단계 더 상승할 것이다.

게루도는 공손한 자세로 상을 받으면서, 내게 인사했다.

《질문. 규정량 '10만 개의 영혼'을 사용하여, 개체명 : 게루도의 진화를 진행하시겠습니까?   YES/NO》

YES—— 그렇게 속으로 생각하면서, 나는 게루도에게 말을 걸었다.

"너에겐 계속 고생을 시켰다. 마침 좋은 기회이니 자신이 원하는 모습을 그리면서, 푹 쉬도록 해라."

게루도는 전쟁뿐만 아니라, 앞으로도 도시건설에서 활약해주어야 한다. 지금까지 계속 너무나도 열심히 일하느라, 제대로 된 휴가도 좀처럼 가지지 못했던 것 같다.

정말로 가장 열심히 일한 자이지 않을까?

부디 이번 기회를 통해서 푹 쉬었으면 좋겠다.

"네엣! 너무나도 황공합니다!"

게루도는 그렇게 답하면서, 기쁜 표정으로 웃었다.

그리고 하베스트 페스티벌(마왕으로의 진화)의 영향에 따른 진화의 잠에 저항하는 것처럼, 아무렇지 않은 태도를 보이면서 대열로 돌아갔다.

*

용케도 그 잠기운을 이길 수 있었군. 그렇게 감탄하면서, 나는 다음 사람을 향해 눈길을 돌렸다.

가비루다.

제3군단을 이끌면서, 훌륭한 공중전을 치러주었다.

노고를 치하하는 말을 해주자, 가비루는 의미심장한 표정으로 고개를 숙였다.

"아직 멀었습니다. 제 지휘가 부족하여 부상자까지 나와 버렸으니……. 재능이 없는 제가 부끄러울 따름입니다."

──아니, 그렇게 말은 했지만, 가비루의 경우는 정말로 자업자득이란 말이지.

한창 전쟁 중인데 마법내구력 훈련이라니, 그런 발상은 아무도 흉내 내지 못할 센스다.

흉내 낼 수 없을뿐더러, 흉내 내고 싶지도 않다.

전투가 끝난 뒤에 울티마로부터 상세한 보고를 들었는데, '바보 아니냐?'라는 생각이 들 정도로 어이가 없었다.

가비루 씨에겐 벌을 주었으면 좋겠어── 라는 진언을 할 정도였으니까 말이지.

어느 새에 이렇게 실험을 좋아하는 녀석이 되어버린 거람…….

하지만 그 덕분에 가비루를 비롯한 드라고뉴트(용인족)의 고유 스킬── '드래곤 바디(용전사화)'의 비밀을 해명한 것 같으니까 말이지. 이 자리에선 일단 너그러운 마음으로 화를 내는 것은 자중하기로 하자.

지금은 그보다도.

나는 또 '사념전달'로 전환하여 가비루에게 말을 걸었다.

모두가 보는 앞에서 꾸짖는 건 역효과이므로 개인통화를 하기로 한 것이다.

『전쟁 중에 실험한 건에 대해선 나중에 천천히 얘기하기로 하자. 그리고 말인데, 울티마가 제안을 했다. 마력요소를 다루는 법을, 그녀가 가르쳐주겠다고 한다.』

『정말입니까?!』

『데몬(악마족)에게 있어서, 마력요소를 다루는 건 숨 쉬는 것처럼 쉬우니까 말이지. 너희를 지도해줄 것 같으니까, 한 수 배운다 생각하고 가르침을 청해봐라.』

내가 벌을 줘봤자 기뻐하기만 할지도 모르니, 울티마에게 혹독한 훈련을 받는 것이 이 녀석을 위해서도 좋겠지. 뭐—어, 울티마도 힘 조절 정도는 할 줄 알 테니까, 약간 힘든 경험을 해보고 나서 반성하도록 만들어주길 바란다.

그렇게 생각해서 내린 결정이었다.

『저희는 아직 미숙합니다. 새로운 성장을 위해 노력할 수 있는 기회를 주신 것에 대해 이 가비루, 감사의 마음을 금하지 않을 수가 없습니다! 리무루 님의 기대에 부응하기 위해서라도, 저희 전원이 '드래곤 바디'를 완벽히 구사할 수 있게 노력하겠습니다!!』

싫어할 거라고 생각했더니, 의외로 적극적인 반응이 돌아왔다.

각오는 되어 있는 것 같았다.

생각해보니 가비루가 주제를 모르고 까불다가 고부타에게 패배했던 시절이 새삼 그리워졌다.

경박스러운 성격도 지금은 꽤나 차분해졌다. 주변의 분위기를 파악할 수 있게 되었고, 역전의 장군으로서의 관록도 갖추게 되었다.

본인이 말한 것처럼 아직 부족한 면도 있지만, 원래부터 자질은 있었던 것 같고, 쓰라린 패전이랑 베스터 일행과의 교류를 겪으면서 지금은 깊은 사려도 갖추고 있었다.

지금은 의지할 수 있는 존재가 되었다.

그동안 쌓아온 경험이 가비루를 성장시킨 것이다.

그렇기에 더더욱 힘을 맡기기에 부족함이 없다는 생각과 함께 그를 신뢰할 수 있었다.

"너에게 '힘'을 주겠다. 그 힘을 훌륭하게 구사하여 '드라구 로드(천룡왕, 天龍王)으로서 각성하는 모습을 보여줘라!"

나는 가비루에게 '영혼'을 주어 각성진화를 촉진시켰다.

게루도와는 달리, 가비루의 진화는 극적이었다.

검보라색의 비늘이 적보라색으로 바뀌었으며, 불타오르는 듯한 에너지(마력요소)가 가비루의 몸 전체를 휘감고 있었다.

그러나 가비루는 훌륭하게 버텨내는 모습을 보여주었다. 기백만으로 의식을 유지하면서, 폭주를 제어해낸 것이다.

실험은 소용없는 짓이 아니라, 제대로 결실을 맺었던 것이다.

"우오오오오오! 용솟음친다. 힘이 용솟음치고 있어! 감사합니다, 리무루 님!! 오늘부터 저는 '드라구 로드'라는 이름을 쓰도록 하겠습니다. 그리고 리무루 님과 이 나라를 위해서라도 이 힘을 쓰도록 할 것입니다!"

가비루의 몸에서 보라색의 번개가 발산되면서, 자신의 몸을 태웠다. 그러나 가비루의 몸은 순식간에 치유가 시작되더니, 더욱 강인한 육체로 다시 태어났다.

보아하니 성공한 것 같다.

내가 왕이라는 이름을 칭하라고 말했기 때문인지, 가비루의 이마에선 근사한 뿔이 돋아나 있었다.

가비루 주제에 건방지다는 생각이 들 정도로 너무나 멋지고 잘 어울렸다.

하지만 그걸로 충분하다.

위엄과 힘을 갖춘 훌륭한 진화였다.

이리하여 '드라구 로드' 가비루가 탄생한 것이다.

그건 그렇다 쳐도, '진정한 마왕'으로의 진화에는 개체에 따라 차이가 있는 것 같았다.

나는 저항할 수 없는 깊은 잠에 빠졌으며, 게루도는 잠기운을 버텨내면서 노력하고 있었다. 베니마루 같은 경우는 아예 새로운 조건을 필요로 하고 있었다.

가비루의 경우는 잠이 드는 일도 없이, 방금 그 한순간에 모든 과정이 완료되고 말았다.

"가비루 님, 저희도 힘이 솟구치기 시작했습니다!"

"당연하지!"

"나도 그래. 역시 가비루 님이야!"

제3군단이 서 있던 쪽에서, 그런 목소리가 들려왔다.

100명의 '히류(비룡중)'들이었다.

블루 넘버즈(청색군단)의 구성원인 리저드맨들도 또한, 각자 기프트(축복)을 받은 것 같았다. 무려 3,000명 전원이 드라고뉴트(용인족)로 진화한 것이다.

'히류'들은 훌륭하게 A랭크의 벽을 넘어섰으며, 중위 마인으로 불릴 정도의 전투능력을 얻었다.

평소에도 '드래곤 바디(용전사화)'를 발동하고 있는 듯한 상태이며, 그 스킬(능력) 자체가 사라져 있었다. 피부를 용의 비늘로 변질시키는 '용린화(龍鱗化)'라는 스킬도 사라진 것 같은데, 그 대신 '드래곤 스킨(용린개화, 龍鱗鎧化)'이라는 새로운 스킬을 획득한 상태였다.

힘의 제어에 대해선 울티마에게 단단히 가르침을 받을 것으로 생각하면, 문제는 새로이 얻은 스킬이라 하겠군.

주위의 마력요소를 흡수해서, 자가 복구하는 장갑으로 몸을 덮었다. 원리로 따지면 '신체장갑'과 같지만, 그 방어력은 비교가 되지 않을 정도로 높다. 약간의 상처는 재생하므로, 방어구가 필요 없는지라 아주 경제적이라고 할 수 있을 것이다.

더구나 그 스킬에는 개인차가 있으며, 사용자의 힘에 비례하여 강도가 늘어나는 것이었다.

가비루의 '드래곤 스킨' 같은 경우엔 아예 강도가 갓즈(신화) 급에 가까운 방어력까지 상승했으니까 참으로 놀라웠다.

당연히 방어가 완벽하면 공격에도 반영이 된다. 종족으로는 여전히 드라고뉴트이지만, 다른 존재라고 해도 과언이 아닐 정도로 강화된 모습이었다.

결국 여전히 인간으로는 변하지 못한 채 끝나고 말았지만, 그건 본인들의 의욕이 문제이므로 딱히 어찌되든 상관없는 것이다.

그리고 잊어선 안 될 자들이 있다.

의외로 소우카 일행 다섯 명까지, 가비루의 진화에 영향을 받은 것이다.

이쪽은 늘 인간의 모습을 하고 있는 드라고뉴트다. 인간의 모습을 그대로 유지하고 있으므로 방어력은 훨씬 더 떨어졌다. 단,

속도와 공격력이 대폭 상승되었다.

보유한 스킬은 여전히 '드래곤 바디'였지만, 이쪽은 변신 후에도 인간의 모습이 남아 있으며, 가비루 쪽과는 모습이 조금 달랐다.

용의 비늘이랑 날개는 임의로 수납이 가능한 것 같은데, 변신 후에는 용의 모습을 모티브로 한 마인이라는 느낌이 드는 모습이로군.

가비루 쪽과 같은 종족인데, 전혀 다른 진화계통을 밟아가고 있는 것 같았다. 이대로 더욱 진화한다면, 다음엔 다른 종족이 될 것이란 생각이 들었다.

강함만 따지자면 '히류'보다 소우카 쪽이 더 위였다. 충분히 상위마인으로 불러도 될 정도로 강화되었으며, 소우카는 아예 아크데몬(상위마장)에 필적할 정도의 에너지(마력요소)양을 품고 있었다.

예상대로, 대폭적인 전력증강에 성공한 것이다.

*

자, 그럼 세 명을 물러가게 한 뒤에 다음 사람들을 부르기로 하자.

"란가, 하쿠로우, 테스타로사, 울티마, 카레라, 앞으로!"

고부타에게 힘을 줬으면 그다음은 란가에게도 주어야지. 그리고 고문을 맡기고 있었던 하쿠로우도 빠트릴 수 없다.

그리고 정보무관으로서 감찰관에 임명했던 악마 아가씨 3인방도 말이지.

란가를 불렀더니, 내 그림자 속에서 조용히 나타났다.

하쿠로우도 기척을 숨긴 채 나타나 있었다.

테스타로사는 우아하게, 울티마는 가볍게, 카레라는 당당하게. 단상으로 올라와서 내 앞에 한쪽 무릎을 꿇었다.

다 모였으니, 순서대로 상을 주기로 하자.

우선은 란가.

고부타를 도와주면서, 잘 싸워주었다.

"란가, 고부타와 같이 싸우는 것이 이젠 몸에 익은 것 같더구나. 그리고 고부타를 지켜준 것에 대해서 고맙다는 말을 하고 싶다."

"무슨 말씀을 하십니까, 나의 주인이여. 저는 당연한 일을 했을 뿐입니다!"

하하하, 귀여운 녀석이라니까.

하지만 말이지, 나에게 칭찬을 듣는 게 기쁘다는 건 알았으니까, 꼬리를 흔드는 건 이제 그만해.

"자, 그럼 오늘부터 너는 '스타 로드(성랑왕, 星狼王)'이라는 이름을 쓰도록 해라!"

"잘 알겠습니다!"

란가는 크게 한 번 포효하더니, 수락했다.

그 순간, 나와의 '영혼의 회랑'이 확립되었다.

란가는 내 경우와 마찬가지로, 즉시 진화가 시작되었다. 그뿐만 아니라 하베스트 페스티벌(수확제)도 시작된 것 같았다.

"끄으응, 나의 주인이여……."

"졸리냐? 그렇다면 무리하지 마라."

딱히 참을 필요는 없다.

란가를 내 그림자 안으로 되돌린 뒤에, 재웠다.

이 반응을 보면 아마도 부하인 마랑들도 기프트(축복)를 받았을 것이다.

진화 후에, 어떻게 변해 있을지가 너무나도 기대가 된다.

란가도 폭주하지 않은 채, 내 그림자 속에서 얌전하게 잠이 들었다.

이것으로 네 명의 순서가 끝났다.

이렇게 진행된다면 걱정할 필요는 없을 것 같지만, 마지막까지 방심하지 않고 의식을 계속 진행하기로 하자.

뒤이어서 하쿠로우.

"고부타의 고문으로서 역할을, 참으로 잘 수행해주었다. 고맙다."

"무슨 말씀을. 고부타도 성장했으니, 곧 제 도움 같은 건 필요 없게 될 것입니다."

"아니, 아니, 하쿠로우가 있는 것과 없는 것은 큰 차이가 있지. 그건 그렇고 포상 말인데——."

"잠깐 기다려주십시오, 리무루 님. 전 이미 딸인 모미지의 무모한 청을 들어주신 것만으로 충분합니다."

아아, 그러고 보니 아까 그런 말을 했었지.

하지만 그렇게 넘어갈 순 없을 것이다.

『그건 그거고 이건 이거야. 나도 베니마루랑 모미지의 행복을 바라고 있으니까. 그리고 알비스 씨까지 난입하는 바람에 아버지로서도 복잡한 심경이겠지?』

나는 또 '사고전달'을 통해 하쿠로우에게 말을 걸었다. 많은 사

람들 앞에서 시간을 신경 쓰지 않고 얘기할 수 있으므로 '사고전
달'은 아주 중히 여기고 있다.

『그런 생각은 조금 들었습니다. 하지만 저는 도련님을, 베니마
루 님을 믿고 있습니다. 그리고 딸의 눈도 확실할 것이라고 말이
죠. 그러므로 만족하고 있습니다.』

『그건 다행이군. 나도 베니마루라면 두 사람을 행복하게 만들
어줄 것이라고 믿고 있어.』

애초에 두 사람에게 아이가 생길지 아닐지. 그건 신만이 알고
있을 일이긴 하지만.

『그러므로──.』

『아아, 잠깐. 논공행상은 중요한 일이잖아? 그리고 말이지, 너
를 위해서 준비한 상은 쿠로베에게 부탁해서 만들어낸 역작이야.
쿠로베의 고생을 허사로 만들지 않기 위해서라도 부디 받아주면
좋겠는데.』

그렇다. 하쿠로우에겐 새로이 만들어낸 칼을 준비한 것이다.

최근 들어서 쿠로베는 실력이 눈에 띄게 숙달되어 있었다. 그
역작의 완성도는 실로 훌륭했으며, 레전드(전설) 급에 해당하는 물
건으로 완성되어 있었다.

참고로, 베니마루의 '홍련'도 쿠로베에게 부탁해서 수선 중이다.

베니마루는 얼마 전의 전투에서 무기의 성능에 밀리는 바람에
진짜 실력을 발휘할 수 없었다. 그 얘기를 들은 쿠로베가 자신을
책망하는 듯한 분위기로 분기했던 것이다.

제가 반드시 최고의 칼로 다시 만들어내겠습니다──. 그렇게
말하면서 결의를 표명하여, 지금도 공방에 틀어박혀 있었다.

그에는 미치지 못하겠지만, 쿠로베의 기합이 담긴 칼이다. 하쿠로우도 틀림없이 마음에 들어 할 것이다.

『그랬단 말입니까. 쿠로베가……. 그렇다면 감사히 받도록 하겠습니다!』

『그래, 사양하지 않고 받아 줘!』

잘 됐다. 잘 됐어.

사양하면 어떻게 해야 좋을지 몰라서 난감했을 거야.

겸양을 갖추는 것은 미덕이기도 하지만, 다들 좀 심하게 사양하는 것 같다는 생각이 들었다.

그런고로, 다음 과정을 진행하자.

"마음 쓸 것 없다. 이건 너를 위해 준비한 물건이니까 말이지. 사양하지 말고 받아다오!"

"리무루 님의 배려를 허사로 만들 수는 없겠군요. 이 하쿠로우, 삼가 황공히 받도록 하겠습니다!"

이리하여 하쿠로우도 무사히 칼을 받아주었다.

자, 그럼 다음은 악마 아가씨 3인방이로군.

실은 처음엔 어떻게 할지 고민은 했었다.

전력증강만 생각한다면, 데몬 로드(악마공)인 세 명을 진화시키는 것이 정답이겠지. 하지만 베니마루랑 계루도에게 설명한 대로 이번 진화는 보류하기로 했다.

영혼의 수가 부족한 것도 이유 중의 하나지만, 그 이전에 그녀들을 제어할 수 있는가 아닌가, 나 자신이 불안했기 때문이다.

어디까지 강해질지 확실하게 예측할 수 없는 이상, 그녀들의 진화는 보류한다.

이 세 명은 디아블로와 동격이니까, 우선은 디아블로를 진화시켜서 결과를 보기로 했다.

디아블로도 다른 의미로 불안감이 크지만…… 뭐, 신경 쓰지 않기로 했다.

내 예상으로는 디아블로가 다른 자들보다 더 우수하다는 느낌이 들었다. '태초의 악마' 중에서도 그 성격에 따라서 실력에 차이가 있는 것 같단 말이지.

악마 아가씨 3인방은 내 직속 부하로서 디아블로에게 맡겨놓았다. 그렇기 때문에 더더욱 디아블로의 진화가 완료되고 일이 진정된 뒤에 그녀들의 진화에 대해서 생각해보기로 하자.

애초에 지금 나에게 모여 있는 '영혼'만으로는 그녀들을 진화시키기에는 부족하기도 하지만.

이 세 명은 밸런스가 잘 잡혀 있는 것 같으니, 우열을 가르는 것도 문제가 있지 않을까?

굳이 말하자면 위험하다.

동시에 진화시키지 않으면 분쟁을 일으킬 것 같았다.

게루도의 진언도 있었으니, 카레라만이라도 진화시킬까 하는 생각을 하지 않은 것은 아니지만, 그런 이유가 있어서 일단은 중지하기로 했다.

그리고 에너지(마력요소)양만 보면 디아블로 이상이다. 그런 그녀에게 힘을 주는 것은 너무 위험한 도박이라는 생각이 들었던 것이다.

제어할 수 없는 힘은 몸을 망친다── 그런 생각이 들었던 것이다.

뭐니 뭐니 해도 카레라가 썼던 핵격마법—— '그래비티 컬랩스 (중력붕괴)'말인데, 그건 쓰면 안 된다. 그걸 잘못 썼다간 게루도 일행까지 날아갔을 것이다.

그야 완전히 제어되긴 했지만, 그 상황에서 망설임 없이 그 마법을 날려버리는 그 성격이 약간의 불안감을 내게 주었던 것이다.

무슨 일이든 안전 확인은 중요하니까 말이지.

앞으로의 결과를 확실하게 파악한 뒤에, 진화를 시킬지 말지를 결정하자고 생각한 것이다.

"테스타로사, 울티마, 카레라. 너희 세 명은 정보무관으로서 훌륭한 활약을 보여주었다. 그리고 너희가 모아 준 '영혼'말인데, 유용하게 활용하고 있다. 너희가 모아준 것을, 너희가 아닌 자들에게 쓰는 것이 불만일지도 모르겠다만——."

이번에는 그냥 넘어갈 예정이니까 진화에 대해선 말을 하지 말까 하는 생각도 했지만, 테스타로사를 비롯한 세 명은 '영혼'을 모으는데 공헌해 주었다.

그냥 입을 다물고 있는 것은 실례라고 생각해서 그렇게 내 생각을 밝혔지만, 내 말을 가로막을 듯한 기세로 반론했다.

"리무루 님, 무슨 말씀을 하십니까! 저희에게 불만 같은 건 있을 리가 없습니다!"

"그래! 오히려 우리야말로 아직 은혜를 충분히 갚지 못한 수준인걸."

"두 사람의 말이 맞아, 주군. 우리는 이미 충분히 만족하고 있어. 육체를 받았으니까. 그리고 '이름'까지. 이것만으로도 충분히 우리는 강해졌다고."

세 명은 일제히, 불만은 없다고 차례로 부정했다.

확실히 충분히 차고 넘칠 정도로 강하다고 할 수 있을 것이다.

지금 상태로도 이 세 명은 각성한 가비루보다 강할 테니까.

그런 말을 듣고, 나도 그런가 하고 생각하면서 납득했다.

하지만 포상은 별개 사안이다.

"그렇게 말해주니 기쁘군. 내 마음도 언제나 너희와 함께 있다고 느낄 수 있으니까 말이지. 그러므로 더더욱 내가 준비한 상을 받아주면 좋겠다."

"상, 이라고요?"

"하지만……."

"이거 곤란하네. 그렇게 말하면 거절할 수가 없잖아."

그렇지?

거절하면 귀찮으니까 미리 도망칠 길을 막아버린 거야.

"이번의 활약을 인정하여, 너희도 간부로서 인정하기로 하지. 평소에는 지금까지와 다를 것 없이 일을 하겠지만, 전시 하에선 지휘권의 일부를 주겠다. 그리고 너희에게도 칭호를 부여하겠다."

'킬러 로드(학살왕, 虐殺王)' 테스타로사.

'페인 로드(잔학왕, 殘虐王)' 울티마.

'메너스 로드(파멸왕, 破滅王)' 카레라.

몇 명에게 미리 사전 조사의 의미로 반응을 알아보면서, 내가 생각해낸 칭호다. 상당히 잔혹하게 들릴지도 모르지만, 이번 전쟁에서 보여준 활약을 그대로 붙인 것이기도 하다.

그녀들이 간부로서 맡을 역할은 전쟁이 전문이니, 이렇게 지어도 의외로 잘 어울린다고 생각했다.

"오늘부터 그 이름을 쓰는 것을 허락하겠다. 앞으로는 고참 간부들과 마찬가지로 내 심복으로서 활약해주기를 기대하마!"

""""그 뜻에 따르겠습니다——.""""

내 말을 듣고, 세 명이 일제히 머리를 숙였다.

보아하니 마음에 든 모양이다.

불만을 제기하지 않아서 다행이라고 생각하면서, 나는 다섯 명이 대열로 돌아가는 것을 지켜봤다.

＊

이런 식으로 진화의식을 계속 진행하자.

다음에 부를 대상은 미궁 안에서 활약한 자들이다.

고즐과 메즐에겐 새로운 장비 세트를 주었다.

가드라에겐 정식으로 60층의 가디언(계층 수호자)에 임명했고, 데몬 콜로서스(마왕의 수호거상)를 맡기기로 했다. 이로 인해 베레타는 '미궁십걸'의 필두에서 은퇴하여, 가드라가 정식으로 '십걸'에 들어간 것이다.

포상으로는 각층에 있는 연구시설의 출입을 허가해주었다. 어차피 앞으로는 연구 방면에도 참가해줘야 하니까. 이번 일을 계기로 믿기로 한 것이다.

본인은 아주 기뻐했으니, 그걸 포상으로 준 것은 정답이었다고 할 수 있을 것이다.

연구 데이터를 도둑맞으면 그건 그때 가서 생각할 일이지. 하지만 뭐, 그건 쓸데없는 걱정이라는 생각도 들었다. 미워할 수 없는 영감인 데다, 앞으로는 동료로서 노력해주길 바라고 있으니까.

그렇게, 지금까지는 문제없이 끝났다.

그러면 본편으로 옮겨가도록 하자.

'십걸'을 은퇴한 베레타와 네 명의 용왕들은 내 부하가 아니다. 라미리스의 부하이므로 지금은 넘어가기로 하고.

90층의 가디언(계층 수호자)──'나인헤드(구두수)' 쿠마라.

80층의 가디언(계층 수호자)──'인섹트 카이저(곤충황제)' 제기온.

79층의 플로어 보스(영역 수호자)──'인섹트 퀸(곤충여왕)' 아피트.

70층의 가디언(계층 수호자)──'임모탈 킹(불사왕)' 아다루만.

70층의 전위──'데스 팔라딘(사령 성기사)' 알베르트.

쟁쟁한 멤버들이 나란히 서 있었다.

이렇게까지 성장했으면 폭주할 가능성 같은 건 없을 것이라는 생각이 들었다.

하지만 뭐, 한 명씩 차례대로 진화시키기로 하자.

우선은 쿠마라다.

나는 쿠마라에게 '키메라 로드(환수왕, 幻獸王)'이라는 칭호를 주었다.

이번 싸움에서 보기 좋게 복수를 해낸 탓인지, 쿠마라도 관록을 갖추게 된 것 같았다.

생각해보면 쿠마라도 처음 만났을 때는 적이었다.

세상일은 정말 어떻게 바뀔지 모르는 법이다.

클레이만에게 조종당하고 있었지만, 그 원인이 된 남자인 캔자스 대령을 쓰러트릴 수 있었으니, 나로서도 기쁘고 자랑스러운 기분을 느끼고 있었다.

미궁을 맡긴 경위도 란가로부터 숲의 개척이 특기라는 얘기를 들었기 때문이었지. 90층의 가디언을 쿠마라에게 맡기라는 진언을 듣고 맡겨보기로 했다.

그 발언이 없었다면, 쿠마라는 지금도 여전히 아기여우의 모습을 하고 있었을지도 모른다. 쿠마라가 강력한 환수라는 것은 알고 있었지만, '십걸'로 불리게 될 줄은 생각도 하지 못했으니까 말이다.

아니, 그때 이름을 지어준 시점에서 이렇게 될 운명이었을지도 모르지.

란가의 제안에 감사하기로 하자.

그런 쿠마라였지만, 지금은 여덟 마리의 환수의 주인이 되어 있다.

82~89층의 플로어 보스를 맡은 마수들은 각자가 캘러미티(재앙) 급에 해당할 정도로 강했다.

그게 쿠마라의 팔부중――이지만, 나도 왠지 모르게 본 기억이 있단 말이지.

쿠마라에게 이름을 지어주고 나서 며칠 후, 산책 겸 어떻게 지내는지 보러 간 적이 있었다. 그때 쿠마라로부터 친구들도 이름을 불러주면 좋겠다는 부탁을 받은 것이다.

소개받은 것은 귀여운 어린 마수들이었다.

마물에게 '이름을 지어주는 행위'는 다 셀 수 없을 정도로 많은 실수를 경험했다. 그런 나였기 때문에 이름에 관련된 사항의 위혐성은 이해하고 있었다.

그러나 쿠마라가 가르쳐준 미수(尾獸, 꼬리짐승)의 이름을 부르기만 하면 되는 일이었다. 그 정도면 괜찮겠다고, 가벼운 마음으로 받아들였던 것이다.

물론, 딱히 어린 여자애의 부탁이라서 받아들였다거나, 그런 식으로 양심에 걸릴 만한 마음을 먹은 일은 결코 없었다는 건 설명할 필요도 없이 잘 알고 있을 것이다.

그랬는데 설마 일이 그렇게 될 줄이야…….

지금 생각해보면, 역시 그것도 '이름을 지어주는 행위'가 아니었을까 하고 의심하고 있다.

여하튼 그때 소개해준 여덟 마리는 이렇게까지 전투능력이 높지 않았기 때문이다.

《네. 엄밀히 말하면 다르지만, 비슷한 현상이 확인되고 있습니다. 그 결과로서, 미수들과 개체명 : 쿠마라의 인연이 강화된 상태입니다.》

아, 역시.

슬립 모드(저위활동상태)는 되지 않았으며, 그 시점에선 마수들에게 변화가 보이지 않았기 때문에 알아차리지 못했지만, 전투하는 모습을 봤을 때부터 그렇지 않을까 하는 생각을 했는데 말이지.

그 귀여웠던 마수들이 지금은 흉악한 힘을 지닌 팔부중이란 말인가.

놀랄 만한 비포 & 애프터였다.

누구라도 놀랄 것이다. 나도 놀랐다.

사실상, 쿠마라는 나로부터 아홉 개의 이름을 얻게된 셈이다.

그 결과로서, 팔부중과 쿠마라의 인연이 강화되었다. 그리고 미수들이 농밀한 마력요소를 흡수하여 성장한 힘까지 본체인 쿠마라에게 환원되면서, 종합적으로 그렇게 강한 실력을 갖추게 된 것, 이다.

뭐, 이미 지나간 일은 마음에 담아봤자 어쩔 수 없다.

그때 그 일이 없었으면 쿠마라는 패배했을 가능성도 있으니, 결과가 좋으면 다 좋은 걸로 치고 넘어가자.

쿠마라에게 '영혼'을 주었다.

그 순간, 쿠마라가 마왕으로의 진화각성을 성공시켰다.

쿠마라의 뒤에 선 팔부중이 빛을 발하더니, 본체인 쿠마라에게 돌아갔다. 그리고 쿠마라에게 아홉 개의 꼬리가 나란히 생겼다. 원래 남아 있던 한 개의 꼬리는 황금색으로 바뀌었다. 나머지 여덟 개는 은백색으로 바뀌면서 빛나고 있었다.

너무나 아름다운 털을 가진 꼬리였다.

그러나 그 이상으로 아름다운 것은 쿠마라의 미모였다.

그리고 어린 소녀일 때의 모습에선 상상도 할 수 없는 풍만하고 육감적인 몸매. 예전보다 더 매력이 늘어난 것처럼 보였다.

그 긴 머리카락은 지금까지의 적갈색에서 빛을 반사하는 벼처럼 황금색으로 변화했으며, 빛을 발하면서 부드럽게 등을 타고 내려와 살랑살랑 흔들리고 있었다.

진화한 것은 그 미모뿐일까?

아니, 당연히 에너지(마력요소)양도 증가한 상태였다. 현재 단계에서 이미 각성한 가비루보다 더 상회할 기세였다.

설마 이 정도일 줄이야.

쿠마라는 원래 본체도 상당한 전투력을 지니고 있었다. 그러나 당연하겠지만, 팔부중이 전부 합체한 키메라 모드(합성수 형태)가 되어서야 비로소 최강의 힘을 발휘할 수 있었던 것이다.

반대로 말하자면, 쿠마라가 강해졌다는 것은 팔부중도 강해졌다는 얘기가 된다.

무엇보다 내가 이름을 지어준 것으로 인해 영혼이 이어지게 된 것은 물론이고, 기프트는 팔부중에게만 주어진 셈이니…….

그리고 반칙이라고 할 수 있는 것이, 내가 준 힘이 환원되면서 쿠마라를 더 강하게 만드는 결과가 된 것이다.

이건 어떤 의미에선 힘의 독점이었다.

나는 쿠마라에게서 아름다운 외모에선 상상할 수 없는 속이 검은 타산적인 성격을 느꼈다.

아피트처럼 우직할 정도로 성격이 꾸밈없이 그대로 드러내는 타입과 상성이 안 좋을 만도 하다.

하지만 뭐, 이 정도의 급격한 진화는 쿠마라에게 있어서 부담될 것이다. 지금의 쿠마라는 의식을 유지하는 것만으로도 한계인 것으로 보이는 상황이었다.

이대로 가다간 폭주할 우려도 있는 데다, 무리한 짓을 억지로 시킨 적도 없었다.

"돌아가서 푹 쉬도록 해라."

나는 그렇게 자상하게 명령했다.

쿠마라는 조금 분해하는 것 같았지만, 순순히 내 말을 들어주었다.

아마도 내 생각이지만, 란가처럼 잠이 들었다가 깨면 늘어난 힘에 익숙해지겠지.

어쨌든 성장이 기대되었다.

아니, 지금 단계에서도 이미 경국지색의 미녀인데 말이지.

어쨌든 쿠마라는 물러나서 자신의 수호영역으로 돌아갔다.

*

축하행사는 계속해서 진행되었다.

다음 차례는 제기온과 아피트다.

제기온은 나중으로 미루고, 우선은 아피트부터.

"아피트, 얼마 전에 보여준 싸움은 참으로 훌륭했다. 그 미니츠라는 남자는 제국장병들 중에서도 두드러지게 강했다. 그런 자와 호각의 싸움을 보여주었으니, 너의 실력은 진짜다. 자랑스럽게 여겨도 좋다."

애초에 나는 아피트에게 강함을 바라지 않았다. 내가 바랐던 것은 벌꿀이었으며, 생산성과 품질을 높여주기만 하면 그것만으로 만족하였다.

그랬는데 어느새 '인섹트 퀸(곤충여왕)'으로서, '십걸'에 들어가 있었으니 참으로 신기한 노릇이었다.

"농담이 심하십니다. 저 같은 것은 아직 멀었습니다. 동포를 전부 잃었으며, 그렇게까지 하면서도 겨우 비기는 것으로 그쳤을 뿐입니다."

"아니, 아니, 그렇지는——."

나는 그렇게 부정하려고 했지만, 아피트의 미소를 보고 말끝을 흐렸다.

"저는 이번에 완전한 승리를 얻어낼 수가 없었습니다. 그러므로 상을 받을 자격은 없다고 생각합니다."

"그렇긴 하지만……."

"그러면 만약 소원을 말씀드리는 걸 허락해주신다면, 얼마 전의 싸움에서 죽은 제 동포들의 '영혼'을 한 번 더 저에게 깃들게 해주실 순 없을까요?"

뭐, 뭐라고?

상은 필요 없다고 했으면서, 갑자기 무모한 요구를 하기 시작했는데?!

이 녀석들, 내가 무엇이든 할 수 있는 엄청난 녀석이라고 착각하고 있는 게 틀림없군. 아무리 그래도 그런 짓이──.

《알림. 가능합니다.》

가능하단 말이야?!

내가 아니라 라파엘(지혜지왕)이 대단한 것이겠지.

"알았다. 그러면 너에게 영령들을 깃들게 해주마."

아피트의 동포들이란 건 '부활의 팔찌'도 부여받지 못한 마충들을 말하는 것이겠지. 영령이라고 불러도 되는 건지 의문이었지만, 이 자리에선 그렇게 말해두었다.

"정말 감사합니다."

아피트는 진화할 자격은 없지만, 아마도 제기온의 진화로 인해 기프트를 받을 것이라 생각한다. 그러므로 뭘 바라는지 물어볼 예정이었다.

아피트가 기뻐해주었으니, 이게 정답이라고 생각하기로 했다.

뒤이어서 제기온의 차례다.

제기온은 가장 강하니까 나중으로 미룰까 하는 생각도 했지만, 쓸데없는 걱정이라는 생각도 들었다. 어쨌든 저 침착한 모습을 보고 있는 것만으로도 폭주 따위와는 인연이 없다는 생각이 들었기 때문이다.

역시 미궁 안의 최강의 존재다.

라파엘도 인정할 만큼 믿음직스러운 전투 센스, 베니마루와 어깨를 나란히 할 정도의 에너지(마력요소)양. 베루도라에게 사사를 받으면서, 만화를 통해 배웠다는 수상쩍은 격투술을 마스터해낼 수 있을 만큼 대단한 존재이긴 하다.

강한 것도 당연하겠지.

이번 싸움에서도 다른 '십걸'이라면 고전했을 제국군의 강자들을 단독으로 파멸시키는 모습을 보여주었다.

동시에 상대하다가 지기라도 하면 그냥 바보일 뿐이다. 그러나 제기온은 여유 있게 압살했으며, 강자들을 농락하는 일 없이 바로 쓰러트려 버렸다.

그 강한 실력을 증명한 것이다.

아마도 내 생각이지만, 지금의 제기온은 웬만한 마왕보다 강하다고 생각한다. 각성하여 '진정한 마왕'이 된 나조차도 자칫하면 질 것 같다.

그런 제기온을 각성시킨다니…….

디아블로 같은 데몬들도 이기지 못할 것 같아서, 진심으로 걱정이 되기 시작했다.

하지만 이제 와서 무슨 소리냐고 따진다면 할 말은 없다.

각성마왕이 몇 명이나 탄생하게 되는 셈인데, 걱정해봤자 사후약방문인 꼴이었다.

이미 다섯 명에게 '영혼'을 주었고, 진화 의식이 진행 중이다. 그 증거로, 방금 전부터 나에게도 힘이 유입되고 있는 것을 느끼고 있었다.

잠이 든 자들의 하베스트 페스티벌(수확제)이 '먹이사슬'을 통해 나에게 환원되고 있었다.

방대한 힘이지만, 내 몸은 연료가 떨어진 상태인 것처럼 아무런 문제 없이 받아들이고 있었다.

문제는 없겠지.

이런 건 기세가 중요하다. 단단히 마음을 먹고 계속 진행하자고 생각했다.

두려워하지 말고 전진하라!

내 기분은 그야말로 그런 느낌이었다.

지금은 반대로 생각하는 거다. 과연 제기온이라면 어느 정도까지 강해질 수 있을까, 하고.

그런 생각을 했더니, 가슴이 두근거리면서 흥분되기 시작했다.

나를 넘어설 가능성도 있겠지만 '먹이사슬'이 있는 이상, 내 우위성은 뒤집어지지 않는다. 그렇게 믿기로 하면서, 신경 쓰지 않고 의식을 다시 시작했다.

"네 실력은 실로 훌륭했다. 이렇게까지 강해질 줄은 생각지도 못했다."

"리무루 님께서 지도해주신 덕분입니다."

아니, 너를 지도한 사람은 베루도라라고 하던—— 잠깐?

라파엘도 뒤에서 몰래 가르쳤다고 했지. 그렇다면 그걸 나로 착각하고 있는 건지도 모르겠군.

정정하는 것도 귀찮으니까, 그냥 넘어가자.

"겸손은 됐다. 너의 부단한 노력이 이뤄낸 성과인 것이다. 앞으로도 나를 위해서, 그 실력을 더욱 갈고 닦도록 해라. 그리고 오늘부터 '미스트 로드(유환왕, 幽幻王)'라는 이름을 쓰는 것을 허락하겠다."

"네엣. 실로 황공하기 그지없습니다!"

제기온은 여전히 과묵했지만, 내 말에 감동하면서 몸을 떨고 있었다.

내 입장에선 적당히 해준 말이라고 해도 제기온에겐 고귀한 복음처럼 들릴 것이다. 예상 이상으로 숭배 필터가 작용하고 있는 것 같지만, 이렇게까지 날 흠모하고 있으면 불쾌한 기분은 들지 않는단 말이지.

희귀한 곤충을 보호한다는 정도로만 생각했을 뿐이었는데, 결과적으로 내가 보호를 받는 입장이 되었다.

그 성장은 의도적으로 만들어진 것이 아니라, 제기온의 재능이 터무니없이 뛰어났기 때문이다. 그뿐만 아니라 베루도라에게서 흘러나온 농밀한 마력요소와 죽어도 부활할 수 있는 수행환경. 그리고 그 이상은 바랄 수도 없을 만한 격이 높은 수행상대 덕분이겠지.

뭐, 이유 같은 건 사사로운 일일 뿐이다.

결과적으로 강해졌다. 그거면 충분하다.

나는 제기온에게 '영혼'을 주었다.

제기온은 아주 짧은 순간 몸을 떨었지만, 힘의 홍수를 정신으로 억누르면서 제어해 보였다. 가비루의 경우와 달리 기합으로 버텨내고 있었다.

그런 반응을 보여주면, 내가 잠이 든 것이 근성이 없기 때문인 것처럼 보인단 말이지.

평범하게 생각하면 기합이나 근성으로 어떻게 할 수 있는 것이 아닐 텐데…… 눈앞에서 실제 사례가 존재하고 있으니까 부정은 할 수가 없군.

그런 제기온의 진화 말인데, 무시무시한 결과가 하나 있었다.

외피의 일부를 의지의 힘에 의해 히히이로카네(궁극의 금속)로 변질시킬 수 있게 된 것이다. 각종법칙을 지배하고 있는 것도 모자라서, 제기온의 외골격까지 갓즈 급에 필적하게 된 것이다.

이건 즉, 육체 그 자체가 흉기라는 뜻이다. 격투전만 따진다면 누구도 반론하지 못할 만큼 최강이 되어 있었다.

정신생명체에겐 격투전의 강함은 우열에 영향을 주지 않는다고 하지만…… 그래도 위협적인 존재가 된 것은 틀림없는 사실이었다.

지금도 아직 진화 도중인데, 그 외에도 다양하게 힘을 획득한 것으로 보인다. 나중에 천천히 어떻게 진화했는지 확인해보는 게 좋을 것 같았다.

제기온에게 하베스트 페스티벌(수확제)가 일어나고 있는 건 확실했지만, 의지의 힘으로 억누르고 있는 모양이다.

그리고 예상한 대로, 기프트(축복)의 대상은 아피트 한 명인 것 같다.

내가 자신의 세포를 줘서 구해준 것은 제기온과 아피트뿐이었다. 그렇기에 제기온에게 있어선 아피트만이 동료(혈족)라 할 수 있을 것이다.

벌레들이 사는 층에는 그 외에도 위험한 종이 있었지만, 이번 공방전에서 전멸에 가까운 피해가 생겼다. 그런 자들은 부활하는 일 없이, 자연발생하기를 기다릴 수밖에 없다. 남은 건 아피트의 권속인데, 이쪽도 전부 살해당해버렸다.

그런 벌레들의 '영혼'은 조금 전에 아피트에게 양도했다. 그걸 어떻게 할 것인지 궁금하게 여겼더니, 자신의 강화에 이용할 생각이었던 모양이다. 그녀가 진화한 결과가 바로 그걸 증명하게 될 것이다.

축하행사가 한창 진행되는 중에, 아피트도 또한 내 앞에선 괴로워하는 표정을 보여주지 않았다. 일관되게 태연한 태도를 유지한 채, 여왕의 관록으로 끝까지 버텨냈던 것이다.

제기온도 마찬가지였으며, 역시 대단하다는 말이 나올 만했다.

나는 그 두 사람에게 감탄하면서, 대열로 돌아가라고 분부했다.

·················.

············.

······.

축하행사가 끝나면서, 제기온과 아피트는 미궁 안에 있는 자신의 거처로 돌아가서 번데기가 되었다. 그리고 진화를 완료하였다.

아피트는 제기온으로부터 받은 기프트와 권속이랑 부하인 곤충들의 '영혼'을 소비하여, 그 방대한 에너지를 한 몸에 받아들였다. 그 결과로 육체가 한번 붕괴했다가, 더욱 강인하고 전투에 적합한 몸으로 다시 탄생하게 된 것이다.

아피트는 다시 태어났으며, 자신이 획득한 유니크 스킬인 '어머니인 자(여왕숭배)'에 의해 여러 벌레의 특징을 갖춘 인섹터(곤충형 마인)를 아홉 명이나 낳았다.

유니크 스킬 '여왕숭배'라는 것은 잡아먹은 벌레의 생태를 흡수하여 마인으로 낳는 능력이었다.

그 마인들을 정점으로 한 커뮤니티가, 앞으로의 플로어(계층)를 형성하게 될 것이다. 그리고 아피트가 진정한 여왕으로서 군림하게 될 것이다.

아피트는 '십걸'이면서도, 제기온을 따르는 자다. 따라서 제기온의 총애는 아낌없이 아피트에게 쏟아졌다. 그렇기에 더더욱 아피트가 비정상적으로 진화한 것도 납득이 가는 이야기였다.

기프트를 받는 쪽이었던 아피트조차도 이렇게까지 엄청나게 진화했다. 그 정도였으니 제기온이라면 그 수준을 가히 짐작할 만했다.

진화가 완료된 육체의 강도 말인데, 품고 있는 에너지(마력요소) 양은 각성한 클레이만조차 능가했다. 하지만 그보다 진화에 의해 획득한 하나의 스킬(능력)이 더 문제였다.

아피트의 '여왕숭배'도 대죄 계열의 스킬에 필적할 수 있을 정도로 터무니없는 성능을 보유하고 있었다. 충분히 경이적인 힘이지만, 제기온은 '격'이 달랐다.

그야말로 진정한 궁극의 힘, 얼티밋 스킬(궁극능력)인 '메피스토(환상지왕)'을 획득한 것이다.

베루도라의 제자로서 실로 잘 어울리는 스킬을 얻었다.

제기온은 그 힘을 획득함으로써 미궁 안에서 부동의 왕자가 되었다.

아피트가 만들어낸 벌레들의 낙원. 그곳을 다스리는 왕과 여왕으로서, 제기온과 아피트는 절대적인 지위를 확립하게 된 것이다.

*

자, 이제 남은 미궁의 멤버는 아다루만 일행이다.

아다루만은 나를 신봉하고 있으며, 조금—— 아니 상당히 이상한 괴짜다. 예를 들자면 그래, 디아블로와 동류이다. 그 덕분에 〈신성마법〉을 다룰 수 있게 되었으니, 나쁜 일만은 아니지만…….

그런 아다루만이 실은 가드라 노사와 친구 사이였다고 하며, 옛날에는 둘이서 다양한 연구에 손을 댔다고 한다. 그렇기에 약점인 속성을 없어지게 만드는 엑스트라 스킬 '성마반전'을 만들어낸 것이겠지.

그다지 신경을 쓰지 않았지만 일종의 천재일지도 모르겠군.

뇌라는 연산 장치가 없는데도 똑똑하다는 것은 생각해보면 이상한 얘기로 들린다. 그러나 마물이라면 신기한 일은 아니다.

마물 중에는 아스트랄 바디(성유체)나 스피리추얼 바디(정신체)에 연산회로를 보유하고 있어서, 육체가 없더라도 사고를 할 수 있는 종이 있는 것이다.

그리고 나아가선 뇌가 아니라 마음으로 사고하는, 일종의 초능력자도 있었다.

나와 가까운 사람들 중에선 '완전기억'을 획득한 시온과 그녀의 부하들이 그에 해당하겠지. 이건 단순히 기억이 재현되는 것에 불과하지만, 이게 발전하여 '영혼'과 아스트랄 바디만으로 사고를 할 수 있게 되고 수명에서 해방되어 정신생명체라고 불리게 되는 것이다.

이렇게 되면 거의 대부분의 물리공격으로는 치명상을 입지 않게 되며, 육체를 잃어도 재생이 가능하게 된다. 특수한 공격이나 레전드(전설) 급 이상의 무기를 이용한 공격이 아니면 위협이 되지 않게 되는 것이다.

아다루만의 경우엔 그 수준까지는 이르지 못했다. 와이트 킹(사령의 왕)은 영적인 마물이긴 하지만, 육체라는 멍에에 속박되어 있다.

스피리추얼 바디에 사고회로가 있기 때문에 수명 같은 것과는 인연이 없다. 그러나 그래도 '영혼'과 아스트랄 바디만으로는 존재하지 못하는 것이다.

한없이 정신생명체에 가까운 존재이긴 하지만, 불사이진 않다. 그런 존재였다.

그리고 그건 '데스 팔라딘(사령성기사)'인 알베르트나 데스 드래곤(사령용)도 마찬가지였다.

그뿐만 아니라, 약점을 커버하면서 싸우는 신중함도 있었다.

아다루만의 특기는 마법을 이용한 원거리 공격이다. 전위인 알베르트를 지원하면서, 마법을 이용한 원호도 한다. 상공에선 데스 드래곤이 강습하므로, 알베르트가 피폐해졌다──대미지를 입었다──면 즉시 살아 있는 벽으로서 그와 교대할 것이다.

그런 연계가 그야말로 필승의 전투 스타일이 되어 있었다.

이 팀을 쓰러트리려면 특수한 공격수단이 필수였다.

그건 그렇고, 이번에는 상대가 너무 안 좋았다.

세상에는 그 위에 또 위가 있는 법이다.

히나타의 '성령무장'도 그랬지만, 레전드(전설) 급을 제대로 쓸 줄 아는 달인쯤 된다면, 다양한 속성도 절단할 수 있다.

비록 그게 불사속성이었다고 해도, 아무런 문제가 되지 않는다.

하쿠로우가 그에 해당했다. 포상으로서 준 레전드 급에 해당하는 칼도 하쿠로우라면 능숙히 소화할 수 있을 것이다. 그렇게 되면 대폭적으로 전력이 증가하게 되는 것이다.

그리고 동료라면 믿음직스럽지만, 이번에는 적 쪽에 레전드 급을 소지한 자들이 있었다.

그것도 제국 측의 최고전력── 임페리얼 가디언(제국황제 근위기사단)의 상위자들이.

알베르트의 검은 쿠로베가 만든 실패작였지만 등급으로는 유니크(특질) 급에 해당하는 명품이었다. 그러나 적의 검은 레전드 급이었던 것이다.

질이 떨어지는 무기로 싸우면서도 어떻게든 상대할 수 있었던 것은 알베르트의 레벨(기량)이 앞섰기 때문이다. 결과적으로는 검이 부러졌고, 그게 원인이 되면서 팀도 패배했지만, 이 일로 알베르트를 책망하는 것은 번지수를 한참 잘못 찾은 것이다.

오히려 선전했다고 칭찬해줘야 할 것이다.

"결과는 아쉬웠지만, 너희의 싸움은 훌륭했다. 특히 알베르트, 너의 검기는 대단하다는 말밖에 할 수가 없었다."

"황송할 따름입니다."

"아다루만, 너도 그렇다. 어느새 내가 가르쳐준 마법도 구사할 수 있게 되었더군. 그 정진하는 모습은 본받을 점이 있다고 생각한다."

나는 이렇게 보여도 귀찮은 걸 싫어하기 때문에 본받을 생각은 없었다. 관심이 있는 일 이외에는 연구하려는 마음이 생기질 않는 것이다.

그러나 나 대신 라파엘(지혜지왕)이라는 우수한 파트너가 있으므로, 아다루만의 연구 성과도 앞으로 도움이 될 것이다.

"천만의 말씀. 저 같은 놈은 리무루 님의 지혜의 끝자락에도 한참 미치지 못합니다."

내가 아니라 라파엘의 지혜, 이겠지.

뭐, 지적할 생각은 들지 않지만.

"그렇게 겸손하게 굴 필요 없다. 아다루만, 너에게 새로운 힘을 주마. 이번 패배를 발판으로 삼아서 더 크게 성장해줄 것을 기대하겠다!"

"패배한 저 같은 놈에게 그런 관대한 말씀을 해주시다니, 저는 그저 분골쇄신하면서 노력할 뿐입니다."

감격의 눈물을 흘리면서, 아다루만이 그렇게 말했다.

분골이니 쇄신이니 하는 말은 아다루만의 경우엔 단순한 비유로 끝나지 않으니까 쓰지 않았으면 좋겠다.

실은 아다루만에게 진화를 시켜주겠다는 뜻을 전했을 때 거절당했다.

『리무루 님, 저는 다른 분들과 달리 패배한 몸입니다. 저는 저 자신을 용서할 수가 없습니다. 이 무능한 저의 몸이 리무루 님과 같은 경지의 각성을 하게 된다니…… 다음 기회를 부여받고 성과를 올리게 될 때야말로 그 경지에 오를 수 있는 영예를 받고 싶습니다!』

그게 아다루만이 한 말이었다.

그걸 처음에는 설득하고 달래면서, 겨우 납득하도록 만들었다.

애초에 나는 처음에는 기대조차 하지 않았다.

신지 일행이 60층까지 쳐들어갔을 때에도 아다루만 일행은 진다고 생각했을 정도였다.

그랬는데 지금은, 내 예상을 훨씬 넘어설 정도로 훌륭하게 성장한 모습을 보여주었다.

이번 상대였던 크리슈나 같은 경우는 상성이 좋지 않았던 것에 지나지 않았다.

그러므로 노력하는 것도 적당히 해——라는, 그런 마음을 담아서, 나는 아다루만에게 '영혼'을 주었다.

당초의 예정에서 크게 벗어났지만, 앞으로는 미궁이 최후의 요새가 될 것이다. 방위력의 강화는 중요한 일이므로, 아다루만도 진화를 하도록 시켰다.

모든 중요연구시설은 미궁 안에 있는 데다, 여차하면 수도까지 미궁 안으로 격리할 수 있다. 이 정도로 편리할 것이라곤, 라미리스를 받아들일 때는 생각도 하지 못했다.

우리의 놀이터라고 생각했던 미궁이, 어느새 요새가 되어 있었던 것이다.

이것도 전부 라미리스, 그리고 베루도라의 덕분이었다. 이 두 사람에게도 제대로 감사의 표시를 하자고 마음속으로 새기면서, 나는 아다루만에게 말을 걸었다.

"너는 자신의 활약이 부족하다고 한탄했지만, 나는 너를 높이 평가하고 있다. 그게 옳았다는 것을 앞으로의 활약을 통해 증명해다오!"

"네엣! 반드시 그 기대에 부응해보이겠습니다!!"

아다루만의 진화가 시작되었다. 보아하니 내 경우와 마찬가지로, 저항할 수 없는 잠기운의 습격을 받는 것 같았다.

억지로 참는 것도 몸에 좋지 않으니, 어서 의식을 진행시키도록 하자.

"음, 믿겠다. 그러면 너는 오늘부터 '게헤나 로드(명령왕, 冥靈王)'이라는 이름을 칭하도록 해라. 그리고 그 이름에 부끄럽지 않게 앞으로도 노력해다오!!"

"네엣, 리무루 님의 뜻을 따르겠습니다——."

휴우.

위엄이 느껴지게 말을 쓰는 것도 힘든 일이다.

참고로, 이런 칭호를 생각하는 것도 정말 힘들었다. 하룻밤 내내 자지 않고 생각한 것이다.

뭐, 잘 필요가 없어서 시간이 남아돌았기 때문이었지만…….

어쨌든 아다루만에게도 내 부하 중에선 최고위인 '왕'을 칭하도록 시키기로 했다. 앞으로 늘어날 가능성도 있지만, 지금은 아직 열두 명밖에 없는 왕 중의 한 명이 된 셈이다.

확고부동한 대간부로서, 아다루만의 발언력도 늘어날 것이 틀림없다.

발언할 기회가 있다면 말이지만.

그건 그렇고, 활약한 자는 아다루만만 있는 게 아니다.

잠기운에 저항하는 아다루만의 옆에는 알베르트가 한쪽 무릎을 꿇고 있었다. 그 뒤에는 거대한 몸을 줄이듯이 웅크린 데스 드래곤(사령용)이 있었다.

이 둘에게도 기프트(축복)가 분배될 테니까 느긋하게 얘기할 시간은 없을 것 같다.

알베르트에겐 부러진 검을 대신할 무기와 방어구를 주기로 했다.

지금도 압도적인 레벨(기량)의 검기를 구사하고 있으니까, 그에 어울리는 무기와 방어구를 가지면 호랑이에 날개를 단 격이 될 것이다.

그렇다면 쿠로베의 최고걸작을 주는 게 좋겠지──라고 그때 나는 생각했다.

이번에 제국군으로부터 전리품으로 레전드(전설) 급의 무기와 방어구를 몇 가지 받았다(압수했다). 그리고 대장인 칼리굴리오가 소지하고 있던 것은 너무나 희귀한 갓즈(신화) 급이었다.

이 갓즈 급 말인데, 쓰지 않고 그냥 장식해두기만 하는 건 아깝다. 그래서 쿠로베에게 맡기려고 했지만, 필요 없다면서 거절했다.

'저는 이제 자신의 힘만으로 갓즈 급을 만들어낼 겁니다!'

그때 그렇게 말했지만, 확실히 그 말이 옳다고 납득했다.

베니마루의 '홍련'도, 쿠로베의 손에 의해 갓즈 급에 못지않게 다시 만들어낼 것이 틀림없다. 그렇게 확신하면서, 지금 있는 이것은 넘기지 않았던 것이다.

그럼 이걸 누가 쓰는 게 정답일까?

칼리굴리오의 경우를 보고도 알 수 있지만, 각성한 것만으론 갓즈 급의 진정한 주인은 될 수 없는 것이다.

갓즈 급은 자신을 다뤄 줄 소유자를 선택한다.

해석할 것까지도 없이 그렇다는 것을 이해할 수 있었다.

오랜 세월을 거쳐 마강이 히히이로카네(궁극의 금속)로 진화하면서, 일종의 '츠쿠모가미(오랜 시간을 거쳐 온 물건에 신이나 정령이 깃든 것들을 가리키는 이름)'가 된 존재가 갓즈 급으로 불리게 되는 것이라고 생각한다. 그렇다면 그에 걸맞은 소유자가 아니면 제대로 활용하지 못할 것이다.

그야말로 수명이 한정된 인간에겐 꿈속의 꿈같은 존재.

사령이 되었고, 끝없는 고난에 처하면서, 그래도 여전히 팔라딘(성당기사)으로서의 레벨을 잃지 않았던 고결한 영혼. 그런 자가 지금 끝없는 수명을 가진 '데스 팔라딘'으로 진화했다.

그런 알베르트가 무수한 수련을 통해 갈고 닦으면서 하쿠로우에게 필적하는 검기를 얻었다. 그라면, 이 무기와 방어구를 다루기에 어울리지 않을까?

나는 그렇게 생각한 것이다.

그리고 다른 간부들은 모두, 각각 애용하는 무기와 방어구를 가지고 있다. 쿠로베와의 신뢰관계도 있다 보니, 쿠로베가 만든 무기가 아니면 가지고 싶지 않다고 하는 자까지 있었다.

디아블로랑 악마 아가씨 3인방처럼 자신의 '물질창조'라는 스킬(능력)로 무기와 방어구를 구현시키고 있는 자도 있고.

그 성능은 소유자의 레벨에 비례하며, 적어도 레전드 급 수준의 방어력에 도달해 있었다. 기존의 무기와 방어구를 지닐 필요는 전무했다.

시온처럼 애정을 들여 조금씩 마력을 주입하는 자도 있다. 그 때문인지, 어느새 시온이 사용하고 있는 대태도는 '진 고리키마루'라고 불리는, 레전드 급에 해당하는 파괴력을 우선한 병기가 되어 있었다.

저거, 틀림없이 부러졌었지?

라즐과의 전투에서 두 동강이 났던 것 같은데, 다시 붙어 있었다.

그렇다. 소유자인 시온 자신과 마찬가지로, 아끼는 칼까지도 불사조처럼 부활한 것이다.

나는 놀라기보다 어이가 없었다.

그리고 두려워졌다.

시온은 요리에 애정을 쏟고 있는 것 같은데, 대체 그건 어떤 물질이란 말이야! 라는 생각이 들었기 때문이다.

시온이 말하는 애정이란 것은 부러진 칼도 되살릴 수 있는 위험한 효과가 있는 것이다. 그런 게 잔뜩 주입된 요리라니…….

더 이상 생각하면 위험할 것 같은 예감이 들어서, 하다 만 얘기를 계속하기로 했다.

무기와 방어구의 상성도 중요한 요소임이 판명된 이상, 간부들에겐 이번에 새로운 무기와 방어구를 줄 필요는 없게 되었다.

이것만으로도 충분한 이유가 되겠지만, 마지막으로 내 등을 밀어준 것은 라파엘의 진언이었다.

이 갓즈 급을 줄 사람으로는 알베르트가 가장 적합하다고, 그렇게 진언한 것이다.

나는 의심하지도 않고 고개를 끄덕였으며, 그리고 알베르트에게 주는 포상으로 삼기로 했다.

그런고로, 알베르트에게 줄 포상은 갓즈 급의 무기와 방어구 세트다.

롱 소드에 카이트 실드가 세트로 포함된 풀 플레이트 메일이었다.

"알베르트, 너의 검기는 훌륭하다. 그 실력을 높이 사서, 이것들을 너에게 주겠다. 앞으로도 그 실력이 녹슬지 않도록 정진하여 아다루만을 도와주도록 해라!"

"알겠습니다!!"

내가 그렇게 말하는 타이밍에 맞춰 슈나가 장비 세트를 실은 왜건을 밀면서 앞으로 나왔다. 그리고 알베르트에게 직접 건네주었다.

그걸 보자마자, 알베르트가 긴장하면서 몸을 떨었다.

"이, 이건……."

한눈에 보고 성능을 알아차린 모양이다. 알베르트가 경악한 목소리로 말했다.

무리도 아니다.

현존하는 것도 얼마 되지 않는, 신대(神代)의 세대부터 전해 내려오는 물건인 것이다.

이 세상에서 최고의 무기와 방어구를 다룬다는 건, 기사로서 최고의 영예라고 할 수 있을 것이다.

"완벽히 활용할 수 있겠지?"

못한다는 말은 허락하지 않을 것이다.

내 시선의 압력을 받으면서, 알베르트는 기합이 들어갔다.

"당연합니다! 리무루 님의 기대에 반드시 부응해보이겠습니다──!!

목소리를 드높이면서 알베르트는 대답해주었다.

기합은 충분해 보였기에 나도 일단은 안심했다.

그리고 그 후에 알베르트가 손을 댄 순간, 갓즈 급의 장비들이 자연스럽게 알베르트의 몸을 감쌌다. 아주 깔끔하게 무기와 방어구의 주인으로서 인정받은 것 같았다.

내 오산은 단 하나.

진짜 주인을 얻으면서 해방된 갓즈 급의 성능이 예상했던 수준을 월등히 상회했다는 것이다.

알베르트는 갓즈 급을 장비하고 있는 상태에 한해서, 육체를 얻은 정신생명체와 동등한 존재가 되었다.

'육체를 가진 자를, 일시적으로 정신생명체로 승화시키는 능력'── 이게 바로 갓즈 급에 숨겨져 있던 진정한 힘이었던 거다.

정신생명체라는 것은 말하자면 신과 같은 존재이다. 베루도라도 그렇고, 나도 말하자면 그런 쪽에 가깝다.

실감은 나지 않지만, 불로불사에 가까운 것은 틀림없다.

불로는 확정적이며, 불사성은 상당한 수준이다. 코어 브레이크

(심핵파괴)나 에너지 로스트(마력요소 소실)이 아니면 죽지 않을 것이 라는 생각이 들었다.

즉 정신생명체라는 것은 정해진 수명도 없고, 다양한 상태이상 도 효과가 없으며, 의지의 힘만으로 죽음을 극복할 수 있는 존재 인 것이다.

일시적이라곤 해도 초상적인 존재와 동격인 수준까지 끌어 올 리다니, 갓즈 급의 장비는 엄청난 성능을 가지고 있다는 것을 납 득했다.

그리고 동시에 라파엘이 알베르트를 추천한 이유도 알 거 같 았다.

베니마루는 자력으로 정신생명체로 진화했으며, 란가나 시온 도 비슷한 존재이므로, 우선은 틀림없이 비슷한 느낌으로 진화할 것으로 생각한다. 가비루랑 게루도는 아직 멀었다는 느낌도 들지 만, 갓즈 급을 주었다고 한들 조건은 바뀌지 않을 것이다.

확실히 알베르트가 적임자였다.

있어야 할 자리에 잘 갖다 놓았다고 할 수 있었다.

아다루만의 애완동물인 용도 잊어선 안 된다.

데스 드래곤(사령용)도 열심히 싸웠으니, 상을 줄 생각이었다.

뭐가 좋을지 고민했지만, 그 답은 이미 생각해놓았다.

'이름'이다.

마물은 '이름을 지어주는 것'을 가장 기뻐한다.

원래는 위험을 동반하는 행위지만, 나에겐 라파엘이 함께 하고 있다. 분명 안전한 범위를 지키면서 마력요소의 유출을 조절해줄 것이다.

《제안. 이번 경우는 이미 개체명 : 아다루만과 데스 드래곤 사이에 인연이 생긴 상태입니다. 그곳에 '영혼의 회랑'을 만드는 것보다 '영혼'을 소비하여 이름을 지어주는 방법을 추천합니다.》

으음?
라파엘이 생각지도 못한 제안을 했는데. 참고삼아 묻자면, 그런 경우엔 '영혼'의 소비량은 어느 정도가 되지?

《해답. 5,000개입니다. 실행하시겠습니까?　　　　YES/NO》

5,000개 정도라면 그게 더 안전하고 확실하겠군.
라파엘의 말로는 영혼을 해석해서 '벨제뷔트(폭식지왕)'를 통해 에너지(마력요소)로 변환할 수 있다고 한다.
안전은 보장되어 있다는 얘기였다.
좋아, 그렇게 하자!
나는 데스 드래곤의 앞에 서서 그 머리를 쓰다듬었다. 그러자, 상당히 긴장한 듯한 모습을 보였다. 외모는 무섭게 생겼지만, 제법 귀여운 녀석이었다.
"너에게도 상을 줘야겠지. 그런고로, 오늘부터 네 이름은 '명옥용왕(冥獄龍王)' 웬티다!"
그렇게 말한 뒤에, '영혼'을 소비하여 이름을 지어줬다.
그 순간, 극적인 변화가 발생했다.

데스 드래곤의 20미터가 넘는 거구가 점점 작아지더니, 어두운 색의 옷을 입은 미녀로 변신한 것이다.

누구——? 라고 생각했지만, 나는 방심하지 않았다.

마물이라면 무슨 일이든 있을 수 있다.

지금까지 질릴 정도로 경험하면서 학습해왔다. 그리하여 얻은 진리가, 내가 당황하는 것을 허용하지 않았다.

동요를 겉으로 드러내지 않은 채, 이게 당연한 일이라는 태도를 끝까지 고수했다.

내 나름대로 노력했다.

"아아, 저희가 가장 사랑하는 아름다운 신이여! 비천한 저에게까지 이름(축복)을 내리시다니, 감격스럽기 그지없습니다!"

아아, 응. 역시 유창하게 말할 줄 아네.

그리고 그거, 이름만 준 거야. 기프트(축복) 쪽은 아다루만이 준 거니까.

효과가 뒤섞인 것 같지만, 착각은 하지 않도록 해.

"오오오. 잘 되었구나. 데스—— 아니, 웬티여!"

"아아, 주인님. 신은 저를 저버리지 않으셨습니다!!"

"음, 이것도 다 우리의 신앙 덕분이다."

"네!"

아름다운 주종 간의 사랑.

나만 혼자 따로 동떨어진 느낌이 들지만, 다행이네.

이리하여 아다루만 일행에게 포상을 주는 절차도 무사히 종료된 것이다.

그건 그렇고, '영혼'을 소비하여 이름을 지어주는 건 실로 편리한 것이로군.

애초에 드래곤 로드(용왕) 클래스인 상위마물에게 이름을 지어주었다간, 얼마나 많은 마력요소를 빼앗길지 모른다. 아무리 라파엘이 있다고 해도, 내가 보유한 에너지양에도 한도가 있는 법이다. 조금씩 '벨제뷔트'에 마력요소를 쌓아두고 있었지만, 테스타로사 일행에게 이름을 지어주면서 다 써버리고 말았던 것이다. 베루도라에게 부탁하는 방법도 있지만, 상당히 싫어하는 반응을 보인단 말이지. 상한 기분을 풀어주는 것도 힘드니까, 최후의 수단으로 생각하고 있었다.

스톡(예비)도 없이 이름을 지어주다가 슬립 모드(저위활동상태)라도 되면 큰 문제다.

마력요소의 절대량이 늘어난 현재, 회복할 때까지 얼마나 많은 시간이 필요할지 모른다.

지금은 전시중이다. 실수로라도, 그런 위험한 도박을 시도하는 건 있을 수 없는 얘기였다.

하지만 이번에 쓴 방법이라면 문제가 없다.

라미리스에게 어떻게 감사를 해야 할지 고민하고 있었는데. 이렇게 하면 기뻐해주지 않을까?

즉, 라미리스의 부하인 네 마리의 드래곤 로드에게도 이름을 지어주자는 아이디어를 떠올린 것이다.

나와 연결된 인연이 없더라도 이 방법을 쓴다면 괜찮을 것이다. 그 아이디어를 떠올려준 라파엘 님 만만세였다.

보유하고 있는 '영혼'에는 여유가 있으며, 2만 개 이상은 남을 것이 틀림없다.

애초에 이만큼 확보할 수 있었던 것도 라미리스가 도와줬기 때문이었다.

그런데도 라미리스는 '난 '영혼'을 쓸 방법이 없으니까 필요 없는데?'라고 말하면서, 전부 나에게 양보해주었다.

그렇게 받기만 하는 건 왠지 미안한 기분이 들었기 때문에, 이건 좋은 아이디어라는 생각이 들었다.

기뻐해주면 좋겠는데 말이지.

나중에 잊지 말고 의논해보기로 하자.

*

이리하여 미궁 멤버들의 의식도 종료했다.

축하행사도 드디어 마지막 단계에 들어섰으며, 문제아 두 명만을 남겨놓았다.

그 문제아라는 건 말할 것도 없이 제1비서와 제2비서인 시온과 디아블로, 그 둘이었다.

지금까지의 흐름을 보면, 폭주의 위험은 없을 것이라 확신했다.

하지만 방심은 하지 않는다.

뭐니 뭐니 해도 그 상대는 시온과 디아블로인 것이다.

가장 흉악한 두 명이라고 할 수 있다.

이 두 사람이 동시에 날뛰기 시작한다면 피해는 막대할 것이다. 하물며 지금은 간부들도 의지할 수 없으니까 말이지.

그런고로 우선은 시온부터다.

"시온, 너는 '워 로드(투신왕, 鬪神王)'로 임명하겠다. 오늘부터 한 층 더 침착한 태도를 염두에 두고 행동하도록 해라."

"물론입니다! 저 만큼 침착한 성인 여성은 존재하지 않습니다!"

저기, 그게, 누구 얘기야?

자신을 이야기하는 것 같지만, 자기 평가가 너무 후하잖아!

최근에 들어서야 자제심을 배운 것 같기에 감탄하고 있었는데, 역시 시온은 아직 멀었군. 긴 안목으로 지켜보도록 하자.

"그렇게 하기로 할 테니까, 폭주하는 일 없이 주위의 동료들과 몰래 의논하여 모두를 지켜다오."

나는 그렇게 말한 뒤에, 시온에게 '영혼'을 주었다.

──그랬는데, 어라아?

놀랍게도 전혀 변화가 없었다.

시온도 눈을 동그랗게 뜨면서 나를 보고 있었다.

한동안 서로를 응시했지만 변화의 조짐도 없었다.

불발, 인가?

이렇게 되면, 상을 주지 않은 것처럼 여길 것 같아서 아주 찜찜 하다.

갑자기 위기가 찾아오고 말았다.

왜냐하면 다른 것은 전혀 준비하지 않았던 것이다.

어떡할지를 놓고 생각했는데, 의외의 현상이 발생했다.

시온에겐 아무런 변화가 없었는데, '자극중(부활자들)'이 잠이 든 것이다. 그리고 시온의 친위대라고 하는 정체불명의 팬클럽 멤버 들 중에서도 힘들어 하는 자가 간간이 보이고 있었다. 개인차는 있지만, 모두가 어떤 식으로든 기프트(축복)를 나눠 받은 것 같다.

시온 본인은 전혀 아무렇지 않은데, 참으로 신기한 일도 다 있다.

깊게 생각해봤자 의미는 없다, 는 말인가. 시온의 직속이니까 이런 일도 있을 수 있겠지.

그런고로, 시온은 방치하는 게 좋을 것 같다.

"그럼 시온. 몸에 이상이 느껴지면 확실하게 알리도록 해라."

"네! 그런데 리무루 님. 저도 고부타처럼 특별한 포상을———."

시온이 몸을 꼬면서 그런 말을 꺼냈다.

으———음, 확실히 그렇긴 하네. 의식은 제대로 치렀는데, 이래선 칭호를 주기만 한 것으로밖에 보이지 않는다. 그거로도 충분하다는 목소리도 있겠지만, 시온의 경우는 무기를 새로 마련해둘 필요도 없으니까 말이지…….

고부타처럼, 이라.

"알았다. 너에겐 특별한 요리법을 가르쳐주마!"

"네?! 그 말씀은 곧, 제가 슈나 님보다 더 요리를 잘하는 것으로 인정해주———."

"결코 그렇지 않아!"

어떻게 하면 그런 말도 안 되는 착각을 할 수 있는 거야.

옆에서 듣고 있던 슈나는 어이가 없다는 반응을 보이고 있었지만, 내가 곧바로 부정하자 바로 기분을 풀었다. 부정당한 시온은 불만이 있는 것 같지만, 부엌을 확장하겠다고 속삭이자, 만족스럽다는 듯이 고개를 끄덕이면서 대열로 돌아갔다.

다루기 쉬운 녀석이다.

그건 그렇고 시온의 부하인 '자극중' 말인데, 재미있는 진화를 하고 있었다.

일종의 정신생명체 같은 느낌으로 바뀌고 있었다. 데몬(악마족)과는 다르게 육체를 보유하고 있다는 것이 재미있었다.

육체를 가졌으면서도 데몬에 가까운 존재. 더구나 중요한 것은 교배능력도 잃어버리지는 않았다는 점이다.

놀랍게도 그들은 완전히 새로운 종족으로서 다시 태어난 것이다.

말하자면 사귀족(死鬼族)이라고 할까?

시온이 지닌 오니의 인자가 상당히 강하게 나타난 것 같으며, 힘이 크게 늘어난 상태였다. 신체강화 계열의 엑스트라 스킬인 '신통력'을 획득하고 있는 자도 있었다.

단, 뿔은 나지 않았지만.

'히류(비룡중)'보다 에너지(마력요소)양은 낮지만, 그 불사성을 고려한다면 둘 중 어느 쪽이 더 강한지 판단하는 것은 어렵다. 원래는 홉고블린이었다는 사실을 누구에게 말해도 믿어주지 않을 것이다. 정말로, 마물이란 신기한 생태를 가지고 있는 존재다.

본인에게 변화가 없었던 것은 의외이긴 하지만, 이런 식으로 시온의 의식도 종료되었다.

*

자, 이제 마지막 한 명의 순서가 되었다.

문제의 디아블로다.

아까부터 계속 안달복달하고 있었다.

더할 나위 없는 미소를 지으면서 잔뜩 기대하는 표정으로 나를 보고 있었다.

솔직히 말하자면 여기서 중지하는 게 더 큰일이 일어날 것 같았다.

만약 누군가가 방해한다면, 그 사람의 목숨은 이미 없는 것이라고 단언할 수 있었다.

그러면 시작해볼까.

"디아블로 군."

"네, 리무루 님!"

불안한 예감밖에 들지 않는다.

틀림없이 이번 진화를 통해 템페스트(마물의 나라)에선 최강의 지위에 오를 것이다.

내 부하들 중에서 가장 강한 존재가 아니라, 나보다도 확실히 강해질 것이다.

본인의 말로는 제기온에게 이기지 못했다고 하지만, 보나마나 어떤 제한조건을 걸고 싸웠을 것이 틀림없다. 그 증거로, 상당한 강적이었던 지우랑 버니를 단지 혼자의 몸으로 제압해냈으니까.

제기온의 실력에는 놀랐지만, 디아블로는 그보다 더 뛰어나다는 느낌이 들었다. 즉, 현재 상태에서도 내 부하들 중에선 최강인 것이다.

진심을 발휘한 디아블로라면, 지금 상태에서도 나보다 강할 가능성이 있다. 그야말로, 내가 각성했을 때와는 비교가 되지 않을 정도로…….

그런 디아블로가 어떤 식으로 진화할 것인지가 주목해야 할 부분이었다.

"너에게 어울리는 것은 '데몬 로드(마신왕, 魔神王)'이라는 칭호이겠지. 앞으로도 내 심복으로서 악마들을 통솔해줄 것을 부탁하겠다!"

특히 그 세 아가씨들을 말이지.

"쿠후후후후, 맡겨만 주십시오, 리무루 님!"

부탁한다, 정말로.

나는 고개를 끄덕이면서, 디아블로에게도 의식을 시작해주었다.

──그리고 마신이 태어났다.──

순식간에 진화는 끝난 것 같았다.

시온처럼 불발인 줄 알았는데, 그렇지는 않았다. 모든 에너지를 완벽하게 컨트롤하여 일절 밖으로는 드러나지 않았을 뿐이었던 것이다.

역시 디아블로, 훌륭한 실력이었다.

디아블로는 진화했고, 이 세상에서 최강의 자리 하나를 차지하는 존재가 되었다.

그 힘의 일부분이 지금 막 만든 '영혼의 회랑'을 통해서 흘러들어왔다.

위험한데, 이거.

대체적으로 힘의 상한선은 예상할 수 있었다.

베니마루랑 시온의 진화가 불발로 끝난 현재, 정확하게 내 부하들 중에선 최강의 존재가 되어 있었다.

아니, 그 정도가 아니라…….

에너지(마력요소)양에서도 나랑 맞먹으며, 그 축적된 레벨(기량)을 고려하면, 내가 이길 수 있는 상대가 아니게 된 것 같은 느낌이로군.

역시 불안한 예감의 적중률은 높다니까.

이리되리라고 생각했던 만큼, 나는 일절 동요하지 않았다.

"훌륭한 진화로구나, 디아블로."

"그렇게 칭찬해주시니 너무나도 황공할 따름입니다, 리무루 님."

잘된, 걸까?

성격은 예전 그대로였다.

여기서 하극상이라도 일으킨다면, 그건 그것대로 재미있겠지만.

만약 그렇게 되면 나도 진심으로 진지하게 싸워보자는 생각을 했던 건 비밀이다.

그런 디아블로 말인데, 진화는 완료된 상태인데도 뭔가 새로운 스킬(능력)의 획득을 노리고 있는 것 같았다.

"뭘 하고 있는 거냐, 너?"

"아뇨, 예전의 싸움에서 얼티밋 스킬(궁극능력)의 유용성을 깨달았는지라……. 기이의 자랑을 들었을 때는 무시하고 있었습니다만, 이용할 수 있는 건 이용하자고 생각하여 마음을 고쳐먹었습니다."

"헤에, 그랬단 말이군……."

바보 아냐, 이 녀석은?

똑똑한데 바보인 녀석은 꼭 있단 말이지.

내 주위에는 그런 타입이 많은 것 같군.

"다음에 만나면 자랑할 수 있도록 이 기회에 습득하려고 합니다. 쿠후후후후."

"흐, 흐——응."

기이가 자랑을 하는 건 싫어도 자신이 자랑하는 건 괜찮단 말이군…….

뭐, 뭐어, 디아블로가 나 말고 다른 자에게 제멋대로 구는 건, 지금까지의 태도를 보고 있기만 해도 충분히 상상할 수 있는 것이었다. 라파엘에게 부탁할 필요 없이 나도 깨닫고 있었던 것이니까.

어차피 피해자는 기이일 테니까, 내가 걱정할 일도 아니다. 나에게 불똥이 튀지 않는 정도라면 흠을 잡지 않아도 괜찮겠지.

디아블로는 지금까지와 다르지 않은 태도를 유지하고 있으며, 이 모습을 보면 걱정했던 하극상도 기우였던 것 같다. 진화도 완전히 컨트롤해내고 있었으니, 유능한 부하로서 앞으로도 의지하도록 하자.

참고로, 내가 판명한 사실이 있는데——.

디아블로의 기프트(축복)는 그의 부관인 베놈과 부하가 된 악마들 100명에게 주어졌다.

단, 이건 내 감일 뿐이지만, 디아블로는 기프트로 돌아갈 에너지를 줄인 게 아닌가 하는 의혹이 느껴졌다. 그런 짓이 가능한지 아닌지는 모르겠지만, 디아블로라면 그럴 수 있어도 신기한 일이 아니었다.

강함이란 주어지는 것이 아니라, 스스로 획득하는 것이다——고, 디아블로라면 그렇게 생각할 것 같기 때문이다.

하지만 뭐, 베놈에겐 자질이 있는 것 같았다. 제대로 진화해서 데몬 로드(악마공)가 된 것이다.

그러나 악마 아가씨 3인방과는 비교도 되지 않았고, 모스나 베이런과 비교해도 위압감이 부족했다.

오랜 세월 동안 최강의 자리에 계속 군림해온 자가 신참에게 지는 건 말이 안 되는 일이겠지. 같은 데몬 로드라고 해도 '격'의 차이는 명백했던 것이다.

"그야 그렇죠. 저는 아직 100년도 살지 않은 신참이니까요. 그분들과는 비교하는 것조차 주제넘은 짓입니다."

그게 베놈 본인이 한 말이었다.

들자하니 베놈은 특수한 개체였던 것 같으며, 아직 경험이 적은 현대종이라고 한다. 선천적으로 유니크 스킬을 가진 걸 보면, 어쩌면 기구한 운명을 거친 전생자일지도 모르겠군.

본인은 전생의 기억 같은 건 없다고 하지만, 가끔 알고 있을 리가 없었던 말을 떠올리곤 한다고 한다. 우리나라에 오고 나서 보는 것들에 대해 그런 데자뷔(기시감)를 느끼는 일이 많다고 말했다.

뭐, '전생자'였다면 특수하다는 것도 납득이 되네.

그런 베놈이었지만, 자신의 분수는 잘 알고 있었다.

테스타로사를 비롯한 악마 아가씨 3인방과 같은 격으로 진화했는데도 건방지게 굴지도 않았고, 다른 동료들을 깔보지도 않았다. 진화한 자신의 힘을 확인해보고 다시금 실력의 차이를 깨달은 것 같았다. 악마에게 있어선 에너지(마력요소)양보다 경험이 중요한 것이다.

역시 대단하다는 생각을 하고 있으려니, 본인의 입을 통해 비밀 이야기를 들을 수 있었다.

"야아, 실은 전 예전에 디아블로 님에게 도전한 적이 있는데, 그때 질릴 정도로 두들겨 맞고 실력차이를 깨달았지 뭡니까!"

상쾌한 표정으로 말하고 있지만, 바보 아냐, 이 녀석?

디아블로의 심복다운 에피소드다. 디아블로가 마음에 들어 할 만큼의 충분한 이유가 있었던 셈이다.

하지만 뭐, 결과적으로는 잘된 일이다. 그 경험을 바탕으로 삼고 학습함으로써 같은 실수를 범하지 않게 되었으니까. 만일의 경우에라도 건방지게 굴었다간 디아블로에게 처리되었을 테니까.

디아블로는 자신의 부하라고 해도 분수를 모르는 자는 용서하지 않았다.

베놈은 반성을 통하여 배울 수 있는 남자 같은 존재가 되었으니, 앞날을 기대하기로 하자.

그리고 기프트를 받은 다른 자들 말인데.

실은 아직 배양캡슐 중에서 육체를 구축 중이었다. 그런 존재 100명이 디아블로 슈발리에(상위악마기수)로서 탄생한 것이다.

아크 데몬(상위마장)에는 미치지 못하지만, 상위마인에 필적하는 힘을 얻은 악마의 기사들. 그레이터 데몬(상위악마) 정도는 일격에 죽여버릴 수 있는 맹자들이 되었다.

정확히 말하자면 규격 외의 존재──이지만, 디아블로에겐 흥미가 없었던 모양이다. 베놈의 부하라는 명목으로, 그대로 그들 전체를 맡긴 것이다.

내 직속 부하로서의 위치를 지키면서도 가볍게 움직이는 것을 우선한 것이다.

역시 변하지 않았다고 확신한 순간이었다.

진화하여 나를 넘어섰다고 해도 디아블로는 디아블로였다.

＊

이런 식으로 간부들의 진화 의식은 종료되었다.

무사히 끝나서 정말 다행이었다.

그렇다곤 하나, 전승축하회는 아직 계속되고 있다. 그 외에도 활약한 자들을 불러서 그들의 공로를 차례로 치하했다.

그리고 그대로 잠을 자지 않고 있는 자들만 참가하는 자리였지만, 축하연을 열었던 것이다.

모두가 참가하는 자리는 다음에 또 열기로 하자.

그때를 기대하면서, 오늘의 연회를 즐겼다.

하지만 아쉬운 점은 젠 씨랑 '쌍익' 두 명이 돌아가 버린 거라고 할까. 미안하지만 급한 일이 있다면서 축하행사가 끝나자마자 황급하게 떠나버렸다.

다음에는 부디 여유 있게 참가해주면 좋겠다.

그건 그렇다 치고, 연회에서 술에 취해서 주정을 부리는 자들도 신경이 쓰이는군.

"──어차피 저 같은 건 베니마루 님에겐 어울리지 않았어요. 그런 사실은 처음부터 알고 있었다고요!!"

"자, 자, 진정해. 당신은 아름답다니까, 고부아 공. 나는 아예 동경하던 알비스 님에게 살해까지 당했거든? 수인은 말이지, 강한 자를 좋아해. 자신과 같거나 그 이상의 상대를 반려자로서 추구하는 법이라고. 그리고 강하면 좋아하는 만큼 여자에게 둘러싸일 수 있지. 그런데 나는⋯⋯."

"포비오 공, 당신은 충분히 강하지 않은가요. 저도 좀 더 강했다면, 그 두 사람 사이에 끼어들 수 있었을 텐데━."

"나는 그냥 포비오라고 불러줘. 당신은 충분히 강해. 하지만 말이지, 상대가 너무 좋지 않았어. 내 경우도 아예 이기지 못하는 상대였으니까, 어쩔 수 없는 일이야."

"포비오 공⋯⋯ 아니, 포비오. 그렇다면 나도, 고부아, 라고⋯⋯."

"아, 응, 고부아."

"포비오⋯⋯."

이봐, 이봐, 이봐, 이봐, 대놓고 썸 타는 모습을 보여주지 말라고━!

나, 나는 어른이니까 화를 내지 않겠지만, 이곳은 너희들의 데이트 장소가 아니거든?!

하지만 뭐, 차인 자들끼리 의기투합하는 것도 나쁜 일이라곤 할 수 없으려나. 연애라고 하는 것은 정말로 신기한 것이다.

문제없다고 생각하기로 했다.

그런 식으로 연회의 분위기도 한창 무르익었고, 그날 밤은 무사히 넘어갔다━.

이리하여 우리나라에 새로운 '왕'이 탄생했다.

규정에 따라 마왕을 칭할 수는 없지만, 실질적으론 각성마왕에 필적하는 자들이 아홉 명이다. 그뿐만 아니라 '태초의 악마'가 세 명. 어지간한 일이 일어나지 않는 한, 예상치 못한 사태에도 대응할 수 있게 될 것이다.

그 열두 명에게 '왕'의 칭호를 주었으니, 이자들을 총칭하여 '성마십이수호왕'이라고 부를까 하는 생각을 했다.

'사천왕'이나 '십걸'에 속하면서 역할이 겹치는 자도 있지만, 정식으로는 '왕'의 칭호가 우선된다. 이쪽은 역할과 달리, 멤버가 교체될 예정이 없기 때문이다.

실질적으로 '왕'은 수명을 초월하고 있으므로 영세간부라고 할 수 있었다. 장래에는 실무에서 손을 떼고, 전쟁 중일 때나 긴급할 때에만 활약을 해주는 게 이상적이 될 것 같았다.

리그루도랑 리그루, 그리고 고부타랑 묘르마일, 그 외에도 대간부가 몇 명이나 더 있지만, 그들에겐 정해진 수명이 있다. 세대교체를 하게 될 자들과 영세간부라면, 역시 대우를 나눠서 생각할 필요가 있다. 지금 당장 그렇게 하겠다는 얘기는 아니지만, 앞으로의 과제가 될 것 같았다.

내가 마음에 걸리는 것은 고부타란 말이지.

저래 보여도 간부이며, 의외로 임기응변을 잘 하고, 싸움도 그런대로 강하다. 란가와의 '변신(마랑합일)' 같은 건 솔직히 말해서 반칙기술이다. 이번 진화로 란가도 강해졌을 거라 생각하지만, 고부타라면 그래도 잘 제어해낼 수 있을 것 같다.

정말로 이질적인 존재라는 생각이 들었다.

이름을 지어주면서 진화를 했는데도 외모는 달라지지 않았으며, 본인은 '재능적인 게 진화했다'고 잠꼬대를 지껄이고 있었는데, 그 말이 진실이었을 가능성도 있단 말이지.

그리고 이번에 준 권리(포상)로 인해 고부타의 위치는 확립되었다. 다른 간부들보다 나에게 더 가까운 위치에 있게 되면서, 고부타에게 주목의 시선이 집중된 것이다.

의외로 가장 좋은 상이었을지도 모른다.

연회에서 신나게 들기는 동료들을 바라보면서, 나는 그런 감상을 속으로 품었다.

참고로.

이날 생긴 일이 세상에 전해진 것인지, 나는 어느새 '카오스 크리에이트(성마혼세황, 聖魔混世皇)' 리무루라고 불리게 되었다.

여러모로 일을 저질렀다는 자각은 하고 있으므로, 그 '별명'은 달게 받아들이기로 했다.

젠은 축하행사에 참가하면서, 경악할 만한 일이 일어나는 것을 직접 눈으로 봤다.

마왕 리무루가 부하인 마인들을 차례로 진화시키는 모습을 보여준 것이다. 그것도 '진정한 마왕'으로.

(이, 이건 있을 수 없는 일이야! 내가 지금, 꿈이라도 꾸고 있는 건가?!)

너무 놀라서 목소리도 나오지 않는 젠.

마왕 리무루가 위험하다는 건 알고 있었지만, 이건 젠이 상정해둔 최악의 사태를 가볍게 넘어설 정도로, 너무나도 어이없으며 비현실적인 광경이었다.

젠이 이곳을 찾아온 목적은 리무루에게 한 마디, '태초의 악마'를 어떻게 다룰 생각인지를 물어보기 위해서였다.

젠은 리무루를 믿고 있었다. 하지만 그것만으로 납득할 수 있을 만큼 '태초의 악마'라는 것은 만만한 존재가 아니었다.

한 번 풀려나면 세계의 전력 밸런스가 붕괴될 수도 있을 정도로.

그리고 사실상, 이번 전쟁에서 그것은 증명되었다. 제국군의 정예 94만 명이 아무런 수도 쓰지 못하고 섬멸되고 만 것이다.

리무루 일행이 아군이었던 것은 요행이지만, 앞으로도 계속 그 관계를 유지할 수 있다는 보장은 없다. 그래서 젠이 대표 자격으로, 정찰을 겸하여 상태를 알아보러 찾아온 것이었다.

인사했을 때의 리무루의 반응은 자연스러웠으며, 예전에 만났을 때와 바뀐 건 없어 보였다.

그래서 젠은 조금 따끔하게 불평을 늘어놓아 보았다. 이 말에 어떻게 반응하느냐에 따라서, 리무루가 무슨 생각을 하고 있는지를 살펴볼 생각을 했던 것이다.

결과는 맥이 빠질 정도였다.

리무루는 젠의 꾸짖음을 그대로 받아들이면서 반성하는 태도를 보였으며, "죄송합니다"라고 순순히 사과했던 것이다. 그런 뒤에 리무루의 변명이라고도 할 수 있는 사정설명을 듣고, 모든 것은 디아블로가 멋대로 벌인 일이라는 것이 판명되었다.

"그 디아블로라고 하는 자는 느와르(태초의 검은색)가 틀림없소이까?"

"으—음, 그런 것 같아. 나도 몰랐지만, 왠지 살짝 맛이 간 녀석이라……"

그렇게 말하면서, 리무루를 고개를 갸웃거리고 있었다.

그 모습은 거짓말을 말하고 있는 것으로는 보이지 않았으며, 본인도 잘 모르는 상태에서 악마들을 부렸다는 것으로 이해할 수밖에 없었다.

젠의 인생경험이 이건 연기가 아니라고 속삭였다. 그렇다면 더 이상 불평을 해봤자 리무루는 어떻게 할 수가 없을 것이다.

무엇보다 리무루 자신에겐 잘못이 없었다.

힘을 얻고 오만해지지는 않을까—— 하는 불안감도 있었지만, 그건 지나친 걱정이었다는 것을 알고 젠도 안도했던 것이다.

그게 잘못이었다.

그때 더 따끔하게 충고했어야 했던 것이다.

('태초의 악마'를 부리게 된 것은 불가항력이었다고 해도, '진정

한 마왕'을 양산하는 건 악의로 느껴진단 말이다──!!)

아니, 리무루에게 악의 같은 건 없었을 것이다.

아마 자신의 생각이지만, 무슨 일이 있어도 자신들의 힘으로 대처할 수 있을 것으로 믿고 있으며, 젠을 비롯한 다른 동맹국의 사람들에게 폐를 끼치지 않으려고 이런 짓을 벌였다는 건 이해할 수 있었다.

평범하게 생각해보면 시위행동을 의심할 장면이지만, 그럴 생각은 조금도 없는 것이 확실했다. 어쩌면 '태초의 악마' 건으로 그렇게 실컷 혼이 났으니까 더 이상 숨겨선 안 된다──라고 판단했을 가능성조차 있었다.

성심성의, 신뢰관계에 있기 때문에 공개한 정보. 그렇다면 젠에게도 일부의 책임이 있다는 건 부정할 수 없었다. 좀 더 빨리 리무루에게 억지로라도 상식을 가르쳤어야 했었다.

그게 가능했는지 아닌지는 상관없이, 이렇게 되어버린 뒤엔 이미 때늦은 후회였다.

(세, 세계의 전력 밸런스가…….)

젠은 졸도할 뻔하면서도, 앞으로의 전개를 예상했다.

축하행사는 별일 없이 진행되었으며, 차례로 부하들이 힘을 얻고 있었다. 그 밑의 부하들에게도 계열에 따라 힘의 유입이 확인되었다.

불과 몇 시간 만에 템페스트(마국연방)의 전력이 대폭 증가한 것은 틀림이 없었다. 그야말로 동쪽 제국의 위협 따위는 비교가 되지 않을 정도로, 쥬라의 대삼림의 중심에 거대군사국가가 탄생하려 하고 있었다.

그 사실을 깨달은 젠은 왜 좀 더 일찍 대처하지 못했는지를 후회했다.

허나 그렇게 생각은 해봤지만…….

(무리겠지. 전에 내렸던 결론도 '대책은 마련할 수도 없으니 생각해본들 소용없음'이었으니까 말이야. 가젤 왕도 보류하겠다고 판단했지만, 나중에 생각해봐도 해결책 같은 건 전혀 없을 것이다. 그렇다면…….)

제국과의 전쟁도 아직 끝난 것이 아니었다.

아직도 제국군은 병력을 계속 전개하고 있으며, 그 부대와는 이미 내통이 되어 있다고 한다. 그리고 공모하여 단번에 제국 수도를 공격하도록 얘기가 되어 있었다.

애초에 그에 대한 회의를 한다는 명목으로 젠은 이 땅까지 걸음을 옮긴 것이다.

그랬는데…….

(나는 이렇게까지 머리가 혼란스러운 적은 처음이다. 이렇게 되었으면 이젠 제국이 벌인 소동 정도는 문제가 되지 않아. '진정한 마왕'이 탄생한 사실을 가젤 왕에게 전해야 해.)

한순간이었지만 젠은 자신이 알아차리지 못한 걸로 치고 넘겨버릴까 하는 생각을 했다.

현실도피지만, 나쁘지 않은 방법이라는 생각이 들었던 것이다.

그러나 '태초의 악마'에 대해서 왜 입을 다물고 있었느냐고, 얼마 전에 가젤 왕에게 따진 사람은 바로 자신이었다. 그랬기 때문에 젠에겐 묵비권 같은 건 있을 수가 없었던 것이다.

"돌프, 나는 먼저 돌아가겠다."

"네? 왜입니까? 원래 목적인 회의는 내일로 예정되어 있는데요?"

"네가 참가한다면 면목은 서겠지. 마법으로 돌아갈 테니까 배웅이랑 호위는 필요 없다."

"네, 네에……."

마력의 흐름을 읽지 못하는 돌프는 눈앞에서 무슨 일어난 것인지 이해하지 못하고 있었다. 그런 돌프를 부럽게 생각하면서, 젠은 앞으로의 일을 생각하며 우울한 기분에 빠졌다.

●

'쌍익'인 두 명, 금발의 루치아와 은발의 크레아는 가면을 쓴 것같은 표정 안에서 격렬한 동요에 휩싸여 있었다.

마물의 나라── 템페스트(마국연방)에는 다수의 강력한 마인들이 살고 있다. 그 사실은 잘 알고 있었으며, 게루도를 필두로 한 몇 명과는 교류도 하고 있었다.

위협적인 존재였다는 건 인정하지만, 지금은 동맹관계에 있다. 그렇다면 자신들에게 필적할 만한 상위마인이 몇 명이 있든, 그렇게까지 경계할 필요는 없다고 생각하고 있었다.

그렇다. 지금까지는.

그녀들이 받은 명령은 템페스트의 전력파악이었다. 인간의 국가 중에선 최대이자 최강인 나스카 나우리움 우르메리아 동방연합통일제국과 정면으로 전쟁이 벌어진 지금, 리무루 군에게도 피해가 생길 것이다. 그렇게 될 경우, 프레이가 기대하고 있는 천공

도시의 건조에도 지장이 생기게 된다.

피해상황을 조사해서, 앞으로의 예정을 세우는 것이 그녀들의 임무였다.

그중에는 당연히 지원군의 편성도 포함되어 있었다. 그러나 보아하니 그럴 필요는 없었던 것 같다.

"피해가, 제로라고요?"

"믿을 수 없지만, 여러분의 밝은 표정을 보면 아마도 사실이겠지요."

그렇게 예상하지도 못한 보고를 듣고 만 것이다.

그건 다행이라고 생각하며 승전축하회에 참가하게 되었지만, 그 자리에서 간이 떨어질 만큼 놀라운 일을 억지로 보게 된 것은 오산이었다.

『있을 수 없는 일이에요. 잠깐 안 본 사이에 일부의 간부들이 프레이 님과 필적하는 수준의 맹자로 성장했을 줄이야…….』

『아뇨, 그것보다 저걸 봐요. 마왕 리무루가 지금부터 뭔가를 시작하려 하고 있어요.』

단상에 올라간 자들을 보면서 동요하는 루치아에게, 크레아가 냉정하게 지적했다. 그리고 시작된 것은 두 사람의 상상을 초월할 만큼 어이없는 의식이었다.

아니, 어이없어할 때가 아니었다.

너무나도 비현실적이라서 생각을 방치하는 상황에 빠져 있었지만, 이건 아무리 생각해봐도 두 사람이 판단하기엔 너무 버거운 사태였다.

『긴급히 프레이 님에게 보고해야겠어요.』

『네, 그래요. 지금 바로 귀환하죠.』

두 사람은 '이심전심'으로 의사소통을 한 뒤에, 재빨리 판단을 내렸다.

그리고 귀국하여 있는 그대로 일어난 일을 프레이에게 보고한 것이다.

....

....

......

임시로 마련한 성의 최상층, 인테리어도 아직 제대로 갖춰지지 않은 꼭대기의 일각에서.

프레이는 길고 긴 한숨을 쉬었다.

"그 슬라임은 대체 무슨 생각을 하고 있는 거람?"

그 중얼거림에 반응하는 자가 한 명 있었다.

"이봐, 왜 그래? 우울해 보이는 표정도 아름답긴 하지만, 한숨은 너한테 어울리지 않거든?"

칼리온이었다.

밀림을 보좌하는 자들이다 보니, 두 사람은 서로의 마음을 잘 이해하는 사이가 되어 있었다.

"그런 말을 하고 있을 때가 아니야."

"정말로 무슨 일이 있었던 거야? 제국군을 상대로 고전이라도 하고 있나?"

걱정스러운 말투로 묻는 칼리온.

그 말에 대답하는 프레이의 표정은 우울했다.

"그게 차라리 나을지도 모르겠네. 그렇다면 고민할 일도 없이 바로 지원군을 파견하기만 하면 되니까 말이지."

"그럼 무슨 일인데? 리무루 녀석이 또 무슨 터무니없는 짓이라도 벌인 거야?"

"──정답이야."

잠시 동안의 침묵 후에, 프레이가 생각을 정리하면서 그렇게 대답했다.

칼리온은 여전히 입을 다물고 있었다.

"칼리온, 하나 지적해도 될까?"

"뭔데?"

"밀림 님의 친구인 리무루 님의 이름을 함부로 부르는 건 그냥 넘어가기가 어려운데."

"이봐, 이봐, 이제 와서 그게 무슨 소리야. 그리고 말이지, 너도 평소에는 밀림도 같이 이름을 그냥 부르는 데다, 조금 전에는 슬라임이라고 불렀잖아."

"듣고 있었어? 성격이 못됐네. 부하들 앞에선 그렇게 부르지 않으니까 잊어버려."

"그건 상관없지만, 다른 얘기를 꺼내서 얼버무리려 드는 건 내겐 통하지 않아. 무슨 일이 있었는지, 나한테도 알려달라고."

프레이는 또 고개를 절레절레 저으면서 한숨을 쉬었다.

그 향기로운 숨결이 칼리온의 코를 간지럽혔다. 칼리온은 그걸 맡으면서 기분이 좋아졌지만, 속아 넘어가지 않겠다는 듯한 표정으로 프레이를 응시했다.

"알았어. 들어도 후회하지 않을 거지?"

"내용에 따라 다르지."

"당신, 정말……."

"후회는 안 해. 너 혼자만 끌어안고 있지 말고, 나도 짊어질 수 있게 나눠달라고."

"그거 좋네. 당신의 그런 점은 마음에 들어."

프레이는 우울했던 기분이 풀리는 걸 느끼면서, 쿡 하고 웃었다. 그리고 '쌍익'으로부터 들은 보고 내용의 일부를, 칼리온에게 들려줬다.

"정말이야?"

"지극히 진지한 얘기야. 그 아이들이 거짓말을 한다는 건 있을 수 없는 일이거든."

"그럼 뭐야? 리무루 밑에 마왕 급이 일곱 명이나 태어났다는 얘기야?!"

"그렇게 되겠네."

"그 녀석들은 나보다 강하다는 거야?"

"글쎄. 하지만…… 적어도 그 아이들은 나보다도 강하다고 느낀 것 같아."

진화하기 전의 단계에서 그자들의 실력은 프레이에 필적할 정도였다고 했다. 그랬는데, 마왕 리무루가 '뭔가'를 시작함으로써 압도적인 힘의 상승을 감지했다고 한다.

보고에 따르면 몇 명은 진화 도중인 것 같았지만, 그렇게 오랜 시간도 걸리지 않은 상태에서 힘이 정착된 것으로 보인다고 했다.

믿을 수밖에 없었지만, 순순히 납득할 수 없는 내용이었다.

"……농담이지?"

프레이가 해준 얘기를 들은 칼리온도, 그 사실에는 역시 절규

할 수밖에 없었다.

"저기, 칼리온, 내가 농담을 하는 것처럼 보여?"

"그렇게 보이진 않는군."

"그럼 그런 거야."

칼리온이랑 프레이는 부하들 앞에서 전력을 다 보여준 적은 없었다. 단 측근이라면, 어느 정도는 주인의 저력을 꿰뚫어 보고 있었다.

그게 추측에 지나지 않는다고 해도, 그냥 듣고 흘릴 수 없는 정보였다.

하물며 프레이의 부하 중에는 농담이나 거짓말을 해서 주인을 분노하게 만드는 괘씸한 자는 누구 하나 존재하지 않는다. 그 사실을 잘 알고 있는 만큼, 칼리온으로서도 쉽게 믿을 수가 없었다.

(포비오랑 알비스는 뭘 하고 있었던 거야…….)

그렇게 속으로 투덜댔지만, 포비오는 애초에 상대의 힘을 꿰뚫어 볼 수 있을 정도로 요령이 좋은 남자가 아니었다. 눈앞에서 이상한 사태가 발생하고 있었다고 해도 알아차리지 못했을 것이다.

(——아니, 알비스라면 분명히 알아차렸을 텐데. 그런데 왜 나한테 보고하러 오지 않은 거지?)

그 점을 의문으로 생각했던 칼리온에게, 마치 잊어버리고 있었다는 듯이 프레이가 알려줬다.

"아, 그렇지. 당신 부하의 필두인 알비스 씨 말인데, 리무루 님의 부하를 통괄하고 있는 베니마루 공과 정식으로 약혼하게 되었다나 봐. 이 국제결혼이 잘 풀리면, 양국의 관계에 기여하게 되겠네. 리무루 님도 승인하셨다고 하니까 참으로 기쁜 일이야."

"그 녀석, 결국 저지른 건가!"

알비스로부터 상담도 받은 적이 있었던 칼리온.

그에 대한 충고로는 힘으로 빼앗으라는 의견을 피력한 적이 있었다.

결과적으로 알비스는 승산이 없는 싸움에서 훌륭하게 승리를 거둔 셈이 된다. 이건 기쁜 일이라고 생각하면서, 칼리온도 자신도 모르게 씨익 하고 웃었다.

"그래봤자 제2부인이 되었다는 것 같지만."

"쳇, 1번이 되지 못했단 말인가. 뭐, 그래도 아이만 생기면 이기는 거지."

"천박한 표현이네."

"안심하라고, 프레이. 나한테 있어서 사랑하는 여자는 너뿐이니까."

"웃기지 마. 우리는 일처다부제야. 당신들과는 정반대인데, 잘 풀릴 리가 없잖아."

하피(유익족)는 거의 여성밖에 없는 종족이며, 드물게 태어나는 남성형에 의존하거나, 다양성을 추구하여 힘 있는 마인의 씨를 받는 식으로 종족을 유지하고 있었다.

프레이 같은 여왕종 정도 되면 단위생식으로 부하를 늘리는 것이 상식으로 되어 있었다.

그에 비해 라이칸스로프(수인족)는 강한 남자가 여러 명의 여자를 사랑한다는 것이 일반적이었다.

약자는 도태되고, 더욱 강인한 종족이 된다. 양쪽 다 그 목적만큼은 같았다. 그러나 아무리 생각해도 서로를 용인할 수 없는 사이였던 거다.

하지만 칼리온의 입장에서도 프레이의 입장에서도, 서로 상대의 실력은 인정하고 있기도 했다. 따라서 줄타기처럼 위험한 관계를 유지하면서도, 최후의 일선만큼은 지키고 있었다.

"뭐, 지금은 좋은 대답을 들을 수 없을 것 같으니, 그 건에 대해선 나중에 천천히 설득시키기로 하지. 그건 그렇고 문제는 리무루 자식이 무슨 짓을 벌인 건가 하는 건데."

알비스를 축하하는 것도 뒤로 미루고, 칼리온은 본론을 입에 올렸다.

이 의견에는 프레이도 동의했다.

지금은 리무루 쪽과 우호관계를 맺은 상태이며, 앞으로도 그 관계를 유지할 생각은 하고 있지만, 무슨 일이 일어난 것인지 파악해두고 싶었다. 그리고 가능하다면 자신들도 더 높은 새로운 경지를 목표로 삼고 싶다는 생각을 하고 있었다.

"관련지어서 생각해볼 수 있는 건 클레이만이 최후를 맞던 그때라고 할 수 있겠네. 그때 그 녀석은 이상한 힘을 발휘했었어."

"리무루가 말했던 각성이란 거로군."

"뭐가 원인이었다고 생각해?"

"흥! 녀석이 힘을 숨기고 있는 것으론 보이지 않았어. 그렇다면 그 순간에 힘을 얻은 것이겠지."

"어떤 식으로?"

"그건……."

"'영혼'이야."

"응?"

"──'인간의 영혼을 모아서 '진정한 마왕'으로 각성한다'고 클레이만은 말했었지. 그게 진실이라고 한다면, 클레이만이 모으지 않았을 리가 없어."

"과연. 그걸 써서 각성을 시험해봤단 말인가."

"아마 그럴 거야. 솔직히 말해서 나는 인간을 죽이거나 하질 않으니까 '영혼' 같은 건 본 적도 없지만."

"나도 그래. 전쟁 상대는 동족이나 마인, 그리고 천사였지. 우리나라는 유복했으니까 인간들에겐 흥미도 없었고 말이야."

"확실히 그렇겠네. 하지만 이것으로 의문은 풀렸어. 리무루 님은 아마도 이번 전쟁으로 대량의 '영혼'을 획득한 거야. 그리고 그걸 부하인 마인들에게 양도해서 각성을 촉진시킨 거지."

"황당하군. 우리처럼 '마왕종'이 된 마인이 부하로 있다는 것도 거슬리는데, 그 녀석들이 우리를 추월했다는 것도 짜증이 난다고. 그래서 리무루 녀석은 얼마나 많은 '영혼'을 쓴 거야?"

칼리온이 머리를 긁으면서 그렇게 묻자, 프레이는 자신의 시야 아래에 펼쳐져 있는, 현재 건설 중인 도시 쪽으로 눈길을 돌렸다.

"이봐."

"그러고 보니 전쟁의 결과에 대해선 말을 하지 않았네. 놀랍게도 템페스트 군대의 피해는 제로. 그에 비해 제국 쪽은 94만 명이 몰살되었다고 해."

"……뭐?"

"거짓말 같아?"

"아, 아니──."

"나는 이 보고가 틀리길 바라."

즉, 마왕 리무루는 94만 개나 되는 '영혼'을 손에 넣었으며, 일곱 명의 부하를 각성에 이르게 만드는 것도, 그것들을 이용했으면 쉬웠을 것이라는 얘기가 된다.

어쩌면 각성시킨 자는 일곱 명만이 아닐 가능성도 있었다.

보고에 따르면 총대장이었던 베니마루에겐 변화가 보이지 않았으며, 모미지와 알비스라는 두 명의 아내와 혼인을 하게 되었을 뿐이라고 한다. 그러나 리무루가 오른팔이라고도 부르는 베니마루에게 '영혼'을 주지 않았을 리가 없으니, 어떤 이유로 인해 진화가 늦춰지고 있을 뿐이라고 생각하는 게 더 무난했기 때문이다.

"그렇군. 아무런 피해도 없이 일방적으로 이겼단 말인가. 그 정도면 이미 전쟁이 아니로군. 나라면 이 시점에서 백기를 들었겠지만, 제국은 어떻게 움직일 생각이려나."

"웃기는 소린 그만해. 제국 같은 건 어찌 됐든 상관없어. 문제는 우리가 어떻게 대응하느냐 하는 거야."

"그렇겠지. 난 말이지, 밀림에게 항복한 입장이야. 힘을 추구하는 건 모반을 꾸민다는 의심을 사지 않을까 싶어서 사양하고 있었지만, 보아하니 그런 걱정은 할 필요가 없다는 걸 억지로 깨닫게 된 기분이라고."

"무슨 뜻이지?"

"리무루는 부하들을 자신과 동격인 수준까지 끌어올려 준 거잖아? 그 넓은 도량을 보면 밀림도 마찬가지일 것이라는 걸 깨달았다는 뜻이야."

"확실히 그렇긴 하네. 밀림은 우리가 각성한 것 정도로 난리를 부릴 만큼 속이 좁지는 않지."

"그렇지? 그렇다면 말이야, 우리도 하고 싶은 대로 해보지 않겠어? 조금 지나치게 늘어져 있긴 했지만, 지금부터라도 늦은 건 아냐. 우리도 더 높은 경지를 노려보자고."

"그러네, 당신의 그런 점은 나도 좋아해."

서로를 바라보는 프레이와 칼리온.

두 사람의 분위기는 아주 조금 좋아졌지만――.

"와하하하하! 잘 말했어, 너희들! 나는 리무루처럼 부하를 각성시켜주지는 못하지만, 수행을 쌓게 도와줄 수는 있지! 미궁이라면 죽을 염려도 없으니까, 마음껏 싸울 수 있다고!"

너무나도 절묘한 타이밍에 밀림이 끼어들어 방해한 것이다.

"쳇, 거기 있었냐, 밀림! 한창 좋을 때였는데, 쓸데없이 방해하다니."

"몇 번이고 말했지만, 기척을 지우고 접근하는 건 제발 좀 참아줘. 아니, 네 수행에 어울릴 생각은 애초에―― 내 말 좀 들어!"

칼리온과 프레이는 그렇게 불평을 늘어놓았지만, 밀림의 귀에는 들어오지 않았다. 밀림의 귀는 달갑지 않은 정보를 차단하는 뛰어난 기능이 있었다.

"그럼 라미리스에게 부탁하고 올게!"

"잠깐, 잠깐, 잠깐! 나도 네 수행에 동참하게 해달라는 부탁 같은 건 하지 않았다고!"

"기다려, 밀림! 내 얘기가 들리지 않는다면 나도 생각이 있어. 앞으로의 식사 말인데, 전부 미도레이 공에게 맡겨버릴 거야. 그래도 좋단 말이지?"

프레이의 이 발언은 밀림의 위기의식을 자극하면서, 그녀의 움직임을 멈추게 만드는데 성공했다.

역시 프레이라니까──. 그 모습을 보고 있던 칼리온도 그렇게 생각하면서 칭찬할 정도였다.

"아, 알았어. 수행을 하고 싶어지면 언제든지 내게 말해."

"그건 이제 됐어. 그런데 너, 숙제는 끝낸 거야?"

"저기, 그러니까…… 재미있을 것 같은 얘기가 들려와서……."

"아직 못 끝냈단 말이네?"

미소 짓는 프레이.

"쉬, 쉬는 시간도 끝났으니까 지금 바로 돌아갈게."

"그래야지. 착한 아이네."

이리하여 밀림은 다시 숙제를 하러 돌아갔고, 프레이와 칼리온도 위기를 돌파하는데 성공했다. 하지만, 두 사람의 가슴속에는 진화에 대한 야망이 계속 연기를 피우게 되었다.

과연 그 야망이 성취되는 날은 찾아올 것인가──.

제2장

앞으로의 방침

Regarding Reincarnated to Slime

잊어버리기 전에 베루도라와 라미리스에게 고마움을 표시하기로 했다.

베루도라에겐 옷을 주었다.

늘 상반신은 알몸에 망토만 걸치고 있었기 때문에, 그건 좀 문제라고 생각하곤 했다. 본인이 신경 쓰지 않는 것 같기도 했고, 그런 차림을 좋아하는 건가 하는 생각도 했지만, 이번 기회에 선물해보기로 한 것이다.

"오오, 리무루! 내 마음의 벗, 맹우여!! 드디어 내 마음을 알아주었구나. 나도 계속 멋진 옷을 입고 싶다고 생각했었지."

"아니, 아니, 그렇다면 슈나에게 부탁하면 바로 만들어주었을 텐데?! 아니, 그 전에 옷 방에 가면 마법으로 사이즈를 조정할 수 있는 것도 몇 벌인가 있었을 거 아냐."

"멍청하긴. 나에게 어울리는 것은 단지 오더메이드뿐. 그것도 내가 신뢰하는 네가 골라준 거라면 그게 최고의 옷이지 않겠어?"

저기, 실은 난 그쪽으로는 센스가 없는데요…….

아무래도 베루도라는 날 너무 과대평가한단 말이지. 내 자신의 옷도 남이 시키는 대로 입고 있을 뿐인데.

생각해보면 전에 살던 세상에서도.

평상복의 센스는 최악이었다. 그래서 나는 늘 슈트를 입고 지

냈다.

그게 아니면 트레이닝 복이었지.

그 옷은 좋았다.

더러워지는 걸 신경 쓰지 않고 입을 수 있는 데다, 가장 편하게 뒹굴 수 있으니까.

그런 이유 때문에 골랐던 것이지만, 생각했던 것 이상으로 베루도라가 기뻐하는 반응을 보여줘서 나도 놀랐다.

베루도라는 기쁜 표정으로 서둘러 옷을 입기 시작했다.

"뭐, 뭐어, 기뻐해주니까 정말 다행이네. 앞으로도 잘 부탁해!"

"음. 내게 맡겨두면 된다. 크아하하하하!"

이익률을 기준으로 생각해보면, 터무니없이 싸게 먹힌 보수가 되어버렸다. 아니, 상당히 호화로운 소재를 이용한 특별주문품도 있었지만, 그래도 뭐랄까……

좋아, 나중에 시간 여유가 생기면 고마움의 뜻을 담은 다른 뭔가를 또 생각해보기로 하자.

베루도라에 관한 것은 앞으로의 과제로 생각하기로 했다.

뒤이어서 라미리스 차례다.

"라미리스, 이번에는 너에게도 도움을 많이 받았어. 고맙다는 말을 하고 싶은데."

"뭐야, 싱겁게 그런 소리를 다 하고! 나도 너에게 신세 진 게 있으니까, 이런 일은 서로 돕는 거지!"

쑥스럽다는 듯이 대꾸하는 라미리스.

나도 쑥스러웠지만, 고마운 마음을 전하는 것은 중요한 일이다.

"그래서 그런 너에게 감사의 표시를 하려고 해."

"뭐야, 뭐야? 사부처럼 나한테도 옷을 만들어주는 거야?"

"바라는 옷이 있으면 슈나에게 요청하도록 해. 내가 주는 건——."

여자애가 입는 옷 같은 건, 내 센스로는 그야말로 무리다. 그 건은 슈나에게 부탁하기로 하고, 나는 '이름을 지어주는 것'을 제안했다.

"저기, 그러니까 쉽게 말해서 내 귀여운 드래곤 로드(용왕)들에게도 이름을 지어주겠다는 얘기야?"

"그렇게 되는 거지."

"내가 부모이고?"

"그 말 그대로야."

"굉장한 거잖아!"

그런 셈이지.

나도 놀랐지만, 실제로 성공했으니까 문제는 없다.

"어제 축하행사에서, 내 부하인 아다루만의 애완동물에게 웬티라고 '이름'을 지어줬거든. 그랬더니 인간형으로 변화할 수 있게 되었을 뿐만 아니라, 유창하게 대화도 할 수 있게 되었어. 그러니까 너의 드래곤 로드들도 그렇게 되지 않을까 해서 말이지."

인간 모습으로 변한 것은 놀라웠지만, 생각해보면 용이 인간으로 변하는 것은 이야기에선 전형적인 전개다.

예상외라고 할 정도는 아니다.

그러니까 라미리스의 부하인 네 마리의 드래곤 로드들도, 웬티처럼 인간으로 변화할 수 있게 될 가능성이 있다. 그렇게 되면 사람이 늘어나니까 베레타의 고생도 조금은 줄어들 것이라는 생각이 들었다.

"그렇다면 무슨 일이 있어도 부탁해야겠네!"

라미리스가 그렇게 말하면서 기쁜 표정으로 고개를 끄덕였다.

동의도 얻었으니 바로 시작했다.

"뭔가 그럴듯한 이름을 생각해둔 게 있어?"

"으—음, 너에게 맡길게."

라미리스는 이름을 생각하는 게 서툰 것 같았다.

나에게 맡기면 판타지 게임의 보스처럼 될 텐데…… 아니, 그러면 되는 건가?

잘 생각해보면 보스니까 신경을 쓸 필요도 없는 일이었다.

나는 라미리스에게 부탁해서 미궁의 왕의 방에 드래곤 로드들을 모이게 했다.

내 앞에 나란히 선 드래곤 로드들을 보고 생각한 것이지만, 이 녀석들도 몇 번이나 토벌을 당하면서 힘든 일을 겪었을 것이다. 그래도 열심히 싸워주었으니까 멋진 이름을 생각해서 지어주고 싶다.

드래곤 로드씩이나 되면, 아크 데몬(상위마장)보다도 에너지(마력요소)양이 많다. 하지만 밀림이 데려온 후로 그렇게 시간이 많이 지나지 않은 것도 있다 보니, 이곳의 드래곤 로드들에겐 아직 그 에너지에 걸맞은 실력이 동반되지 않은 게 문제였다.

이름을 지어주면서 진화할 수 있게 된다면, 지성도 단번에 높아질 것이다. 그렇게 되면 지금 이상으로 똑똑하고 강해질 수 있을 것이다.

한 마리 한 마리를 직접 눈으로 보면서, 각자에게 어울리는 이름을 생각했다.

이런 건 직감이 중요하다.

파이어 드래곤 로드(화염용왕)는 '염옥용왕' 에우로스.

아이스 드래곤 로드(빙설용왕)는 '빙옥용왕' 제피로스.

윈드 드래곤 로드(열풍용왕)는 '천뢰용왕' 노토스.

어스 드래곤 로드(지쇄용왕)는 '지멸용왕' 보레아스.

그리스 신화에서 따온 이름들이다.

원래는 동서남북의 바람을 관장하는 신들의 이름이지만, 이 드래곤 로드들에게 딱 어울린다고 생각했다.

이름을 생각한 사람은 나지만, 이름을 지어준 사람은 라미리스인 것으로 진행하게 되었다. 이것도 또한 무사히 성공했으며, 일단은 안심했다.

이리하여 라미리스와 드래곤 로드 사이에도 영혼의 연결이 형성된 것이다. 라미리스의 정식 부하로서 앞으로도 열심히 노력해주면 좋겠다.

그리고 궁금했던 변화 수준 말인데.

드래곤 로드들도 역시 인간에 가까운 모습으로 변화할 수 있게되었다.

완전한 인간형은 아니었고, 용의 특징이 남아 있었다.

'염옥용왕' 에우로스는 붉은 머리의 미녀. 적갈색의 피부는 용의 비늘로 이뤄진 드레스로 덮였으며, 꼬리는 불꽃의 채찍이 된것 같았다.

'빙설용왕' 제피로스는 가느다란 체격의 미남자. 우아하며 자상하게 보이는 외모와 녹색의 장발이 어울리면서, 미녀로 착각할 정도였다.

'천뢰용왕' 노토스는 작은 몸집의 어린 여자애. 멀리서 보면 귀엽게 보이지만, 잘 보면 이빨은 톱니처럼 생겼고 어금니도 보였다. 질량에 어울리지 않는 괴력의 소유자였다.

'지멸용왕' 보레아스는 근육질의 덩치 큰 남자. 용의 비늘에 덮였으며, 온몸에 가시가 돋아 있는 것이 특징이었다.

네 명 다 악의 비밀결사 간부에 어울릴 것 같은 모습이었으며, 두려움과 아름다움이 융합된 것 같은 '이형미'가 느껴졌다.

이런 모습은 어디까지나 상태변화의 일종일 뿐이다. 밀림처럼 드라고노이드(용마인)가 된 것은 아니며, 종족은 지금까지와 마찬가지로 여전히 드래곤 로드였다.

애초에 드라고노이드라는 건 육체를 지닌 정신생명체이며, '용종'의 이레귤러(변이체)같은 존재이다.

강력한 힘을 지닌 드래곤 로드라고 해도 육체에 갇혀 있는 이상, 그 힘은 완전무결한 정신생명체인 '용종'에는 한참 모자란 것이었다.

종족에는 변화가 없었지만, 진화 쪽은 문제없이 성공하고 있었다. 더구나 내가 생각했던 것보다도 강대한 마력을 획득하는 데 성공한 것 같았다.

에너지(마력요소)양도 진화 전과 비교하면 몇 배나 늘어났으며, 각성한 클레이만 수준에 도달한 것 같은 느낌이 들었다.

'진정한 마왕'에겐 미치지 못하지만, 훌륭한 진화라고 할 수 있을 것이다.

'이름 짓기'만으로 이 정도로 높은 상승률을 보였지만, 만약 자신의 에너지양을 소비해서 지어주는 경우엔 어떻게 되었을지 생각해보니 오싹해졌다.

자칫 잘못했으면 회복불능의 대미지를 입었을 것이다.

역시 '이름 짓기'라는 건 무서운 시스템이다. '영혼'도 5,000개 이상 소비한 상태이니, 마물은 이론에만 따르지 않는다는 것을 재인식하게 되었다.

하지만 뭐, 이런 걸 신경 쓰면 지는 것이다.

이리하여 라미리스에 대한 감사 인사도 전할 겸, 드래곤 로드의 진화도 무사히 종료된 것이다.

참고로 '미궁십걸' 말인데. 에너지양의 크기만으로 보면 거의 호각이었다. 그러나 수치로 표현할 수 없는 전투력으로는 큰 차이가 있었던 모양이다.

필두인 제기온은 더 말할 필요도 없었고.

그 밖의 다른 '십걸'과 비교해봐도 진화한 드래곤 로드(용왕)들은 약했다.

마물로서의 강인한 육체와 그걸 활용한 공격수단. 그리고 각종 마법. 이것만으로도 흉악하고 강대한 힘인 것은 틀림이 없다. 그러나 동격이자 전투에 능한 자들에겐 통용되지 않았다.

전투경험이 적다 보니, 근본적으로 레벨(기량)이 낮았던 것이다.

드래곤 로드들은 이번 방위전에서도 몇 번이나 쓰러졌으며, 그때마다 아주 분한 감정을 느꼈을 것이다. 진화하여 인간의 말을 유창히 할 수 있게 되자마자, 수행을 하고 싶다는 말을 꺼내었다.

드래곤 로드들은 인간형으로 변화함으로써, 인간으로서의 전투

기술을 습득할 수 있게 되었다. 그리고 지금까지 마물로서 싸워왔던 전법보다 세련된 아츠(기술) 쪽이 더 강하다는 것을 깨달았다.

속성을 띤 브레스랑 발톱 및 이빨에 의한 물리공격에 의존하는 것이 아니라, 마법을 이해하여 전투에 도입했다. 그런 경험을 해본 상태에서 인간으로서의 전법을 이해한 뒤에 실전에 도입하겠다는 생각을 했을 것이다.

스스로 생각하여 그런 결론에 도달하다니, 실로 놀랄 만한 성장이었다.

이 의견은 받아들여졌다.

"크아──핫핫하! 나에게 맡기도록 해라!!"

제기온을 길러낸 뒤로 한창 기세가 오른 베루도라가 그렇게 말하면서 용왕들의 수행을 받아들여주었다.

이리하여 드래곤 로드들의 수행이 시작된 것이다.

──나중에 드래곤 로드들 중에는 원래 모습인 용의 형태보다 인간의 형태일 때가 더 강한 자가 나타났다. 주객이 전도된 것 같은 기분도 들었지만, 자신의 발톱이랑 비늘을 무기랑 방어구로 변화시키는 기술도 익혔으니까 그런 결과가 나오는 것도 타당하다고 할 수 있을 것이다.

내가 그걸 안 것은 꽤 시간이 지난 뒤의 이야기지만, '그야 그렇겠지'라는 감상을 가슴속에 품었다.

소생한 지 3일이 지나면서, 칼리굴리오 일행도 냉정을 되찾았다.

자신들이 마왕의 손에 의해 다시 살아났다는 충격. 그건 필설로 다 표현하기 어려웠지만, 어떻게든 받아들이는 것에는 성공하였다.

그렇게 되면 문제가 되는 것은 앞으로의 자신들의 입장에 대한 것, 이었다.

지금도 아직 텐트에서 숙박하는 생활을 계속하였다. 식사도 마련되어 있으며, 정기적으로 마물들이 가져와 주었다. 그게 비록 스켈레톤이라고 해도. 불만을 제기할 자는 아무도 없었다.

텐트가 줄줄이 세워진 곳은 초목도 다 말라서 사라진 구릉지대였다. 경관은 최악이었지만 덥지도 춥지도 않았고, 의외로 쾌적한 공간을 이루고 있었다.

죽음의 기운이 떠도는 전쟁터나 죽은 자의 무덤이 나란히 서 있는 광경도 익숙해지면 문제가 될 일도 없다. 무덤 안에 있어야 할 것이 움직이고 있으니, 이제 와서 두려움을 느끼는 것도 이상하기 때문이다.

쉽게 말해 생활하기에는 큰 불만 없는 환경이었다.

설명에 의하면, 이 장소는 미궁 안의 70층에 해당된다고 했다. 설명해준 당사자는 이 층의 수호를 맡고 있으며, 자신의 이름을 아다루만이라고 밝힌 와이트 킹(사령의 왕)이었다.

실제로 싸운 자들도 있으므로, 그 일 자체를 의심하는 자는 아무도 없었다.

아다루만은 남을 돌보길 좋아하는 성격이라 칼리굴리오 일행을 포로로 융숭히 대접해주고 있었다.

"저의 신인 리무루 님이 당신들을 소생시키신 이상, 저도 그분의 뜻을 따를 뿐입니다. 한 번 주어진 목숨을 다시 빼앗을 분은 아니시니, 당신들도 앞으로 어떻게 할 것인지를 천천히 생각해보면 좋을 것입니다."

아다루만은 그렇게 말하면서, 칼리굴리오 일행을 자유롭게 행동하도록 해주었다.

이 층에서 도망가자——는 말을 하는 자는 존재하지 않았다. 자신들의 몸은 이미 신의 손에 맡겨져 있는 것이다. 그 사실을 깨닫고, 마왕 리무루를 믿기로 했기 때문이다.

그건 칼리굴리오도 같은 의견이었으며, 또한 도망친다고 해봤자 실패할 것이라는 확신도 있었기 때문에 더더욱 그런 판단을 내릴 수밖에 없었다.

그랬기에 아다루만이 했던 말을 순순히 받아들이고, 간부들을 불러 모아 회의를 하기로 한 것이다.

군사회의에 이용되는 큰 텐트에는 100명에 가까운 장교들이 모였다.

상급 장교랑 제국 유수의 영웅이었던 자들이다.

그런 그들도 지금은 힘을 잃은 상태지만…….

"자, 제군들. 우선은 자네들에게 사과할 시간을 다오. 내가 무능했기 때문에 자네들을 이런 꼴로 만들어버렸다. 진심으로 미안하다고 생각한다."

칼리굴리오는 모인 자들을 돌아보았고, 그렇게 말하면서 머리를 숙였다.

그 말에 대한 대답은 만장일치의 부정이었다.

"무슨 말씀입니까. 각하를 말리지 못했던 저희도 같은 죄입니다."

부관이 그렇게 말하자, 참모들도 일제히 고개를 끄덕였다. 그리고 상급 장교들도 또한 칼리굴리오만의 책임이 아니라고 입을 모아 발언했다.

마무리 발언은 크리슈나가 했다.

"저도 여러분과 같은 의견입니다. 우리는 어리석었기 때문에 신의 분노를 산 것입니다. 그리고 신의 자비로 인해 그 잘못에 대해 속죄할 기회가 주어진 것이라 하겠죠."

그런 식으로 제국의 침공 자체가 죄였다는 발언을 한 것이다.

그 말이 옳다고, 칼리굴리오도 생각했다.

자신들은 스스로의 무력을 과신한 나머지, 적에 대해서 전혀 알려 들지 않았다. 지금 생각해보면 참으로 어리석었다고, 칼리굴리오는 그렇게 자조했다. 그리고 또한 동료들도 같은 심정이라고 생각하면서, 모든 응어리를 털어버린 것 같은 개운한 미소를 지었다.

"고맙다. 제군들이 그렇게 말해준 덕분에 내 마음이 조금은 편해졌다. 이 기분을 평생 잊지 않겠다고, 신에게 맹세하면서 약속하겠다."

신이라고 말한 순간, 칼리굴리오의 머릿속에 마왕 리무루의 모습이 스쳐 지나갔다.

(그래. 나에게 있어서 지금의 신은 리무루 폐하이겠지.)

제국으로 돌아가도 칼리굴리오가 있을 장소는 없다. 패전의 책임을 물을 것이고, 군법회의도 거치지 않은 채 처형당할 게 뻔했다.

그렇다고 해서 책임을 피할 생각은 전혀 없었지만, 리무루가 준 목숨을 함부로 버리는 것도 문제가 있지 않은가 하는 생각을 칼리굴리오는 했다.

(뭐, 그에 관한 것은 나중에 천천히 생각하기로 하자.)

자신의 일은 나중으로 미루겠다고, 칼리굴리오는 당연하다는 듯이 생각했다. 그 얼굴은 이미 예전처럼 자기보신과 욕망을 위해서만 움직이는 속물과는 거리가 멀었다.

"그러면 본론으로 들어가지. 오늘 모두를 모이게 한 것은 우리가 앞으로 어떻게 행동할 것인가, 그에 대한 의견을 모으고 싶다고 생각했기 때문이다. 아다루만 공은 관대하게도 이런 식으로 모두와 의논할 자유를 주었다. 그 배려를 헛되이 하지 않기 위해서라도 의의 있는 시간을 보내야 하지 않겠는가."

칼리굴리오가 그렇게 얘기를 꺼내자, 그 자리에 있던 자들이 얼굴을 맞대면서 의논을 시작했다.

원래 군사회의라면 생각할 수 없는 사태지만, 거침없는 의견을 바라는 칼리굴리오의 입장에선 그건 환영할 만한 분위기였다.

한동안 잡담이 이어졌다.

그리고 크게 나눠서 두 개의 이견으로 좁혀졌다.

이대로 공손하고 순순히 따라야 한다고 주장하는 자.

일단 한 번은 제국으로 돌아가야 한다고 주장하는 자.

이 양자가 팽팽하게 정면에서 대립한 것이다.

양쪽이 왜 그런 주장을 하는지는 이해할 수 있었으며, 가족이 있는 자가 제국으로 돌아가겠다고 주장하는 것도 당연했다.

그러나 조국으로 돌아갈 수 있느냐 아니냐는 마왕 리무루의 의사에 따라 달라질 것이다. 앞으로의 교섭에 따라 허용될 가능성도 있지만, 섣불리 소동을 일으켰다간 마왕의 기분을 상하게 만들 수도 있었다.

"아다루만 공이 말씀하셨던 것처럼 우리를 쓸데없이 처형하려는 뜻은 없다 믿고 싶다. 하지만 그렇다고 해서 용서받은 것은 아니라는 것을 명심해야겠지."

목숨을 구원받은 이상, 자신들의 명운은 마왕의 손에 쥐어져 있다. 어느 정도는 자유가 허용되어 있다고 해도, 어디까지 자신들의 이기적인 요구가 통용될지는 미지수였다.

"……어차피 돌아가 봤자 우리는 처형되겠죠. 하지만 그래도 나라를 위해 싸워준 장병들을 무사히 귀국시키고 싶습니다. 리무루 폐하께 직소하여 온정을 베풀어주시길 바라는 바입니다."

"그렇다곤 하나, 우리는 말하자면 인질과 같은 존재. 본국이 배상금을 지불해줄 것인지 아닌지, 그게 난점이겠군요."

그때 모두의 의견을 묵묵히 듣고 있던 미니츠 소장이 천천히 입을 열었다.

"무리겠지. 애초에 패할 것이라는 예상조차 하지 않았다. 우리 자신은 적대국에 대해선 비정한 태도로 일관했으니까 말이지."

그 말을 듣고 모두가 침묵했다.

제국은 애초에 무조건항복 이외에는 인정해오지 않았다. 계속 이겼기 때문에 그런 오만함이 허용되고 있었다. 싸운 끝에 완전한 패배를 맛본 지금, 자신들이 용서를 받지 못한다고 해도 그건 자업자득인 것이다.

모두가 그 사실을 이해했으며, 제국으로 돌아간다 해도 미래가 밝지 않다는 걸 알아차렸다.

하지만 그래도 가족이 있는 자들에 대한 책임을 다하고 싶다는 생각을 했다.

"미니츠 소장의 말이 옳다. 과연 우리의 황제폐하가 어떤 생각을 하고 계실지는……."

"이런 말을 하고 싶지는 않지만, 정보국의 태만이 원인이 아니겠습니까. 대체 마왕 급의 괴물이 얼마나 많이 있었습니까!"

장교 중의 한 명이 입에 담아선 안 될 발언을 했다.

"이봐, 너! 주의해서 발언하도록. 이제 와서 정보국 따위는 어찌 되든 상관없지만, 네가 괴물이라고 말한 분들은 이 나라의 대간부라고 생각해도 틀리지 않을 거다."

"실례했습니다. 저도 모르게 그만 생각 없이 말이 튀어나오고 말았습니다……."

자유로운 발언은 환영할 만한 것이며, 이 자리에는 마물 같은 존재도 전혀 없었다. 어제부터 아다루만의 모습도 보이지 않았으니, 어디선가 회합이라도 벌이고 있을 것이라고, 칼리굴리오는 생각하고 있었다.

그래서 오늘 군사회의를 열었지만, 그렇다고 해서 모든 발언을 허용해도 좋다는 이유가 되진 않는다.

어디까지나 자신들은 포로라는 것, 그 사실을 잊어선 안 되는 것이다.

"리무루 폐하는 관대한 분이라고 생각하지만, 부하 분들에 대한 폭언을 그냥 듣고 넘기시진 않을 것이다. 각자 그 사실을 잊지 말고 발언할 때엔 조심하도록 하라."

칼리굴리오는 그렇게 정리해서 말했지만, 방금 그 장교의 의견에는 찬동했다.

적어도 '그래비티 컬랩스(중력붕괴)' 같은 극대마법을 다룰 줄 아는 자가 부하 중에 있다는 것만으로도 마왕 리무루가 얼마나 위험한지를 이해할 수 있었다.

그런 위험한 상대를, 어떻게 정보국은 파악하지 못했던 걸까?

(태만했다는 말을 하고 싶어지는 그 마음은 잘 이해가 된다. 그 말은 내가 하고 싶을 정도니까 말이지…….)

칼리굴리오는 속으로는 그렇게 생각했다.

그런 칼리굴리오와 장교들에게 찬물을 끼얹는 듯한 발언을 하는 사람이 있었다.

"바보냐, 너희들? 잘 들어. 정보국은 어느 정도의 정보를 파악하고 있었어."

지금까지 말없이 얘기를 듣고 있었던 버니가 갑자기 웃음을 터트리면서 그렇게 말했다.

"말도 안 돼! 그렇다면 왜 정확한 정보를 폐하께 숨기고 있었던 거지?!"

"그 녀석들, 설마 배신한 건가?!"

버니의 말에 동요하면서 술렁이기 시작한 일동. 그런 분위기 속에서 미니츠와 칼리굴리오만 침착함을 유지하고 있었다.

먼저 입을 연 것은 미니츠였다.

"버니라고 했던가? 분명 자네는 우리에게도 알려지지 않았던 잠입임무를 맡고 있었지?"

뒤이어서 칼리굴리오가 말했다.

"그랬었지. '더블오 넘버(한 자릿수)'인 너희라면 우리조차 모르는 극비정보를 알고 있어도 이상할 게 없겠군. 그럼 묻겠는데, 정보국은 무슨 생각을 하고 있으며, 우리에게 무슨 짓을 시킨 건가?"

그런 질문이 나온 순간, 모두의 시선이 버니에게 집중되었다.

모두가 알고 싶어 했다.

정보국은 절대적인 충성을 황제폐하에게 맹세하고 있다. 그런 그들이 배신했다는 생각은 도저히 들지 않았으며, 그렇다면 즉, 황제 루드라도 이번 사태를 예상할 수 있는 입장에 있었다는 사실로 이어지기 때문이다.

버니는 콧방귀를 끼고 웃더니, 칼리굴리오와 다른 사람들을 불쌍하게 여기는 듯한 눈으로 둘러봤다. 그리고 아무렇지도 않게 폭탄발언을 뱉었다.

"너희가 지금 상상한 그대로야. 황제폐하께서도 또한 모든 것을 알고 계셨지. 너희의 패배도 이미 계산에 넣어두고 있었다고."

"그, 그런 말도 안 되는 일이……."

"그게 무슨 뜻이지? 우리가 질 걸 알고 있었으면서, 폐하는 군을 파견했단 말인가?!"

"그럴 리가! 네 이놈, 아무리 네가 더블오 넘버라고 한들 폐하에 대한 모욕이 지나치다!!"

혼란에 빠진 장교들.

그러나 그중에는 뭔가를 깨달은 자들도 있었다.

"그랬었나. 즉, 우리는 쓰고 버리는 장기말이었단 말인가."

"그 표현은 정확하지 않다, 미니츠. 폐하의 목적은 아마도──."

"흥! 닥쳐라, 칼리굴리오. 이 국가적 중요기밀을 누설한 책임은 내가 지도록 하겠다. 너희는 죽은 자다. 나를 포함해서 말이지. 그러니까 이건 폐하에 대한 배신이 되진 않는다."

그건 버니의 각오였다.

'더블오 넘버'로서의 실력을 잃고, 황제로부터 대여받았던 궁극의 권능까지 빼앗긴 지금, 상위자로서의 모두에게 나아갈 길을 제시하기 위한……

"버니……."

"미안, 지우. 난 말이지, 그렇게까지 폐하에게 충성을 맹세했던 건 아니야. 내가 따르고 있던 이유는 단 하나, 절대 이길 수 없었기 때문이거든."

그것도 또한 버니의 진심이었다.

………………

…………

……

45년 전에 미합중국에서 태어난 버니는 자유를 사랑하는 평범한 학생이었다. 그랬는데, 어떤 인과로 인해 이 세계에 오게 되어, 가드라에게 발견된 것이다.

그리고 다무라다에게 거둬지면서, 싸우는 방법을 배웠다.

어느새 자신감도 붙었고, 자신은 이 세계에서도 유수의 실력자라는 생각에 우쭐해지기도 했다.

그런 버니의 자신감을 산산조각으로 박살 낸 자가 황제 루드라의 곁을 지키는 한 명의 여성이었다.

아니, 그건 아름다운 외모와는 달리, 터무니없는 괴물이었다.

천지가 뒤집히더라도, 수만 번을 전생하더라도 절대 도달할 수 없는 정점. 그런 존재가 있다는 것 자체를 믿을 수가 없었지만, 그건 분명한 현실이었던 거다.

그 이름은 베루글린드.

절대 입 밖으로 꺼내선 안 되는, 제국의 극비사항 중의 하나였다.

어느 날, 버니는 다무라다의 안내를 받아서 황제가 머무르는 성을 찾아갔다. 그건 참으로 영예로운 일이었으며, 버니의 야망을 부추겼다.

자유를 사랑하는 버니의 입장에선 인간을 지배하는 황제라는 존재를 허용할 수 없었다.

그랬기에 가능하다면 하극상을——이라는 어리석은 꿈을 꾸었다.

그 어리석음의 대가는 공포.

그 자리에서 버니는 처음으로 베루글린드를 만났다. 그리고 그 공포를 깨닫게 되면서, 자연스럽게 굴복하게 되었다.

그런 버니에게, 발 너머로 말을 걸어온 자가 황제 루드라였다.

『너에겐 자격이 있다. 그릇로서의 자격이 말이지. 내 힘을 빌려 줄 테니 앞으로도 열심히 일하거라.』

감정 같은 건 일절 느껴지지 않는 황제 루드라의 목소리가, 멀리서 들려온 것 같았다. 그리고 다음에 의식이 돌아왔을 때는 황제에게 거역할 수 없는 몸이 되어 있었다.

　　　………………．

　　　…………．

　　　……．

"폐하는 말이지, 100만 명의 정예가 전멸하더라도 아무렇지 않게 생각하셔. 오히려 그게 바로 계획의 일환인 거야."

그 말만 들어봤자, 평범한 자라면 의미가 이해가 되지 않는 얘기일 것이다. 그러나 칼리굴리오는 깨달았다.

"——그렇군. 그 결과로서 나같이 각성하는 자가 나온다면, 100만 명의 장병은 희생이 되어도 상관하지 않는다는 말인가."

그 설명만 듣고도 정확히 알아맞히자, 버니는 조금 놀랐다. 하지만 '나같이 각성하는 자'라는 칼리굴리오의 말을 듣고, 과연이라고 생각하면서 납득했다.

"그렇군, 너도 각성한 건가. 그렇다면 이해했으리라 생각하는데, 네 생각이 맞아. 황제폐하가 노리시는 건 각성한 장기말을 모으는 거야. 그러기 위해서라면 비록 100만 명의 희생이 나오더라도 손해를 보지 않는다고 생각하고 계시지."

그게 바로 상급 장교들조차 몰랐던 사실이었다.

황제 루드라는 처음부터 군 그 자체에는 기대하지 않았던 거다. 어떻게 하면 각성한 인재를 모을 수 있는가, 그게 가장 중요했다.

"양보다 질, 이라는 뜻인가? 그러면 300년 전에 베루도라 토벌에 실패했던 것도?"

날카로운 눈빛으로 버니를 노려보듯이 바라보며 미니츠가 물었다. 그 질문에 대해 버니는 가벼운 말투로 대답했다.

"그 당시의 일은 나도 몰라. 하지만 생각해보면 이해할 수 있을 텐데? 나라면 혼자서도 네 녀석들을 몰살할 수 있지——. 아니, 몰살할 수 있었어. 그만큼 힘의 차이가 존재했단 뜻이야."

"과연, 그렇군. 우리의 패배를 이미 계산에 넣어두고 있었던 건 그런 이유가 있었기 때문이었나. 희생이 생길 것을 전제로 한 전략, 이란 말인가. 역시 폐하는 대단하시다 말하고 싶지만, 이번에는 대실패로 끝난 셈이로군."

"그 말대로야. 각성한 후에 패배한 건 황제폐하도 예상하시지 못한 일이었겠지."

미니츠가 납득했다는 듯이 고개를 끄덕였다.

그 대화를 듣고 있던 칼리굴리오는 씁쓸한 표정을 지었다.

"뭐, 내가 한심하게 굴었던 것이 잘못이로군."

자조하듯이 중얼거렸지만, 그 말을 부정한 자는 버니였다.

"안심해. 네가 한심했던 게 아니야. 상대가 너무 나빴던 거지."

"그래. 그건 도저히 대책이 없었어."

지우도 동의하면서 고개를 끄덕였다.

두 사람도 또한 칼리굴리오를 쓰러트린 디아블로에게 패배했다. 자신들이 상대할 수 없었던 괴물에게 칼리굴리오가 이길 리라고 생각지도 않았다.

"쉽게 말하자면, 이곳의 전력은 정보국의 예상 이상이었다는 얘기가 되는 것 아닌가?"

"그렇게 되겠지. 이 땅에서 마왕 리무루를 발판으로 삼아서 장기말을 늘린다는 계획은, 상대의 전력을 잘못 계산하는 바람에 좌절된 거야."

웃을 수밖에 없다고 버니는 말했다.

크고 많은 희생이 수포로 돌아갔으니까 웃고 있을 수 있는 상황은 아니었지만. 그러나 버니의 입장에선 황제에 대해 '꼴좋다'고 느끼는 감정도 남아 있었다.

"──그건 그렇고 버니 군. 우리를 양동으로 이용한 자네들의 기습도 실패로 끝난 것 같은데, 앞으로는 어떻게 할 생각이지?"

"하핫, 말했잖아. 내가 책임을 지겠다고."

"무슨 뜻이지?"

미니츠가 냉정하게 물었다.

고요함에 휩싸인 텐트 속에서, 모두가 버니의 대답을 기다리고 있었다.

"한 가지 확실하게 해두기로 할까. 아까도 말했지만, 너희는 이미 죽은 몸이야. 그건 비유가 아니라 황제폐하에게 있어서 그렇다는 의미로 한 말이라고."

"흠. 폐하의 입장에선 우리가 살아 있으면 곤란하기라도 하단 말인가?"

"약간 어폐가 있군. 힘을 빼앗겨서 각성할 가능성이 제로가 된 장병 따위는 폐하에겐 필요가 없다는 의미지. 하지만 폐하에게 있어서 가치가 없다는 건 너희를 지켜줄 이유도 없다는 의미가 되는 거야."

"뭐, 그렇게 되겠지."

"그걸 전제로 생각한다면 포로의 반환 같은 건 받아들이지 않을 가능성이 커. 아니, 그뿐만이 아니야. 살아남은 장병들이 귀국해버리면 반전 분위기가 만연하겠지. 그게 폐하의 뜻에 따르는 행동이라고 생각하나?"

"아닌 것 같군."

그렇게 대답하면서 미니츠는 한숨을 쉬었다.

버니가 하고 싶은 말이 무엇인지 이해할 수 있었다.

"즉, 폐하에게 있어 어찌 되든 상관없게 된 우리는 정보국의 입장에서 방해밖에 안 된다는 얘기로군?"

"정답이야."

"귀국하려고 하는 자를 처리하려고 움직일까?"

"틀림없이 그렇겠지."

그리고 그 죄를 템페스트에게 덮어씌우고 국민들의 분노와 복수심을 부추길 것이다. 정보국이라면 그렇게 움직일 것이라고, 버니는 확신을 가지고 설명했다.

"──70만이나 되는데? 그런 짓은 불가능해."

"개조수술을 받은 자들은 그렇게까지 힘을 많이 잃진 않았다고. 반격하면 아군끼리 싸우는 꼴이 되는 거잖아!"

그렇게 반발하면서 떠들어대기 시작한 장교들을, 미니츠가 손을 들어 제지하면서 입을 다물게 했다.

"그런 짓을 할 수 있는 존재 중에 떠오르는 자가 있나?"

그건 말이 안 된다고 말하고 싶어 하는 자들이 많은 분위기 속에서, 미니츠는 냉정했다.

그리고 칼리굴리오도 자신이 각성했을 때의 일을 떠올리면서 침묵을 고수하고 있었다. 그 힘이 있었다면 불가능한 일은 아니라고, 그렇게 판단하고 있었던 것이다.

"'더블오 넘버'라면 가능하겠나?"

"가능한지 아닌지를 묻는다면 가능해. 하지만 그건 탁상공론이야. 절대적인 개인의 힘은 공격에는 적합하지만, 방어에는 적합하지 않지. 수로 밀어붙여 공격한다면 도저히 다 막아내지 못할 곳이 나오기 마련이니까. 그와 마찬가지로, 도망치는 적을 쫓는데도 적합하지 않아. 뿔뿔이 흩어져 도망친다면, 아무리 노력해도 누군가는 놓치게 되겠지."

이번 경우엔 누구 하나 살려두지 않고 처리할 필요가 있었다. 그것이 가능한 자는 버니도 쉽사리 떠올리지 못했다.

단 한 명을 제외하고──.

"상식적으로 생각해서, 그런 짓이 가능할 거라는 생각은 들지 않겠지? 하지만 존재해. 제국에는, 그런 짓이 가능한 절대적인 괴물이 말이지……."

버니는 그 모습을 떠올리면서 공포에 몸을 떨었다.

그 아름다움과 무서움은 만나본 자만 이해할 수 있다. 그걸 알고 있는 버니는 자신을 불행하다고 생각했다.

"──'더블오 넘버'인 자네가 두려움에 떨 정도인 존재란 말인가. 아무래도 나는 큰 착각을 하고 있었던 것 같군."

의자에 깊이 몸을 기댄 채, 하늘을 쳐다보면서 미니츠가 말했다.

"나도 그렇다. 군에 입대하여, 제국의 이름 하에 전 세계를 지배할 꿈을 꿨지. 하지만──."

하지만 그건 군과는 관계가 없는 곳에서 모든 것이 정해져 있었다. 누군가가 펼치고 있는 파워 게임에는 각성하지 못한 자들이 나설 차례는 없었던 것이다.

"어리석었군."

"그래, 나 자신이 우스꽝스러워."

칼리굴리오와 미니츠는 울 것 같은 표정으로 서로를 바라봤다. 그건 칼리굴리오와 미니츠에게만 한정된 얘기가 아니었으며, 이 자리에 모인 상급 장교들은 모두 꿈에서 깨어난 표정으로 탄식하고 있었다.

불쌍하군──. 버니는 그렇게 생각했다.

진실을 모르는 게 더 행복했겠지만, 그랬다간 저들은 납득하지 않았겠지. 그랬기 때문에 버니는 모든 것을 내던지듯이 폭언을 뱉은 것이었다.

"이제 알았나. 상황은 이해했겠지? 돌아가 봤자 너희에겐 절망만 기다리고 있을 뿐이야. 그러니까 포로가 되어서, 전쟁이 끝날 때까지 기다리라고."

"버니 공, 귀공은 어떻게 할 생각이지?"

"나는 제국으로 돌아갈 거야. 이대로 전쟁이 끝나진 않을 테니까, 리무루 폐하는 제국과 교섭할 자리를 만들려고 하시겠지. 그때 안내할 사람이 필요할 것 아냐?"

그 안내자는 아마도 제거될 것이다. 힘을 잃은 지금의 버니라면 틀림없이 아무런 저항도 하지 못하고 암살될 것이다.

그런 버니의 각오를 깨달으면서, 모두가 입을 다물었다.

그리고 자신들의 운명이 마왕 리무루에게 맡겨져 있다는 것을, 뼈저리게 이해한 것이다.

●

베루도라와 라미리스에게 감사의 마음을 전한 뒤에, 나는 미궁의 70층을 찾아가 보기로 했다.

아다루만은 어제 의식 때문에 깊은 잠에 들어 있는 상태다. 하베스트 페스티벌(수확제)이 시작된 셈이지만, 아다루만의 성은 여전히 파괴된 상태로 남아 있었다.

그래서 지상층에 있는 본관의 객실로 데려가 눕혔다. 알베르트와 웬티도 비어 있는 방에 들여놓았으니, 나중에 시간이 되면 알아서 눈을 뜨겠지.

문제가 되는 것은 제국군의 포로들이다. 그들을 돌보는 건 아다루만에게 맡겨 놓았기 때문에 그대로 방치해두는 것은 좋지 못하다.

그리고 슬슬 마음도 진정되었을 테니까, 제국에 관한 정보를 듣고 싶다는 생각이 들었다. 좋은 기회이므로 내가 직접 살펴보러 가기로 한 것이다.

동행하는 자는 비서 두 명.

이 두 사람이 있으면 무슨 일어나도 안심이다.

"굳이 리무루 님이 직접 찾아가시지 않더라도……."

"그럼 네가 다녀오겠어?"

"그래, 네가 가서 얘기를 듣고 와라!"

"쿠, 쿠후후후후, 자, 가시죠!"

디아블로는 여전히 동요하는 모습을 보이지 않는군.

그건 시온도 마찬가지인가?

자주적으로 갔다 오겠다고 말하는 일은 절대로 일어나지 않는다.

뭐, 시온만 보내는 짓은 절대 하지 않을 거지만. 나는 시온의 품에 안긴 채, 그런 생각을 하고 있었다.

그건 그렇고 이 두 사람, 어제 진화 의식을 치렀는데도 불구하고 여전히 기운이 넘쳤다.

하룻밤이 지났어도 시온에겐 변화가 없었다. 그리고 디아블로는 완벽하게 평상시의 모습대로 돌아와 있었다.

"그건 그렇고, 너는 새로운 스킬(능력)을 획득할 수 있었나?"

"쿠후후후후! 리무루 님 덕분에 얼티밋 스킬(궁극능력)의 획득에 성공했습니다! 이제야 겨우 기이의 자랑을 듣고 짜증 나는 기분을 느끼지 않을 것 같습니다."

기이의 입장에서 보면 디아블로가 짜증 나는 존재이겠지.

왠지 모르겠지만, 확신을 가지고 그런 생각을 할 수 있었다.

"그렇게 분했다면 스스로의 힘으로 획득했으면 좋았을 것을. 디아블로라면 내 도움 따위는 없어도 얼티밋 스킬을 습득할 수 있을 것 같은데?"

"아뇨, 아뇨, 그럴 수는 없습니다. 기이의 말을 듣고 획득했다면, 따라한 것 같아서 꼴사납지 않습니까."

이해가 안 된다. 따라한 것을 두고 따질 문제가 아니잖아.

유용하다면 배우면 된다고 생각하는데, 내 생각이 잘못된 걸까?

"훗, 디아블로는 마음이 좁은 겁니다. '모르는 것을 묻는 건 한때의 수치, 묻지 않는 것은 평생의 수치'라고 했던가요? 리무루 님에게 그렇게 배운 이후로, 저는 늘 남의 말을 들을 수 있게 되었습니다. 고부이치 공에게도 요리의 진수를 배웠으며, 지금은 더 배울 게 없다고 인정받을 정도가 되었으니까요!"

자랑스러운 표정으로 말하는 시온.

하지만 나는 생각했다.

그건 고부이치가 그냥 도망친 게 아닐까. 하고.

고부이치도 고부이치란 말이지. 시온에게 이상한 자신감을 주는 짓은 좀 하지 않았으면 좋겠거든.

제대로 마지막까지 책임을 지고, 시온을 돌봐주길 바란다.

"얼마 전에 고부이치 공이 입원하셨는데, 그게 원인이었습니까. 매일 시온의 요리에 어울려야 했다면 몸이 망가지는 것도 당연하겠죠."

과, 과연⋯⋯.

그렇다면 고부이치 군을 책망할 순 없겠네.

이 건에 대해선 디아블로도 호되게 당한 적이 한 번 있는 데다, 슈나 같은 경우는 절대 맛을 보려고 하지 않으니까 말이지.

역시 베니마루에게 맡겨야겠군.

응, 시온의 교육은 베니마루의 책임이었으니, 다시 철저하게 다루도록 당부해두기로 하자.

이건 결코 새신랑을 괴롭히려는 게 아니다. 착각하지 않도록 부탁하고 싶은 바이다.

이런, 시온 때문에 얘기가 어긋나고 말았지만, 그런 대화를 나누고 있던 사이에 목적지에 도착하고 말았다. 70층에 있는 구릉지대로 '전이'했더니, 내가 온 걸 본 자들이 일어서서 경례하기 시작했다.

그건 적국의 마왕을 상대로 할 행동이 아닌 것 같지만, 디아블로와 시온이 만족스러워하고 있는지라 이 이상 따지지 않았다.

"리무루 폐하께서 방문하셨다! 칼리굴리오 각하에게 어서 연락하라!"

그런 식으로 모두가 착착 움직이기 시작하더니, 하나의 텐트를 향해 장병들이 정렬하면서 길을 만들어냈다.

그 텐트에선 지금, 칼리굴리오가 군사회의를 열고 있다고 한다. 그런 설명을 들으면서 안내를 받았다.

텐트 안에는 100명 정도의 고위 장교들이 모여 있었다. 모두가 차렷 자세로 경례하면서 나를 맞아주었다.

여기서도 이런 반응을 보인단 말인가. 그런 생각을 하면서 조금은 놀랐다.

나는 일단 적국의 왕이고, 지금은 슬라임 모습을 하고 있는데 말이지. 그래도 깔보지 않는 걸 보면, 생각했던 것 이상으로 라파엘의 계책이 성공한 것 같다.

뭐, 생각해보면 당연한 일인가. 자신을 죽인 것도 모자라 되살릴 수도 있는 상대에겐 전면적으로 복종하는 것이 현명한 행동일지도 모르지.

나도 그런 위험한 상대에겐 거역하지 않을 자신이 있으니까 말이지. 그렇게 이해하기로 생각하고 납득하면서, 그들이 안내해준 대로 윗자리에 앉았다.

물론, 이 장소에선 위엄을 보여주기 위해서라도 인간의 모습으로 변한 상태에서 말이지.

내 뒤에는 시온과 디아블로.

내가 품에서 뛰어 내려가자, 시온이 조금 아쉬워하는 표정을 짓고 있었다. 그건 신경을 쓰면 지는 것이므로, 나는 일동을 둘러본 뒤에 소리를 높여 말했다.

"자, 제군들. 고위 장교들이 다들 모여 있다니 마침 다행이로군."

""""네엣!""""

일제히 내게 머리를 숙였는데, 이래선 신경이 쓰여서 말하기가 어렵다. 나는 모두를 자리에 앉게 한 뒤에 찾아온 용건을 꺼냈다.

"뭐, 다들 편히 앉게. 오늘은 의논할 게 있어서 찾아왔네."

그렇게 말하고 빙긋 미소를 지었다.

이건 마음을 편하게 풀어주고, 화기애애한 분위기 속에서 회담을 진행하고 싶어서였다.

"아다루만은 지금 볼일이 좀 생겨서 한동안은 오지 못할지도 모르거든. 그래서 말인데, 뭔가 필요한 게 있을지도 몰라서 내가 찾아온 거네."

"과분한 말씀입니다. 저희는 충분히 좋은 대접을 받고 있습니다. 걱정하시지 말라는 말씀을 드리고 싶은 바입니다."

딱딱해!

대표로서 칼리굴리오가 대답해주었지만, 지나치다 싶을 정도로 예의를 갖추고 있군.

아니, 이게 일반적으로 취할 수 있는 태도이겠지.

그들은 전쟁에 진 몸이므로, 이게 정답인 것이다.

"그렇다면 다행이로군. 그래서 앞으로의 방침 말인데."

"넷! 그 점에 관해선 저희도 부탁드리고 싶은 것이 있습니다!"

부탁이라고?

무리가 없는 범위 안의 부탁이라면 좋겠다고 생각하면서, 일단 들을 수 있는 얘기는 들어보기로 했다. 그러자 칼리굴리오는 놀랄 만한 제안을 해왔다.

"저희 일동은 당분간 이 나라에서 신세를 지고 싶습니다만, 부디 온정을 베풀어주실 수 없는지──."

응……?

자세하게 얘기를 들어봤다.

칼리굴리오의 말에 따르면.

마침 지금, 자신들도 앞으로의 방침에 대해 논의하고 있었다
한다.

그 자리에서 나온 결론은, 제국으로 돌아가도 전원 살해되면서
처리될 가능성이 높다는 것이었다.

"아니, 아니, 아니, 너, 무슨 그런 터무니없는 소리를! 자국을
위해 싸운 장병들을, 졌다는 이유로 죽이는 나라가 어디 있단 말
이야!"

자신도 모르게 그렇게 따져 묻는 나.

"하지만 틀림없이 그렇게 되리라고 생각합니다."

누군가 했더니 버니였다. 우리를 노렸던 자와 동일인물이라
는 생각이 들지 않을 만큼 침착한 태도로 논리정연하게 설명해
주었다.

얘기를 들어본 바로는, 절대 그렇지 않다고 단언할 수 없는 내
용이었다.

"으―음…… 단 한 명을 각성시키기 위해서 100만 명을 희생한
다고? 농담이겠지……."

"사실입니다."

"아니, 잠깐만? 그게 정말이라면 베루도라의 봉인이 풀리는 게
두려워서 군대를 동원한 침공을 미루고 있었다는 것도 이상한 얘
기로 들리는데. 혹시 그것도 우리의 착각이고, 실제로는 부활하
는 것을 기다리고 있었단 말이야?"

"황제 루드라가 무슨 생각을 했는지는 저도 잘 이해되지 않습니다. 하지만 리무루 폐하의 생각이 옳지 않겠느냐고, 저도 그렇게 생각하고 있습니다."

이 녀석, 정말로 버니인가?

사람이 바뀐 정도가 아닌 수준으로 예의를 갖춘 모습을 보여주는데.

아니, 그보다 얘기가 그렇게 돌아가는 거란 말인가.

황제 루드라라는 녀석의 진짜 목적은 단순히 전쟁에 승리하는 것이 아니었던 모양이다. 제국의 장병들을 강적과 일부러 맞부딪히게 만든 뒤에, 각성하는 강자를 선별하려고 했던 것같다.

스케일이 너무 커서, 일반인의 상식을 넘어서고 있네요.

《알림. 재미있는 발상입니다.》

멍청한 녀석!

인간을 실험재료로 삼는다니, 전혀 재미있지 않아—.

그러고 보니 라파엘에게도 그런 점이 있단 말이지.

제기온 같은 경우가 바로 그 성공사례이며, 어쩌면 나도 나 자신이 모르는 곳에서 어떤 실험대상이 되어 있을 것 같아서 두렵다.

《아닙니다. 그런 사실은 확인되어 있지 않습니다.》

정말이려나.

뭐, 그 점은 믿겠지만 말이지.

어쨌든 지금 그 건은 나중으로 미루겠다.

칼리굴리오와 부하들이 한 제안을 받아들일 것인지 아닌지, 그게 문제다.

"하지만 말이지이, 너희들의 식사도 돈이 안 드는 게 아니거든. 역시 70만 명이나 먹을 분량이라면 다른 나라에서 수입할 필요도 있고……."

살해당할 것이라는 얘기를 들으면 그냥 풀어주는 것도 망설여진다. 하지만 우리나라에서 보호할 이유도 없다는 것도 본심이었다.

내가 책임을 지는 범위는 자국민에 한정될 뿐이다. 그들에겐 힘껏 살아주길 바란다──고 말해주고 싶지만, 그럴 수도 없게 되었단 말이지.

70만 명이나 되는 직업군인이 유입되게 되면, 블루문드 왕국을 비롯한 서방열국도 잠자코 있지는 않을 테고 말이지. 자칫하면 쓸데없는 피가 흐르는 사태가 되어버린다.

그렇다고 해서, 제국으로 돌려보내는 것도 냉혹한 얘기이고 말이지. 한 번 구해준 목숨이라면 끝까지 책임을 져야 하겠지.

어쩔 수 없지만, 지금은 돌봐줘야 한다.

단, 무상으로 지원한다는 건 무리다.

"우리나라에선 '일하지 않는 자는 먹지도 마라'는 걸 실천하고 있지. 먹은 만큼 일을 해줘야겠는데, 그래도 되겠나?"

내 대답이 나오기를, 마른침을 삼키면서 지켜보고 있던 칼리굴리오 일행은 그 말을 듣고 밝은 표정을 보였다.

"물론입니다!"

"무엇이든 명령을 내려주십시오!!"

아직 어떤 일을 시킬 것인지를 말하지도 않았는데, 의욕은 충분해 보였다.

그렇다면 좋다고 생각하면서, 나는 그들이 머무르는 것을 허가하기로 했다.

애초에 제국에게 있어 포로는 의미가 없을 거라고 생각하고는 있었다. 전시협정 같은 건 체결하지도 않았으므로 아무것도 정해진 게 없었기 때문이다.

그리고 버니의 얘기를 들어본 바로는, 정전을 목적으로 하는 교섭재료도 되지 않으리라는 사실이 판명되었다. 그렇다면 단단히 마음을 먹고 노동력으로 받아들이는 게 낫다.

머무를 기간은 미정이지만, 적어도 제국과의 전쟁이 끝날 때까지는 일을 시키도록 하자.

기간이 짧으면 제대로 써먹지 못하게 될지도 모르니까, 그 점은 돌아가는 상황을 보기로 했다. 어떤 식으로든 도움이 되어줄 것이라는 기대만 하고 있을 뿐이다.

뭐, 칼리굴리오를 비롯한 제국장병들은 내 말을 거역할 생각은 없는 것 같으니, 게루도에게라도 맡겨서 활용하도록 하자.

애초에 게루도는 현재 진화의 잠에 들어 있다. 조금 더 기다리면 눈을 뜰 테니까, 그때까지는 뭘 시키면 좋을 것인가가 문제인데…….

"그건 그렇고 자네들, 토목공사는 좀 할 줄 하나?"

군대라는 곳은 의외로 기술 쪽에 능력이 있는 자들이 많다.

내가 전에 살았던 세상의 얘기지만, 무사가 성을 짓는 것을 지휘한 것은 유명한 얘기이다.

현대에도 재해구조를 실시할 때 같은 경우에도 군대는 훌륭한 활약을 보여주었다. 해외지원의 현장에서도 크게 활약했다는 뉴스로 보도되었을 정도다.

그와 마찬가지로, 이 세계에서도 드워르곤의 공작부대는 높은 기술력을 자랑하고 있었다. 화려하진 않지만 상당히 도움이 되는 일솜씨를 보여주었다.

그리고 그런 드워프 공작부대의 전 단장이었던 카이진이 있었기 때문에, 우리나라의 기초가 세워졌다고 해도 과언은 아니었던 것이다.

그런 식으로, 군대와 토목기술은 떼려야 뗄 수 없는 관계이지만——.

"물론입니다! 제국의 기술력은 최고라고 자부합니다!"

다행이다.

그렇다면 우선은 실력을 봐야겠군.

"그럼 첫 일거리를 주겠다. 눈앞에 보이는 파괴된 성 말인데, 저걸 깨끗하게 복구시켜주게. 재료는 우리가 마련하겠지만, 설계 단계부터 맡겨보고 싶군. 가능하겠나?"

자신들이 파괴한 이상, 자신들의 손으로 고치게 하고 싶다.

내 요구를 듣고, 칼리굴리오가 고개를 끄덕였다.

"분부대로 따르겠습니다."

자신만만한 태도로 칼리굴리오가 고개를 끄덕였고, 그 모습을 보고 부하로 보이는 남자들이 움직이기 시작했다. 재빠르고 통제된 느낌은 그야말로 능력 있는 남자들이라는 분위기를 풍겼다.

아다루만이 눈을 뜨면 스켈레톤들도 동원하여 도와줄 수 있을 테니, 그리 머지않은 미래에 복구가 끝날 거다.

그런 식으로 얘기가 진행되면서, 제국군에게도 일을 맡기게 되었다.

*

자, 이제 남은 목적은 정보수집이로군.

자세한 얘기를 들을 필요가 있다고 생각했기 때문에, 칼리굴리오의 부하들 중에서 사정을 잘 아는 자를 몇 명 정도 선출해서 회의실까지 동행하도록 했다.

일어나 있는 간부들도 소집하여 대책회의를 열 예정이었다.

현시점에서 제국 측은 분명 칼리굴리오 부대의 패배를 아직 알아차리지 못했을 것이다.

유우키는 미샤랑 라플라스로부터 보고를 받았겠지만, 거기서 정보가 누설될 수 있다는 건 지나친 걱정이라고 생각한다.

그리고 우리 쪽은 제국의 움직임을 완벽히 파악한 상태다.

해로의 상공을 통해 비공선이 300척 정도 이동하고 있다는 것도 루미너스에게 확실하게 전해두었다.

『흥! 내가 맞아서 싸워주마!』

라고 호언장담했었다.

루미너스가 스스로 움직일 거라는 생각은 들지 않지만, 나와 맺은 협정이 있다. 북방에서 오는 제국군의 위협은 루미너스가 나서서 지켜주겠다는 약속이 되어 있는 것이다.

신성교황국 루벨리오스는 종교의 총본산으로서 홀리 나이트(성
기사)를 다수 배출하고 있으며, 독자적인 전력도 보유하고 있다고
했다. 뱀파이어(흡혈귀족)이라는 숨겨진 전력도 있으니, 맡겨두면
안심할 수 있다.

만일, 루미너스가 위기에 빠질 경우엔 서방배치군 15만 명이
나설 차례가 된다. 즉시 대응할 수 있도록 테스타로사의 부하가
대기 중이다.

무엇보다 히나타가 반격하기 위해서 움직여주고 있으므로 대
책은 완벽하다.

그러나 아직 방심할 수는 없다.

나는 이 자리에 모인 자들을 둘러보면서, 회의의 시작을 알
렸다.

모인 자들은 다음과 같이 열일곱 명이다.

비서인 시온과 디아블로.

총대장인 베니마루와 정치 쪽을 맡기고 있는 리그루도와 카
이진.

군단장으로는 가비루와 고부타.

고문으로는 하쿠로우. 정보담당인 소우에이. 중요참고인으로
서 가드라도 불려왔다.

그리고 나머지는 악마 아가씨 3인방인 테스타로사, 울티마, 카
레라였다.

제국군으로부터는 칼리굴리오 본인과 미니츠, 그리고 버니와
지우의 2인조가 참가했다.

나를 포함해서 이 자리에 있는 사람은 열여덟 명이로군.

맨 처음은 자기소개부터 시작했지만, 디아블로와 악마 아가씨 3인방이 '태초의 악마'라는 것을 알고, 제국 쪽 멤버들은 절규하고 있었다.

그 시선이 너무나도 따가웠다.

미안하다. 잘못은 내가 아니라 디아블로에게 있어.

또 불평을 들을 것 같은 기분을 감지한 나는 아무 일도 없었다는 것처럼 얘기를 진행시키기로 했다.

그러면 바로 시작하자.

"아, 그러니까 얘기해줄 수 있는 범위 안에서 얘기해도 돼."

나는 그렇게 말하면서, 물리마법 : 아르고스(신의 눈)로 비공선 부대를 비췄다. 사전에 부탁했던 대로 칼리굴리오를 시켜 제국의 현재 상태를 설명하도록 할 것이다.

감시용 대형 스크린에 비춰진 영상을 보고, 제국 쪽 멤버들은 동요하는 반응을 보였다. 그런 분위기 속에서 칼리굴리오는 애써 평정을 가장하면서, 곧바로 설명하기 시작했다.

어느 정도의 자세한 내용은 가드라로부터 들어서 알고 있었다.

그 영감은 배신행위라는 걸 전혀 신경 쓰지도 않았지만, 칼리굴리오는 군인이다. 얘기할 수 없는 일도 있을 것이니, 내가 커버해줄 필요가 있을 것이다.

우리가 파악하고 있는 정보는 미리 전해놓았기 때문에, 그걸 감안해서 설명해달라 부탁해둔 상태다.

"잘 알겠습니다. 그럼 설명하도록 하겠습니다."

내가 기대한 것 이상으로 칼리굴리오는 논리정연하게 얘기해 주었다.

칼리굴리오가 이끄는 '기갑군단'에는 '공전비행병단'이라는 부문이 있으며, 비공선으로 불리는 최신 항공 전력을 400척 보유하고 있었다. 그중에 300척이 다른 군단을 잉그라시아 왕국 북부로 운반 중이라고 한다.

각 비공선에 탑승 가능한 인원 말인데, 그 수는 최대 400명. 50명만 있으면 조종이 가능하다고 하니까, 한 척 당 350명을 운반할 수 있다는 뜻이 된다.

가드라로부터 들은 설명 그대로였다.

운반되고 있는 전력은 글라딤이라는 제국 장군이 지휘하는 '마수군단' 3만 명. 단, 그들은 파트너라고도 부르는 마수와 세트로 활동한다고 하니, 실질적으로는 6만의 전투요원을 운반하고 있는 셈이 된다고 한다.

나머지는 후방지원을 하는 서포트 요원이라고 한다.

그쪽의 지휘는 자무드라는 이름을 가진 소장에게 맡기고 있다고 하는데, 비전투원이라고 하므로 전력으로는 계산하지 않아도 될 것이다.

"여기서 이런 얘기를 하는 것은 부끄러울 따름이지만, 잉그라시아 방면으로 출병한 자들은 대부분 실전 경험이 없습니다. 비공선의 운용 정도는 문제가 없겠지만, 실제로 전투가 일어나면 대응 수준이 상당히 떨어질 겁니다. 원래는 연구에 종사했어야 하는 자들이니 부디 자비를 베풀어주시면 좋겠습니다만……."

칼리굴리오의 말에 따르면.

이번에 우리나라 쪽으로 모든 전력을 투입했기 때문에 라이벌인 글라딤 대장에겐 비전투원밖에 빌려주지 않았다고 한다. 그런 지원요원은 3만 명 정도 된다고 하는데, 위저드(마도사) 급은 전무하며, 소서러(법술사) 급인 자가 대부분이라고 했다.

그리고 나머지는 비공선의 수리나 정비를 하기 위한 기술자라고 한다. 가능하면 죽이지 않고 포로로 삼아주면 좋겠다고, 그렇게 부탁한 것이다.

"당신, 뻔뻔한 것도 정도가 있습니다! 다른 나라를 침공해놓고서 질 것 같으니까 죽이지 말고 살려달란 말입니까?"

시온이 격노하면서 소리치자, 칼리굴리오가 새파래지면서 사과했다.

나는 시온을 달랬지만, 시온의 말이 옳다는 생각이 들었다. 그건 칼리굴리오도 충분히 이해하고 있는 것 같았으며, 자신이 실언을 했다고 사과하였지만……

"그에 대한 대응은 우리가 하고 있는 게 아니니까 말이지. 상황에 따라선 포기할 수밖에 없겠군."

"물론 잘 알고 있습니다. 리무루 폐하의 뜻대로 하십시오——."

가능하다면 고려하겠지만, 약속은 할 수 없다. 내 소생마법도 만능은 아니며, 상황에 따라선 불가능하기 때문이다.

그리고 루미너스의 반응에 따라선 내가 끼어들 수 있는 상황이 아니게 될 우려도 있다.

글라딤이 이끄는 '마수군단'의 위협도 상당한 수준이라고 들었으니, 히나타의 부대에도 막대한 피해가 생기지 않는다고 장담할 순 없기 때문이다.

그렇게 되어버리면 자비를 베풀 수 있는 상황이 아니게 될 것이다. 방위전력도 상당한 수준이니까 결코 지지 않을 것이라 생각하고 있다. 하지만 전쟁에 있어서 절대라는 말이 통하지 않는 이상, 가볍게 약속을 해선 안 될 것이다.

그러므로 그 얘기는 이걸로 끝이다.

뒤이어서, 드워르곤의 이스트(동부도시)에 관한 얘기를 할 차례다.

*

나는 아르고스(신의 눈)의 영상을 교체했다.

화면에 비춰진 것은 6만 명의 군대. 긴장감 없이, 느긋한 분위기 속에서 진을 치고 있었다.

또 동그랗게 눈을 뜨고 있는 제국 측 멤버들에게 나는 사정을 설명했다.

"현재 나와 유우키 사이엔 본의 아니게 동맹관계가 성립되어 있지. 여기서 서로 대치하고 있는 것도 실은 단순한 퍼포먼스였을 뿐이야."

내가 그렇게 말하자마자, 미니츠가 자조했다.

"이것 참. 처음부터 군의 일부가 공략당해 있었다면, 우리가 승리할 가능성 따윈 애초에 없던 셈이로군."

그 말을 듣고 고개를 끄덕이는 칼리굴리오.

"그러게 말이지. 내 '기갑사단'과 글라딤의 '마수군단'이 자리를 비운 순간을 노려서 제국에게 이빨을 들이댄다. 그렇게 하면 체크메이트인가."

　실력뿐만 아니라 전략적으로도 패배했다는 것을 알고, 두 사람의 표정은 한껏 씁쓸해져 있었다.

　그러나 그 발언에 이의를 제기하는 자도 있었다.

　"그렇진 않아. 제도에는 황제를 수호하는 자들도 남아 있습니다. 몇 번이든 말하겠지만, 각성한 자는 단신으로 하나의 군대에도 필적할 수 있습니다. 유우키가 반란을 일으킬 가능성 정도는 그분이라면 이미 다 꿰뚫어 보셨을 겁니다."

　버니의 발언이었지만, 마사유키의 똘마니였던 이미지가 너무 강해서, 마치 다른 사람으로밖에 생각되지 않는군.

　"이쪽이 버니의 진짜 모습인가?"

　"아, 아뇨. 제 진짜 모습은 굳이 말하자면 마사유키와 행동을 했던 때가 더 가깝습니다."

　나도 모르게 입 밖으로 나온 질문을 듣고, 버니는 성실하게 대답해주었다. 지금의 태도는 군인으로서 보여주는 것이며, 원래는 좀 더 풀어진 모습이라고 한다.

　얘기가 나온 김에 원래는 미국인이었다는 걸 가르쳐주었다. 참고로, 현재 나이는 45세. 원래는 평범한 학생이었다고 하며, 이곳으로 온 뒤로 교육을 받은 결과가 지금의 버니라고 한다.

　본인 이외에는 어찌 되었든 상관없는 정보지만, 나에겐 아주 조금 친근감을 느끼게 했다.

　"뭐, 그렇게 말한다면 그렇겠지. 제국에는 나를 죽일 수 있는 인물이 있다고 들었으니, 그냥 보기엔 완전히 몰아붙인 것처럼 보이는 상황에서 바로 뒤집힌다고 해도 무엇 하나 신기할 건 없겠군."

생각해보면 이 세계의, 양보다는 질이라는 법칙은 실로 골치 아픈 것이다. 아무리 전력을 많이 모아도 단 한 명에게 이기지 못하면 패배하게 되는 셈이니까······.

우리도 그런 싸움에 승리하지 못했을 경우, 반대 입장이 될 수 있다는 것도 고려해두지 않으면 안 된다.

"그러면 제가 가서 제대로 한 방 먹여주겠습니다!"

시온이 대태도를 손에 쥔 채로 큰소리를 쳤다.

그런다고 이길 수 있는 보증 따윈 없으니까 당연히 기각이다.

"쿠후후후후, 그렇다면 제가······."

"기각."

디아블로가 패하는 장면 같은 건 상상할 수 없지만, 기각이다.

내 방침은 절대적으로 이길 수 있는 상황을 만들어낼 때까지는 상황을 지켜보는 것이다. 이것만큼은 철저하게 지키도록, 한 번 더 모두에게 다짐해두었다.

어쨌든 중요한 건 정보로군.

정보부족으로 인한 실패는 다 열거할 수 없을 정도로 겪어봤다. 이번에도 같은 전철을 밟지 않도록, 면밀하게 캐물어야겠지.

"그건 그렇고, 너희가 마사유키에게 붙어 있던 것은 의심을 받지 않고 내게 접근하기 위해서겠지? 솔직히 말하자면 전혀 눈치채지 못했기 때문에, 그 타이밍에서 받은 기습은 위험했어."

버니와 지우를 보면서 얘기를 돌렸다.

다무라다의 명령이었겠지만, 라파엘(지혜지왕)조차 눈치채지 못했던 완벽한 작전이었다. 적이지만 훌륭했다고 칭찬해줄 만했다.

나를 노릴 기회는 지금까지도 많이 있었을 텐데, 지금이라는 생각이 드는 순간까지 최고전력을 숨겨두고 있었다니, 좀처럼 흉내 낼 수 있는 짓이 아니라고 생각한다. 이번에는 우리의 힘이 더 강했지만, 자칫했으면 입장은 역전되었을 것이다.

그렇게 되면 그야말로 황제라는 자의 의도대로 진행되었을 것이다. 나와 베니마루를 잃은 템페스트(마국연방)의 군대는 혼란에서 벗어나지 못한 채 제국에게 유린되고 말았겠지.

"그 점은 저의 오만이 부른 사태입니다. 미궁 안은 안전할 것이라고 믿은 게 컸습니다. 전쟁 중에는 언제 어느 때라도 늘 위험하다는 것을 잊지 않고 의식하도록 하겠습니다."

"저도 마찬가지입니다. 리무루 님에게 접근하는 자는 좀 더 철저하게 신원을 조사하도록 하겠습니다."

베니마루랑 소우에이는 줄곧 그 일을 마음에 두고 있던 것 같았지만, 그걸 따진다면 그들만의 책임은 아니다.

나 이상으로 다양한 사태를 상정하여 경계해주었다. 내 위기감이 약해진 것도 반성해야 할 점이라고 할 수 있었다.

"마사유키를 지키라는 것이 다무라다 님으로부터 받은 명령이었습니다. 이유는 듣지 못했기 때문에 정보가 누설될 일도 없었을 거라 생각합니다."

"저도 마찬가지입니다. 동시에 명령을 받은 게 아니라, 다른 루트를 통해 서로의 정체를 알아차리지 못하도록 명령을 내린 것이었더군요. 리무루 폐하를 암살하라는 지령이 내려왔을 때 비로소 저는 버니도 '더블오 넘버(한 자릿수)'였다는 걸 알았습니다."

우리의 대화에 버니와 지우가 가담해주었다. 묵비권을 인정하고 있었으니까, 자발적으로 얘기해 준 것은 고마운 일이다.

그러나 그 발언 내용 중에는 마음에 걸리는 점이 있었다.

"나중에 떠올렸다는 뜻인가?"

"아뇨, 저 말고는 다른 '더블오 넘버'와 만나본 적이 없었기 때문에, 명령을 받고서야 비로소 지우도 그런 존재였다는 걸 알게 된 겁니다."

"저도 마찬가지입니다. 아마도 단장이나 부단장 이외에는 서로 정체를 모르고 있는 게 아닐까 하는 생각이 드는군요."

그 대답을 듣고 나는 놀랐다.

제국 내의 최고전력이, 서로가 서로의 정체를 모르고 있다니.

무슨 이유로 그런 짓을?

《해답. 배신을 방지하는 것이 목적이라고 추측됩니다.》

흠흠.

서로의 정체를 모른다면, 협력하여 하극상을 노릴 수도 없다. 철저하게 대비하고 있는 수준까지는 아니겠지만, 그만큼 경계하면서 황제의 안전을 지키고 있다는 얘기려나?

"이해가 안 되는 건 아니지만, 쓸모없는 부분이 많고 비효율적인 느낌이 드는군. 동료라면 처음부터 서로 협력했으면 되었을 텐데."

내가 그렇게 말하자 가드라가 쓴웃음을 지으면서 의견을 얘기했다.

"리무루 님, 불경한 짓이라는 건 압니다만, 한 말씀 드려도 되겠습니까?"

"물론이지. 그런 건 대환영이야."

"그럼 실례를 무릅쓰고……."

그렇게 운을 떼면서 가드라가 얘기했다.

"리무루 님의 생각은 훌륭합니다만, 조심성이 모자란다고 할 수 있겠습니다. 저는 다무라다라는 인물에 대해 잘 알고 있습니다만, 그자는 교활한 남자이죠. 자신의 부하도 전혀 믿지 않고 있으며, 돌다리도 두들겨보고 건너는 신중한 성격을 지니고 있습니다."

역시 라파엘의 예상대로 배신을 방지하는 걸로 이해하는 것이 정답인 모양이다. 비밀결사 '케르베로스(삼거두)'의 보스(머리) 중의 한 명으로 '돈' 이외에는 아무것도 믿지 않는 인물이라고 들었는데, 그 말 그대로의 인물상인 것 같군.

그리고 그 정체는 '더블오 넘버'의 상위자란 말인가.

"만나본 적은 없지만, 위험할 것 같은 녀석이로군. 가드라를 암살하려고 한 실력을 보더라도 '더블오 넘버'임이 틀림없다는 생각이 들었어. 게다가 버니와 지우에게 명령을 내릴 수 있는 위치라면 다무라다가 단장인 걸까?"

그렇게 물어보자, 가드라는 부정했다.

"아뇨, 다무라다는 부단장일 겁니다. 단장은 틀림없이 콘도 타츠야 쪽이라고 생각합니다."

분명 제국 정보국의 국장이자, 가드라가 경계하고 있던 인물 중 한 명이라고 했던가. 가드라 자신은 자세하게 알지 못한다고 말했던 남자다. 그러므로 정보는 적지만, 다무라다의 정체가 판명되면서 가드라 나름대로 확신을 얻은 것이겠지.

그 정도로 많은 것이 밝혀져 있는 줄은 몰랐는지, 제국 측 멤버들은 체념하는 분위기가 강했다. 이렇게 되었으면 숨길 의미도 없다고 생각했는지, 버니와 지우가 유익한 정보를 얘기해주었다.

가드라의 예상은 옳았는지 다무라다는 임페리얼 가디언(제국황제 근위기사단)의 부단장이며, 서열 2위라고 한다. 콘도가 단장인지 아닌지는 불명이지만, 다무라다가 거물이란 것은 틀림없었다.

'가드라, 굿 잡'이라고 생각하면서 얘기를 들었다.

"실은 이번에 리무루 폐하를 노린 기습 말인데, 다무라다 님의 지시가 아니라 단장으로부터 비밀리에 명령을 받은 겁니다."

"저도 마찬가지입니다. 마사유키의 호위라는 명령을 뒤집는 것이었기 때문에 이상하다고는 느끼고 있었습니다."

지우의 말로는 마사유키의 신용을 얻기 위해서, 그가 하나의 마을을 구출하는 스토리까지 준비해두고 있었다고 한다. 마사유키에게 도움을 받은 은혜를 갚는다──는 명분을 얻은 뒤에야 겨우 그를 호위하는 한 사람으로서 가담했다고 한다.

"동시에 정체를 밝힐 거라면 처음부터 협력하면서 일을 도모하는 게 더 좋았을 텐데."

"──저도 그 의견에 동감입니다. 절호의 찬스였던 것은 틀림이 없지만, 당신의 의심을 사지 않도록 마사유키를 이용하고 있었던 것일 거라고 믿고 있었습니다……."

지금 떠올려보면 의문점이 있다고, 버니는 얘기를 마무리 지었다.

두 사람의 얘기에 거짓이 없다고 가정하고 종합적으로 생각해보건대, 다무라다와 단장의 의도가 서로 달랐을 가능성이 있다.

모든 밥상을 차려놓은 것이 다무라다인데, 그걸 완전히 내팽개치는 짓에 해당하는 명령을 내릴 것이라는 생각은 할 수가 없기 때문이다.

아니, 성공률을 높이기 위한 희생, 이라는 선도 생각해볼 수 없는 건 아니지만, 그렇다고 해도 다른 방법이 있지 않았을까 하는 생각이 나에게도 들었다. 버니와 지우가 의문스럽게 생각한 것도 당연하며, 거기엔 어떤 뒷사정이 있었다고 생각하는 게 자연스럽겠지.

"그건 그렇고, 제국 쪽 사람들 중에 황제 루드라의 얼굴을 배알한 적이 있는 사람은 있나?"

문득 마음에 걸려서, 나는 그런 질문을 해봤다.

손을 든 자는 가드라 한 명뿐이었다.

"농담이지? 자신들이 모시는 인물의 얼굴을 모른다고?"

베니마루도 놀랐는지, 그렇게 중얼거리는 소리를 흘리고 있었다.

"나리는 뭐, 지배자답지 않긴 않지. 거리에서 군것질할 정도로 싹싹한 성격인 데다, 누구와도 관계없이 가볍게 대화를 나누기도 하니까 말이요."

"이봐, 이봐."

"폄하하는 게 아니오. 나리와 비교하면 엄격한 편이지만, 가젤 폐하도 그런 면이 있으니까 말이지. 하지만 대부분의 왕후귀족이란 자들은 격식을 좀 소중하게 생각하는 법이라오. 아랫사람들에게 얼굴을 보여주지 않는 자들도 나름대로는 있을 거라 생각하외다."

"그야, 뭐, 그렇겠지."

"카이진 공의 의견도 수긍이 됩니다만, 납득이 되지 않는 점도 있습니다. 호위를 맡겨야 할 자들에게까지 얼굴을 감춘다는 것은 좀 지나치지 않습니까?"

"뭐, 그렇긴 하지. 나도 그 점에 대해선 말이 안 되는 이야기라고 느끼고 있네."

카이진의 말에 반박하면서 자신의 의견을 제시하는 리그루도. 그 의견에 카이진도 깔끔하게 동의했다.

"역시 이상하지 않습니까요?"

"이상하다기보다 비정상적이로군. 버니라고 했던가, 하나 묻고 싶은 게 있다만."

고부타의 말에 대꾸하면서, 하쿠로우가 버니에게 물었다.

"뭡니까?"

"황제를 수호하는 입장에 있는 너희가 어째서 주군의 얼굴을 모르는 거지? 그러고도 어떻게 주군을 지킬 수 있단 말이냐?"

그 예리한 눈빛을 접하면서, 버니는 기합을 다시 넣는 듯한 몸짓을 보인 뒤에 입을 열었다.

"간단한 얘기입니다. 서열 6위까지만 폐하의 얼굴을 알고 있죠. 단장과 부단장은 자리를 비우는 일이 많아서, 남은 네 명이 늘 폐하 곁에 붙어 있는 겁니다."

그 네 명은 4기사(四騎士)라 불린다고 하는데, 버니랑 지우가 아는 바에 따르면, 오랜 세월동안 바뀐 적이 없을 만큼 용맹한 자들이라고 한다.

"즉, 너희는 그렇게까지 신용을 받고 있지 않다는 뜻이로군. 실력 면에서 봐도 그 4기사보다 못하다는 뜻인가?"

묻기 힘든 것을 대뜸 물어보는 하쿠로우.

약간 분한 표정으로 버니가 대답했다.

"그렇게 이해해도 상관없습니다. 확실히 제 힘으론 그 네 명에게 이기기는 어렵죠. 그뿐만이 아니라, 폐하의 곁에는 그분이 계십니다. 저로선 절대 이길 수 없는 무시무시한 분, '원수' 각하가. 그분에겐 '더블오 넘버' 전원이 동시에 도전해도 이길 수 없을 거라 생각합니다."

또 나왔네, 강자로 보이는 존재가.

현시점에서 콘도와 다무라다, 그리고 4기사에 '원수'인가.

'더블오 넘버'는 아홉 명이라고 치고, 버니와 지우를 제외하면 일곱 명. 수는 정확히 일치── 아니, 아니로군. 서열 6위까지로 선을 그었으니까 '원수'는 예외인 쪽으로 생각하는 게 자연스럽다. 그렇다면 또 한 명, 별도로 행동하고 있는 '더블오 넘버'가 있는 것으로 생각해야겠지.

즉, 경계해야 할 자는 그 여덟 명이다. 만약 콘도가 단장과 별개의 인물이었다면, 경계 대상이 한 명 더 늘어나게 된다. 실로 골치 아픈 얘기였다.

그걸 알게 된 것은 큰 수확이지만, 내가 확인하고 싶었던 것은 다른 얘기다.

"실은 말이지, 거기 있는 가드라로부터 들은 얘기인데, 마사유키와 황제 루드라의 얼굴이 똑같다고 하던데."

내 말을 듣고 가드라가 고개를 끄덕였다.

그 모습을 보고, 뭔가를 생각하는 듯한 표정으로 침묵하는 일동.

"다무라다의 명령은 '마사유키를 지켜라'였다고 했지? 그것도 서로의 정체를 비밀로 숨긴 채, 절대 의심을 사지 않도록 배려하면서. 그렇게까지 했으면서, 그 설정을 완전히 무시한 명령을 내렸단 말이지. 다무라다와 단장은 목적이 서로 다른 것 아닐까?"

이 정도면 틀림없을 거로 생각하면서, 나는 제 생각을 드러냈다.

내 생각이지만, 아마도 다무라다는 진심으로 마사유키를 지키려고 했던 것 같다. 그 이유는 불명이지만, 황제 루드라와 똑같이 생겼다는 사실과 관련이 있는 것은 틀림이 없을 것이다.

"너는 마사유키를 이용하고 있었다고 말했지?"

"네. 지키는 이유가 짐작이 가질 않았으니까요. 그래서 단장이 내린 명령도 순순히 납득한 겁니다."

"저도 마찬가지입니다. 다무라다 님은 아무런 이유를 설명해주지 않았습니다."

나에게 접근하기 위해서 마사유키를 이용했다. 다무라다가 버니와 지우에게 명령한 것이라면 그렇게 생각하는 게 납득이 되겠지. 그러나 단장이란 자가 나서는 바람에, 도저히 확인하지 않고는 그냥 넘어갈 수 없는 의문점이 생긴 것이다.

"그 단장이란 자는 마사유키의 얼굴에 대해서 미리 알았다고 생각하나?"

"흐—음, 그건 답하기가 어렵군요. 제가 생각했던 대로 콘도가 단장이라면, 알고 있었다고 봐야겠죠."

"저희는 정확한 사정은 모릅니다만, 콘도라는 남자에 대해선 알고 있습니다. 방심할 수 없는 남자이며, 제국 안의 모든 정보를 장악하고 있다는 소문이 돌고 있죠."

"'정보 속에 둥지를 틀고 사는 괴인'이라는 것이 정보국 국장인 콘도 중위에게 붙은 별명입니다. 저희 군부와 정보국은 견원지간 인지라, 녀석에 대해선 달갑지 않게 생각하고 있었습니다. 적대 행위를 몇 번이나 시도하여 시비를 건 적도 있습니다만, 그때마다 실패로 끝났죠. 그 점을 고려해봐도 녀석이 보통내기가 아니라는 증거가 될 것입니다."

칼리굴리오는 대충 뭉뚱그려 얘기하려고 했지만, 미니츠는 숨길 마음이 전혀 없었던 것 같다. 뒷사정까지 폭로하면서, 콘도가 위험인물이라는 것을 설명해주었다.

미니츠 정도 되는 남자가 손바닥 위에서 놀아나고 있었다면, 콘도라는 자의 실력은 진짜다.

"적어도 제 능력으론 이길 수 없는 상대였습니다."

가드라 영감이 말했지만, 그는 이렇게 보여도 상당한 강자이다. 내 예상이지만, 여차하면 '성인(聖人)'에 필적할 만큼 강하다는 생각이 들었다. 에너지(마력요소)양은 낮지만, 마법 레벨(기량)이 월등하게 높았던 것이다.

그런 가드라가 이길 수 없다고 단언한 이상, 콘도라는 자는 틀림없이 '성인'이라고 생각해도 될 것이다. 즉, 히나타나 가젤 왕과도 맞먹는 강자라는 뜻이다.

얘기가 나온 김에 말하자면, 버니랑 지우도 '성인'이었으며, 칼리굴리오도 각성을 했었다. 얼티밋 스킬(궁극능력)을 쓰지 못하는 가드라의 힘으론 그런 그들에게 이기지 못했을 것이라고 생각한다.

어쨌든 콘도가 강하다는 것은 알았으며, '정보 속에 둥지를 틀고 사는 괴인'으로 불릴 정도로 정보통이라면, 마사유키에 대해서도 파악하고 있었을 거로 생각해야 할 것이다.

"콘도가 마사유키에 대해서 알고 있었다면 다무라다와는 다른 의도가 있었겠군. 버니와 지우의 공격은 마사유키가 죽어도 상관없다는 기세였지. 다무라다의 명령과는 모순돼."

내가 그렇게 말하자, 버니가 말하기 힘든 표정으로 발언했다.

"……실은 단장으로부턴 '마사유키는 이젠 쓸모가 없으니까 처리해라'라는 명령을 받았습니다."

버니와 지우는 마사유키와 함께 여행하는 동안 애착이 생겨났기 때문에 죽이는 것을 주저했다고 한다. 그래서 나를 처리한 뒤에 그에 대한 처분을 검토할 예정이었다고 한다.

어딘가에 숨길 수 있다면 그걸로 충분하다. 그게 무리라면 마법으로 기억을 빼앗을 예정이었던 모양이다.

어쨌든 이것으로 확정되었다.

"마사유키에겐 뭔가가 있단 얘기로군. 그 녀석에겐 미안하지만, 당분간은 호위를 붙여야겠어. 소우에이, 네게 맡겨도 되겠나?"

"알겠습니다."

음, 역시 소우에이는 믿음직스럽다.

"다무라다와 단장에겐 다른 의도가 있는 것으로 생각하기로 할까. 마사유키를 지키고 싶어 하는 자와 제거하고 싶어 하는 자. 그 이유는 불명이지만, 대립하고 있다는 것은 틀림없는 것 같군."

"그렇군요. 거기에 파고들 틈새가 있다면 걸어볼 만하겠습니다만."

"그렇게까지 안일하진 않을 겁니다. 하지만 적이 하나로 단결된 조직이 아니라는 것은 좋은 소식이로군요."

좋은 소식이라면 좋은 소식이려나?

적과 아군의 식별이 어렵다면, 둘 다 적으로 여길 수밖에 없겠지만. 뭐, 그걸 확실하게 파악하기 위해서라도, 좀 더 자세하게 얘기를 들어보기도 하자.

*

버니와 지우의 사정은 알았으니, 그다음은 제국 내부의 파벌에 관해서 확인하고 싶다. 그렇게 말은 했지만 군에 대한 것이 아니라 상위자, 얼티밋 스킬(궁극능력)을 다룰 줄 아는 자의 동향만큼은 확실하게 파악해두고 싶다고 생각한 것이다.

"그럼 '더블오 넘버(한 자릿수)'에 대해서 가르쳐다오."

내가 그렇게 말하자, 버니가 고개를 끄덕였다.

"네. 저희 '더블오 넘버'는 어느 시대이든 아홉 명밖에 존재하지 않습니다. 더욱 강한 자가 그 자리에 들어가기 때문에 알고 있던 자가 그 자리에서 축출되는 사태도 충분히 있을 수 있습니다."

즉, 말단 자리의 실력은 그렇게 차이가 없단 말인가?

"9위와 10위는 얼마든지 바뀌어도 이상하지 않단 말인가?"

그렇게 묻자, 버니가 고개를 가로저으면서 부정했다.

"서열 11위는 '더블오 넘버'의 보조요원입니다. 그리고 서열 10위는 스페어 요원으로 불리고 있죠. 하지만 그건 어디까지나 일시적인 것. '더블오 넘버'에서 탈락자가 나올 경우에 대행하는 역할을 맡고 있는 겁니다."

9위와 10위에는 넘을 수 없을 만큼 큰 벽이 존재한다고 한다.

그건 아마 얼티밋 스킬의 유무인 것으로 생각되었다.

즉, 각성한 상태에서 얼티밋 스킬을 획득할 수 있게 된 뒤에야 비로소 '더블오 넘버'로서 인정받는다는 얘기겠지.

참고로 버니가 서열 7위, 지우가 서열 9위였다고 한다. 경계해야 할 존재는 서열 1위부터 6위까지와 서열 8위, 그리고 '원수'를 포함하여 최소 여덟 명으로 보는 게 옳겠다.

다무라다 파벌에 대해선 버니와 지우도 모르는 것 같았다. 자신 이외에 누가 '더블오 넘버'인지도 몰랐던 수준이었으니 그 말도 거짓말은 아니라는 생각이 들었다.

멤버 이외의 정보도 알고 싶으니까 유익한 얘기가 나올 것을 기대해보자.

"스페어인 서열 10위는 늘 본국에서 대기하고 있습니다. 무슨 일이 생기면 즉시 움직일 수 있도록 말이죠. 그리고 서열 11위 이하인 로열 나이트(근위기사)는 늘 3인 1조로 행동하고 있으며, 큰 사건의 해결에 종사하고 있습니다."

버니의 설명에 의하면 서열 10위도 나름대로 강할 것 같았다. 얼티밋 스킬만 획득하지 않았을 뿐이지, 각성한 마왕에 필적할 정도는 될지도 모른다.

그리고 남은 90명의 로열 나이트들에게도, 20번대까지와 30번대 이후에는 완전히 격이 다른 힘의 차이가 존재한다고 했다.

그래도 임페리얼 가디언(제국황제 근위기사단)에 소속된 최하 랭크가 '선인급'에 이른다고 한다. 상위자 중엔 '성인'에 근접한 실력자도 있다고 하니, 동쪽 제국이 총력을 동원한다면 여러 명의 마왕을 동시에 상대하는 전쟁을 일으킬 수 있을 것 같았다.

"무슨 말씀을 하시는 겁니까. 그런 저희를 상대로 단 한 명의 희생자도 내지 않고 승리하신 분께서."

그 말은 미니츠가 지적한 것이었다.

"그렇긴 하지만, 100만의 군대보다도 임페리얼 가디언 100명이 더 위협적인 것도 생각해봐야 할 문제로군."

"어쩔 수 없습니다. 결국 제국군은 눈에 보이는 형태의 무력이니까요. 진정한 실력을 이해하지 못하는 어리석은 자들을 위해서 눈에 보이는 형태로서의 폭력장치가 필요한 겁니다."

버니가 그렇게 말하면서 한숨을 쉬었다.

이건 서방열국에 대한 발언으로 끝나는 게 아니라, 자국——즉, 제국신민을 상대로 하는 발언이기도 할 것이다.

자신들이 낸 세금으로 안전을 보장받는 셈인데, 겨우 100명의 군대가 준비되어 있다면 불안감이 커질 것이다. 쓸모없는 낭비가 되더라도 숫자를 갖춰놓는 것에는 의미가 있는 것이다.

그리고 공격할 때는 좋지만, 지키는 입장이 될 때는 많은 수가 필요하다. 거점의 수가 많아지면 많아질수록 방어하기 위해선 많은 수가 필요해지기 때문이다.

그런 의미에서도 제국의 방침은 이치에 맞는다고 할 수 있을 것이다.

"옛날에는 군대의 존재의의로서 방위를 주목적으로 두고 있었다고 하더군요. 정예병만으로 다른 나라를 공략하여, 반항하려는 뜻을 송두리째 뿌리 뽑았다고 합니다. 그런 상태에서 군을 파견하여, 황제의 이름 하에 통치했다고 하더군요. 하지만 언제부터인가 처음부터 군을 파견하게 되었습니다. 왜 그런 건지는 의문으로 생각하고 있었습니다만, 그 목적이 각성자를 태어나게 만드는 것이었을 줄이야…….”

그런 줄은 몰랐다고 가드라도 감탄하고 있었으므로, 이건 상당한 중요기밀이었던 것 같다.

그렇다면, 황제 루드라의 목적도 보이기 시작하는군.

“이번 원정 자체도 승리가 목적이 아니었겠죠. 실제로 칼리굴리오 공은 각성했고, 그 외에도 각성한 것으로 보이는 자들이 몇 명 있었습니다. 이 싸움을 통해 장기말을 늘리는 것이 바로 황제 루드라의 진정한 목적이었을 겁니다.”

나와 같은 생각에 이르렀는지, 베니마루도 그런 의견을 얘기했다.

그 말에 고개를 끄덕이면서, 버니가 바로 입을 열었다.

“이번 원정에는 각성할 것으로 보이는 대상자가 여러 명 있었습니다. 칼리굴리오 대장뿐만 아니라, 미니츠 소장이랑 캔자스 대령, 그 외에도 크리슈나 등이 그에 해당했죠. 제가 받은 지령은 각성자와 협력하여 탈출을 꾀하라는 것이었습니다. 단장의 예상이 이렇게까지 빗나가는 걸 본 것은 이번이 처음입니다.”

버니는 그렇게 말하면서 쓴웃음을 짓고 있었지만, 내 입장에선 웃을 수가 없었다. 만약 그렇게 많은 수의 사람들이 각성했다면, 고전하는 수준으로는 끝나지 않았을 것이기 때문이다.

그리고 제국의 목적이 각성자를 탄생시키는 것이었다는 판명된 지금, 우리의 예상은 완전히 틀렸다는 얘기가 된다.

나는 그저 제국 측이 우리를 포함한 서방열국에게 승리할 확신이 있기 때문에, 이번 전쟁의 실행에 과감히 발을 들였다고만 생각하고 있었다. 라파엘(지혜지왕)의 예측도 나와 마찬가지였으니, 그 예상이 틀림없는 것으로 생각하고 있었는데…….

《……알림. 정보부족으로 인해 정의에 실패했습니다. 만전을 기할 수 있도록 재정의를 실행합니다.》

라파엘로부터 약간 부끄러워하는 것 같은 기척을 느꼈다. 아니, 뭐, 그렇게까지 완벽한 해석을 하라는 것은 지나친 기대인 데다, 나도 그런 무모한 요구를 할 생각은 없다.
이번 일은 신경 쓰지 않는 거로 치고, 다음에 잘 활용하면 그걸로 되는 거지.

《알겠습니다. 못 보고 놓치는 게 없도록 정보를 다시 살피겠습니다.》

널 믿고 있다고, 정말로.
제국의 앞으로의 동향에 대해선 라파엘의 예측을 참고하기로 하고. 지금은 판명된 내용에 대한 의견을 정리하자.
"루드라는 각성한 자들을 모으고 있었다. 인정하고 싶진 않지만, 버니랑 지우에게 그랬던 것처럼 얼티밋 스킬을 부여할 수가 있다고 생각한다. 그리고 나를 포함한 '옥타그램(팔성마왕)'이랑 유명한 서방열국의 영웅들. 이자들을 동시에 박살 낼 수 있을 정도로 많은 사람들을 모아서 세계를 장악하려 하고 있었겠지."
내가 그렇게 말하자, 베니마루랑 디아블로를 비롯한 동료들이 동의해주었다.

"상대하기 번거롭겠지만, 저도 그 의견에 동의합니다. 그렇기 때문에 각성한 자들 외엔 어찌 되든 상관없다고 생각하고 있는 것 아니겠습니까?"

"흠. 확실히 인간은 약하죠. 하지만 얼티밋 스킬이 있는 것만으로 저희와도 호각으로 싸울 수 있게 될 겁니다."

"본의는 아니지만 말이지."

"나도 달갑지는 않은걸."

"뭐, 상관없잖아. 그게 유용하다면 우리도 습득하면 그만이니까."

"하지만 그렇게 되면 싸움이 재미없게 될 텐데?"

"쿠후후후후, 그건 구식인 생각입니다, 테스타로사. 가지지 못한 자를 상대할 때에는 쓰지 않으면 그만이니까요. 저는 그렇게 생각해서 이미 얼티밋 스킬을 손에 넣었습니다."

"뭐라고요?"

"그거 치사하지 않아?"

"새치기는 하면 안 되지."

"가지지 못한 자의 질투의 감정, 실로 달콤하군요! 이런 감정을 느끼는 게 싫어서 저는 기이를 무시하고 있었지만 말이죠."

디아블로는 상당히 제멋대로네.

동의해주고 있는 줄 알았는데, 얘기가 점점 이상한 방향으로 흐르고 있었다. 슬슬 디아블로의 폭주를 막아야겠군. 테스타로사를 비롯한 악마 아가씨들이 불온한 기운을 풍기기 시작했어.

"하다 만 얘기를 다시 하자면, 리무루 님의 생각은 제국의 목적은 강자를 선별하는 것이었단 뜻이로군요?"

"나도 나리의 생각에 찬성이오. 가젤 폐하를 필두로, 히나타 아가씨랑 에르메시아 폐하처럼 인간의 차원을 넘어선 실력을 자랑하는 분들도 있지. 그런 상위자의 보호를 받으면서 이 세계의 전력 밸런스는 유지되고 있었던 셈이니까. 그걸 무너트릴 수 있을 만큼 많은 수의 인간들을 모은 다음에 본격적인 전쟁을 시작한다는 건 나도 충분히 납득할 수 있는 얘기요."

리그루도와 카이진은 내 생각을 훌륭하게 읽어주었다.

"과연. 강자에겐 강자를 부딪치게 만들고, 그걸 도와줄 수 있는 자로 주위를 포위하여 굳힌다. 약자는 방해밖에 안 된다는 생각이로군요."

"잔인한 얘기지만, 약자의 입장에서 보면 편한 얘기입니다요."

"그렇군. 강자만으로 전쟁을 처리한다면, 그건 약자의 입장에서도 다행이겠군. 허나 강자를 만들어내기 위한 희생을 치른다는 것은 이 늙은이의 미학에는 반하는 짓이지만 말이지."

가비루, 고부타, 하쿠로우의 반응을 듣고, 칼리굴리오랑 미니츠도 씁쓸한 표정을 짓고 있었다. 당사자의 입장에선 그게 얼마나 비인도적인 생각인지를 뼈저리게 느끼고 있을 것이다.

그리고 나도 하쿠로우의 의견이 중요하다고 생각했다.

전쟁은 하고 싶은 자들이 알아서 싸우면 된다. 약자를 말려들게 만들다니, 그건 언어도단이라고 생각한다.

뭐, 그렇게 말할 수 없는 상황이 있으니까 세상사가 쉽지 않은 거지만.

"그러고 보니 유우키 녀석이 말했습니다만, 마왕 기이도 제국 측의 전력증가를 달갑지 않게 생각하고 있는 것 같더군요. 그 최강으로 칭송받는 기이가 왜 그렇게까지 경계하고 있는 것인지가 의문으로 느껴지긴 했습니다만……."

갑자기 생각이 난 것처럼 가드라가 말했다.

확실히 얼티밋 스킬이 있다면, 기이에게도 공격이 먹힐 가능성도 있을 것이다. 경계하는 게 당연하지 않을까.

"기이의 목적은 마왕세력에 의한 세계의 통일이니까 말이죠. 그에 정면으로 대항하려고 하는 제국과는 이해의 대립 이전의 문제가 되겠죠. 하지만──."

"이상하긴 하네. 그 오만한 기이가 왜 제국의 존재를 허용하고 있는 걸까."

"강자가 많이 갖춰진 쪽이 싸움은 더 재미있겠지만, 기이는 의외로 성실한 성격이니까 말이지. 움직일 수 있다면 당장이라도 스스로 나서서 어리석은 자들을 제거해버릴 것 같다는 생각이 들긴 하는데……."

디아블로, 울티마, 카레라가 각자의 의문을 입에 올렸다.

그 의문에 대답한 것은 테스타로사였다.

"간단해. 그 땅에는 베루글린드 님이 있기 때문이야. 제국에 손을 댔다간 베루글린드 님의 역린을 건드릴 수 있거든. 나도 그런 이유가 있어서 제국 안에선 얌전하게 지냈던 거야."

그 말을 듣고 있던 칼리굴리오가 경악한 표정을 지었고, 미니츠가 작은 목소리로 "그게 얌전했던 거라고?"라고 중얼거리고 있었다.

테스타로사가 제국에서 무슨 짓을 벌였는지는 모르겠지만, 나와는 관계가 없는 얘기다. 옛날 일까지 내 탓으로 돌리는 건 참을 수 없으니까, 그 얘기는 무시하고 넘어가기로 했다.

내가 마음에 걸렸던 건 '베루글린드'라는 이름에 대한 것이다.

베루글린드라면 혹시──.

"의외입니다. 블랑(태초의 흰색)── 아니, 테스타로사 공이 '맹렬히 불타는 신산(神山)'에 사는 '작열용'을 공경하고 있었을 줄이야."

테스타로사가 "뭐라고 했죠?"라고 말하면서 미소를 짓자, 미니츠가 얼버무리면서 그런 말을 늘어놓았다.

그 모습을 보고 나도 베루글린드의 정체를 확신했다.

이 세계에 넷밖에 존재하지 않는 '용종'의 한 명이자 '작열'을 관장하는 베루도라의 누나. 이게 바로 제국이 가지고 있는 비장의 수였다니…….

"공경하고 있었다는 말은 좀 틀린 것 같군요. 우리와 '용종'인 분들과의 관계는 조금 복잡하니까요. 하지만 우리의 주인이신 리무루 님과 베루도라 님이 맹우인 이상, 그 누님이 되는 분들께도 경의를 표하는 건 당연하지 않겠어요?"

저기, 그러니까 나와 베루도라의 관계가 없었다면, 테스타로사 일행이 '용종'에게 경의를 표할 일은 없었다는 얘기가 되나?

"그럼 테스타로사는 베루글린드에게 이길 수 없으니까 얌전히 있었다는 얘기인가? 아니, 기이의 힘으로도 이길 수 없는 거야?"

"이길 수 있느냐 없느냐를 따진다면 이길 수 없다고 하겠군요. 기이는 모르겠지만, 제 힘으로 승리하는 것은 불가능합니다. 그건 딱히 실력의 차원에 따른 얘기가 아니라, '용종'이라는 불멸의 존재의 불합리성에 대해서, 그렇다는 뜻이지만요."

불합리의 권화 같은 테스타로사에게 불합리하다는 말을 듣는

'용종'이란 대체…….

베루도라가 크게 웃어대는 소리가 들려올 것 같은지라, 본인 앞에선 절대 그런 말을 하지 않았으면 좋겠다.

"그러네. 기이에겐 '용종'조차 위협이 되진 않지만, 완전히 멸하는 것은 불가능하지 않을까?"

"으—음, 어떨까? 적어도 마법으론 무리겠지."

완전히 죽이지 않으면 승리가 아니다——라는 것이 악마들에겐 상식인 것 같다. 그렇다면 확실히 '용종'을 상대로 승리는 불가능하겠군.

확실히, 베루도라도 말했었지.

'용종'은 죽어도 부활한다고.

데몬(악마족)의 경우는 마음(심핵)을 파괴하면 완전히 죽일 수 있지만 '용종'의 경우는 그래도 부활한다고 한다. 그런 경우엔 기억의 일부와 인격이 리셋된다는 것 같지만…… 일부의 데몬처럼 기억을 유지한 채 부활 가능한 '용종'도 있을지 모른다.

그렇다면 말 그대로 '불멸'이란 느낌이로군.

"그렇군. 그런 상대가 제국에 있다고 하면, 우리는 섣불리 공격할 수 없단 말인가."

기이에겐 어떨지 몰라도, 우리에겐 위협적인 존재가 될 뿐이다. 참으로 골치 아프게 되었다고 생각하면서 그렇게 말했더니, 칼리굴리오를 비롯한 제국 측의 멤버들이 당황한 표정으로 서로의 얼굴을 바라보았다. 그리고 칼리굴리오를 시작으로, 미니츠, 버니, 지우의 순서대로 발언했다.

"아뢰옵기 황송하지만 한 말씀 드리겠습니다. 제가 아는 한 제국이 베루글린드 님을 수호용으로 모시고 있는 건 사실입니다. 과거의 역사를 들추어봐도 천사의 습격에서 지켜주었다는 얘기도 있습니다. 하지만——."

"그건 어디까지나 제국이 베루글린드 님에게 공물을 바치고 있기 때문이지, 언제 바뀔지 모르는 마음에 그저 기대고 있는 것에 불과할 뿐입니다."

"그 고귀하고 아름다운 진홍의 용은 제국의 번영의 상징입니다. 저희 '더블오 넘버'는 루드라 폐하에게 인정받은 후에 반드시 그 용을 배알하러 가게 되어 있습니다. 그 자리에서 저희의 얼굴과 이름을 기억하도록 보여드림과 동시에, 절대로 적대하지 않겠다는 뜻을 표시하는 절차입니다."

"분명 저도 그 의식에 참가하러 갔습니다. 적대한다는 마음은 먹을 수도 없습니다. 그건 인간이 이길 수 있는 존재가 아니니까요."

제국과 베루글린드 사이에 연결된 관계는 존재하지만, 그렇다고 해서 제국 측이 뭔가를 부탁하는 것은 불가능한 것 같군. 그리고 버니의 반응을 보면서 약간 마음에 걸리는 것이 있었다.

아니, 약간 정도로 끝나는 게 아니라, 엄청나게 마음에 걸리는 점이었다.

"저기 말이지, 말하고 싶지 않다면 입을 다물어도 상관없지만, 네가 아무도 이길 수 없다고 말했던 '원수'와 베루글린드가 싸운다면 누가 이길 거라 생각하지?"

"——네?"

"질문을 좀 바꿔볼까. 만약에 말인데, 그 둘에서 비슷한 느낌을 받았다거나 하는 그런 기억은 없었나?"

"설마……."

버니는 내가 말하고 싶은 바를 이해하고, 그런 내 생각을 웃으면서 넘기려고 했다. 그러나 끝내는 실패하면서 진지한 표정을 짓고 말았다.

그런 버니 옆에선, 지우가 창백해진 얼굴로 뭔가를 생각하고 있었다.

이 정도면 틀림없다는 생각이 들었다.

'원수'의 정체는 '작열용' 베루글린드다.

마왕 기이가 제국을 공격하지 않는 것은 베루글린드가 있기 때문이 틀림없다.

그리고 아마도 제국에는 베루글린드에 버금가는 어떤 위협적인 존재가 있다. 그렇지 않다면 기이가 움직이지 않는 명분이 약하다는 생각이 들었다.

나는 대형 스크린으로 눈길을 돌리면서 한숨을 쉬었다.

"이것 참, 섣불리 나서는 짓은 베루글린드를 자극하는 결과가 된단 말이군. 섣불리 군대를 보냈다간 단번에 섬멸될 수도 있다는 얘기야. 그렇다면 유우키 쪽과 연계한 침공 작전 따위는 무모하기 짝이 없는 짓이로군."

역시 정보는 중요한 것이네.

여기서 베루글린드의 존재를 알아차리게 됨으로써, 지뢰를 밟기 전에 겨우 멈출 수 있었다. 제국과의 화평을 쟁취하고 싶긴 하지만, 역으로 침공하는 것은 실로 어리석은 짓이라는 얘기가 된다.

"베루도라 님의 누님 되시는 분이 적이 된다고 하면, 우리 중엔 이길 수 있는 자가 없을 것 같습니다만. 베루도라 님께 나서 달라고 부탁할까요?"

베니마루의 발언이었다.

약한 소리로 들릴 수도 있겠지만, 이건 냉정하게 판단한 결과이겠지.

'용종'이란 것은 신도 넘어선 존재이며, 싸워서 이길 수 있는 자가 있다는 게 비현실적으로 보일 정도이다.

"야아, 그건 좀 생각을 해봐야겠는데? 우리 싸움에 베루도라를 끌어들이고 싶지는 않단 말이지."

남매가 싸우는 것도 좀 아닌 것 같으니, 베루도라에게 부탁하는 건 기다려보자는 생각이 들었다. 그렇게 되면 앞으로 어떻게 대응을 할 것인지가 고민이다.

"유우키 녀석에게도 이 정보를 알려줘야 할 것 같군요. 진을 펼쳐 놓은 군단도 언제까지 저대로 둘 순 없으니까 말입니다."

"그렇군. 전략을 완전히 재수정할 필요가 있을 테니, 유우키에게 연락을 해야겠는걸."

으—음, 하고 낮게 신음하면서 나는 고뇌했다.

그때 문제아 디아블로가 폭탄을 떨어트렸다.

"듣자하니 기이도 관계가 있는 것 같아서 이 자리로 불렀습니다. 이제 곧 올 것으로 생각하니까 그자로부터 얘기를 들어보시는 게 어떻겠습니까!"

뭐?

나도 모르게 진지한 표정을 지으면서, 디아블로를 찬찬히 바라보고 말았다. 그의 쑥스러워하는 얼굴을 보는 순간, 나도 모르게 살의가 싹틀 것만 같았다.

　이렇게 골치 아픈 시기에 이 바보는 무슨 쓸데없는 짓을 벌였단 말인가…….

　"불렀다고?"

　"네!"

　네, 가 아니야—!

　그렇게 화를 내면서도 무시는 할 수 없었다.

　어쨌든 이 자리는 해산하기로 했고, 나는 기이의 방문을 대비하기로 했다.

*

　우릴 찾아온 기이의 표정은 불쾌함 그 자체였다.

　"여어, 내가 왔다. 그건 그렇고 나를 함부로 불러내다니 많이 건방져진 것 같은데—?"

　지당하신 말씀입니다.

　하지만 그 말은 내가 아니라 디아블로에게 했으면 좋겠다.

　거칠게 의자에 앉는 기이.

　기분이 더 상하는 걸 막기 위해서 귀빈관에 있는 호화로운 응접실로 안내했지만, 섣부른 판단이었는지도 모르겠다. 대응할 상대를 골라야 하는 장소이며, 원래는 왕후귀족 클래스만 안내하는 곳이 이곳 귀빈관인 것이다.

　만약 여기서 난동을 부리기라도 하면 큰 손해가 생긴다.

　이곳은 심미안으로 정평이 난 묘르마일 군이 직접 준비한 가구로 장식되어 있다. 각국에서 수입한, 상당한 가치가 있는 미술품도 놓여 있었다.

내 취향에 맞춘 것이며, 화려한 것보다는 깊이 있으면서 고상한 것들이 많다. '와비사비'(わび、さび(侘、寂). 일본의 문화적 전통 미의식, 미적 관념의 하나. 투박하고 조용한 상태를 가리킨다)를 느낄 수 있는 그 물건들을 보면 묘르마일의 높은 감성을 엿볼 수 있었다.

이 영역에 도달하기엔, 리그루도와 동료들은 아직 연배가 모자라다고 할 수 있다. 미술품 같은 것은 접해볼 기회도 없었으니까, 어떤 물건의 예술적 가치를 그리 쉽게 이해하지는 못할 것이다. 그럼에도 불구하고 리그루도는 "이 장소에 오면 왠지 마음이 차분해지는군요"라고 말한 것을 보면 의외로 취향이 맞을지도 모르겠지만.

그건 그렇고, 기이가 난동을 부린다면 그건 그때 가서 생각해봐야겠지.

그 외에는 접대하기에 어울리는 방이 없는 이상, 어느 정도의 피해는 감수할 수밖에 없다. 아무리 그래도 최강의 마왕인 기이를 일반 응접실로 안내하는, 그런 목숨 아까운 줄 모르는 짓을 할 순 없는 것이다.

의자가 끼익 하고 귀에 거슬리는 소리를 내고 있었다.

향목을 깎아서 만든 최고급 목제의자였다.

부드러운 소파도 좋겠지만, 모든 것을 받아주는 듯한 목제의자도 제법 편안한 느낌을 제공했다.

숲에 둘러싸여, 대자연과 일체가 된 것 같은 기분을 느끼게 해준다.

망가진다면 디아블로가 변상하도록 하고, 다른 사람들을 미리 해산시켜두길 잘했다고 안도했다.

제국 쪽 멤버들은 70층으로 돌아가도록 했다. 가비루에게 안내를 맡겼으니, 아다루만이 없는 동안 그들을 돌보는 일은 그에게 시킬 예정이다.

소우에이는 마사유키의 호위를 위한 준비 중이다.

리그루도는 미궁 안에 피난시켜둔 도시가 원활하게 돌아갈 수 있도록 각 부서에게 연락을 취하면서 기다리고 있다.

카이진은 베스터와 의논한 뒤에, 방금 전의 회의 내용을 가젤 왕에게 전하도록 시켰다. 일부러 숨길 생각은 없으니까, 나중에 나도 연락을 따로 할 예정이다.

그리고 유우키와 정보교환은 가드라에게 맡겼다. 앞으로의 방침을 정하기 위해서라도 현재 상황을 서로 전해둘 필요가 있다고 생각했다.

고부타와 하쿠로우는 별실에서 대기 중이다. 무슨 일이 생겼을 때 대처하기 위해서 악마 아가씨 3인방도 대기조에 포함시켜 놓았다.

이 세 명도 무슨 짓을 시도할지 알 수가 없으니까, 기이 앞에는 내놓지 않는 게 무난하겠지. 그렇게 생각해서 앞에서 말했던 대로 배치해둔 것이다.

그런고로, 응접실로 이동한 사람은 네 명.

나와 원흉인 디아블로. 나머지는 베니마루와 시온이다.

그에 반해 기이 측은 세 명의 여성을 동반하여 등장했다.

기이의 옆에는 밀림과 비슷한 외모를 지닌 여성이 앉았다.

윤기 있는 흰 머리카락은 빛을 발했고, 그 눈동자는 빨려 들어 갈 것만 같은 깊은 푸른색이었다. 깜짝 놀랄 정도의 미인이지만, 보기에 따라선 어리게도 보이는 신기한 여성이었다.

기이의 기분 같은 건 신경 쓰지도 않고 자연스러운 느낌으로 앉은 걸 보면, 그들 사이에 상하관계 같은 건 없는 것 같다.

즉, 동격이라는 뜻이며, 그럴 수 있는 존재는 한정되어 있을 것이다.

아마도 그녀야말로——.

"너하고는 처음 보는 거로군. 소개하지, 리무루. 이 여자가 베루도라의 누나인 베루자도다. '백빙룡'이라는 이명이 더 유명하겠지만, 뭐, 일단은 기억해둬."

"처음 뵙겠습니다, 마왕 리무루 님. 제 이름은 베루자도. '백빙룡' 베루자도라고 하면 아실까요? 동생이 신세를 지고 있는 것 같기에 인사를 드리러 찾아뵈어야겠다고 생각했답니다."

내 예상은 틀리지 않았다.

그녀가 바로 베루도라의 누나이자 최강인 '용종' 중의 한 명.

'백빙룡' 베루자도, 바로 그 사람이었던 것이다.

우아하게 인사하는 모습도 아름다웠다.

우아하게 의자에 앉는 모습은 그야말로 그림 같았다.

나무의 향기를 맡으면서 만족스러운 것 같은 표정을 지었다.

하지만——.

기품이 있는 미소였지만, 내 등에는 식은땀이 흐르는 것 같은 느낌이 스치고 지나갔다.

베루도라를 봐오면서 '용종'에는 친숙해져 있을 거라 생각했지만, 이자는 위험하다. 다른 차원의 존재라는 표현이 더 확실하게 느껴질 정도로 위험한 느낌이 드는 여성이었다.

베루도라도 최근에야 겨우 상당히 정밀하게 오라(요기)를 컨트롤 할 수 있게 되었다. 나도 그 정도면 완벽하다고 생각하고 있었지만, 눈앞에 서 있는 베루자도를 보면서 그 생각이 안일했다는 것을 싫어도 이해할 수밖에 없었다.

이 사람은 극히 자연스럽게 오라(요기)를 컨트롤하고 있었다. 기척을 일절 느낄 수 없는 걸 보더라도 그녀의 지배력이 얼마나 높은 수준인지 엿볼 수 있었다.

소개를 받지 않았다면 결코 '용종'이라는 것을 알아차리지 못했을 것이다. 그러기는커녕 인간으로 믿어 의심치 않았을지도 모른다.

단, 그 미모와 패기는 숨길 수 있는 게 아니므로, 그녀를 얕보는 건 절대 있을 수 없는 일이지만.

"아, 반갑습니다. 전 리무루라고 합니다. 이래 봬도 일단은 마왕 노릇을 하고 있죠. 저야말로 동생분에게 늘 도움을 받고 있습니다."

왜 나는 이런 인사밖에 하지 못하는 걸까.

그리고 왜, 이런 때엔 라파엘(지혜지왕)도 침묵을 고수하고 마는 걸까.

너무한다고 생각하면서도, 나는 최대한 웃으면서 대응할 것을 염두에 두었다.

"어머나, 너무 겸손하시네요. 그 아이를 그렇게 감싸주지 않아도 된답니다."

베루자도 씨는 기쁜 표정으로 생글생글 웃었다. 그 순간, 차분하게 느껴지던 분위기가 사라지면서 귀여운 소녀 같은 인상으로 바뀌었다.

솔직하게 말해서 여고생 정도로밖에 보이지 않았다.

역시 밀림의 혈연이라는 것을 강하게 재인식했다. 무거운 분위기가 조금은 풀리는 걸 느끼면서 그 미소 덕분에 살았다는 생각이 들었다.

그리고 인사는 계속 진행되면서, 각자의 멤버를 서로 소개했다.

나머지 두 사람은 나도 만난 적이 있는 베일(태초의 녹색)인 미저리와 처음 만나는 블루(태초의 푸른색)인 레인이었다.

여전히 암홍색의 메이드복을 완벽히 소화하여 입은 모습으로, 한 치의 빈틈도 없이 기이의 뒤에 서 있었다.

디아블로 및 악마 아가씨들과 동격이라는데, 한발 물러서 있는 모습은 도저히 그렇겐 보이지 않았다.

그래도 '태초의 악마'인 것이다. 데몬(악마족) 중에서도 최강이며, 단순한 데몬과는 차원이 다른 존재인 것은 틀림이 없다. 섣부른 대응을 하지 않도록 세심한 주의를 기울이기로 하자.

그렇게 결심하면서, 신중하게 소개를 끝냈다.

내 옆에 앉은 베니마루는 괜찮지만, 시온의 차례가 왔을 때 긴장했다. 디아블로의 차례가 되었을 때는 폭탄처리를 하는 기분을 맛볼 수 있었다.

어쩌다가 이런 멤버를 데리고 온 것일까. 그렇게 반성했지만, 이미 때는 늦은 뒤였다.

*

　모두가 자리에 앉는 것을 기다렸다가, 손님을 안내해준 슈나에게 차를 준비해달라고 부탁했다.

　슈나는 이런 일에 대한 소양이 있기에, 일절 동요하는 모습을 보이지 않고 맡긴 일을 잘 처리해주었다.

　아니, 슈나만이 아니었다. 서빙을 맡은 자들은 모두 상대가 누구이든 관계가 없다는 듯이 평소와 다름없이 자신이 할 일을 제대로 소화하고 있었다.

　진정한 프로가 된 것이다.

　이것도 전부 베스터가 엄격하게 단련시켜 준 성과였다.

　슈냐가 놓아 준 차를 마시면서 한숨 돌린 뒤에, 본론으로 들어갔다.

　"오늘 와달라고 부탁한 건 다름이 아니라 기이에게 묻고 싶은 게 있었기 때문이야."

　"호오?"

　"그러니까 말이지, 제국이 쳐들어와서 격퇴했어. 그래서 이번엔 우리가 공격을 하려고 생각했지만, 제국 본국에는 베루글린드가―― 아, 여동생분이 있다는 얘기를 들었거든. 그리고 여러 가지로 대충 얻은 정보를 종합해서 판단하건대, 너와 제국 사이엔 어떤 인연이 있는 게 아닌가 하는 생각이 들어서 말이지…….."

　"호오, 용케도 알아차렸군."

　내 설명을 듣더니, 기이가 기쁜 표정으로 씨익 웃었다.

　이젠 불안한 예감밖에 들지 않았다.

더 이상 묻고 싶지 않은 마음이 가득했지만, 그럴 수도 없단 말이지…….

"넌 제국의 전력이 증강되는 걸 방해하고 싶어 하는 것 같단 말이지. 유우키를 살려서 보내준 것도, 그게 목적이었겠지? 서방열국이 멸망되게 놔두고 싶지 않은 것도 본심이겠지만, 그 이유만 있는 건 아니겠지? '게임'이라고 말했다는데, 넌 누구와 승부를 겨루고 있는 거야?"

궁금하긴 했지만 딱히 궁금하지 않은 척을 했다.

그러나 제국에 베루글린드가 있고, 그와 동등하게 느껴지는 위협적인 존재가 숨겨져 있다면, 묻지 않고 그냥 넘길 수는 없었다.

섣불리 모르고 쳐들어갔다간 내 동료들 중에 희생자가 나올 가능성이 높으니까.

나는 기이의 눈을 똑바로 바라보면서, 그런 질문을 입에 올린 것이다.

"큭큭큭. 좋아, 거기까지 눈치챘다면 가르쳐주지."

딱히 생색을 부리지도 않고, 기이는 깔끔하게 그렇게 대답했다.

그런 반응을 오히려 두렵게 느끼면서, 나는 얌전히 얘기를 듣기로 했다.

"실은 말이지, 나는 어떤 녀석과 내기를 했어. 그 녀석이 너무나도 무모한 이상을 입에 올리는지라 내가 현실을 가르쳐주겠다고 했지. 그래서 직접 싸우지는 않고, 서로가 가진 장기말만 가지고 승부를 벌이기로 한 거야."

즉, 본인이 아닌 자들을 서로 싸우게 만들고, 상대의 장기말을 전부 물리치면 승리라는 뜻인가.

"그 장기말이라는 것은……?"

이미 묻지 않더라도 어느 정도는 알아차리고 있었다.

"훗, 너희를 말하는 거야."

그렇겠지.

그럴 거라고 생각했어.

다른 사람을 멋대로 장기말로 삼지는 않았으면 좋겠지만, 여기서 불평을 늘어놓아봤자 나아지는 건 없다. 나도 단단히 마음을 먹고, 유익한 정보를 얻어내기로 하자.

"그리고, 너와의 승부 상대란 자는 제국의 황제란 말인가?"

틀림없이 그렇겠지만, 일단 확인해봤다.

기이의 옆에 베루자도 앉아 있으니까, 당연히 베루글린드의 옆에 앉은 자야말로 게임의 대전 상대일 것이다. 그러나 그게 황제라고 장담할 수는 없으므로, 기이의 입을 통해서 정확하게 들어둬야겠지.

"정답이야. 제국의 황제 루드라는 말이지, 내가 인정한 라이벌(호적수)이거든."

숨길 마음 같은 건 아예 없었다는 듯이 기이가 기쁜 표정으로 그렇게 가르쳐주었다.

자신의 라이벌이라고 말할 정도라면, 그 루드라라는 자도 기이와 동급인 강자라는 뜻인가?

이길 수가 없겠는데, 그 정도라면.

승리할 길이 보이지 않는 게임만큼 참가하기가 싫은 것은 또 없다.

"한 말씀 드려도 되겠습니까?"

머리를 감싸 안은 내 옆에서, 베니마루가 전혀 주눅 들지 않은 채 발언했다.

기이를 앞에 두고, 참으로 당당한 모습이었다.

"좋아."

"그럼 여쭙겠습니다만, 게임의 승리조건은 어떤 것입니까? 황제 루드라를 쓰러트려야만 하는지, 그렇지 않으면 그가 가진 장기말을 전부 제압하기만 해도 되는지, 정확하게 가르쳐주시면 좋겠습니다."

호오, 그건 확실히 중요하긴 하지.

나는 루드라를 쓰러트려야만 한다고 멋대로 생각해버렸지만, 장기말을── 즉, 제국의 전력을 무력하게 만들기만 해도 승리하는 거라면 그쪽이 더 승산이 높다.

아직 번거로운 자들이 남아 있지만, 기이와 동격인 자를 상대하는 것보다는 낫다고 생각했다.

"쿠후후후후, 이 자리에서 기이를 처리한다, 는 것도 하나의 해결책──."

""바보냐, 넌──!!""

자신도 모르게 격노한 나와 기이의 노성이 동시에 터져 나왔다.

피곤하네, 정말.

기이도 나와 같은 기분이었는지, 우린 서로를 보면서 고개를 끄덕이고 말았지 뭐야.

이런 일로 기이와 서로 이해하게 될 거라곤 생각하지 못했기 때문에, 그 점만은 디아블로에게 감사했다. 하지만 기이를 분노하게 만들 수 있는 발언을 한 것은 큰 감점거리이므로 평가는 대폭

낮춰야겠지.

어쨌든 디아블로에겐 한동안 입을 다물고 있으라고 명령했다.

"그건 그렇고, 기이. 베니마루의 질문에 대한 답은 어떤 것이지?"

그렇게 물어봤지만, 기이는 대답하지 않고 날 봤다.

그의 입이 씨익 하고 미소를 지은 순간, 내 안의 위험감지가 전력으로 경보를 울리기 시작했다.

"리무루 구~운!"

우와, 엄청 불안한 예감.

아니, 이건 예감이라는 수준이 아니네.

내가 군이라는 호칭을 붙여서 부르는 순간에 묘르마일이랑 베루도라가 미묘한 표정을 짓는 이유가 이젠 이해가 되는 것 같다. 지금의 나도 틀림없이 비슷한 표정을 짓고 있을 것이다.

"실은 너에게 부탁하고 싶은 게 있어."

"거절하겠어."

"그러지 말고 일단 들어봐."

너야말로 내 얘기를 좀 들어, 라고 말하고 싶다.

그렇게 말하고 싶지만, 상대는 기이였다. 이렇게 횡포를 부리는 상대를 화나게 만드는 것도 좋은 방법은 아니므로, 얘기를 들을 수밖에 없는 것이 내 입장이었다.

묘르마일 군은 미묘한 표정을 지으면서도 기쁜 표정으로 대응해주는데 말이지. 내 경우는 최선을 다해 부정하고 싶다는 마음으로 가득했다.

"네가 루드라 녀석을 막아주면 좋겠어. 쓰러트리라고까지는 말하지 않을 테니, 녀석이 지닌 장기말을 어떻게든 처리해서 내 승리를 확정시켜줘."

더할 나위 없이 사악한 표정으로 기이가 말했다.

의자에서 일어서더니, 내 뒤로 돌아갔다. 내 어깨를 주무르면서 기이는 말을 이어갔다.

"해줄 거지?"

내 어깨를 주무르는 손에 힘이 들어갔다.

협박이죠, 이거?

"그 부탁을 들어준다고 하면, 나에겐 무슨 이득이 있지?"

거절할 수 없는 이상, 더욱 좋은 조건을 끌어내고 싶다.

기이를 상대로 무모한 짓일지도 모르지만, 할 수 있는 만큼은 최대한 교섭해보기로 했다.

"저기 말이다, 너 때문에 내가 관리하고 있던 세계의 밸런스가 망가졌는데, 그에 대해선 어떻게 생각하지?"

"죄송합니다."

순식간에 완패했다.

새로운 밸런스를 구축하려고 지금 한창 열심히 노력 중이긴 하지만, 기이 측에 속한 전력의 대부분을 앗아간 사람이 나란 것은 틀림없는 사실이다.

더 노골적으로 말하자면, 테스타로사를 비롯한 그 세 명을 내 진영으로 받아들인 것이 큰 문제였다. 여기서 기이의 의뢰를 거절할 경우엔 나까지 적대자로 여길 수도 있는 위험성이 남아 있는 것이다.

어쩔 수 없다.

나는 포기하고 기이의 제안을 받아들기로 했다.

＊

기이가 자기 자리로 돌아갔을 때, 마침 노크 소리가 들렸다.

문을 열고, 슈나가 들어왔다.

홍차의 향기가 풍기면서 긴장감이 완화되었다. 쟁반 위에는 케이크도 놓여 있었으니, 쉬는 시간을 가지기로 했다.

더는 도망칠 수 없다고 생각하고 각오를 굳혔으므로, 이건 결코 문제를 뒤로 미루는 게 아니다.

옆방에도 준비해놓았다고 하니, 비서 두 명과 메이드 두 명은 그쪽으로 자리를 옮기도록 했다. 내키지 않은 반응을 보일 거라 생각했지만, 생각했던 것보다 순순히 이동해주었다.

슈나가 따라준 홍차를 마셨다.

부드러운 맛. 테스타로사가 끓여준 것은 완벽하고 완성된 맛이었지만, 이건 이것대로 마음을 편안하게 만들어 주는 것이, 너무나 맛있었다.

"호오, 이거, 상당히 맛있잖아."

몹시 만족스러워하는 것 같아서 다행이었다.

"어머나, 정말이네. 이 케이크도 단순히 달기만 한 게 아니라, 몇 번이나 맛이 변하는 깊은 풍미가 있네요. 풍기는 향기도 훌륭하지만, 쌉쌀한 맛이 단맛을 적절하게 끌어내주고 있군요."

베루자도에게도 호평을 받아 일단은 안심했다.

"그리고 말이지, 이 방의 분위기도 마음에 들어. 나도 이런 가구를 좋아하거든."

의외로 기이가 칭찬해주었다.

이 녀석은 폭군이라서, 와비사비 같은 것과는 인연이 없을 거라고 멋대로 생각하고 있었다. 선입관으로 타인을 판단해선 안된다고, 반성할 필요가 있을 것 같다.

생각해보면 오다 노부나가도 이런 취미가 있었던 것 같다. 신분을 의식하지 않아도 되는 다실 같은 공간을 좋아했던 것 같으니, 자신의 마음을 다시금 바라보는 시간을 소중히 여겼을지도 모르겠군.

아니, 뭐, 내가 억지로 밀어붙인 거지만, 기이를 이곳으로 안내한 건 정답이었던 것 같다.

약간 안도한 나는 다음 반응을 이끌어내기 위해 발언했다.

"아, 그래? 마음에 들었다니 다행이네. 여기로 안내한 사람은 네가 처음이야. 이 방은 최상급의 응접실이거든. 허세를 부리고 싶은 상대에게만 안내하는 곳이니까 말이지."

"뭐어? 너, 지금 나한테 허세를 부리고 있는 거냐?"

"그래, 부리고 있어. 그걸 잃어버리면 마왕 노릇 따윈 못해 먹을 테니까. 긍지를 버릴 정도라면 처음부터 뒤에 숨어 몰래 움직이면서, 그럭저럭 즐겁게 살았을 거야"

우선은 잽을 날렸다.

기이의 의뢰를 듣기 전에, 네 말대로 되지는 않을 거라는 내 뜻을 보여주었다.

이 반응에 따라선 기이에 대한 대응을 바꿀 필요가 있었다.

그러나 기이는 내 반응을 지나치다며 웃어넘겼다.

"앗하하. 날 상대로 심리전을 펼치겠다는 건가? 재미있는데, 너!"

재미있진 않지만, 역시 난 기이의 손바닥 위에서 놀아나고 있는 것 같은 기분이었다.

"그거 고맙군."

"뭐, 좋아. 번거로운 얘기는 넘어가지. 내 부탁 말인데, 너희에게도 관계가 없는 건 아냐. 이대로 전쟁을 계속해서 제국을 박살 내주길 바라니까."

거기까지 말한 뒤에, 기이는 우아한 동작으로 홍차를 마셨다.

자세가 제대로 잡혀 있었다. 마치 어딘가의 왕 같았다.

아니, 마왕이니까 일단은 왕이긴 하겠지만 말이지.

그건 그렇고, 기이 녀석.

지금에 와서 직구를 날렸겠다.

"즉, 루드라를 죽이지 않고 루드라의 장기말을 제로로 만들란 말인가? 베니마루의 질문에 대답을 말하길 꺼려하는 시점에서 그런 예감이 들긴 했지."

"뭐, 그런 셈이지. 게임의 승리 조건 말인데, 그렇게까지 엄밀하게 정하진 않았어. 유일하게 정한 것이 '플레이어가 서로에게 손을 대지 않는다'는 규칙뿐이었으니까 말이지."

"상대가 패배를 인정하거나 죽거나, 그게 아니면 게임을 속행하는 것 자체가 불가능해지는 것, 승리 조건은 그 어느 것도 상관없다는 말이로군?"

"뭐, 그렇게 되는 거지."

다시 홍차를 입에 머금으면서 기이가 고개를 끄덕였다.

그의 말로는, 제국 황제 루드라와 기이는 2,000년 이상이나 싸우고 있다고 했다.

싸우고 있다곤 해도, 직접대결은 하지 않는다. 그 이전에는 몇 번이나 실력을 겨뤘다고 하는데, 밀림이 태어나고 '성룡왕' 베루다나바가 사라진 뒤로는 서로 자중하게 되었다고 한다. 둘의 싸움은 세계에 미치는 영향이 지나치게 컸으며, 언제부터인가 진짜 실력을 내지 못하게 된 것도 원인이었다고 한다.

황당한 얘기지만, 눈앞에 있는 기이를 보면 허풍이 아니라는 생각이 들었다.

그리하여 현재에 이르기까지 싸움이 계속 이어져왔다고 한다.

기이는 세계의 균형을 유지하면서 자신의 장기말을 늘려왔다. 수명이 긴 마물이 많아서 천천히 진화하는 것을 기다리고 있었다고 한다.

그러나 '옥타그램(팔성마왕)' 중에서도 기이의 본심을 아는 자는 없다. 밀림조차도 기이와 루드라의 게임에 대해선 아무것도 모르고 있다고 한다.

"그럼 왜 나한텐 말하는 건데?!"

"아앙? 그야 당연하지. 이렇게까지 루드라를 몰아붙인 건 네가 처음이기 때문이야."

기이는 내가 말하지 않아도, 제국군이 섬멸된 것을 알고 있었다. 뭐, 그 정도로 큰 마법이 연이어서 사용되었으니, 기이가 알아차리지 못하는 것도 부자연스럽지만…….

"그건 그렇고 몰살시킨 것은 잘한 일이야. 루드라의 장기말이 늘어나지 못했으니까 말이지."

역시 기이도 루드라의 행동목적을 알고 있었단 말인가.

기이의 입을 통해 정확한 얘기를 들을 수 있었다.

루드라의 목적은 역시 패배라는 시련을 안겨 줌으로써, 살아남은 자를 진화시키는 것에 있었던 것이다.

자신의 신하와 백성들이 납득할 수 있는 이유를 만들어서, 군을 길러낸 다음 위협에 노출시켜 살아남은 자들 중에서 진화한 자를 찾아내는 것이 루드라의 기본전술이라나.

그 증거로 예전의 제국 원정군은 베루도라에게 일망타진되었지만, 그중에서 선인(仙人)으로 진화한 자가 나왔다고 한다.

기이도 같은 계책을 쓰고 있었다.

각성에 이르지 못한 자는 장기말로서의 이용가치가 없다. 그렇게 생각한 기이는 마왕끼리 싸우는 것을 묵인하였다고 했다.

진정한 마왕으로 각성하는 자가 많으면 많을수록 게임이 유리해진다. 그게 대전제였고, 그다음은 공격을 시도할 타이밍이 문제였다.

상대보다 자신이 확실하게 우위에 있다――고, 그렇게 판단한 순간이 승부를 걸 때. 이게 의외로 어려운 것이, 계속 누군가가 방해를 하기도 하는지라, 지금까지 승부를 제대로 걸어보지 못한 채 전쟁이 이어져 왔다고 한다.

루드라에게도 기이에게도 장대한 장기계획이었으며, 느긋하게 진행시켜 온 내기였던 것이다.

이 세계에서 살아가는 자에겐 지극히 민폐가 될 얘기지만, 두 사람에겐 심심풀이였을 뿐이겠지…….

"이번 경우는 말이지, 베루도라를 상대로 수십 명이라도 살아남은 자가 있었다면, 그중에서 각성하는 자가 출현할 것이라고 예상했을 거야."

즉, 루드라의 입장에선 나 같은 건 안중에 없었다는 얘기다. 기이의 입장에선 우수한 장기말, 이라는 뜻인가.

조금 분했지만 이게 현실이었다.

"그래서 이 틈을 노려서 날 보고 제국을 침공하란 말이야?"

"어떻게 할지는 너에게 맡기겠어. 말할 필요도 없겠지만, 상대에게 일부러 보여주긴 위한 전력은 의미가 없으니까 말이지."

확실히 말할 필요도 없는 얘기다.

무력시위를 했는데도 위협이 되지 않는다면 희생자가 늘어나기만 할 뿐이지, 전략적인 의미도 전혀 없으니까. 군대를 파견하는 안은 기각이로군.

"알고 있다면 가르쳐주면 좋겠는데, 루드라의 세력 중에는 경계해야 할 상대가 있지 않아?"

"글쎄. 난 자신의 패를 얼마나 강하게 기르느냐에 주안점을 두고 있었거든. 우리 쪽이 최강이라면 상대의 패가 강한지 약한지는 관계가 없으니까 말이야."

강자다운, 오만한 발언이시군요.

이 녀석은 말하자면 그런 인간이로군.

마작 같은 데서, 상대가 버리는 카드를 보지 않는 타입의 인간이다. 그러다가 내가 이겼다고 생각했을 때 태연하게 역만(마작의 패로 나올 수 있는 조합 중에서 가장 강한 패에 해당되는 것들)를 내놓겠지.

뭐, 마사유키 같은 경우는 행운만으로 천화(맨 처음 받은 패로 게임을 시작하기도 전에 이미 역만이 성립하는 경우) 같은 걸 내놓을 것 같으니, 둘 다 마찬가지인지라 상대하는 건 피하고 싶은 심정이로군.

게임 얘기가 나오는 바람에 이상한 연상을 하고 말았지만, 하다 만 얘기를 계속하자.

"어느 쪽이든 우리 입장에서도 제국과는 확실히 승패를 가릴 필요가 있어. 네가 부탁을 해서 이러는 게 아니라, 나는 내 신념에 따라서 행동할 거야."

이대로 문제를 뒤로 미루는 게 불가능한 이상, 황제 루드라와는 담판을 지어야만 한다. 그렇다면 내가 유리한 상황에서 나서는 게 현명한 선택이라 할 것이다.

"리무루 님, 설마 직접 나서실 생각입니까?"

놀란 표정으로 베니마루가 말했지만, 이 선택은 양보할 수 없다.

"어쩔 수 없잖아. 유우키 일행을 져버릴 수도 없으니까, 합류해서 우리가 유리한 조건으로 화평을 도모해볼 거야."

"위험하지 않을까요?"

"다른 선택을 해도 위험하긴 마찬가지야. 가령 누군가가 나서서 평화협상이 성립되었다고 치자. 넌 그걸 믿을 수 있겠어?"

나는 무리다.

그런 건 틀림없이 상대를 방심시키기 위한 모략임이 틀림없다. 내가 태평스럽게 돌아다니는 걸 노려서 몰래 암살을 시도할 것이다.

그렇게 되면 나는 계속 경계를 유지한 채 지내야 하며, 느긋한 삶이라는 목표는 절대 이뤄질 수 없을 것이다.

그런 건 절대 사양이므로, 이 시점에서 반드시 결말을 지어야 할 필요가 있는 것이다.

"그것도 그렇군요. 호위는 어떻게 할까요?"

"물론, 네가 가야지."

내 말을 듣고, 베니마루가 씨익 웃었다.

"그렇다면 문제없습니다."

그 태도에는, 자신이 있다면 나를 완벽하게 지켜낼 수 있다는 자신감이 넘쳐 있었다.

역시 베니마루는 믿음직스럽다.

그런 나와 베니마루의 대화를 보고 있다가 기이는 재미있다는 듯이 웃었다.

"앗하하. 너도 재미있지만, 부하도 재미있는 녀석이로군. 뭔가 묘한 기운도 느껴지는 걸 보면 아직 진화의 여지를 남겨두고 있는 것 같은데."

"뭐, 그렇다고 할 수 있지. 베니마루는 내가 가장 신뢰하고 있는 오른팔이니까 말이야."

"호오, 디아블로 녀석이 오른팔이 아니었나?"

"그래, 그 녀석은 강하지만, 뭐랄까 문제란 말이지……."

"이해가 돼."

기이가 날 깊게 동정하는 것 같았다.

더구나 무슨 이유인지 동료로 인정받은 것 같았다.

기이도 고생이 많다는 걸, 그 반응을 통해 이해할 수 있었다.

"그래서, 하나 확인해두고 싶은데."

"뭐지?"

"루드라는 얼티밋 스킬(궁극능력)을 타인에게 빌려줄 수 있는 거지?"

내가 그렇게 묻자, 기이는 감탄한 것 같은 표정으로 눈을 가늘게 떴다.

"용케도 알아차렸군. 네 말대로 루드라는 재미있는 특기를 가지고 있는데 말이지, 자신의 권능을 타인에게 빌려줄 수 있어."

역시 그랬나.

"그렇다면 그 빌려줄 수 있는 조건이 뭔지는 알고 있어?"

이게 중요한 점이다.

만약 기이가 그 조건을 알고 있었다면, 제국 측의 주요 경계인물의 범위를 좁힐 수 있을 것이다. 지금의 인식으로는 열 명이 채안 될 것으로 판단하고 있지만, 섣불리 믿는 것은 금물이니까 말이지.

"안심해. 녀석의 권능도 만능은 아니야. 빌려줄 수 있는 건 원래보다 성능이 떨어지는 한정적인 권능뿐이야. 빌려줄 수 있는 대상은, 그렇군, 최소한 각성한 상태여야 권능을 받아들일 수 있겠지. 그리고 내가 모르는 조건이 있는 것 같은데, 그렇게 큰 위협은 되지 않아."

혹시나 하는 생각으로 물어봤더니, 기이가 시원스럽게 대답해주었다. 이로 인해 내가 알고 싶었던 정보는 전부 갖춰진 게 된다.

아니, 그 전에.

궁극의 권능을 지닌 자가 위협이 되지 않는다——고 단언할 수 있는 건 너뿐이라고 한 소리 해주고 싶다.

어쩌면 밀림도 기이의 동류일지도 모르지만…….

그런 감각의 차이가 사태를 복잡하게 만들고 있는 건지도 모르겠군.

대접하기 위해 내놓은 케이크를 맛있게 먹고 있는 기이를 보고, 나는 그렇게 생각하면서 분개했다. 발언내용에 어울리지 않는 모습에도 화가 났지만, 내가 부탁을 들어주자마자 남의 일인 양 구는 그 태도에도 부아가 난다.

잠깐 기다려봐. 지금 상당히 중요한 얘기를 하고 있는 자리일 텐데. 그렇게 생각했지만, 왠지 이미 밀담은 종료된 것 같은 분위기가 농후해졌다.

분한 마음에, 나도 내 몫의 케이크에 포크를 찔러 넣었다.

뭔가를 생각하려면 당분 섭취는 중요한 문제다.

기이에게 휘둘리지 않은 상태에서, 차분히 정보를 정리하기로 했다.

*

조용한 시간.

평화로운 분위기가 감돌고 있었다.

그렇지만──.

볼일은 끝났을 텐데도 기이는 돌아갈 낌새가 없었다.

슈나가 눈치껏 비어 있는 기이의 찻잔에 차를 더 따라주었다. 남은 찻잎에선 찻물이 더 우러나오지 않았는지, 여분의 주전자를 준비해두고 있었던 모양이다.

"너, 제법인데! 내 멍청한 부하들은 이렇게까지 하는 건 무리인 데 말이지."

"그렇게 칭찬해주시니 영광입니다."

베니마루는 걱정이 되는 모양이었지만, 슈나는 당당하게 굴었다. 기이를 상대로 위압당하는 일도 없이 태연하게 대응하고 있었다.

"내 부하인 미저리와 레인 말인데, 한동안 이곳으로 수행하러 보내도 괜찮을까?"

"수행?"

"그래. 이 케이크를 만드는 법을 배워왔으면 좋겠어."

발푸르기스(마왕들의 연회)에서 먹었던 그녀들의 요리도 상당한 수준이었지만, 스위츠에 대해선 슈나 쪽이 한 발 더 앞서 있었다. 뭐니 뭐니 해도 요시다 씨와 경쟁하듯이 신작의 개발에 힘썼으니, 실력이 점점 올라가는 건 당연한 일이다.

그 정도는 평범한 것이라고 생각했는데, 상당히 분에 넘치는 것이었다는 사실을 새삼 떠올렸다. 그 전에, 나는 이 세계에 와서 지금까지 정말 내 멋대로 살아왔다는 것을 실감했다.

좋아했던 것들을 재현하려고 노력했으며, 맛있는 것을 먹을 수 있도록 노력하기도 했다.

아무리 정열과 기술이 있더라도 재료가 갖춰지지 않으면 재현할 수 없는 레시피는 존재하는 법이다. 요시다 씨라는 우수한 인재조차도 우리나라에서 생산된 품질 좋은 술이 있기 때문에 이 케이크를 성공적으로 재현할 수 있었던 것이다.

그 사실에 감사하는 마음을 잊지 않도록 하자.

그건 그렇고, 기이의 요청에 대한 대답을 어떻게 하느냐가 중요하군.

사러 오라고 말해줄까 하는 생각도 해봤지만, 그 정도로 쩨쩨하게 굴 일도 아니겠지.

그렇게 생각한 나는 요시다 씨로부터 배운 부분은 숨겨두고, 우리가 개발한 레시피만을 가르쳐주기로 했다.

"슈나, 저 뒤에서 대기 중인 두 사람에게 만드는 방법을 가르쳐 주겠어?"

"네, 기꺼이 그러겠습니다!"

"재료는 제대로 된 걸 사용하지 않으면 안 되니까, 그에 대한 거래는 나중에 얘기하자고."

설탕 하나조차도 불순물이 섞이지 않도록 정제한 것이다. 맛에 대한 내 집착과 카이진 일행의 기술력이 합쳐지면서, 내가 전에 살았던 세상과 비교해도 뒤떨어지지 않는 품질을 실현시켰다.

유통시킬 수 있을 정도의 양은 아니지만, 우리 자신이 즐기기에는 충분한 양을 확보해놓고 있다. 거기에 조금만 추가해서 기이에게도 넘겨줄 수 있게 준비해놓기로 하자.

"그래도 되겠어?"

"물론이지."

이건 진심이다. 기술이라면 또 몰라도, 우리가 만든 제품에 대해선 생색을 낼 생각이 없다.

걱정이 되는 건 우리나라에 기이까지 드나들게 되면 골치 아픈 일이 늘어날 것 같다는 점인데……. 하지만 그 문제는 미저리처럼 '전이문'을 다룰 줄 아는 자가 있으니까 괜찮겠지. 우리가 재료를 준비해놓으면 운반에 대해선 고려하지 않아도 될 것이다.

그리고 다른 의도도 있었다.

기이가 우리를 유용하다고 생각하게 되면, 우리나라의 안전도 확보될 것이다. 외국과의 교류는 그 깊이가 깊을수록 안전보장으로 이어지는 법이다.

서로가 서로에게 필요한 존재가 됨으로써, 섣불리 무력행사로 사태가 커지는 일을 방지하기 위해서.

경제권이란 것은 즉, 강인한 군사동맹을 맺는 것과 동등한 효력이 있다. 그게 나의 지론이었다.

기이와는 분쟁을 일으키고 싶지 않으므로, 우리가 쓸 수 있는 패가 많은 게 더 좋은 일이다.

어쨌든 이렇게까지 상대에게 신경을 써주는 건 처음이다.

아니, 베루도라를 만났을 때도 그랬으니 이번이 두 번째, 가 되려나?

이길 수 있느냐 아니냐는 제쳐두고, 만약 싸우기라도 하면 귀찮은 수준으로는 끝나지 않을 것이다. 틀림없이 피해가 생길 것이니, 어지간한 일이 아닌 한 기이의 의견을 존중해 줄 생각이었다.

이번처럼 무모한 요구에 휩쓸릴 일도 있겠지만, 그건 감수하는 것 말고는 다른 방법이 없겠지.

애초에 그러는 것도 한도가 있겠지만…….

지금까지 몇 번인가 대화해보고 느낀 건데, 기이는 생각했던 것만큼 얘기가 통하지 않는 폭군은 아니었다. 의외로 이성적이며, 말귀를 잘 알아듣는 인물이었다.

디아블로를 상대하고 있을 때를 봐도 상대의 말에 맞춰주느라고 고생하는 모습이 종종 보일 정도였다. 우리가 유용하다는 것을 확실하게 깨달으면, 무모한 요구는 하지 않을 것이라고 믿고 싶다.

그러니까 이제 슬슬 돌아가 주지 않으려나?

그런 나의 자그마한 바람은 기이의 말 한 마디로 무참하게 박살 났다.

"잠깐. 돌아가기 전에 한 가지, 너에게 묻고 싶은 게 있어."

뭐야, 아직 뭐가 더 있는 건데?

"뭐지?"

"어째서 디아블로가 진화한 거지?"

흠칫!!

알아차리지 못하리라 생각했는데, 좀 안일했다.

이래서 싫다니까, 눈이 예리한 녀석은.

"어, 그건 말이죠……."

어떡할까?

어떻게 대답하면 기이가 납득해줄까?!

"디아블로만 진화한 게 아니지? 라미리스의 미궁 안에 있는지라 기적을 찾는 게 좀 힘들긴 했지만 왜 여기엔 '진정한 마왕'으로 각성한 자가 이렇게 많이 있는 거지?"

기이는 웃으면서 물었지만, 그 눈은 전혀 웃고 있지 않았다.

섣불리 얼버무리는 건 통하지 않겠군…….

《해답. 마스터(주인님)의 권능인 '벨제뷔트(폭식지왕)'로 실험한 결과──라고 딱 잘라 말해도 문제가 될 일은 없습니다.》

하늘의 목소리가 들려왔어──!!

좋아, 이렇게 얘기하자.

역시 라파엘(지혜지왕)이야. 이럴 때는 믿음직스럽다니까.

"실은 말이지. 제국과의 결전을 앞두고 전력을 강화하는 방법을 생각해봤거든. 내 힘을 이래저래 시험해본 거야. 그랬더니 내 권능에 재미있는 효과가 있다는 게 판명되었지."

"호오. 어떤 효과지?"

어떤 효과일까요?

나도 모르겠다.

가르쳐주세요, 라파엘 선생님!!

《해답. '영혼'을 에너지로 환원하여, 각성의 자격을 가진 자에게 부여하는 효과입니다. 그리하여 강제진화를 촉진시켰다고 설명하면, 개체명 : 기이 크림존도 납득할 것입니다.》

그럴듯하군.

확실히 진화의 의식은 '라파엘'의 권능이 아니라 '벨제뷔트'의 힘을 이용한 것이다. 그러므로 지금의 설명은 아무것도 감추지 않은 채 진실을 얘기하고 있는 것뿐이다.

확실히 그렇게 대답하는 게 정답일지도 모르겠군.

"내 권능인 '벨제뷔트'는 인간의 '영혼'을 에너지로 환원할 수 있어. 그리고 그걸 다른 사람에게 주는 것도 가능하거든. 자격이 없는 자에겐 의미가 없는 행위지만——."

"흐음. 마왕종의 자격을 얻은 자라면 각성에 이른단 말인가? 대단한걸."

내 설명에 거짓이 없기 때문인지, 기이는 전부 다 듣기도 전에 납득해주었다.

이것도 전부 라파엘 덕분이다.

"그렇다고 할 수 있지. 이 세계의 전쟁에선 많은 수를 모으는 것보다 한 개체의 힘이 더 중요하잖아? 개인의 능력을 높이는 것도 당연하다 할 수 있지."

"지당한 말이로군. 그런데 예전부터 궁금했던 건데, 너도 평범한 존재는 아닌 거지?"

"뭐어? 나는 그냥 평범한데."

"아니, 아니, 평범한 슬라임은 말을 하지 못한다고. 그 점은 넘어가겠지만 베루도라를 회유한 그 수완도 그렇고, 이 도시를 발전시킨 걸 봐도 그렇고, 넌 아무리 생각해도 평범한 존재가 아냐. 넌 '전생자'지?"

"응? 어라, 몰랐어? 난 여기와는 다른 세계에서 죽은 뒤에, 그 마음을 그대로 유지한 채 슬라임으로 전생했어."

"정말이야?"

"정말인데."

서로를 응시하는 기이와 나.

아니, 그 전에 그 사실을 몰랐단 말인가.

이런 얘기는 굳이 하지 않아도 이미 다 알고 있을 거라 생각했다.

딱히 비밀로 하지 않고 공공연하게 다 얘기했으며, 서방열국에서도 유명한 얘기다. 기이라면 당연히 파악하고 있을 것이라고만 생각하고 있었는데.

상대가 모든 정보를 알고 있을 거라고 미루어 짐작하는 것도 다시 생각해볼 일인지도 모르겠군.

실언이라고 할 정도도 아니지만, 앞으로는 유념하기로 했다.

내 쪽에서 섣불리 괜한 화제를 제공했다가 정보를 죄다 제공하지 않도록 조심해야겠군.

"정말인가?"

"네, 정말입니다."

"리무루 님은 거짓말을 하시지 않습니다."

이봐, 이봐, 왜 그렇게까지 의심하는 건데?

본인을 앞에 두고 베니마루랑 슈나한테까지 확인하려 들질 않나…….

"앗하하하하하! 이거 대단한데! 마물 주제에 희한한 녀석이 다 있다고 생각했더니, 그런 사정이 있었을 줄이야. 다른 세계로 넘어와서 전생한 것만으로도 드문 일인데, 설마 마물로 전생했단 말인가. 너도 참 운이 없군."

그렇게 말하면서 기이는 낄낄거리며 웃었다.

그렇게 폭소할 일도 아닌 것 같은데.

"하지만 그렇다면 납득이 되는군. '영혼'만으로 '세계를 넘어'왔는데도 자아와 기억을 유지할 수 있었다면, 당연히 마음(심핵)도 잘 단련되어 있겠지. 네가 인간의 모습에 집착하는 것도 이해할 수 있고, 비정상적인 속도로 진화하여 얼티밋 스킬(궁극능력)을 획득한 것도 충분히 있을 수 있는 일이라고 할 수 있겠어."

쉽게 말해서 내 마음이 강했다는 뜻인가?

뭐, 그렇게 볼 수도 있겠지. 스스로 말하는 것도 우습지만 난 제법 배짱이 있는 편이니까 말이야.

포기하지 않는다. 주눅 들지 않는다. 항상 낙관적으로 생각한다는 것이 신조이기도 하고.

"납득이 되었을까?"

"그래, 수상쩍은 녀석이라고 생각했지만, 이제 널 신용해도 되겠다는 생각이 들어."

정말로 무례한 말을 하는군.

하지만 용서하기로 하자. 싸워봤자 이기지도 못하니까.

그리고 괜한 의심을 사서, 기이가 날 적대시하는 것보다는 이게 낫다고 생각하자.

그야말로 포지티브 싱킹(낙관적인 생각)의 견본이라 할 수 있겠다.

"그러면 의심도 풀린 것 같고, 듣고 싶었던 얘기도 다 들었어. 이제 슬슬 돌아가──."

"이거, 한 개 더 줘."

"네, 알겠습니다."

바로 돌아가 주면 좋겠다고 생각해서 그렇게 말하려고 했다. 그러나 기이가 내 말을 가로막더니, 뻔뻔하게도 두 번째의 케이크를 요구했다.

태연하게 대응하는 슈나.

어쩔 수 없어서, 나도 추가로 달라고 요구했다.

케이크의 단맛에 위안을 받기로 하자. 그렇게 생각했지만, 기이가 그걸 허용해주지 않았다.

"그럼 리무루 군, 방금 하다 만 얘기를 계속하기로 할까."

왠지 모르게 이해가 되었다. 이건 틀림없이 나에게 해로운 얘기라는 것을.

"응? 무슨 얘기?"

"네가 부하들을 각성시켰다는 얘기 말이야. 방금 한 설명으로는 내 부하들에게도 네 힘을 나눠줄 수가 있는 것처럼 들렸는데, 어때? 실제로 가능할까?"

이 녀석……

혹시 나랑 비슷한 부류 아냐?

빈틈이 없는 부분도 그렇고, 유용하다면 어떻게든 활용하려고 드는 부분도 그렇고.

얘기가 끝났다고 방심하게 만든 뒤에 바로 공격해 들어오는 점도 그렇고.

아니, 아니, 나는 이렇게까지 노골적으로 나오진 않는다──고 딱 잘라 말할 수는 없으려나?

뭐, 그런 걸 신경 쓰면 내가 지는 거다.

그보다 기이의 질문에 대답해줘야만 한다.

그런 시도가──.

《해답. 가능합니다.》

아, 내가 마음속으로 질문하는 것보다도 빨리 대답하네.

왠지 조금 쓸쓸한 기분이 드는데.

뭐랄까, 이제 널 상대하는 건 귀찮다는 듯이, 그렇게 생각하는 것 같은 의도가 느껴진다.

《해답. 그런 의도는 없습니다.》

왠지 조금 화가 나 있는 것 같은 분위기.

더 이상 분노를 북돋웠다간 위험하겠군.

나에겐 라파엘밖에 기댈 곳이 없으니까, 여기서 날 포기해버리면 정말 아무런 방법이 없다.

그러면 진지하게 질문.

기이의 부하라는 자와는 '영혼의 회랑'이 이어져 있지 않은데, 그래도 괜찮단 말이야?

《네. '영혼의 계보'에 이어진 마물이 아니라도 강제적인 개입이 가능하게 되었습니다. 대상이 레지스트(저항)하지 않는 것이 조건이 되겠습니다만, 각성할 자격만 있다면 에너지를 부여하여 진화를 촉진시킬 수 있습니다.》

잘 알았다.

그렇다면 남은 문제는 이제 한 가지.

내가 확보하고 있는 '영혼'의 수가 유일한 문제로군.

몇 명을 각성시킬 생각인지는 모르겠지만, 중요한 문제가 빠진 상태로는 얘기가 되지 않는다.

"문제는 없을 거라 생각해. 해보지 않고는 모르겠지만, 아마 괜찮을 거야. 단, 나에게는 이제 나눠줄 만한 에너지가 남아 있지 않지만 말이지."

기이를 자극하지 않고 적당히 거절할 수 있도록, 나는 그렇게 대답했다.

실제로는 10만하고도 조금 더 남아 있지만, 기이에겐 그걸 확인할 방법이 없을 것이니, 이 말을 들으면 포기할 것이 틀림없다.

"호오. 그 말은 즉, '영혼'만 준비해주면 가능하다는 것으로 이해해도 될까?"

"어, 그건……."

포기할 생각이 없나?

"실은 나도 말이지, 미저리와 레인에게 1만 개 정도의 '영혼'을 준 적이 있거든. 하지만 아무런 반응도 없었고 각성할 낌새도 없었기 때문에, 쓸데없는 시도였다고 판단하고 그냥 넘어가고 말았거든."

'영혼'을 그대로 주다니, 데몬(악마족)은 참 별 희한한 짓을 다 할 줄 아는군.

그건 그렇고, 그랬는데도 각성하지 않았단 말인가?

《해답. 진화를 촉진하려면 '영혼'을 있어야 할 모습 그대로 변환한 뒤에, 대상에게 적합하도록 바꿀 필요가 있습니다. 그냥 주는 것만으로는 '영혼'을 유효하게 활용하는 것은 불가능하리라고 생각합니다. 또한, 다른 자에게 줄 경우엔 에너지 효율이 현저히 떨어지기 때문에 유효값은 10퍼센트정도 밖에 되지 않습니다.》

과연.

'마왕종'의 싹을 트게 만들려면, 적합한 물을 줄 필요가 있다는 얘기로군. 뭐, 적합한 방법을 알고 있어도 해낼 수 있느냐 아니냐는 것은 또 다른 문제인 것 같지만.

그럼 부하가 자발적으로 각성하는 쪽이 더 좋으려나?

《아닙니다. 상위존재가 '이름을 지어 준' 마물은 그 성질에 변화가 발생합니다. 자력으로 획득한 '영혼'이 있어도 각성에는 이르지 못할 것입니다.》

즉, 이름을 지어준 시점에서 진화의 길이 막혀버린다는 얘기인가.

자격을 얻는 것만으로도 힘든 일인데, 생각지도 못한 함정이 있었군.

애초에 대부분의 마물은 자격을 얻을 수도 없을 테고, 이름을 지어 준 것으로 인해 일어나는 진화도 어느 정도는 뻔한 것이라 장단점은 있겠지만.

어쨌든 이름을 받은 마물은 성질이 변하기 때문에, 획득한 '영혼'에서 자신에게 적합한 에너지를 유출하지 못하게 되는 셈이다. 기이도 그걸 몰랐던 것 같으니, 라파엘의 지식에는 그저 감탄할 뿐이다.

그야말로 선생님이라고 부르기에 적합한 분이야.

《⋯⋯⋯⋯.》

아, 이런. 이건 아니지.

꽤나 진심으로 칭찬해버렸는데, 칭찬이 과하다 보니 오히려 불쾌하게 받아들일 것만 같다. 기이의 질문에 대한 대답도 알았으니, 얘기를 진행시키기로 하자.

"미저리 씨를 각성시켜보고 싶단 말이지. 그 외에도 시험해보고 싶은 사람은 레인 씨려나?"

"그냥 이름만 불러도 된다고 말했을 텐데."

그 말투는 허가가 아니라 명령이군요.

"앞으로는 그렇게 부를게. 그래서 그 두 사람 말인데, '이름을 지어준' 사람은 네가 아닌 거야?"

"용케도 알았군. 그 말이 맞아."

"그게 원인이야."

"뭐?"

"상위존재가 이름을 지어주면 성질이 변하는 것 같더라고."

"……흠. 그렇단 말인가. 그럼 아무리 '영혼'을 줘도 소용이 없었단 얘기로군. 그럼 너라면 상대의 성질에 맞춰서 에너지를 적합하게 바꿀 수 있단 말이야?"

나는 필사적으로 설명을 들었는데, 기이의 이해속도는 정말 빠르네. 게다가 더 따질 필요도 없이 정답이고 말이지.

"그렇다고 할까."

"그럼 너에게 부탁이 있어."

그렇게 나오겠지.

점점 기이의 성격을 이해할 수 있게 되었다.

기이는 본성을 숨기고 부드러운 목소리로 말했지만, 내가 거절할 것이라고는 절대 생각하지 않겠지…….

딱 잘라 거절하고 싶었지만, 그런 짓은 무서워서 할 수가 없다. 그런 나 자신이 귀엽게 느껴지는 바로 이 시간, 나는 어쩔 수 없이 기이의 부탁을 들어주기로 했다.

"일단 말해두겠는데, 필요한 만큼의 '영혼'이 있어도 자격이 없으면 진화는 하지 않아."

"괜찮아, 둘 다 각성조건은 충족하고 있으니까. 그러니까 말이지, 저 녀석들을 각성시켜주라고."

지금 상태에선 너무 쓸모가 없는지라 크게 도움이 되지 않는다──고, 기이는 두 사람을 그렇게 평했다.

기이의 판단기준은 어딘가 이상한 것 같았다.

내가 들은 얘기로는 미저리랑 레인은 테스타로사와 동격인 '태초의 악마'였을 텐데. 그런 두 사람을, 달리 표현할 말도 있을 텐데 도움이 되지 않는다고 말하다니…….

그런 기이를 부채질하는 바보가 근처에 있는지라, 생각하면 생각할수록 불안해진단 말이지.

뭐, 좋다.

나머지 문제는 '영혼'의 수가 충분한지 아닌지 하는 것이다.

"각성시킬 자는 미저리와 레인, 이 두 명이면 되는 거지?"

"그래. 그러면 얼마나 많은 '영혼'이 필요하지?"

자기가 각성하는 것이면 1만 개이고, '영혼의 계보'로 연결된 부하일 경우에는 그 열 배인 10만 개. 이번에는 관계없는 제3자이므로 효율은 더 떨어질 것으로 생각해야 한다.

그러면 필요한 개수는──.

《해답. 50만 개입니다.》

50만? 한 사람당 25만 개란 말이야?!

통상적인 경우의 스물다섯 배, 계보와 연결된 마물과 비교해도 다섯 배나 필요하다니…….

상당히 많은 수였지만, 라파엘이 그렇게 말한다면 그만큼 필요하단 얘기겠지.

"50만 개는 있어야 충분할 것 같아."

"뭐? 그 정도만 있으면 된단 말이야? 그럼 더 이상 인간들을 죽이지 않아도 내가 보관해두고 있는 분량만으로도 충분하겠군."

그렇게 많이 가지고 있단 말인가.

아니, 만약 부족했으면 무슨 짓을 저지를 생각이었던 거야?!

"아, 그래? 그렇다면 다행이네."

메마른 웃음밖에 나오지 않았다.

만약의 경우엔 필사적으로 기이를 말려야 했을지도 모른다. 그렇게 되지 않아서 다행이지만, 지금까지 희생된 자들의 수를 생각하면 복잡한 심정이 들기도 했다.

가치관의 차이라고 말하고 넘어가면 그뿐이긴 하지만…….

앞으로도 이해관계로 대립하지 않게 되면 좋겠다고, 나는 속으로 몰래 기원했다.

*

베니마루랑 슈나도 긴장한 표정으로, 나와 기이의 대화를 듣고 있었다.

이 두 사람에겐 기이와의 대화를 숨길 필요가 없다고 판단했다.

"그렇게 되었으니까 손님들을 불러와 줘."

불러오는 김에 시온이랑 디아블로도.

기이는 기분이 좋아진 표정을 지으면서, 케이크를 먹고 있었다.

이걸로 세 개째다.

상당히 마음에 든 모양이다.

나에게 50만 개 분량의 '영혼'을 넘겨주더니, 자신이 할 일은 끝났다는 듯한 태도를 보이고 있었다.

이걸로 조건이 갖춰졌다는 것은 라파엘(지혜지왕)이 확인해줬지만, 석연치 않은 감정이 느껴지는 건 내 마음이 좁기 때문일까?

그런 생각을 하고 있으려니, 슈나가 미저리와 레인을 데리고 왔다.

"역시 마왕 리무루 님, 참으로 훌륭한 케이크였습니다."

"아낌없이 레시피를 전수해주시다니, 감격스럽기 그지없습니다."

이 말은 미저리의 절찬과 레인의 감사 인사였다.

얘기가 제대로 전해졌는지, 슈나에게도 예의를 지키는 태도를 보여주었다.

이런 일로 기뻐할 거라면 세계를 건 말도 안 되는 게임 같은 것도 하지 않으면 될 텐데.

이 세상은 더욱 더 놀라운 것으로 가득 채워져 있을 거라 생각하는데 말이지.

이 두 사람은 메이드로서 완벽하게 보였다.

시온처럼 궤멸적인 미각을 가지고 있는 것 같지도 않았으니, 순식간에 기술을 배울 것 같았다.

그 전에 진화의 의식을 치러야 할 필요가 있지만 말이지.

"감사의 말은 받아들이기로 하지. 앞으로도 서로 도울 수 있다면 나로서는 더 바랄 게 없다고 생각하고 있어."

서로 돕는다는 것이 중요한 점이다.

일방적인 관계는 안 된다는 것을, 확실하게 이해해주면 좋겠군.

"너희들, 리무루가 힘을 주겠다고 한다. 더 고맙게 여겨라."

너도 말이지.

그 말을 속으로 삼키면서, 나는 미저리와 레인에게 웃어 보였다.

"진화할 때에 주의할 게 있는데, 내 예상으로는 하베스트 페스티벌(수확제)이라고 불리는 맹렬한 잠기운이 너희를 덮칠 거야. 그상태에서 귀환하는 것은 상당히 힘들 것이고, 며칠은 걸리니까여기서 묵으면 돼."

기이 일행은 미궁의 밖까지는 미저리의 '전이문'으로 왔다. 거기서 라미리스의 허락을 받고 미궁 안으로 초대를 받는 과정을거친 것이다.

진화의 의식을 벌인 뒤에는 돌아가는 것도 어려울 것이다. 기이가 이 두 사람을 데리고 돌아갈 정도로 자상하지도 않을 것 같으니까, 머무를 방을 마련해줄 생각이었다.

그리고——.

"그래도 괜찮겠습니까?"

"물론이지. 그러니까 기이와 베루자도 씨를 먼저 바래다 줘."

이게 내가 노리는 것이었다.

교섭도 무사히 끝났으니까 이제 슬슬 기이는 돌아가 주면 좋겠다.

"아앙? 그렇게까지 폐를 끼치진 않을 거야. 이 두 사람은 내가 데리고 돌아갈 테니까, 신경 쓰지 말고 어서 힘을 주라고."

뭐?!

기이의 예상도 못 한 반응을 접하고, 나는 자신도 모르게 놀라면서 목소리를 높였다.

그건 나뿐만 아니라, 당사자인 미저리와 레인까지도 경악한 표정을 짓고 있었다. 그녀들을 위해서 기이가 뭔가를 해줄 일은 없다고, 자신들도 그렇게 생각했다는 걸 표정으로 말해주고 있었다.

그건 즉, 기이에겐 어떤 의도가 숨겨져 있다는 것을 의미하는 것이다.

솔직히 말해서 민폐였다.

내 힘을 기이에게 보여주고 싶지 않으니, 어서 돌아가 주길 바랐다.

하지만…… 그때 문득 떠오르는 게 있었다.

나와 기이는 비슷한 점이 있다는 생각을 했었는데, 어쩌면 정말로 빼닮았는지도 모르겠다.

나라면 상대가 어떻게 하는지를 관찰했다가, 라파엘에게 재현할 수 있는지를 검토하도록 시킬 것이다. 재현하는 게 무리라도 대책을 짜내기 위해서라도 정보는 필요하다.

그런 시점에서 판단하자면, 기이도 같은 생각을 하고 있을 가능성이 높았다. 그렇다면 더더욱, 기이에게 내가 가진 패가 밝혀지는 것은 피해야 한다.

아니, 이미 들킨 건 아닐까?

《해답. 문제없습니다. 명령대로 '벨제뷔트(폭식지왕)'만을 전면에 내세

우고 있으므로, 다른 것은 완벽히 숨길 수 있습니다.》

역시 빈틈이 없었다.

라파엘에게 맡기면 기이조차도 속여 넘길 수 있다는 얘기다.

아마 들키진 않을 것이라는 건 예상뿐인지라, 방심은 할 수 없지만.

그렇기에 더더욱 이 이상의 정보는 주는 건 피하고 싶군.

"아니, 아니, 아니, 사양하지 않아도 된다니까. 객실은 충분히 있으니까, 걱정 안 해도 돼!"

이것만큼은 양보할 수 없었다.

기이의 목적은 틀림없이 내 힘을 관찰하는 것이다.

나 혼자만 가진 수단을 드러낸다니, 그건 절대 허용할 수 없다. 지금은 무슨 일이 있어도 여기서 기이를 쫓아내야 해⋯⋯.

나와 기이는 서로 미소를 지어 보이며, 물밑에선 격렬한 심리전을 펼치고 있었다. 마침 그 타이밍에 방문이 힘차게 열렸다.

"널 찾고 있었다, 리무루! '관제실'의 감시 영상이 꺼져버렸으니까 다시 비치도록 해주면 좋겠는데."

"그래, 맞아! 나도 널 도와주느라 같이 세계의 동향을 감시하고 있으니까 말이지!"

베루도라와 라미리스는 즐거워 보이네. 하지만 지금은 너무나도 중요한 얘기를 나누는 중이니까 분위기를 좀 파악했으면 좋겠는데.

그리고 말이지, 그곳은 전쟁 목적으로 쓰는 방이야. 너희의 놀이방이 아니거든?

확실히 아직 전시중이긴 하지만, 너희는 그저 대형 스크린을 통해서 어디로 놀러갈까 조사하고 있었던 것뿐이잖아.

──그런 식으로 해주고 싶은 말은 산더미만큼 많았다.

그러나 원인은 나 자신이므로 불평은 할 수가 없었다.

전쟁이 끝나면 어딘가로 놀러갈까──라고, 얼마 전에 넌지시 그런 말을 해버렸던 것이다.

그 이후, 두 사람은 어디로 갈 것인지를 검토하기 시작했다.

오래 살아온 것치곤 세계를 여행해본 적이 없는 두 사람. 여행이라는 것에 동경이라도 가지고 있었는지, 나보다 적극적으로 의욕을 보여주었다.

그런고로 이 두 사람은 내 물리마법 : 아르고스(신의 눈)을 이용해서, 틈만 나면 세계각지의 경치를 즐기는 걸 일과로 삼고 있었다.

적은 코스트로 유지할 수 있는 감시 마법은 상시 발동시킨 상태로 놔둘 수 있다. 더구나 시점변경만이라면 누구라도 쉽게 다룰 수 있게 되어 있었다.

이 세상의 어디든 비출 수 있는 건 아니지만, 그럭저럭 넓은 범위를 비출 수 있었다.

단, 너무 지나치게 쓰면 마법효과가 사라지는 것은 당연했다.

"나중에 나도 갈 테니까, 그때까지 얌전히 기다리고 있어줘."

손님이 있을 때 소란을 피우지 말라고, 나중에 따끔하게 지도해줘야겠군.

그게 보호자로서의 책임이라는 거니까.

나도 함께 사전조사를 하고 싶──어서 그러는 건 아니고, 두 사람의 앞날을 생각하여 꾸짖는 것도 중요한 일인 것이다.

그건 어쨌든 간에.

지금의 나는 기이와 교섭하느라 바쁘니까, 일단 베루도라와 라미리스를 쫓아내려고 했지만…….

"어라, 기이잖아? 리무루에게 무슨 볼일이라도 있어?"

라미리스가 기이가 있는 것을 알아차렸다.

뒤이어 베루도라도.

"재미있게 지내는 것 같네, 베루도라."

"꺄악?! 어, 어어, 어째서 누님이 여기에——?!"

"조금은 성장했을 거라 생각했는데, 시끄럽게 구는 건 여전하구나. 하지만 인간의 모습으로 변할 수 있게 된 건 칭찬해줄게. 그리고 봉인이 막 풀린 것치고는 건강해 보이는 것 같아서, 나도 안심했어."

"누, 누님도 잘 지내는 것 같아서 저도 기쁩니다…….."

한창 신이 났던 분위기가 확 바뀌었고, 베루도라는 어색하게 움직이면서 긴장하고 있었다.

상냥하게 보이는 베루자도였지만, 베루도라에겐 다른 분위기로 보이는 것 같았다.

"오랜만에 만났으니, 느긋하게 쌓인 회포를 풀고 싶은걸."

"아, 아뇨…… 누님도 바쁘실 테고, 저도 할 일이 있는지라, 그럴 여유는 없을 것 같군요…….."

"날 배려해주지 않아도 돼. 기이와 리무루 님의 얘기도 오래 끌 것 같으니, 느긋하게 얘길 나누자꾸나."

느긋하게, 를 강조하는 베루자도 씨. 베루도라가 말했던 '할 일이 있어서'라는 부분은 완전히 무시할 심산이었다.

베루도라는 도움을 바라는 눈빛으로 나를 봤다.

그래서 나는 힘차게 고개를 끄덕여줬다.

잘해보라고.

"리무루 님, 옆방을 빌려도 괜찮을까요?"

베루자도 씨가 아름다운 미소를 지으면서 그렇게 말하는데, 내가 과연 거절할 수 있을까?

아니, 그건 불가능하지!

"물론이죠. 쌓인 얘기도 많을 테니, 천천히 얘기 나누십시오!"

그렇게 대답할 수밖에 없었다.

잘 가라, 베루도라.

우리는 너의 그 영웅다운 모습을 잊지 않겠어!

내 도움을 기대할 수 없다는 것을 알고, 베루도라는 너무나 슬픈 표정을 지었다. 그러나 그 손은 재빠르게 움직이면서 라미리스를 단단히 붙잡고 있었다.

"자, 잠깐, 사부! 난 관계가 없는데?!"

"부탁이야! 나를 혼자 두지 말아줘!"

뭐라고 표현할 수 없는 그 한심한 모습을 보면서, 나는 확신했다.

베루도라는 누나인 베루자도를 어렵게 생각하는 것 같다고. 어렵게 생각한다기보다 두려워하는 것처럼도 보이지만……

누나를 어려워한다는 얘기가 나와서 말인데, 내가 예전에 살았던 세상에서 알던 친구도 그랬다.

'그 인간은 폭군이야…….'

해탈한 듯한 눈으로 그런 불평을 늘어놓았다.

'용종'이라고 해도 그 관계는 비슷하겠지.

참고로, 여동생을 어려워하는 자들과의 사이에서 격렬한 불행 자랑 배틀이 벌어졌지만, 형밖에 없었던 나에겐 관계가 없는 얘기였다. 둘 다 거기서 거기겠지, 라는 게 그때의 내 감상이었다.

베루도라에게서도 그런 그들과 같은 냄새가 풍겼다.

문득 떠올렸다.

그러고 보니 예전에 베루도라와 별것 없는 잡담을 나눴을 때의 일이다.

여행지를 어디로 정할 것인지를 두고 다퉜는데, 베루도라는 완고하게 북쪽으로 가자는 의견에 반대했다.

그곳은 추워서 싫다는 둥 여러 이유를 댔는데, 추위를 느끼지도 않으면서 그 이유는 자연스럽지 않다고 생각했었다.

지금 생각해보면 그건 베루자도 씨가 있는 것을 알고 있었기 때문이 아니었을까?

당장이라도 죽을 것 같은 표정으로 문을 붙잡은 채, 필사적으로 가고 싶지 않다고 떼를 쓰는 베루도라를 보고 있으려니, 점점 불쌍하게 느껴지기 시작했다.

내 착각일 가능성도 있는 데다, 섣불리 끼어들었다가 다치고 싶지 않으니까 그냥 내버려둘 생각이었지만, 조금은 도와주기로 하자. 그랬는데도 무리라면 포기해달라고 생각하면서, 나는 화제를 전환했다.

"분명 기이 일행은 잉그라시아 왕국이 있는 곳보다 더 북쪽에 살고 있었지?"

"응? 그래, 여기선 '빙토의 대륙'이라고 부르고 있는, 극한의 땅에 살고 있어."

"그곳에선 제가 마력을 억누르고 있지 않기 때문에 생물이 살수 없는 환경이 되어버렸죠. 기이는 약한 자를 싫어하니까, 아무도 다가오지 못하게 하려는 제 배려가 담겨 있답니다."

기이뿐만 아니라, 일어서서 베루도라의 어깨에 손을 얹은 베루자도까지 내 쪽으로 돌아보면서 내 말에 대꾸해주었다.

예상대로 잘 풀린다고 생각하면서, 되물었다.

"혹시 베루자도 씨의 힘은 냉기 계열인가요?"

"──냉기, 라는 표현은 정확하진 않지만, 결과만 보면 그렇게 생각할 수도 있겠네요."

과연, 그렇다면 틀림없다.

그렇게 자신만만하게 굴면서, 무서운 것을 모르던 베루도라가 어려워하는 것이 있었다니, 의외였다.

"베루도라는 베루자도 씨를 어려워하고 있지?"

"바, 바보 같은 소리 하지 마라! 나에겐 그런 존재는 없다!"

괜한 허세 부리지 말라고, 이런 때에.

그러니까 피해가 더 커지는 거라고.

"그야 당연하지. 그동안 내가 계속 널 돌봐주고 있었는걸."

한 점의 흐림도 없는 미소로 베루자도가 말했다.

자신을 어렵게 생각하리라고는 눈곱만큼도 의심하지 않는 모습이었다.

"갓 태어난 베루도라가 난동을 부릴 때엔 곧바로 파괴해서 갱생도 시켜줬으니까. 다시 태어났는데도 또 말썽을 부릴 때엔 내가 말려서 얌전하게 만들어주기도 했고, 상냥하게 잔소리도 해줬는걸. 인간으로 변하지도 못하는 처치곤란한 아이여서 피해가 너무 커졌으니까 말이지. 벌(뒷처리)을 주지 않았다면 더 감당이 안 되는 아이로 자랐을 거야."

마치 베루도라를 위해서 잘 대해줬다는 듯이, 베루자도가 과거에 자신이 했던 행동들을 얘기해주었다.

눈물 없이는 들을 수 없는 얘기였다.

틀림없이 그게 원인이다.

"베루도라, 너, 고생이 많았구나……."

"이제 알겠나, 리무루? 드디어 알아주는 거냐?!"

그 정도면 어렵게 생각하는 것도 당연하겠지.

악의가 없는 만큼 더 악질적이다.

오해라고 할까, 베루자도의 이 착각을 확실하게 깨닫게 해주지 않으면, 베루도라는 계속 겁에 질린 채 지낼 수밖에 없을 것이다.

그리고 베루도라도 베루도라다.

지나치게 허세를 부린 탓에 베루자도를 거역할 수 없게 된 것이다. 억지로 참는 것도 적당히 하지 않으면 인간관계가 좋게 풀릴 리가 없다.

이 경우는 용종관계라는 표현이 옳으려나?

뭐, 그건 어찌 됐든 상관없겠지.

"베루자도 씨, 괜한 참견이라는 걸 알면서도 한 말씀 드리겠지만, 베루도라는 당신을 상당히 어렵게 생각하고 있습니다."

"어머나, 어째서요?"

"한 마디로 말하자면, 너무 지나쳤기 때문이에요. 무조건 윽박질러서 강제적으로 말을 듣게 하는 게 아니라, 이렇게 하는 게 좋다고 가르치고 이끌어서 스스로 선악을 배우게 하는 게 좋죠. 베루도라도 대화로 타이르면 잘 알아들을 겁니다. 그러니까 부디 폭력은 쓰지 말고 서로의 진심을 얘기해주는 게 어떨까요?"

정 필요하면 오늘은 여기서 묵고 가는 것도 좋다——고, 나는 베루자도에게 제안했다.

잠시 침묵하더니, 한숨을 쉬면서 수긍하는 베루자도 씨.

다행이다. 내 제안을 긍정적으로 검토해준 것 같다.

"리, 리무루……."

"다행이네, 사부! 그러니까 이젠 날 놓아주면 좋겠는데."

"알겠습니다. 잘 생각해보니 제가 베루도라의 생각을 들어본 적이 없는 것 같기도 하네요. 이번 기회에 느긋하게 얘기를 나눠 보도록 할까?"

느긋하게 얘기를 나누겠다는 건 달라지지 않는군.

"아, 알겠습니다. 부디 폭력은 쓰지 말아주십시오."

베루도라도 차분함을 되찾으면서, 단념한 것 같았다.

이걸로 남매 사이에 생긴 골이 사라지면 좋겠는데…….

이번에는 아무 저항 없이, 베루도라도 옆방으로 떠나갔다. 그러나 그 손에는 여전히 라미리스가 붙잡혀 있었지만, 그건 보지 않은 것으로 치자.

"자, 잠깐?! 정말로 나는 아무 관계가 없다니깐?!"

그렇게 말하는 목소리가 들린 것 같기도 하지만, 방문이 닫히는 것과 동시에 들리지 않게 되었다. 그 목소리는 기분 탓이라고 치고, 나는 남아 있는 기이를 향해 고개를 돌렸다.

*

　소란스러웠던 베루도라 일행이 사라지자, 그 자리는 갑자기 조용해졌다.

　"자, 그럼."

　그렇게 기이가 읊조렸다.

　나는 침을 꿀꺽 삼키면서, 다음 말을 기다렸다.

　"베루자도 녀석도 느긋하게 시간을 보내고 싶어 하는 것 같으니, 오늘은 여기서 묵도록 할까."

　"알았어. 그럼 세 사람이 묵을 방을 준비할 테니까 안심해도 돼."

　"으응? 왜 세 사람인데?"

　"뭐? 아니, 그야 넌 돌아갈 거잖아?"

　돌아가 주면 좋겠다고 생각하면서, 그렇게 물어봤다.

　그러나 그 기대는 곧바로 배신당했다.

　"멍청한 소리 하지 마. 너와 나 사이잖아. 오늘은 신세 좀 지겠어."

　그러니까 어서 미저리와 레인을 진화시켜라──고, 그의 눈이 대신 말하고 있었다.

　끄으응, 이대로 가다간 기이가 바라는 대로 되겠는데.

　"아니, 아니, 기왕이면 나중에 여유가 있을 때에 찬찬히 최상의 접대를 보여주고 싶으니까 말이지. 그러니까 오늘은 그만──."

　"너, 아까 방은 많다고 했었지? 나도 어느 정도는 그냥 참고 넘어갈 테니까 비어 있는 방이라면 어디든 좋아. 전에 말했던 튀김이라는 것도 먹어보고 싶고, 그러니까 부탁 좀 하지."

　졌다.

265

이렇게까지 말한다면, 더 이상 거절할 구실이 없었다.

상당히 중요한 패를 하나 보여주게 되었지만, 끝까지 거절했다가 상대의 감정을 자극하는 것보다는 나을 것이다.

"알았어. 그렇다면 비어 있는 방 중에서 제일 좋은 걸로 준비하지. 저녁도 기대에 부응해서 튀김을 준비하라고 지시할게."

나는 그렇게 말하면서 고개를 끄덕인 뒤에, 슈나에게 눈짓으로 지시했다.

"잘 알겠습니다. 그러면 그렇게 준비해두도록 하겠습니다."

슈나는 방긋 웃으면서 대답했고, 정중하게 인사한 뒤에 방을 나갔다. 그녀를 대신하여 하루나 씨가 들어왔고, 아무 말도 없이 방의 한쪽 구석에 대기해주었다.

마치 공기가 된 것처럼 전혀 기척이 느껴지지 않는 그 모습은 숙련된 메이드 그 자체였다. 미저리와 레인도 감탄한 표정을 짓고 있는 걸 보니, 일류라고 평가해도 문제가 없을 것 같았다.

나와의 공방에서 승리하면서, 기이는 아주 만족스러운 것처럼 보였다.

분하지만, 지금은 포기하고—— 그렇게 생각한 순간, 그때까지 침묵을 지키고 있던 디아블로가 입을 열었다.

"쿠후후후후, 그렇군요. 오늘은 묵고 간단 말이군요, 기이?"

"아앙? 그런데——."

"그렇군요. 그러면 시간은 충분히 있겠군요."

"너, 무슨 말을 하려고……."

"아뇨, 아뇨, 마침 잘됐다고 생각했을 뿐입니다."

"마침 잘됐다고? 뭐가 말이야?"

"저도 예전에 하다 만 얘기가 남아 있는 데다, 당신도 먼 옛날에 얼티밋 스킬(궁극능력)에 대해서 자랑한 적이 있죠? 그 얘길 오늘, 자세히 들어둬야겠다는 생각이 드는군요."

오오!!

제법이잖아, 디아블로.

단번에 형세가 역전되면서, 기이가 밀리고 있어.

이 찬스를 놓칠 수는 없지.

"그렇다면 디아블로, 너른 안방으로 기이를 안내해줘라. 오늘은 거기서 느긋하게, 둘이서 밤새도록 얘기를 나누는 것도 좋겠구나!"

"감사합니다, 리무루 님. 그 깊은 배려에 뭐라고 감사를 드려야 할지 모르겠습니다."

그렇게 말하자마자, 디아블로가 기이의 어깨에 팔을 둘렀다.

"어, 잠깐, 잠깐만 기다려봐!"

"그럴 순 없습니다. 어서 가시죠."

기이는 의외로 강하게 밀어붙이면 약한 반응을 보였다.

웬만한 저항은 아랑곳하지 않는 디아블로에 의해 순식간에 밖으로 끌려가 버렸다.

디아블로도 예상하지 못한 곳에서 도움이 되는 존재였다.

기이가 사라진 지금, 나도 안심하고 힘을 구사할 수 있게 된 것이다.

언제 다시 돌아올지 모르니, 어서 의식을 끝내기로 하자.

나는 재빨리 미저리와 레인에게 영혼을 주입하여 진화를 촉진시켰다.

《알림. 규정량 '10만 개의 영혼'에 도달. 개체명 : 미저리의 진화가 시작되었습니다.》

응?
어라라, 이상한데.
기이한테선 50만 개나 받았는데──.

《뒤이어서, 개체명 : 레인의 진화를 촉진시키겠습니다. ……성공했습니다.》

줄어든 영혼은 합쳐서 20만 개였다.
어라?
자격만 있으면 영혼이 연결이 없어도 진화시키는 게 가능하다는 말인가?
──잠깐, 이봐!
그 이전의 문제잖아, 이건.
너, 30만 개나 남았는데, 혹시──?!

《알림. 요령을 익혔기 때문에 필요한 수량이 상정한 것보다 적게 들었습니다.》

그렇군, 요령을 익혔단 말인가── 아니, 그게 아니지!
그런 변명이 통하지 않을 만큼 대량의 '영혼'을 받았잖아─!!

《해답. 개체명 : 테스타로사, 울티마, 카레라, 이 세 명에게 필요한 수량도 계산에 넣었습니다.》

무슨 짓을 저지른 거야?!
무모하기 짝이 없다니까, 라파엘(지혜지왕)도 참.
겁이 없는 건가.
마왕 기이 크림존을 상대로, 손바닥 위에 갖고 놀 생각을 하고 있잖아!
아니, 잠깐만?
그랬다가 들키면 원한을 사는 건 나잖아──!!

《해답. 문제없습니다.》

아니, 문제가 많지.
지금 네가 조금 두렵게 느껴졌다고.
이러니까 겁이 없는 녀석은 무시무시한 거야.

《아닙니다. 상정했던 것보다 '정보자'를 다루는 레벨(기량)이 상승했을 뿐입니다. 남은 분량은 보수로 생각할 수 있습니다.》

글쎄, 과연 그럴까?
조금 무리가 있는 것 같은데…….
야쿠자를 상대로 사기를 치는 것보다 두려운데 말이지.
만약 들켜서 죽는다고 해도 불만을 제기하지 못하겠지.

땀을 흘리지 않으니까 동요하는 표정이 얼굴에 드러나진 않겠지만, 속으로는 식은땀이 멈추질 않아.

슬라임이라서 다행이라고, 오랜만에 그런 생각이 들었다.

그날 밤에는 연회가 열렸다.

기이는 약간 불만스러운 표정을 짓고 있었지만, 나에게 불평을 늘어놓지는 않았다.

그러기는커녕, 고맙다는 말까지 들었다.

"하고 싶은 말은 많지만, 오늘은 내가 좀 많이 지쳤으니까 말이지. 진화는 성공한 것 같으니, 고맙다는 말은 하도록 하겠어."

정말로 너무나도 지친 표정을 짓고 있었다.

왜일까?

기이와는 대조적으로 디아블로는 생생했다.

신기한 일도 다 있네.

"아뇨, 아뇨, 천만의 말씀입니다."

관여하지 않는 게 현명하다.

나는 전혀 눈치채지 못한 척을 하면서, 그 화제는 언급하지 않기로 했다.

요리에는 만족해주었으며, 온천에서 기분도 풀린 모양이었다. 베루자도도 베루도라와 대화를 나누면서 기분이 좋아진 것 같으니, 갑작스러운 접대치고는 합격점을 받았다는 생각이 들었다.

"또 오겠어."

"그때는 최선을 다해서 접대해주도록 할게."

"기대할게요. 우리나라는 추운 곳이기 때문에, 온천이란 곳은 너무나도 위안이 되더군요."

"마음에 드신 것 같아서 저도 기쁘군요. 또 들려주시길 기대하고 있겠습니다."

"어머나, 언변이 능숙하시네요. 베루도라의 얼굴도 또 보고 싶으니, 다음에는 시간을 두고 여유 있게 들르도록 하겠어요."

그 베루도라 말인데, 지금은 모습이 보이지 않았다.

왜냐하면 베루자도와 미궁에서 시합을 했다고 하는데, 만신창이가 되어서 움직일 수가 없었기 때문이다.

"큭큭큭, 크아하하하! 약간 봐줬을 뿐이니까, 다음엔 절대 그런 일이 없을 거라고 대신 전해다오."

"정말로 그렇게 전해도 되겠어?"

"죄송합니다. 살려주세요."

너무나 작은 목소리로 뭐라고 변명하긴 했지만, 나는 착하니까 그냥 흘려듣기로 했다.

뭐, 베루자도 씨도 진심으로 싸운 것은 아닌 것 같았으니, 어느 정도의 상처는 며칠만 지나면 완치되겠지. 반대로 말하자면, 베루도라가 부상을 입은 모습 같은 건 처음 보는 셈이므로 새삼스럽게 '용종'이란 존재의 실력을 재인식했다.

제국에도 베루도라의 또 다른 누나가 있다.

제대로 대책을 세우기 위해서라도, 라파엘에게 부탁해서 용종들끼리 미궁에서 벌였던 전투에 대한 정보를 나중에 꼭 챙겨봐야겠다는 생각이 들었다.

＊

기이 일행은 유익한 정보를 남겨놓고 돌아갔다.

그 정보를 참고하면서, 앞으로의 방침에 대한 검토를 재개하기로 하자.

그렇게 마음을 먹은 나에게 다급하게 다가오는 자가 있었다.

묘르마일이었다.

"오오, 리무루 님! 여기 계셨습니까. 찾아다녔습니다."

"무슨 일이지, 그렇게 당황한 모습으로?"

"그야 당황할 만하죠. **누님**이 오셔서 리무루 님을 불러오라고 하셨습니다."

"누님이?!"

나는 놀랐고, 황급히 찾아가기로 했다.

행선지는 도시의 가장 땅값이 비싼 곳에 있는 여관이다. 누님이 오는 곳은 늘 거기로 정해져 있기 때문이다.

누님이란 것은 은어이며, 나와 묘르마일 사이에서만 통하는 말이다. 그렇다. 이름을 함부로 불렀다간 문제가 생길 인물을, 누님이라고 부르고 있는 것뿐이다.

그 인물은 물론── 마도왕조 살리온의 천제 에르메시아 에르류 살리온, 바로 그 사람이었다.

그리고 다른 이름으로는 우리 '계략 3인방'의 멤버인 에르라고 한다.

내가 리무.

묘르마일 군이 가드.

에르메시아 씨가 에르였다.

입장으로 따지면 에르가 가장 위고 내가 두 번째, 가드가 막내 역할인데, 본인들도 즐기면서 어울려주고 있다.

그런 에르의 소집이라면 달려가지 않을 수가 없는 것이다.

하지만 지금은 전쟁 중이란 걸 분명히 알고 있을 텐데 말이지…….

"지금 우리는 전쟁을 치르는 중인데, 에르 씨에게도 그 사실은 알렸겠지?"

"물론입니다. 다음에는 사태가 진정된 뒤에 오겠다고 본인의 입으로 그렇게 말씀하셨으니까요."

실은 묘르마일 군이 나보다 더 에르메시아 씨와 마주하는 때가 많다. 늘 바쁜 나를 대신하여 여러모로 교섭을 해주고 있었다.

그것도 공식적인 루트와 비공식적인 루트, 양쪽 다 말이다.

공식적이라는 루트라는 말은 마도왕조 살리온과의 정식 외교 관계를 뜻하는 것이다. 이 부분은 나 자신은 관여하지 않고, 전부 묘르마일 군과 리그루도 일행에게 맡기고 있었다.

공사의 진척상황이나 물자교류에 대해서 결정할 일. 각종관세 나 그 외의 권리에 대한 정리. 양쪽 국가의 상인들이나 머무르기 위해 찾아오는 여행자의 안전 보장에 대한 것들. 눈이 돌아갈 만큼 잡다한 확인을 몇 번이고 되풀이하며, 서로가 납득할 수 있는 조건으로 반영시킨다.

생각만 해도 아득해질 것 같은 그런 교섭을, 아무런 불평도 없 이 열심히 맡아주고 있었다.

그에 반해 비공식적인 루트라는 말은 우리 '간계 3인방'의 진가 라고도 할 수 있는 나쁜 꿍꿍이에 대한 것이다. 나쁜 꿍꿍이라고 하면 표현이 좀 그렇긴 하지만, 그렇다고 해서 결코 칭찬을 들을 만한 내용이 아니라는 것은 사실이었다.

그 나쁜 꿍꿍이란 것은 과연 무엇인가?

그건 새로이 탄생한 거대경제권을 좌지우지한다는 계획이었다.

....

....

......

처음엔 단순한 술친구였던 우리 세 명. 그러나 어느새 상업 쪽과 관계된 의논을 하게 되었으며, 정신을 차려보니 국가운영의 중요한 사항까지 서로 얘기하게 되었던 것이다.

내 입이 가벼웠던 것도 잘못이지만, 그걸 말리지 않았던 묘르마일 군도 공범이었다. 그리고 우리만 불평을 늘어놓은 게 아니라, 에르메시아 씨도 상당한 기밀을 누설해주고 있었다.

방심을 한 것도 어쩔 수 없는 일이다.

정말 사람이 술에 취하면 무서울 게 없다니까. 세 사람 다 그렇게 술이 원인인 것으로 치고 넘겼다.

이 관계는 물론 극비다.

세 사람만의 비밀.

당연하지.

이런 얘기를 나눴다는 것을 들킨다면, 엄청나게 잔소리를 들을 게 틀림없으니까.

나도 동료들에게 무언의 압력을 받을 것이고, 묘르마일 군은 위에 구멍이 생길 정도로 책임추궁을 당할 것이다.

에르메시아 씨도 에라루도나 다른 신하들에게 안 좋은 소리를 들을 것이 틀림없다.

그런고로, 우리 셋의 결속은 단단했다.

'계략 3인방'으로서, 각자의 입장을 초월한 우호관계를 맺고 있는 것이다.

그런 우리의 관계가 본격적으로 시작된 것은, 잘 생각해보니 로조 일족과의 싸움에 승리했던 무렵까지 거슬러 올라간다.

로조 일족이 쇠퇴했던 당시, 서방열국의 어둠 속에서 움직이던 조직은 궤멸상태나 다름이 없었다. 지휘자가 사라지면서 군웅할 거의 양상을 띠기 시작한 것이다.

이래선 안 된다고 생각하여 테스타로사에게 치안유지를 명령했기 때문에, 그렇게 큰 혼란은 발생하지 않았지만, 방치해도 되는 상황이라고도 하기 어려웠다.

각국의 경찰──이라기보다는 군대──가 감당할 수 없는 경우에만 몰래 도와주도록 시켰다.

그때 문제가 되었던 것이 범죄자들의 처리에 대한 것이었다.

각국의 군대가 감당하지 못하는 것은 범죄조직의 보복이 있기 때문이다. 섣불리 건드렸다간 지방영주가 지휘자였다는 패턴까지 있어 범죄사항을 공표하는 것을 주저하게 만드는 경우도 있었다.

물론 범죄가 일어나는 것을 그냥 놔둘 순 없었지만, 지나치게 단속하다간 내란이 발발할 가능성까지 있었다. 그게 두려워서 국가의 차원에선 손을 댈 수가 없었다. 묵인할 수밖에 없는 상황이 너무나도 많았다.

이런 사태로 인해 고민하고 있던 나는, 자신도 모르게 그만 여관에 죽치고 있던 에르메시아 씨에게 불평을 잠깐 늘어놓고 말았다.

"좀 더 즐거운 일로 의논해주면 좋겠는데 말이지."

그렇게 말하면서, 처음에는 탐탁지 않은 반응을 보였던 에르메시아 씨. 그러나 내 말을 들으면서 점점 눈빛이 바뀌더니, 상당한 관심을 보이면서 상세한 설명을 요구했다.

내가 설명한 것은 말하자면, 나뿐만 아니라 에르메시아 씨에게 도 이득이 생기는 얘기였다. 아니, 관심을 가져달라는 생각에, 이번에도 또 꿈같은 얘기를 꺼내고 말았던 것이다.

경제와 범죄는 끊으려야 끊을 수 없는 인연으로 이어져 있다.

부유한 자와 가난한 자, 격차가 크면 클수록 질투를 낳고, 치세에까지 영향을 주게 된다. 가난한 자들을 받아들이면서 범죄조직이 덩치를 키우다 보면, 국가를 혼란스럽게 하는 원인이 될 수도 있는 것이다.

묘르마일 군도 원래는 그런 어두운 사회의 두목이었던 남자다. 자신이 겪었던 일이기 때문인지, 내 설명을 이해한다는 반응을 보여주었다.

중요한 것은 가난한 자들을 받아들일 수 있는 곳을 준비하는 것.

아무리 낙오된 인생이라고 해도 범죄에 손을 대지 않아도 되도록, 누구라도 할 수 있는 일을 준비해주는 것이 중요하다.

평범하게 생각해보면 군대에라도 일할 자리를 마련해줄 수 있다.

군대 내에서 할 수 있는 일은 다양한 분야에 걸쳐 있으며, 늘 인재를 찾고 있다——고 할 수 있겠지만, 국가가 가난하면 그것도 마음대로 되지는 않는다.

그래서 내 손으로 뒤에서 지원을 해주려고 한 것이다.

"우선은 말이지, 범죄조직을 만드는 거야. 각국에서 궤멸된 조직을 흡수했고, 이미 밑바탕은 만들어져 있어. 지금 활동하도록 놔두고 있는 조직도 멀지 않아 일망타진할 생각을 하고 있어."

취기를 이기지 못한 상태에서, 그렇게 멋대로 상상한 계획을 늘어놓은 나. 하지만 이 말이 에르메시아 씨의 흥미를 끄는 데 성공했다.

"과연. 서방열국에는 비밀결사 '케르베로스(삼거두)'에 대항할 수 있을 만큼 힘 있는 조직은 존재하지 않지. 의식주만 보장해준다면 조직에 충성을 바칠 자도 많을 것 같군."

지금까지 큰 반응이 없었던 에르메시아 씨였지만, 다음 발언이 결정적인 한 수가 되었다.

"그렇지? 이 방법으로 빈민층을 배려하면서, 그다음에는 부유층에 관한 대응을 할 거야."

"흐—응?"

"그란베르가 죽은 지금, 로조 일족이 쇠퇴하게 되는 건 틀림없는 사실이야. 지금은 아직 버틸 힘이 남아 있는 조직도 언젠가는 분명 약해지게 되겠지. 그런 뒤에 빈자리를 노리고 내 기획을 발동시킬 생각이야."

"기획이라고? 들려줄 수 있을까."

"그 얘기 말이군요. 예전에 말씀하셨던 블루문드 왕국을 산업집적도시로 기능할 수 있게 만든다는 계획. 휴즈 공도 준비를 진행하고 있으며, 인원확보도 잘 진행되고 있습니다."

묘르마일에게도 이 일대구상에 대해 의논한 적이 있었다. 공존 공영을 완벽히 성공시키기 위해서라도 주변 국가들과의 이해관계 조정은 중요하기 때문이다.

"드워프 왕국의 공업, 파르메나스 왕국의 농업, 살리온 왕조도 공업이었던가. 경합하지 않도록 조정할 필요는 있겠지만, 그런 산업은 블루문드 왕국으로 유입할 거야. 그리고 그곳을 창구로 삼고 서방열국으로 확장시키는 거지."

"아아, 에라루도가 보고한 적이 있었지. 그걸 진심으로 실행시킬 생각이었어?"

"당연하잖아?"

"그럼 리뭇치의 이득은 어디서 찾을 거지?"

"이익 따윈 부차적인 거야."

"흐―응?"

"거짓말입니다―! 우린 말하자면 그거야. 근간이 되는 기술을 장악하고 그걸 유포하는 거지. 일대학원도시 같은 곳을 건설한 뒤에 각국에서 우수한 학생들을 받아들일까 하는데. 관광입국을 메인으로 내걸고, 뒤에선 몰래 그렇게 하는 거지!"

"와하하하하! 특허 말이군요, 특허! 일하지 않아도 돈이 알아서 굴러 들어온다는 꿈의 제도! 개념 자체는 이해했습니다만, 주위 사람들을 이해시키려면 상당히 힘들 텐데요."

"과여―언. 그 기술을 쓰지 않으면 만들 수 없는 상품을 개발해서, 지적재산권을 확보한단 말이네!"

"에르땅, 통찰력이 정말 좋은데! 이해력이 좋아서 기쁘긴 하지만 흉내는 내지 말아줘."

"먼저 시작하는 사람이 이기는 거잖아? 아하하, 농담이야아! 흉내 내지 않는 대신에 나도 끼워줘."

"와하하하하! 누님이 도와주신다면 이 기획은 성공한 거나 다름없습니다!"

"아이 참, 가드도 별소리를 다 하네. 사실이긴 하지만 칭찬이
지나쳐!"

그런 식으로 술자리는 분위기가 달아올랐다.

그리고 다음 날.

너무 많은 걸 떠벌렸다고 반성하면서, 셋이서 한자리에 모였다.

"저기, 어제 한 얘기 말인데……."

"응, 기억하고 있어. 그거, 해선 안 되는 말까지 다 털어놓은
거지?"

"응……."

"제, 제발, 제발 비밀로 해주십시오. 여기서 기획을 망칠 수
는──."

"아이참, 걱정하지 마, 가드. 취한 김에 나온 발언이라곤 하지
만 약속은 지킬 거야."

그런 식으로 술자리 커뮤니케이션의 실패로 인해 결속관계가
맺어진 것이다.

그런 뒤에 우리는 계속 기획을 추진했다.

초대국의 톱인 자가 둘이나 있으니까 진행속도는 빨랐다.

다른 나라가 들었다면 깜짝 놀랄 만한 기세로, 물밑에서 서방
지배가 진행되고 있었다.

겨우 몇 개월 만에 범죄조직의 통일도 완료했다. 비밀 결사 '리
에가(삼현취, 三賢醉)'가 탄생한 것이다.

구성원들은 '리에가'라는 이름의 유래를 알아내려고 꽤 골치를

썼였던 것 같지만, 그런 것은 우리가 알 바가 아니었다. 본론과도 맞지 않는 내용이니까 그 얘기는 넘어가기로 하겠다.

그것보다 중요한 본론은 기획의 진행상황이라고 하겠다.

각국에서 고통을 받고 있던 빈민들은 신흥세력인 수수께끼의 비밀결사 '리에가'가 받아들였다. 그리고 1개월 정도의 적성검사를 거친 뒤에, 적재적소에 맞게 선별해나갔다.

특히 우수하다고 판단되면, 우리나라로 데려와서 본격적인 공부를 시키는 방법을 썼다.

그런 귀찮은 역할을 억지로 맡도록 시킨 사람은 그렌다 아트리. 예전에 '삼무선(三武仙)' 중의 한 명이었으며, 지금은 소우에이의 부하로 지내고 있었다. 더러운 일도 가리지 않고 무엇이든 하겠다고 말했던 만큼, 제법 틀이 잡힌 보스로서의 모습을 연기해주고 있었다.

그렌다의 부하로는 용병단 '벨트(녹의 사도)'의 단장이었던 지라드와 그 부하였던 엘레멘탈러(정령사역자) 아인 두 명을 붙였다.

이 두 사람도 서방열국에서 활약했던 만큼, 거친 자들을 통솔하는 것도 아주 능숙했다. 어둠의 세계에서 이름도 널리 알려져 있는지라, 그렌다를 잘 보필해주고 있다.

'리에가', 그러니까 '삼현취'란 이름이 우리 세 명을 가리키는 것이라고는 아무도 생각하지 못하는 것 같았다.

원래는 세 명의 주정뱅이가 있어서 그렇게 지었을 뿐인데, 꿈에 도취되어 있는 자들이라는 식으로 쓸데없이 그럴듯하게 오해를 받고 있는지라, 진실은 가슴속에 묻어두기로 했다.

이게 바로 비공식적인 조직에 관한 얘기다.

뒤이어서 공식적인 세계에서 활약하고 있는 조직에 관한 얘기를 하자면.

하나의 조직에 맡겼다가는 언젠가 부패의 온상을 키우게 된다. 그걸 피하기 위해서라도 서로 대립하는 조직을 나란히 만드는 게 나았다.

그렇게 생각한 우리는 두 개의 조직을 준비하기로 했다.

첫 번째는 묘르마일이 담당하는 신흥조직.

블루문드 왕국에서 교육받은 종업원을 축으로, 평의회와 연계하여 상업 활동에 종사하고 있다.

정식명칭은 '4개국 통상연맹'이라고 한다.

우리 템페스트(마국연방)를 필두로 하며, 블루문드 왕국, 파르메나스 왕국, 드워프 왕국이 가입하고 있다. 대표자가 묘르마일 군이므로 내 입김이 닿아 있다는 건 뻔히 알 수 있었다.

두 번째는 에르메시아 씨가 뒤에서 손을 대고 있는 서방열국의 상회연합이다.

드란 장왕국의 드란 왕에게 자금을 융자한 뒤에 그를 기치로 내세움으로써, 로조 일족의 생존자들을 흡수시켰다. 우리에 대한 적개심이 강한 자들이 모여든 토양을 이용하는 셈이지만, 생각했던 것보다 큰 세력이 탄생했다.

이쪽은 '서방종합상사'라고 부르고 있다.

대표자는 드란 왕의 자식 중의 한 명이며, 로조의 피를 이어받은 만큼 우수한 인물이라고 한다.

드란 왕과 그 아들인 피가로 로스 드란 왕자만은 에르메시아 씨가 관여하고 있다는 것을 알고 있었다. 에르메시아 씨의 비호를 받는 것을 조건으로, 우리의 계획에 동참해 준 것이다.

'로조 일족의 입장에선 유연한 사고를 지니지 않으면 살아남을 수 없다. 이 세계의 패자가 될 마왕과 세계에 절대적인 영향을 미치는 천제가 손을 잡았다면, 그에 가담하지 않겠다고 판단하는 짓은 곧바로 멸망을 의미할 테니까 말이지.'

그게 계획을 밝혔을 때 드란 왕이 맨 먼저 한 말이었다고 한다.

로조 일족은 계약을 중시하는 일족이다. 서로가 계약을 이행하는 동안에는 이 관계도 유지될 것이라고 믿을 수 있었다.

얘기가 나온 김에 더 말하자면 에르메시아 씨와 내가 가진 몫을 합산하면, 서방종합상사의 주식 61퍼센트를 보유한 것이 된다. 필두 주주가 에르메시아 씨이므로 피가로가 배신한다면 그 시점에서 상사의 붕괴를 의미하게 된다.

우수한 피가로라면 그런 어리석은 선택을 할 것이란 생각은 들지 않는다──고, 에르메시아 씨는 말했다. 나도 그 의견에는 찬성하므로, 당분간은 피가로를 믿고 대표회장 역을 맡기기로 했다.

이런 식으로 때를 같이 하여 두 개의 조직이 활동을 시작했다.

표면상, 이 두 조직은 서로 경합하는 적대관계에 있다.

가격을 두고 경쟁하며 유통을 두고 서로 뺏고 빼앗기는 관계였지만, 무력은 개입하지 않고 법을 지키는 건전한 경쟁이다.

비겁하게도 어둠의 조직을 이용하려고 드는 자도 나타났지만, 그런 자들은 무슨 이유인지 참으로 뼈아픈 꼴을 당한단 말이지. 신기한 일도 다 있다고, '리에가'로부터 보고를 받았다.

굳이 말리진 않지만, 도가 지나치면 불행이 일어난다는 것을 이해해주길 바라는 바다.

과격한 수단을 쓰려는 자가 있다는 건 한탄스럽지만, 양쪽 다 의욕만큼은 충분한 것 같았다. 내가 예상했던 것 이상의 속도로 양쪽 다 급성장을 이루고 있었다.

불과 몇 개월 만에 조직의 구성도 안정된 것 같았다. 각 분야로 세분된 역할이 만들어졌고, 계급도 정해지고 있었다.

우리가 제국에게 공격을 받고 있는 지금 현재도, 전쟁특수로 주머니를 채운다고 들었다.

장삿속이 지나치게 믿음직스러운 것도 어느 정도가 있어야겠지만, 그 이익은 나에게도 환원되는 것이니 필요악이라고 결론을 내려야겠지.

모든 것을 다 규제하면 된다는 건 잘못되었다고 생각한다.

뭐, 이번 일은 나에게도 이득이 생기니까, 더 그런 생각이 드는 것인지도 모르겠지만.

그런 식으로 경제권의 장악은 차근차근 완료 단계를 향해 다가가고 있었다.

·················.

············.

······.

에르메시아 씨가 예정도 없이 찾아왔다는 것은 긴급사태가 발생한 것이 틀림없다.

생각할 수 있는 것은 피가로 왕자가 배신했다는 패턴이려나?

그런 경우에 대한 대책도 이미 다 생각해놓았지만, 내가 가진 주식까지 처분할 필요가 있다. 에르메시아 씨가 직접 찾아온 것도 납득은 되는 얘기였다.

＊

　여관에 도착하여, 에르메시아 씨가 기다리고 있다는 별관까지
안내를 받았다.
　"오래 기다리게 해서 미안. 오늘은 무슨 일이야, 에르 씨?"
　어쨌든 쓸데없는 억측은 할 필요가 없다.
　본인의 입으로 용건을 듣기로 했다.
　에르메시아 씨는 기분이 불쾌한 것 같았다.
　우울해 보이는 표정을 감추려고도 하지 않은 채, 나를 반쯤 뜬
눈으로 노려보기 시작했다.
　"어, 어라? 기분이 안 좋은 거야?"
　"당연히 안 좋지! 너 말이야, 자신이 무슨 짓을 한 건지 제대로
알고 있어?"
　으, 응?!
　이거 진짜로 화가 난 것 같은데?
　게다가 보아하니 '리에가'랑 관련된 일은 아닌 것 같다…….
　"그게 무슨 말인지……?"
　"무릎 꿇고 앉아."
　"아, 네."
　가늘게 눈을 뜨고 있는 에르메시아 씨를 화나게 만드는 건 좋
은 방법이 아니므로, 나는 순순히 다다미 위에 공손하게 무릎을
꿇었다.

내 옆에는 묘르마일 군도 무릎을 꿇고 앉았다. 나와는 달리 상당히 힘들어 보였다.

"리뭇치, 하나 묻겠는데, 부하를 몇 명이나 진화시켰다는 게 정말이야?"

어, 어떻게 그걸?!

눈만 옆으로 돌려서 묘르마일 군과 눈짓을 주고받았지만, 고개를 필사적으로 가로저으면서 모른다는 몸짓을 취해 보였다.

그렇다면 어디서 그 얘기가 샌 걸까?

"가젤 도련님으로부터 긴급통신이 들어왔어. 말할지 숨길지 고민했지만, 전해줘야 할 것 같다면서 말이지. 참 성실하다니까, 그 아이도."

에르메시아 씨의 입장에서 보면 산전수전을 다 겪은 가젤조차도 어린애로 보이는 모양이다.

그건 그렇고, 그랬단 말인가. 딱히 감춘 것도 아니니까 놀랄 일은 아니지만, 정보가 전해지는 속도가 예상보다 빨랐다.

"동쪽 제국은 내가 생각했던 것보다 위험한 존재인 것 같았으니까, 모두를 강화시켜두고 싶었거든. 그리고 그걸 몰래 하고 넘어가는 게 더 반발을 살 것 같아서, 젠 씨도 초대했어."

"그랬군, 정말이었단 말이네……."

일어서더니, 내게 등을 보이면서 창밖으로 시선을 돌리는 에르메시아 씨.

그녀의 뒷모습에는 애수 어린 분위기가 감도는 것 같았고, 왠지 슬픈 분위기가 느껴졌다.

"——뭘 남의 일인 것처럼 고개를 끄덕이는 거야!"

짜악 하고, 에르메시아 씨가 꺼낸 부채로 머리를 맞았다.

"아, 아니, 아니, 그럴 생각은……."

무거운 분위기를 좀 완화시키고 싶었을 뿐인데.

"너 말이지, 그렇게 거대한 전력을 모아서 뭘 하고 싶은 거야?"

"응? 딱히 거창한 건 아니야. 즐겁게 살 수 있는 나라를 만들고 싶은 것뿐인데."

"가젤 도련님한테서 들은 얘기인데, 디아블로 외에도 '태초의 악마들'을 부하로 삼았다지?"

"그래, 말하지 않았던가? 나도 최근에 알면서 많이 놀랐어. 에룻치도 테스타로사를 알고 있겠지? 엄청 우수하다고 생각했는데, 그녀도 '태초의 악마들' 중의 한 명이었던 모양이야. 그리고 두 명이 더 있어. 카레라와 울티마라고 하는데, 우리나라의 최고 재판소장과 검사총장을 맡겨놓았지."

그렇게 설명하자, 에르메시아 씨가 부들부들 경련하기 시작했다.

"그것도 사실, 이었단 말이지……."

그렇게 중얼거린 뒤에, 에르메시아 씨는 내 앞에 무릎을 꿇고 앉으면서 날 바라보기 시작했다. 그리고 내게 직접적인 질문을 바로 했다.

"너, 이 세상을 멸망시킬 생각이야?"

"서, 설마 그럴 리가……."

"옆에서 보고 있으면 말이지, 그렇게밖에 보이지 않는다고!!"

크게 화를 내면서 꾸짖었다.

나는 당황하면서 변명을 시작했다.

묘르마일 군도 가세해주었고, 30분 정도 계속 말을 주고받았다.

"그러니까, 기이와 루드라가 자웅을 겨루기 위해서, 서로의 장기말을 이용한 게임을 하고 있다는 얘기야?"

"바로 그거야!"

"정말이야, 가드?"

"아뇨, 저는 그렇게까지 자세한 사정은 모른다고 할까요. 그 이전에 이건 제가 들으면 안 되는 얘기가 아닌 것 같다는 생각이 먼저 듭니다만?"

"들으면 안 되는 얘기지만, 사정이 이러니 어쩔 수 없잖아?"

"어쩔 수 없는 걸로 치고 넘어가는 것은 제 입장에서도 힘들다고, 말씀드리고 싶은 바로군요……."

그렇겠지.

완전히 휘말려 들고 말았네.

정말 미안해.

하지만 나와 묘르마일 군의 사이니까, 분명 용서해줄 것이라고 믿자.

"하아, 어떻게 된 건지는 알았어. 기이에게 협박을 당했다면 너도 거절할 순 없었겠지……."

그래, 바로 그거야!

나도 기이에게 협박을 받은 거다──. 그렇게 치고 넘어가자.

"이제 이해가 되죠? 뭐, 그런고로 나도 지금 힘든 상황입니다."

묘르마일 군의 말투를 따라하고 말았지만, 이렇게 하면 어떻게든 얼버무리고 넘어갈 수 있을 것 같다.

휴우 하고 한숨을 한 번 쉬는 에르메시아 씨.

화가 풀렸는지, 냉정함을 되찾은 것 같았다.

"그래서, 어떻게 할 생각이야?"

"어떻게 할 거냐니?"

"기이의 장기말 역할을 달갑게 받아들일 네가 아니잖아?"

"아니, 달갑게 받아들일 건데."

"어째서?"

"아니, 생각해봤는데 말이지──."

내가 무슨 생각을 하고 있는 건지 이해할 수가 없다는 표정을 짓고 있는 에르메시아 씨. 그런 그녀에게 나는 자신의 생각을 밝혔다.

제국에는 분명, 실력이 확실하지 않은 강자가 기다리고 있을 것이다. 이 시점에서 싸움을 피하는 것도 하나의 방법이지만, 그래선 문제 해결을 뒤로 미루는 것뿐이란 생각이 들었다.

제국에서 보낸 암살자를 경계하다 보면, 나는 계속 숨어서 생활하게 될 것이다. 암살자와의 자잘한 충돌도 발생할 것이고, 자칫하다간 희생자가 나올 수 있었다.

그렇게 되지 않기 위해서라도, 주도권은 우리가 쥐고 싶은 것이다.

애초에 제국에게 있어서 전쟁은 각성자를 만들어내기 위한 의식이다. 그렇다면 앞으로도 계속 그들을 상대해야 하는 처지에 몰리게 될 것이다. 무시한다는 것은 상대에게 시간적인 유예를 줄 뿐이라는 생각이 들었다.

"이상이 내가 판단한 내용이야. 수를 늘려도 의미가 없으니까 더더욱 주력만 이용해 이 싸움에 참여하면서 평화 교섭에 임할 생각을 하고 있어. 그때 루드라의 장기말을 그럭저럭 해결하면, 그다음은 기이가 어떻게든 해줄 거라고 생각하는데 말이지."

사실은 기이는 도움이 되지도 않을 것이고, 그렇게까지 기대하지도 않지만 말이지. 그럼 문제가 되는 것은 누구를 데리고 갈 것인가 하는 것이다.

　"리무루 님, 괜찮으시겠죠?"

　"이봐, 이봐, 묘르마일 군. 나를 누구라고 생각하는 거야? 나는 이래 봬도 '옥타그램(팔성마왕)' 중의 한 명이거든? 제국의 황제이든 그 근위기사이든 내 적수는 되지 못한다고!"

　"그랬죠! 저에겐 여신──."

　"응? 여신?"

　이 인간…… 아직 날 그런 눈으로 보고 있었단 말이야?

　가늘게 뜬 눈으로 보자, 당황한 표정으로 다시 말했다.

　"──이 아니라, 믿음직스러운 마왕폐하입니다!"

　"으, 응. 뭐, 내게 맡겨두라고! 핫핫하!"

　"와하하하하하!"

　크게 소리 높여 웃는 우리.

　이렇게 폼을 잡아놓고 이런 말을 하기는 우습지만, 위험해지면 도망쳐올 예정이다. 그때는 안에 틀어박혀서 나오지 않을 각오도 하고 있으므로, 어렵게 생각할수록 헛수고일 뿐이다.

　"흐──응. 황제 루드라의 부하를 약화시키는 것만으로 끝낼 것인지, 아니면 시해할 것인지, 어떻게 생각하고 있는지 가르쳐주겠어?"

　내가 이기는 것을 전제로 한 질문을 받는 것도 난감하지만, 그에 대해선 이미 결심해두고 있었다.

　"가능한 한 죽이진 않을 거야. 게임의 승리조건을 통해 판단하면, 루드라를 제외한 다른 자들을 무력화시킨 시점에서 기이의 승리가 되니까 말이지. 그다음은 내가 끼어들 문제가 아니라고 생각하고 있어."

그렇게 대답하자, 에르메시아 씨가 만족스러운 표정으로 고개를 끄덕였다.

"알았다. 짐을 실망시키지 않도록 최선을 다하거라. 만약의 경우엔 내가 네 나라도 돌봐 줄 것이니."

그러지 마. 그런 불길한 말을 하지 말라고!

"걱정할 필요는 없어! 난 말이지, 자신을 희생하는 게 정말 싫어하거든! 다 같이 즐겁게 살자는 게 내 모토니까, 죽을 생각은 털끝만큼도 없어."

그렇게 대답하자, 에르메시아 씨는 너무나도 기분 좋은 표정으로 웃었다.

"그러면 됐다. 명심해라. 네가 죽으면 이 세상은 파멸한다는걸. 디아블로를 필두로 한 '태초의 악마들'을 길들여서 기를 수 있는 괴물은 너 말고는 존재하지 않는다. 네가 만들어낸 마왕들도, 모두의 의견이 일치한다고는 장담할 수 없다. 대립이 발생하면 전란이 일어나는 건 피할 수 없게 될 것이다. 알겠지? 네가 이룩하려고 하는 것을, 도중에 내팽개치는 짓을 해선 안 된다. 그 사실을 절대 잊지 말아라."

그건 에르메시아 씨의 진심에서 나온 충고였다.

"알고 있어. 정말로 잘."

그러니까 나도 진지한 표정으로 맹세했다.

게임은 거의 체크메이트를 앞둔 상태.

이제 몇 수만 더 두면, 우리의 승리가 확정된다.

그러나 한 수만 잘못 두면, 형세가 완전히 뒤집힐 우려가 있었다.

차분하게, 신중하게.

우선은 유우키와 연락을 하고, 황제 루드라에 대한 대응을 의논하기로 하자.

그리고 다음 날.

우리는 제국을 향해 여행을 하게 되었다.

그건 전쟁의 기록.

오랜 세월에 걸쳐 계속 이어져온 천상(天上)의 유희.

지상의 패권을 건, 마왕과 용사의 승부였다.

그러나——.

'작열용' 베루글린드에게 있어서, 그런 게임 따위는 의미가 없었다. 흥미가 없었기 때문에 누가 이기든 아무래도 상관없었다.

그런 귀찮은 짓을 하지 않고, 직접 싸워서 누가 더 강한지 정하면 된다——고, 그렇게 생각하고 있을 정도였다.

다만 기이와 루드라의 직접대결은 몇 번을 벌여도 끝이 나지 않았다. 그래서 시작한 것이 이 게임이며, 유일한 규칙이 '직접대결의 금지'였던 것이다.

불평을 말해도 바뀔 리가 없지만, 그래도 베루글린드의 입장에선 불만이 있었다.

애초에—— 솔직한 감상을 말하자면, 이 승부는 불리하다고 생각하고 있었다.

기이의 장기말 중에 루드라를 쓰러트릴 가능성이 있는 건 베루자도뿐이며, 반대로 말하자면 베루자도를 어떻게만 처리하면 승리하게 되는 셈이다.

이건 기이의 입장에서도 같은 말을 할 수 있었다.

기이를 쓰러트릴 수 있는 자는 베루글린드 이외엔 없는 것이다.

그런데도 베루글린드는 자신이 기이에게 이기는 게 어렵다는 생각을 하고 있었다.

베루자도에겐 루드라에게 이길 수 있는 가능성이 있는데, 자신의 힘은 기이에게 미치지 못한다. 그게 이 게임이 불리하다고 베루글린드가 생각하고 있는 이유였다.

(아아, 귀찮아.)

그게 진심이었다.

계책을 짜는 걸 싫어하는 베루글린드는 몇 백 년이나 되는 시간을 들여서 준비한다는 치밀한 행동은 성미에 맞지 않았다.

그래서 모든 것을 루드라에게 맡기고, 자신은 그저 따르기로 한 것이다.

그래도 루드라가 승리를 바라는 이상, 베루글린드도 아낌없이 협력할 것이다. 요청만 한다면 자신도 싸울 생각이었다. 베루자도를 어떻게서든 쓰러트려서 승리를 확정 지을 생각을 하고 있었다.

기이는 더할 나위 없이 최강의 마왕이며, 언니인 '백빙룡' 베루자도는 베루글린드와의 상성이 최악이다. 천적과도 같은 상대라 정면승부로는 승리하는 것이 어렵다.

베루자도와 베루글린드가 싸우면 잘해봤자 둘 다 죽거나, 자칫하면 베루글린드가 전생을 당하게 될 것이다.

아니, 그것조차도 낙관적인 추측이라 하겠다.

베루글린드의 속성은 열(熱).

그에 반해 베루자도는 빙(氷, 얼음).

바꿔 말하면 '가속'과 '감속'이 되며, 상반되는 성질이라고 할 수도 있었다.

만약 양쪽이 동시에 싸우면 그 결말은 비참하게 끝날 것이다.

둘 중 하나가 살아남는 게 아니라, 둘 다 쓰러질 것이다. 즉, 둘

다 함께 소멸할 가능성이 큰 것이다.

그럴 경우엔 둘 다 함께 전생하게 되겠지만, 현재의 자아는 사라질 것이다.

기억은 계승되겠지만 다른 사람이 된다.

베루글린드는 그게 두려웠다.

자신이 사라지는 것은 상관없지만, 루드라를 사랑하는 마음이 사라지는 것은 싫었다.

사랑이라는 세세한 감정── 그런 것에 집착하게 되다니. 베루글린드는 그렇게 생각하면서 자조했다.

완전한 승리란 자신과 루드라가 무사히 남는 것이 대전제이다. 그렇기 때문에 보험이 필요한 셈이지만, 그 보험이라는 것이 너무나 다루기 어려워서 곤란했다.

(나 참, 그 아이도 정말 난감하게 군다니까. 운 좋게 봉인이 풀린 것 같았는데, 왜 인사를 하러 오지도 않는 걸까?)

자신을 두려워하리라고는 전혀 생각하지도 않는 베루글린드는 보험── 즉, 베루도라에게 그런 불만을 품고 있었다.

베루글린드가 아닌 베루도라라면, 이미 세계 각지에서 난동을 부리기 시작하고 있어야 했다. 그런데, 무슨 생각을 하는 건지 참 마왕에게 길들여지고 말았다고 한다. 발푸르기스(마왕들의 연회)에까지 참가했다는 얘기를 들었을 때는 봉인을 당하면서 머리가 이상해진 건가 하는 의심이 들었을 정도였다.

그래도 시끌벅적한 걸 좋아하는 베루도라라면 100만의 군대를 눈앞에 두고 잠자코 있을 리가 없다고 생각했다. 그래서 더더욱 반드시 등장할 것이라고 생각했었는데, 결과는 너무나도 의외였다. 아직도 미궁 속에 틀어박혀서 모습을 드러내지 않았다.

그건 베루글린드에겐 예상외의 결과였다.

(정말로 그 아이는 제멋대로라니까. ──하지만 이번에는 왜 나오질 않는 걸까?)

예전의 원정 때도 그랬지만, 베루도라는 자신의 영역을 침범하는 걸 싫어한다. 쥬라의 대삼림으로 침공한 이상, 베루도라와의 조우전은 절대 피할 수 없는 길이라고 생각하고 있었다.

그리고 그건 루드라의 의도와 일맥상통하는 것이기도 했다.

루드라에게 있어 중요한 것은 강한 정예군단이 아니라, 한계를 초월한 개개인이었으니까.

예전에도 살아남은 몇 명이 진화에 성공했었다.

원한과 공포와 절망.

그런 극한의 상황 속에서 희망을 잃지 않았던 자만이 인간이라는 껍질을 깨고 그 너머에 존재하는 경지에 도달할 수 있었다.

100만의 군대가 말 그대로 전멸하더라도, 몇 명의 각성자가 나온다면 채산성은 좋은 것이라고 할 수 있었다. 그게 루드라의 생각이었으며, 베루글린드도 납득하고 있었다.

정보국에서 올라온 상세한 정보를 공개하지 않은 것도, 각 군단장을 착각하게 만들어서 싸우고자 하는 의욕을 끌어내기 위해서였다.

베루글린드의 시선에서 보면, 군단장들의 자신감은 우스꽝스럽기까지 했다.

이번 작전이 잘 풀릴 가능성은 적다.

아니, 전무했다.

과학이란 것으로 강화시킨 정도의 군대로는 베루도라에게 이기다는 게 불가능하다.

그러므로 이번에도 엄청난 수의 사망자가 나올 것이다.

하지만 그건 희망으로 이어질 것이다.

(후후후, 이번에는 몇 명이 살아남고 각성하려나. 루드라의 힘을 받아들일 수 있는 자가 늘어나면, 그것만으로 승률도 높아지겠지. 기대가 되네.)

베루글린드는 그렇게 생각하고 있었지만, 예상하지 못한 원정의 결과에 할 말을 잃게 되었다.

*

"전멸이라고요?"

"훗, 나도 놀랐지만, 너도 놀란단 말인가. 그런 표정을 보는 건 정말 오랜만이로군."

"농담으로 얼버무리지 말아요. 아무도 살아남은 사람이 없다니, 아무리 그래도 그 정도로 대패할 거라곤 생각하지 못했다고요. 그렇다면 각성자를 얻는다는 목적도 실패한 것 아닌가요?"

장병들에게 가능한 한 많은 경험을 쌓게 하여, 최소 로열 나이트(근위기사) 급 이상의 강자를 길러낸다. 그런 자들 중에서 각성자를 배출한다는 것이 원정의 숨겨진 목적이었다.

그랬는데, 생존자가 전무하다고 한다.

과거에 베루도라에게 당했을 때가 차라리 나은 수준이라는 말도 나올 수 없는 지경이었다.

이 세계에 있어서 최강의 힘의 일부분을 접하면서 절망을 맛보고, 생존한 뒤에야 비로소, 인간이 진화할 가능성이 높아진다.

그런 목적으로 대군을 조직하여 보낸 원정이었는데, 생존자가 없다면 의미가 없다.

그뿐만 아니라, 달리 잠입시켜 보냈던 여러 명의 로열 나이트들까지도 모두 소식이 끊어지고 말았다고 한다.

이건 귀중한 장기말을 소비한 것뿐이며, 큰 손해라고 할 수 있었다.

"뭐, 그렇게 되겠지."

루드라가 대꾸하는 말투는 담담했다. 베루글린드는 그런 반응에 불만을 느꼈지만, 루드라의 눈을 보고 분노를 그쳤다.

그 눈에 깃든 것은 격렬한 불만.

루드라도 자신과 같은 기분을 느끼고 있다는 것을, 베루글린드는 깨달은 것이다.

그래서 베루글린드는 마음을 바꿔 먹었다.

군단 하나를 잃는다고 해도 베루글린드에겐 별 의미가 없었다. 각성자가 태어나면 좋은 일이지만, 이번처럼 실패한다고 해도 문제될 것은 없었다.

단, 그런 짓을 해낸 존재를 무시할 순 없었다.

제국군 100만 명이 말 그대로 전멸했다면 상대의 전력도 무시할 순 없다. 그런 짓을 한 자가 누구인지, 그걸 확실하게 밝혀야만 했다.

"그렇다면 이번에도 그 아이(베루도라)가 한 짓인가요?"

냉정함을 되찾으면서, 베루글린드가 그렇게 물었다.

베루도라가 힘을 쓴 기척 같은 걸 전혀 느끼지 못했던 베루글린드. 그러나 예전에도 베루도라가 파르무스의 군대 2만 명을 전멸시켰다는 보고가 올라온 적이 있었다.

그때엔 정보국도 직접 보지 못했기 때문에 상세한 정보를 얻을 수 없었지만, 이번에는 다르다.

모든 것이 파악되어 있을 것이며, 이제 곧 '원수'인 베루글린드에게도 보고가 올 것이다.

루드라가 먼저 알고 있는 것은, 그게 그의 권능에 의한 결과이기 때문이다. 그래서 베루글린드는 절대적인 신뢰를 보내면서 루드라의 대답을 기다렸다.

베루글린드의 예상으로는 시끌벅적한 걸 좋아하는 동생이 힘을 쓸 기회를 그냥 보냈으리라는 생각을 도저히 할 수가 없었다. 100만 명의 군대가 침공했다면 반드시 베루도라가 나왔을 거라고 생각하고 있었다.

그랬다면 베루도라의 힘을 관측했을 것이다. 자신이 알아차리지 못할 정도로 오라(요기)를 제어할 수 있게 되었는지, 그것을 확인할 수 있을 거라고 생각했다.

베루도라의 성장은 베루글린드에겐 기쁘게 다가왔다.

어리석은 동생이긴 하지만, 베루글린드에겐 귀여운 존재였다.

단, 번거로운 존재라는 것도 확실한 사실이었다.

기이의 진영에 넘어가지 않도록, 무슨 짓을 해서라도 자신들의 동료로 가담하게 만들어야 한다. 베루글린드는 그렇게 생각했고 늘 그런 궁리를 하고 있었다.

베루도라가 현재 얼마나 성장했는지를 아는 것은 베루글린드에겐 너무나도 중요한 일이었다.

그랬는데.

"그게 그렇지 않았어. 더구나 놀랍게도 나도 상세한 정보를 파악할 수가 없는 상황이야."

루드라는 자신이 알고 있는 모든 것을 베루글린드에게 얘기하여 들려주었다.

서전의 대패부터 시작하여, 미궁에 돌입한 부대가 귀환하지 못한 것이랑 마지막에는 대마법으로 인해 소탕된 것까지.

칼리굴리오의 각성과, 그 싸움의 결말을.

기갑사단이 어떤 식으로 패배했는지, 마치 보고 온 것처럼 정확하게.

"농담이죠?"

"정말이야. 나머지 '태초의 악마들' 네 명이 전부 마왕 리무루의 진영에 도움을 주고 있었어. 그 악마들이 나서서 힘을 발휘했다면, 네 동생이 나설 차례는 당연히 없었겠지."

"게임 밸런스가 무너지고 있군요. 이 정도면 기이도 골치를 썩이고 있으려나요? 그렇지 않으면 그가 노린 대로 된 걸까요?"

"글쎄. 만약 이게 기이가 노린 결과였다면, 전황이 압도적으로 불리해졌다는 걸 인정할 수밖에 없겠지만 말이지."

그렇게 말하면서 루드라는 쓴웃음을 지었다.

오랜 세월을 들여 전력을 비축했고, 최고의 타이밍에 맞춰서 준비를 마쳐왔다.

무리하지 않고 착실하게.

그랬는데, 눈 깜박할 정도로 짧은 시간 안에 상상을 초월하는 전력을 모은 자가 있었다.

그건 안중에도 없었던 작은 존재── '뉴비(신성)' 리무루였다.

이 정도면 이젠 인정할 수밖에 없다. 베루글린드는 그렇게 생각하면서 속으로 몰래 투지를 불태웠다.

"그리고 당신이 파악하지 못했다는 건 미궁 안에서 일어난 일인가요?"

"후훗, 그렇지. 애석하지만 내 힘으로도 라미리스의 권능을 격파하는 건 불가능했어."

그 대답을 듣고 베루글린드도 납득했다.

'라비린스(미궁요정)' 라미리스는 언터처블(불가침존재)이다. 게임의 심판 역할을 맡기에는 믿음직스럽지 않지만, 게임판에 관여하고 있지 않다는 건 틀림없었다.

그랬다. 지금까지는.

이번에는 완전히 마왕 리무루의 편을 들었다는 얘기가 된다. 기이의 게임과는 관계없이, 쥬라의 대삼림에 쳐들어온 제국과 싸울 생각을 하고 있는 것이다.

라미리스 자신의 힘은 대단하지 않다. 무시할 수 있는 수준이며, 게임에는 아무런 영향도 주지 못한다고 베루글린드도 생각하고 있었다.

그러나 그 권능인 '작은 세계(미궁창조)'에는 안쪽의 정보를 바깥쪽과 차단하는 효과가 있었던 것 같다.

그 권능은 약간 귀찮다는 생각이 들자, 베루글린드도 혀를 차고 싶은 기분이 들었다.

"라미리스는 분명 '조정자'로서의 힘은 잃은 상태일 텐데요?"

"그래, 그 말이 맞아. 위협이 되진 않아서 방치하고 있었는데, 그 녀석의 미궁이 비밀을 감추기에는 최고의 장소가 된 것 같군. 지금까지는 버니랑 지우의 눈을 통해서 볼 수 있었는데 말이지……."

"갑자기 보이지 않게 된 거군요?"

그 질문에 고개를 끄덕이는 루드라.

"나를 방심시키기 위한 계략이었던 것 같아."

"그렇겠죠. 그렇다면 확실히 생각보다는 귀찮은 상대로군요……."

베루글린드도 사태의 심각성을 이해했다.

즉, 미궁 안에선 무슨 일이 일어난 것인지 알 수가 없다는 뜻이다.

베루도라가 무슨 짓을 했을 거라 생각하는 게 일반적인 반응이겠지만, 그것만은 아닐 거라는 생각이 베루글린드에겐 들었다.

"미궁 안에도 여러 명의 강자가 숨어 있는 것 같다는 게 문제가 되겠지. 그중 가장 강한 것이 네 동생이겠지만, 얼마나 그 신참이 잘 길들였는지 모르겠어……."

"그 아이의 성격상, 얌전히 남의 명령을 따를 것 같진 않군요. 당신이라면 또 모를까, 스킬로 묶어두는 짓이 가능할 거라는 생각은 들지 않아요."

마왕 리무루에게 협조하고 있다는 얘기는 들었지만, 베루도라는 누군가의 말을 무조건적으로 따르는 성격은 아니다.

베루글린드랑 또 한 명의 누나인 베루자도의 말조차도 반항할 정도니까, 힘으로 굴복시키는 것은 불가능하다고 생각해도 틀림이 없었다.

그렇다면 베루도라를 자신의 말에 따르게 할 수 있는 뭔가를, 마왕 리무루가 준비한 것은 아닐까?

그런 생각을 한 베루글린드는 그게 무엇인지에 대해서 상상해 봤다.

하지만 아무것도 떠오르지 않았다.

(그런 게 있었다면 지금까지 이 고생은 하지 않았겠지. 마왕 리무루에게 직접 캐물어보기로 할까?)

결국 베루글린드는 생각하는 걸 포기했다.

"본인의 입으로 듣는 게 확실하겠군요."

베루글린드가 중얼거린 말을 듣고, 루드라도 웃었다.

"훗, 그렇겠지. 내가 이끌어낸 결론과 같아서 기쁘네."

리무루라는 이름을 가진 마왕은 두 사람에게 무시할 수 없는 존재가 되었다.

'태초의 악마'를 따르게 만든 솜씨를 보더라도, 어떤 수를 써서 베루도라도 자신의 말에 따르도록 부리고 있다고 봐도 틀림이 없다. 그렇다면 기이의 진영을 배신하고 우리 편으로 들어오게 할 필요가 있다고 판단한 것이다.

"움직인다면 지금이 좋은 기회가 되겠군요. 우리의 계획이 실패한 지금이야말로, 기이에게도 빈틈이 생길 테니까요. 그 느긋한 마왕이라면, 우리가 다음 기회를 기다릴 것이라고 믿어 의심치 않겠죠."

"그렇겠지. 지금까지 줄곧, 도박을 시도하지 않고 신중하게 행동했었으니까. 유예를 주지 않고 지금 바로 움직이는 것도 나쁘진 않겠어."

베루글린드는 환희했다.

루드라가 기이와 승부를 짓겠다고 결의했기 때문이다.

기회를 보면서 웅크리고 있던 시기는 끝난 것이다.

이번 기회에 베루글린드가 직접 움직여서, 단번에 베루도라를 장악하는 것이다. 그 기세를 그대로 살려 리무루라는 이름의 신참 마왕을 박살 내고, 기이와의 전면대결을 벌이게 될 것이다.

"후후후, 나에게 맡겨요. 내가 나서서 힘을 쓴 뒤에 당신이 땅을 고르면 다 해결될 거예요. 난 당신을 믿어요, 루드라."

"물론이지. 베루도라만 손에 넣는다면 그 뒤는 어떻게든 되겠지. 타츠야도 재미있는 계획을 생각하고 있는 것 같으니, 이번 실패는 그걸로 손해를 메울 수 있을 거야."

번거롭기 그지없는 '태초의 악마'들이라고 해도 '용종'인 베루글린드가 정면으로 싸우면 적이 되진 못한다. 나중에 반항이라도 하면 귀찮으니까, 거역한다면 한꺼번에 굴복시켜야 할 것이다.

(그 외에도 문제가 될 만한 게 있을 것 같지만, 내가 나선다면 관계없겠지.)

베루글린드는 그렇게 생각하면서 자신감을 드러냈다.

"손도 풀 겸, 그 바보들도 이참에 끝장을 내버릴까요?"

불손하게도 루드라에게 거역하려는 자들이 한데 모여 있었다.

지금까지는 마음껏 움직이도록 놔두고 있었지만, 그것도 오늘까지다.

황제를 상대로 쿠데타를 획책한 어리석은 자들의 말로는 '죽음' 이외에는 존재할 수가 없었다.

베루글린드는 그렇게 생각하여 말했지만, 루드라는 씨익 웃으면서 고개를 가로저었다. 그리고 의외의 대답을 입에 올렸다.

"그자들은 죽이지 않은 채 살려두고 싶어."

"어머나, 별일이네요. 자상한 당신이라면 고통 없는 죽음을 선사할 거로 생각했는데."

"아니, 타츠야의 계획에 필요하기 때문이야. 기이의 주의를 끌기 위해서라도 이 타이밍에 한번 더 큰 전쟁을 일으키고 싶다고 하더군."

"콘도다운 발언이군요. 배신자까지 이용하다니, 나로선 도저히 생각할 수 없는 일이에요."

"너는 마음에 들지 않는 건가? 뭐, 확실히 타츠야의 계획은 인도적이진 않지. 합리적인 것은 틀림없지만 말이야."

그런 식으로 말하는 루드라를 보면서, 베루글린드는 애매하게 고개를 끄덕였다.

아무리 비정한 계획이든, 베루글린드에게 있어선 아무래도 상관없었다. 그저 자신의 손으로 천벌을 내려주고 싶었던 것뿐이었다.

베루글린드는 루드라를 사랑하고 있지만, 딱히 인간을 좋아하는 것은 아니었다.

싫어하진 않으며, 멸망시키자고 생각하지도 않지만, 루드라를 배신하는 어리석은 자의 존재를 허용할 수 없는 것뿐이었다.

(뭐, 좋아. 루드라에게 도움이 된다면 그 목숨을 못 본 척하고 살려두기로 하지.)

그렇게 납득하면서, 베루글린드는 다음 애기를 재촉했다.

"그래서, 콘도의 계획이란 뭐죠?"

"그건 나중에 얘기하는 거로 하고, 그 전에 현시점에선 작전을 다시 검토할 필요가 있어.”

그 말을 들은 베루글린드도 즉시 루드라의 의도를 이해했다.

“아아, 그렇군요. 이렇게 된 이상, 양면작전을 실행하는 의미는 사라졌으니까요.”

“그 말이 옳아. 작전을 철회하고, 루미너스를 공격하는 것은 뒤로 미루기로 하지.”

“나와 당신이 베루도라를 **설득**해버리면, 그다음은 어떻게든 되겠죠. 만일의 경우에도 방해를 받지 않도록 글라딤의 부대도 불러들이겠어요.”

“부탁할 수 있을까?”

“네, 물론이죠. 이대로 반란군을 평정하고, 기왕 일을 벌이는 김에 드워르곤도 함락시키죠. 그렇게 하면 기이의 눈도 속일 수 있을 거예요.”

그 대화를 끝으로, 두 사람의 논의는 끝났다.

일어서는 베루글린드.

그녀가 진심으로 움직이는 것은 몇 천 년만의 일이었다.

이리하여—— 후에 ‘홍련의 숙청’이라고 불리게 될 참극의 막이 오른 것이다.

제3장

제도, 혼돈

Regarding Reincarnated to Slime

제도의 어둠은 깊었다.

과학문명의 혜택으로 인해, 제도의 경치는 천연가스를 이용한 가로등이 비출 수 있게 되었다. 하지만 그래도 사람의 눈이 가지 않는 어두운 곳은 존재하기 마련이었다.

발전을 거듭해온 제도이긴 했지만, 모든 어둠을 몰아내는 것은 아직 먼 훗날의 일일 것 같았다.

그런 제도의 어둠 속을, 미샤는 조용히 걷고 있었다.

그 어둠은 미샤가 태어나고 자라온 장소였다.

공포보다 마음이 차분해지는 편안함을 느꼈다. 그런 존재가 미샤라는 여성이었다.

유우키에게 보고를 마친 후로 며칠 동안, 미샤는 몸을 숨긴 상태에서도 쿠데타 준비에 쫓기고 있었다.

현재 제국군은 원정 중인 것으로 되어 있다. 그런 분위기 속에서 군 소속인 미샤가 돌아다니는 것은 위험했다. 적전도망으로 여겨지면 사형을 당하는 데다, 실제로 그건 어느 정도는 틀림없는 사실이었기 때문이다.

그러나 미샤는 당당하게 굴었으며, 그녀의 얼굴에는 두려워하는 표정 같은 건 없었다.

제도의 어둠을 속속들이 알고 있다는 자신감을, 미샤의 태도에서 여실히 엿볼 수 있었다.

애초에 미샤는 비공식적인 어두운 임무를 맡는 일이 많았지만, 전투능력도 우수했다. 베가나 다무라다보단 뒤떨어지지만, 미샤도 보스에 어울릴 만한 실력은 확실히 갖추고 있었다.

정보 수집은 식은 죽 먹기였으며, 드워르곤의 암부나 블루문드의 첩보원에게도 이긴다고 자부하고 있었다. 그렇기 때문에 제국정보국의 감시망에서도 끝까지 몸을 숨길 수 있다고 미샤는 생각했다.

실제로 지금까지도 제도에서 살아남아 온 실적이 있다. 미샤는 늘 하던 대로 목적지로 향하고 있었던 것이다.

하지만 그게 실수였던 것 같다.

미샤가 방심하고 있었던 것은 아니지만, 그녀가 가려는 방향을 가로막듯이 한 명의 남자가 나타난 것이다.

그 남자의 이름은 콘도 타츠야라고 했다.

제국정보국에 소속된 '정보 속에 둥지를 틀고 사는 괴인'으로 불리는 남자. 다무라다가 누설한 건 아니지만, 그 정체는 아마도 임페리얼 가디언(제국황제 근위기사단)의 단장일 것으로 생각되었다. 적어도 미샤는 절대로 이길 수 없는 상대라는 것은 틀림없는 사실이었다.

"이런 밤중에 어딜 가려는 거지?"

콘도의 차가운 목소리가 울려 퍼졌다.

미샤는 속으로 혀를 차면서도 미소를 지으면서 대답했다.

"어머나, 콘도 중위님 아니신가요?! 콘도 중위님야말로 이렇게 밤늦은 시간까지 일하는 중인가요?"

속으론 어찌 됐든 간에 표면상으로는 유연하게 되받아친 미샤. 그러나 이 상황은 최악이었다.

(이 넓은 제도에서, 이런 변두리까지 냄새를 맡고 따라올 줄이야…… 역시 괴인이네. 싸워봤자 이길 수 없을 테고, 호위들로는 시간벌이도 안 되려나.)

갑자기 눈앞에 나타난 콘도였지만, 보아하니 혼자서 행동하는 것 같았다. 그렇다고 해서 낙관할 수 있는 것도 아니었으니, 미샤는 이 자리에서 도망칠 방법을 모색했다.

"너는 칼리굴리오 군단장을 따르는 참모인 미샤였지? 전시 작전행동 중에 무슨 이유로 제도에 돌아와 있는 거지?"

콘도는 지극히 진지한 말투로 미샤에게 물었다.

"너무나 무서웠답니다, 콘도 중위님! 실은 전 칼리굴리오 각하로부터 밀명을 받고 제도에 돌아와 있었거든요."

어찌 됐든 잘 얼버무려서 넘어가 보자고 생각한 미샤는 그렇게 대답했다. 그와 동시에 방심하지 않고 주위의 기척을 살폈다.

좁은 골목길에 사람의 그림자는 보이지 않았다. 그건 다행이었지만, 문제는 호위들의 기척이 사라졌다는 것이다.

(이미 벌써 처리되었다는 건가? 내가 전투가 벌어진 것도 알아차리지 못하다니, 대체 실력차이가 얼마나 된다는 거야…….)

한순간에 미샤는 상황을 파악했다.

직접적인 면식은 없지만, 콘도가 미샤를 모를 리가 없다. 자신을 어떻게 보고 있는지는 불명이지만, 말재주로 이 상황을 돌파하는 것은 어려울 것이다. 다짜고짜 호위들이 처리된 지금, 얼버무리는 건 통하지 않는다고 생각해야 했다.

그렇게 판단한 미샤는 목적지에서 만날 예정이었던 다무라다에게 도움을 요청하기로 했다.

그때 문득, 좋지 못한 생각이 머릿속을 스치고 지나갔다.

(어떻게 내가 있는 곳을 들킨 거지? 유우키 님은 다무라다를 믿겠다고 결정하셨지만, 정말로 믿어도 되는 걸까?)

만날 장소를 지정한 자는 다무라다이며, 오늘 만난 자리에선 내일로 예정된 마왕 리무루와의 극비회담의 내용에 대해 연락하기로 이야기가 되어 있었다.

(위험해, 이건 위험하다고. 다무라다가 배신했을 가능성——아니, 그건 없다고 생각하고 싶네. 유우키 님의 판단도 그랬지만, 나도 다무라다에겐 빚이 있으니까.)

미샤와 다무라다는 20년 이상이나 오래 알고 지내온 사이다. 비밀결사 '케르베로스(삼거두)'를 다스리는 보스끼리, 유우키 이상으로 다무라다라는 남자에 대해서 잘 알고 있었다. 그런 미샤였기 때문에 더더욱 혼란스러웠다.

다무라다는 냉철한 면을 지닌 합리적인 남자다. 그런 그가 밝힌 정보를 통해 판단하자면, 미샤 일행을 배신할 이유는 없을 것 같았다.

미샤가 단지 그렇게 믿고 싶다고 생각하기 때문이 아니라, 유우키의 설명을 듣고 그렇게 납득했던 것이다. 그렇다면 지금은 망설이고 있을 때가 아니라, 마지막까지 동료를 믿어야 한다.

미샤는 마음을 정하고, 콘도를 응시했다.

"여기서 당신을 만날 수 있는 행운을 주신, 위대하신 루드라 폐하께 감사드리고 싶군요."

"호오?"

"중위님이죠? 절 쫓아오는 자들을 처리해주신 분. 저 혼자의 힘으론 그 많은 자들을 상대하는 건 힘들다고 생각하고 있었거든요."

"과연. 그런 각본으로 변명할 생각인가."

"어머나, 혹시 절 의심하고 있는 건가요? 무슨 수를 써서라도 입수한 정보를 전해야 한다고 생각하면서, 그 지옥에서 필사적으로 발버둥 치면서 돌아온 건데요."

미샤는 당당하게 연기를 계속했다.

콘도에게 다가갔고, 그의 가슴에 아양을 떠는 듯한 몸짓으로 기댔다.

자신의 '여자'로서의 매력을 충분히 구사하여 남자를 농락한다. 그게 미샤의 특기였다.

어떤 수법인지를 말하자면, 〈커스 퍼퓸(향수계주술)〉과 환술마법인 〈참(매력)〉을 병용하여 대상의 사고에 영향을 끼친다. 사고력을 저해하면서 본능을 자극하여 미샤의 포로로 만드는 것이었다.

더욱 깊게 마음과 몸을 겹침으로써 미샤에 대한 의존도를 높일 수 있다. 그렇게 되면 이젠 자신의 의도대로 상대를 지배하는 것이나 마찬가지였다.

칼리굴리오와도 교섭 중이었으며, 몇 번인가 그에게 안기면서 조금만 더 하면 농락이 완료될 단계까지 진행되고 있었다.

칼리굴리오뿐만 아니라, 미샤의 이런 능수능란한 수법에 넘어간 남자는 많았다. 지금까지 실패한 기억이 없는 미샤에겐 이게 바로 최강이자 비장의 한 수였다.

실력으로는 절대 이길 수 없는 상대라 하더라도, 육체적 욕망 앞에선 힘없이 함락된다. 미샤는 그렇게 확신하면서, 가느다란 손을 콘도의 등 뒤로 둘렀다.

풍만한 가슴을 콘도에게 밀어붙이면서, 자신의 매력을 어필했다. 그리고 콘도의 반응을 살폈다.

콘도의 기척이 슬쩍 무뎌지는 것을 느꼈다.

미샤는 속으로 쾌재를 불렀다.

(후훗, 다행이야. 빈틈없는 자인 것처럼 굴었지만, 콘도도 역시 남자였단 말이네.)

생각했던 것보다 느낌이 좋았으며, 이 정도면 어떻게든 될 것 같다는 생각이 들었다.

"저기, 더 괜찮은 장소에 가지 않겠어요? 여기보다 더 편안한 분위기의 방으로요. 네?"

콘도의 귓가까지 입술을 가까이 대면서, 슬쩍 속삭이듯이 그렇게 말했다. 그에 호응하듯이 콘도의 오른손이 움직였고, "알았다"라고 낮게 말하는 목소리가 미샤의 귀에 들려왔다.

(잘 풀릴 것 같네. 가장 좋은 결과는 목적지에서 다무라다와 합류하는 거야. 그게 무리라고 해도 콘도가 나를 안게 만들어서, 그대로 포로로 만들어버리면——.)

그게 미샤의 마지막 생각이 되었다.

타앙 하는 메마른 소리가 울려 퍼졌다.

무너지듯 쓰러지는 미샤. 그녀의 왼쪽 머리에선 새빨간 피가 흘러나왔고, 지면을 적시기 시작했다.

콘도의 손에는 언제 뽑았는지 모를 남부식(南部式) 대형자동권총이 쥐어져 있었다. 그 총구에서 피어오르는 화약연기가 미샤의 관자놀이를 꿰뚫은 흉기라는 것을 스스로 주장하고 있었다.

콘도는 표정 하나 바뀌지 않은 채, 아무 일도 없었던 것처럼 권총을 집어넣었다.

정보는 이미 다 채집한 뒤였다.

접촉한 대상의 사념과 사고를 읽어 들이는 유니크 스킬 '해독자'를 통해서.

미샤의 목적도, 유우키의 꿍꿍이도, 원정을 떠난 제국군의 말로까지도. 그 모든 정보를 읽어 들이는 데 1초도 걸리지 않았다.

그리고 그만큼 중요한 정보를 읽어 들였음에도 불구하고, 그의 표정에는 변화가 없었다.

그저 시시하다는 듯이 어둠을 향해 말을 걸었다.

"──쿠데타라. 어리석군. 네놈은 이런 짓을 하고도 폐하를 배반한 게 아니라고 주장할 생각인가?"

대답하는 자가 있을 리 없는 어둠 속에서, 한 명의 남자가 슬그머니 나타났다. 콘도의 질문에는 대답도 하지 않고, 쓰러진 미샤에게 다가갔다.

그 남자는 다무라다였다.

"콘도, 죽일 필요는 없지 않았나? 이자도 역시 잘 기르면 폐하에게 도움이 되었을 텐데."

"아니, 그럴 가능성은 제로였다. 그 여자를 서열로 환산하면 기껏해야 37위 정도다. 10위 안에 든다면 그나마 가능성이 남겠지만, 그 여자의 실력으론 폐하에겐 도움이 되지 못한다."

일부러 무방비로 서 있었는데, 자신의 방어를 뚫지도 못했으니까 말이지——. 콘도는 냉철한 말투로 그렇게 내뱉었다.

다무라다는 그 말을 듣고, 어깨를 으쓱했다.

콘도가 그렇게 말한다면 그렇겠지. 그렇게 생각하면서 반론조차 하지 않고 납득한 것이다.

그저—— 동료였던 미샤에 대해서, 복잡한 감정을 가슴속에 품을 뿐이었다.

다무라다는 미샤의 옆에 한쪽 무릎을 꿇고 앉더니, 유체의 왼쪽 머리를 향해 손을 뻗었다. 부드러운 빛이 유체의 상처를 아물게 만들었다. 미샤의 튀어나온 안구를 밀어서 돌려놓은 뒤에 그녀의 눈꺼풀을 감겨주었다.

마지막으로 얼굴에 묻은 얼룩을 닦아주고, 조금이라도 아름다움을 되찾아주기 위한 처치를 해 주었다.

다무라다는 죽은 자를 되살리지는 못하지만, 최소한 그녀가 편안하게 잠들 수 있게 해주려는 배려에서 나온 행동이었다.

"쓸데없는 짓을 하는군. 그냥 내버려두면 동이 트기 전에 시체처리는 끝날 거다. 그보다 내 질문에 대답해라."

"나는 너처럼 딱 잘라 대할 수가 없거든."

"마음이 약하군."

"네가 이상한 거야. 그렇게 젊은 나이에 왜 그렇게까지 철저하게 감정을 억누르는 거지?"

"나에겐 감정 따윈 없다. 단지 그뿐이다."

"말도 안 되는 소릴——."

"난 지옥을 봤다. 그 지옥에서 구해주신 분이 루드라 폐하다. 네놈이 적으로 돌아서겠다면 용서하지 않을 거다."

"나는 폐하의 충실한 하인이야. 배신 따윈 있을 수 없는 일이지."

"과연 그럴까. 잊지 마라, 네놈은 내 올가미 속에 있다. 믿어주 길 바란다면 행동으로 보여주도록 해라."

그렇게만 내뱉듯이 말한 뒤에, 콘도는 뒤로 돌아보지도 않고 그 자리를 떠나갔다.

다무라다도 또한 미샤의 시체를 한 번 바라본 뒤에 그 자리를 뒤로 했다.

제도의 밤은 길다.

해야 할 일은 아직 남아 있었다.

그 후──.

정보국에 소속된 자들의 손에 의해 미샤의 시체는 흔적도 남지 않고 처리되었다.

제도의 밤의 어둠은 깊었으며, 방금 전 일어난 모든 일들을 아 무 일도 없던 것처럼 묻어진 것이다.

●

유우키의 지시를 받고, 카가리는 즉시 움직였다.

쿠데타를 결행하려면, 면밀한 준비가 필요 불가결했던 것이다.

그날 안에 전령이 지시를 전달했고, 불과 며칠 사이에 세계각 지에서 중심인물들이 집합했다.

제도에서 대기 중인 유우키의 호화로운 저택에는 30명에 가까 운 간부들이 와 있는 상태였다.

이번에 소집한 것은 유우키에게 절대적인 충성을 맹세한 자들이었다.

베가처럼 다른 군단에 잠입 중이라 참가하지 못한 자도 있기 때문에, 반 정도 되는 간부들이 모였다.

쿠데타 계획 자체는 예전부터 준비가 진행되고 있었다. 이 자리에 모인 자들은 드디어 때가 되었다는 심정으로 유우키의 말을 기다렸다.

전원이 상당한 수준의 실력자였다.

자신의 실력을 기반으로, 군부에서 두각을 드러내고 있었다.

황제 루드라에 대한 충성심 따위는 처음부터 존재하지 않았다. 자신들이 이 나라에 혁명을 가져올 것이라고 생각하면서, 잔뜩 흥분하는 자들까지 있었다.

이세계에서 온 방문자.

이종족과의 혼혈을 거듭 이어오면서 태어난 이능력자.

강한 힘을 추구하여 비인도적인 실험을 연거푸 받았던 실험체.

유우키가 길러낸 일류의 모험가들.

다무라다가 모은 노예 전사랑 미샤가 확보하고 있었던 마인들도 있었다.

그들이 신봉하는 것은 폭력이다.

그게 혼성군단에서 통하는 가치관이다.

천장이 뚫려 있는 큰 플로어에 있는 계단을 오르면, 회의용으로 만들어진 큰 방이 있다.

모두가 의자에 앉는 것을 기다렸다는 듯이, 카가리를 동반한 유우키가 들어왔다.

"여어, 다들. 용케도 모여주었네."

늘 그랬듯이 밝은 표정으로. 유우키가 미소를 지으면서 인사를 했다.

"내일, 마왕 리무루와의 회담이 예정되어 있어. 미샤는 다무라다를 부르러 보냈으니까, 자세한 얘기는 다무라다가 온 뒤에 하도록 하자고."

그 발언을 듣고, 회의실 안의 사람들이 술렁거렸다.

"우리만으로 일을 도모하는 게 아닙니까?"

"마왕 리무루는 교활하며 방심할 수 없는 자입니다. 믿을 수 있겠습니까?"

"아니, 잠깐. 애초에 지금은 전쟁 중이잖아? 마왕 리무루는 전쟁 당사자인데, 본인이 전쟁터를 빠져나와서 여기까지 올 리가 없어."

그렇게 떠드는 목소리가 회의실 곳곳에서 들려왔다.

유우키는 더 깊게 미소를 지었다.

"제국군은 궤멸되었어. 리무루 씨가 말이지, 침공해온 94만의 제국군을 몰살했다고 하더라고."

"그런 말도 안 되는 일이⋯⋯!"

"너무 일러. 이동시간으로 계산해봐도 적과 접촉한 뒤로 며칠밖에 지나지 않았을 텐데⋯⋯."

그런 믿기 힘든 얘기를 듣고, 회의실은 소란스러워졌다.

유우키는 웃으면서 사람들을 제지시켰다.

"제국을 완전히 뒤집으려면 전력이 필요해. 그래서 나는 리무루 씨와 손을 잡기로 한 거야."

그 말을 듣고 납득까지는 하지 못하더라도, 유우키의 발언을 이해한다는 뜻을 보이는 자도 나오기 시작했다. 빈틈이 없는 그들은 그 정보가 신뢰할 수 있는 것인지 아닌지에 대한 쪽으로 관심이 옮겨간 것 같았다.

"그 정보는 미샤 님이 가져오신 겁니까?"

회의실에는 '케르베로스(삼거두)'에 소속된 자도 있었으며, 미샤가 종군 중이라는 것도 알고 있었다. 그렇기 때문에 나온 질문이었다.

"그래. 사전에 동맹관계를 맺지 않았더라면 미샤도 살해당했을 거라고 생각해."

"미샤 님이?!"

"그 정도로 강하다니⋯⋯."

미샤는 철저하게 숨어서 뒤에서 움직이는 일이 많았지만, 그녀의 실력은 잘 알려져 있었다. '케르베로스'의 보스라는 이름은 단순한 간판만이 아니었던 것이다.

이 자리에 있는 사람들은 실력주의자들인 만큼, 동료에 대해서도 정당한 평가를 내리고 있었다. 실력이 모자라는 자를 중시하는 일은 있을 리가 없다고 생각했으며, 그런 식으로 뭔가 이상한 의미에서 유우키에 대한 신뢰도 두터웠다.

"과연. 그렇다면 동맹에 찬성하겠습니다. 지금까지 입을 다물고 계셨던 점은 불만이지만, 그것도 보스 나름대로 의도한 바가 있기 때문이겠죠?"

"의도라고 할 정도도 아니지만 말이지. 그저 기이에게 지면서,

강제적으로 약속을 하게 되었을 뿐이야."

"기이? 설마 기이 크림존 말입니까?"

"'로드 오브 다크니스(암흑황제)'와 싸웠던 말입니까? 보스, 너무 무모했습니다!"

"말도 안 돼. 용케도 살아남으셨군요."

다른 의미에서 회의실이 소란스러워졌지만, 그것도 유우키가 입을 다물게 했다.

"하고 싶은 말은 많겠지만, 그걸 설명하기에는 시간이 없어서 말이지. 전부 사후승낙이 되겠지만 참아주면 좋겠어. 그보다 내일 회담에서 정할 사항과 어떤 식으로 작전행동을 시작할지 협의해두고 싶어."

제도에 남은 공식적인 전력은 정보국과 신병들로 구성된 군단뿐이다.

정보국의 상위 실력자는 위협적인 존재이겠지만, 말단 국원은 전력으로 계산할 필요가 없다.

신병군단은 10여만 명 정도 되는 만큼 수는 많지만, 실력은 별것 아니다. 전혀 위협이 되지 못하며, 숫자만 많은 허세에 지나지 않았다.

그 외에도 경찰을 대신하는 위병이 2만 명 정도 상주하고 있지만, 장비 면에서 생각해봐도 군부의 적은 되지 못한다. 군과 경찰은 무력 차이가 너무 심하기 때문에, 어른이 아이를 상대하는 꼴이다. 기껏해야 발을 묶는 것 정도밖에는 도움이 되지 않을 것이다.

그러나 황제가 쓸 수 있는 패 중에는 임페리얼 가디언(제국황제 근위기사단)이라는 최강 전력이 남아 있다.

"정보국에도 근위기사가 섞여 있지. 그러니까 엄밀히 말하자면, 진짜 경계해야 할 것은 근위기사들뿐이란 얘기가 돼."

"확실히 그 말은 맞아. 서열쟁탈전에서 붙어본 적도 있는데, 상위자는 정말 강하니까 말이야."

"이봐, 이봐, 자화자찬이야? 근위기사 중에도 너 같은 배신자가 있잖아."

"뭐, 그렇긴 하지. 내가 믿는 것은 힘뿐이고, 으스대기만 하는 황제 따위에게 충성을 맹세하진 않아."

그때 웃음소리가 터져 나왔다.

근위기사 중에도 자신들의 편이 있었다. 그 사실을 재인식함으로써 자신들이 얼마나 유리한 입장에 있는지를 이해한 것이다.

그런 분위기를 만들어낸 남자는 덩치가 약간 작은데도 오만불손한 태도를 띠고 있었다.

이름은 아리오스라고 했다.

'이세계인'이지만, 소환자가 아니라 흘러들어 온 자였다.

"그러면 마왕 리무루의 원군은 내일까지 늦지 않게 도착하는 건가요?"

흑발의 소녀가 유우키에게 물었다.

후루키 마이—— 그녀도 또한 방문자였다. 일본의 여고생이었지만, 소환되면서 이 세계에 왔다.

마이는 그랜드 마스터(자유조합 총수)였던 유우키에게 거둬졌고, 여러모로 많은 원조를 받아왔다. 그런 관계도 있다 보니, 유우키를 신뢰하면서 흠모하고 있었던 것이다.

"그래. 군대를 이끌고 온다면 아무리 서둘러도 시간이 걸릴 거야. 하늘을 난다면 또 모를까── 아니, 설마 날아서 오진 않겠지?"

마이의 질문에 이어받듯이, 근육질의 덩치 큰 남자가 발언했다.

이름은 토루네오트라고 하며, 원래는 노예전사였다. 다무라다가 찾아내서 발탁하지 않았다면, 광산노예로 쓰이다 버려졌을 것이다.

토루네오트는 군으로 보내져서 교육을 받았고, 배우는 즐거움을 깨달았다. 그래서 외모와는 다르게 박식하여 혼성군단에서도 참모라는 지위에 올랐다.

"비행마법은 정신력이 엄청 소모되는 것이거든. 마왕이라면 문제가 없을지도 모르지만, 말단 마물까지 날아올 수 있다고는 장담할 수 없어."

토루네오트의 말에 동의하는 자는 몸집이 작은 소녀였다.

이름은 아리아. 마법사이며, 중전사이기도 했다.

외모에서 느껴지는 분위기와 실제 나이는 역시 전혀 달랐는데, 가드라 노사의 제자이며 자기자신을 직접 개조수술한 이색적인 인물이었다.

그런 아리아의 말을 듣고, 토루네오트는 어이없는 표정을 지으며 대꾸했다.

"그런 뜻이 아니야. 아무리 많은 수의 군대가 자리를 비웠다고 해도 말이지, 제도 상공에도 감시망이 펼쳐져 있어. 하늘에서 대군이 몰려온다면, 상당히 먼 거리에 착지한다고 해도 들키고 만다는 얘기야."

자신을 향한 지적을 듣고, 의외로 아리아는 얼굴을 붉히면서 부끄러워했다. 아리아는 마법사치고는 드물게 성격이 급하고 사려가 모자란 면이 있었던 것이다.

"자, 자, 의견을 말하는 건 중요한 일이야. 여러 각도에서 분석함으로써, 다른 각도에서 볼 수도 있는 거니까 말이지."

유우키가 곧바로 그들을 중재했고, 그대로 어긋날 뻔했던 의제를 바로 잡았다.

"리무루 씨한테선 가드라 영감을 통해 연락이 왔는데 말이지. 내일은 소수만 데리고 오겠다고 했어."

리무루와의 연락은 가드라가 은닉해두고 있던 '마법통화'로 행해졌다. 제국정보국이 설령 수신한다고 해도, 내용은 암호화되어 있기 때문에 해독은 불가능하다.

그때 가드라는 요점만을 전달했지만, 그의 말에 따르면 누가 갈 것인지는 미정이라고 했다.

리무루는 확정적이라 치고, 호위를 어떻게 할 것인가?

(보아하니 리무루 씨도 루드라를 상대로 시위행동은 의미가 없다고 판단한 것 같군. 철저하게 양보다 질을 앞세울 생각인 것 같으니, 같이 올 사람은 간부들뿐이라고 봐도 틀리진 않으려나.)

많아도 열 명 정도일 것이라고 유우키는 예상했다.

"그건 제국을 우습게 보는 것 아냐? 그렇지 않으면 동맹상대인 우리를 업신여기는 건가?"

부드러운 몸을 꼬면서, 가느다란 체구의 미녀가 고개를 살짝 갸웃거리며 의문을 던졌다.

그건 질문이라기보다 떠오른 생각을 그대로 입 밖으로 뱉은 것 같은 느낌이었다. 언뜻 보기엔 천진난만하게 보이는 그 여성은 오르카라는 이름으로 불리는 전사였다. 외모와는 반대로, 수많은 특기를 숨기고 있는 이능력자였다.

"오르카, 그건 아니야. 아까도 말했지만, 대군이라면 준비에 공이 들고 무슨 일을 하더라도 시간을 잡아먹는다고. 소수정예로 행동하는 게 좋다고, 그렇게 판단했을 거야."

이번에도 역시 토루네오트가 설명했다.

유우키는 쓸데없는 수고를 덜었다는 듯이 미소 지었다.

"그 말이 맞아. 그러니까 우리의 방침을 정해둘 필요가 있는 거지."

리무루가 정예만을 데리고 올 것이다──. 여기서 문제가 되는 것은 누가 누구를 상대할 것인가, 하는 것이다.

"리무루 씨가 어떻게 생각하고 있는지는 내일 회담에서 들을 생각이야. 그러므로 더더욱 우리는 우리의 생각을 정리해둘 필요가 있어. 예를 들자면, 황제 루드라를 어떻게 할 것이냐, 하는 것도 그렇겠지."

유우키의 발언은 오만하게도 들렸다. 패배할 것이란 생각은 전혀 하지 않았고, 승리할 미래만을 바라보고 있었다.

쿠데타가 성공하지도 않은 상황에서, 황제의 처우를 의논한다는 시점에서 이미 이상한 일이다. 그러나 그 사실을 지적하는 자는 없었다.

남들의 말에 계속 지적하고 있던 토루네오트조차도 씨익 웃으면서 유우키의 말을 기다리고 있었다.

"드워프 왕국 측도 사정을 잘 알고 있어. 그래서 현재 진을 펼쳐둔 혼성군단의 주력도 등 뒤를 걱정하지 않고 제도를 향해서 공격에 나설 수 있는 거야. 제도에 남아 있는 전력만 상대한다면 낙승이겠지?"

"확실히 그렇겠네요. 위협이 되는 존재는 근위기사뿐인가요?"

"그렇게 되겠지."

여전히 미소를 지으면서 대답하는 유우키.

사실은 진정한 위협이 따로 있다는 것을 알고 있다.

'원수'라는 미지의 존재가 있다는 것을.

그리고 더구나 기이가 유우키를 살려둔 의미를 생각한다면——.

(이번에 리무루 씨는 왜 움직인 거지? 평화주의자이고, 스스로 다른 나라를 공격하는 걸 싫어할 사람인데…….)

후환이 없게 만들려는 의도가 있다고도 생각할 수 있다. 하지만 아무리 생각해도 그것만이 이유는 아닌 것 같다는 생각이 자꾸만 들었다.

그래서 유우키는 한 조각 한 조각 퍼즐을 맞추듯이 생각을 정리해나갔다. 그랬더니, 리무루의 뒤에도 기이의 그림자가 슬쩍 보였다.

그렇다면 제국에는 기이의 상대가 될 만한 괴물이 있다는 결론에 도달했다.

"경우에 따라선 황제를 죽이는 것도 어쩔 수 없겠지?"

"마음이 급해, 아리오스."

"그래, 공을 혼자서 독차지하는 건 좋지 않아."

모인 자들은 흥분했고, 황제의 살해까지 입에 올리는 자가 나타나기 시작했다.

황제의 처우에 대한 것까지 언급하는 건 아직 너무 성급하다고 유우키는 생각했지만, 혈기왕성한 것은 좋은 일이라고 생각하면서 마음을 고쳐먹었다.

실제로 황제 루드라를 어떻게 다룰 것인지에 대해서도, 내일 회담에서 애기를 나눌 예정이다.

가드라는 죽이는 것에 반대하고 있었으며, 다무라다도 황제 루드라에게 충성을 바치고 있다. 이 두 명이 중요한 협력자인 이상, 그들의 심기를 상하게 하는 짓은 피하고 싶다고 유우키는 생각하고 있었다.

그 이전에 기이가 경계하는 상대가 황제 루드라일 가능성이 높았다. 그렇다면 섣불리 시도하는 것은 자살행위라는 생각이 들었다.

(지금은 상황을 봐야겠지. 무리를 해서 뜨거운 감자를 바로 집을 필요는 없으니까, 황제는 리무루 씨에게 양보하기로 할까.)

유우키는 그렇게 결론을 내렸다.

자세한 논의는 다무라다가 온 뒤에 하기로 하고, 개요만큼은 초안이 있었다.

혼성군단 본대가 제도를 제압한다.

방해가 되는 근위기사들은 이 자리에 있는 자들이 맡아서 처리할 예정이다.

여기에 있는 유우키가 자질을 보고 발탁한 자들이라면, 실력 면에서도 로열 나이트에게 뒤지지 않을 것이다. 상위자의 실력에는 미치지 못하겠지만, 수로 따지면 자신들이 유리하다.

한 명을 상대로 다수가 도전한다면, 이 정도의 실력차이는 뒤집을 수 있다고 계산했다.

루드라랑 '원수'라는 괴물의 상대는 일부러 참전해주는 리무루에게 맡기면 된다. 리무루도 그럴 생각을 하고 있을 테니까, 이 제안을 받아들일 것이라고 생각했다.

제도방위를 위한 원군은 어디서도 오지 않을 것이다.

3대 군단 중, 기갑군단은 리무루에 의해 붕괴되었다.

마수군단은 먼 하늘 위에 있다. 상황을 안 뒤에 최선을 다해서 달려온다고 해도, 그 무렵에는 모든 게 끝나 있을 것이다.

이런 상황에서 최후의 혼성군단이 배신을 한 것이다.

이 정도로까지 계획이 진행된 이상, 체크메이트였다.

서두르지 않아도 승리는 바로 앞까지 와 있었다.

그럴 텐데도, 유우키는 뭔가를 빠트린 것 같은 불안감을 불식시키지 못하고 있었다.

그게 과연 무엇일까──.

"오래 기다리셨습니다."

열기를 띤 회의실에, 그렇게 말하는 차분한 목소리가 울려 퍼졌다.

그 목소리를 듣자마자, 모두가 찬물을 뒤집어쓴 것처럼 몸을 움츠렸다.

"이제 왔나? 다무라다."

그 남자── 다무라다가 회의실에 도착한 것이다.

*

다무라다는 늘 입는 위장용인 상인의 옷이 아니라, 드물게도 제국의 군복을 착용하고 있었다.

그 시점에서 유우키는 위화감을 느꼈다.

"미샤는 어쩌고 혼자 왔지?"

"죽었습니다."

회의실이 조용해졌다.

모두 불온한 기운을 느꼈으며, 임전태세를 취하고 있었다. 여기 있는 자들은 수많은 수라장을 살아서 빠져나온 자들이었기 때문에 그런 기운에 민감했다.

"그게 무슨 뜻이지, 다무라다?"

"그 말 그대로입니다. 지금 막 미샤는 콘도의 손에 의해 처리되었습니다."

그 말을 들은 유우키는 줄곧 가슴속에 남아 있던 응어리가 사라지는 것을 느꼈다.

뭔가를 빠트리고 있는 것 같은, 그런 불안감.

그 정체에 겨우 도달했다는 것을 깨달으면서.

유우키와 다무라다가 알고 지낸 시간은 짧지만, 내용은 아주 깊었다. 겉으론 드러낼 수 없는 악행을 다 셀 수 없을 정도로 공유하고 있었다.

제국의 어둠의 사회를 다스리고 있었던 에키드나(어둠의 어머니)를 박살 낼 수 있었던 것도 다무라다의 협력이 있었기에 가능했다. 그 후에도 비밀결사 '케르베로스(삼거두)'를 설립하고, 간부로서 계속 일해오고 있었다.

유우키는 그렇게 생각하고 있었지만, 아무래도 그건 착각이었던 모양이다.

모든 것은 제국의 의도대로 진행되었던 것이다.

다무라다가 모은 자들이 중추를 차지한 조직, 그게 비밀결사 '케르베로스'였다.

그 목적은 유능한 자와 무능한 자를 선별하는 것에 있었다. 세계각지에 정보망을 펼쳐두고, 우수한 인재를 찾아내서 동료로 끌어들였다.

갈 곳을 몰라 헤매던 이방인들을 보호한 것도 그 일환이었다.

그건 굳이 말하자면 최근의 일도 아니었다. 줄곧 옛날부터, 그야말로 에키드나가 맹위를 떨치던 시대부터 같은 일을 반복했을 것이다.

그렇다면 유우키 자신도 다무라다가 찾아낸 자들 중의 한 명, 이라고 말할 수 있지 않을까.

강자를 찾아내서, 자신들의 진영으로 받아들인다. 그런 목적에 따라 움직이던 다무라다의 눈에 띈 것이 유우키였던 것이다.

다무라다 자신이 나서면 너무 눈에 띄니까.

대신 눈에 띄는 역할을 할 자로 낙점되었다. 단지 그뿐이었다.

즉, 이용할 생각을 품고 역으로 이용당하고 있었다는 얘기다.

그렇다고 해서, 그건 다무라다가 배신했다는 것을 의미하진 않는다.

다무라다의 충성은 진짜였다.

의심이 깊은 유우키를 믿도록 만들기 위해서, 다무라다도 누군가에 의해 조종당하고 있었다. ——그렇게 생각하면, 지금까지 느끼고 있던 의혹의 해답도 풀릴 것이란 생각이 들었다.

그걸 깨닫고, 유우키는 고개를 절레절레 저으면서 한숨을 쉬었다.

"멋지게 속아 넘어갔군. 언제부터지?"

"──? 무슨 말씀이죠?"

담담하게 대꾸하는 다무라다.

그건 평소와 다르지 않은 말투이긴 했지만, 유우키에게 결정적으로 뭔가가 다르다는 것을 느끼게 했다.

시치미를 떼는 게 아니라, 진심으로 무슨 말을 하는 것인지 이해하지 못하는 것 같았다. 그건 즉, 다무라다 자신도 조종당하고 있다는 자각이 없다는 것을 의미했다.

(그야 알아차릴 리가 없겠지. 본인이 자각하지 못하고 있으니, 꿰뚫어 볼 수 있을 리도 없으니까 말이야.)

그렇게 생각하면서, 예전의 모습을 떠올려보는 유우키.

그때의 다무라다는 자신은 배신하지 않았다고 주장했었다. 그건 진심으로 하는 말이란 것을 느꼈으며, 사실 그 후에 무슨 짓을 당했을 가능성도 있다.

자신의 직감을 믿는다면 다무라다가 조종당한 것은 극히 최근의 일일 것이란 생각이 들었다.

(그래. 다무라다를 믿기로 결정한 건 나야. 이제 와서 그걸 따질 생각은 없으며, 더 중요한 건 다무라다를 이리로 보낸 녀석의 목적이지.)

다무라다를 조종하는 자가 있다. 그건 유우키의 머릿속에선 확정된 사항이며, 그걸 감안한 상태에서 고려한다면 지금 자신들이 처한 상황은 너무나도 위험하다는 것을 추측할 수 있었다.

다무라다의 상대를 하는 사이에도 유우키와 동료를 가두기 위한 포위망은 완성되고 있을 것이다.

생각에 잠기는 유우키.

그 옆에선 카가리도 조용하게 상황을 분석하기 시작하고 있었다.

그러나 회의실에 모인 혈기왕성한 젊은이들은 다무라다의 태도에 격노하고 있었다.

"다무라다, 유우키 님에게 무례하게 구는 것 아닌가요?!"

아리아가 규탄했다.

뒤이어 토루네오트가 뭐가 어떻게 된 것인지 듣고 싶다고 물었다.

"다무라다 씨, 무슨 생각을 하고 있는 거지? 혹시 배신할 생각인가?"

다무라다는 표연한 태도로 대답했다.

"배신? 이상한 말을 다 하는군. 내 충성심은 변함이 없으며, 처음부터 마지막까지 루드라 황제폐하께 바치고 있는데."

"쳇, 그걸 배신이라고 하는 거야!"

아리오스가 내뱉듯이 말했다.

돈에 집착하는 것으로 유명하며, 일부의 동료들 사이에선 멸시를 받아오던 다무라다. 돈에 따라선 배신할 수 있다는 악담을 들은 적도 있을 정도였다.

그런 다무라다였기 때문에, 이 상황에 놀라는 것보다 분노하는 자가 더 많았다.

맨 먼저 움직인 것은 토루네오트였다.

다무라다의 목을 한 손으로 잡고 들어 올리면서 일갈했다.

"시치미 떼지 마! 날 거둬준 건 당신이야. 그대로 광산노예로 죽는 것보다 대의를 위해 살아보자는 말을 해준 사람이 당신이라고. 난 말이지, 당신을 고맙게 생각하고 있었어. 그랬는데, 왜 이런 짓을 —— 큭?!"

토루네오트의 입장에선 그건 다무라다를 감싸기 위한 행동이었다. 다른 자들보다 먼저, 자신의 손으로 이 사태를 마무리 지을 수 있는 결론을 찾아내려고 한 것이다.

그러나 다무라다에겐 쓸데없는 간섭이었던 모양이다.

다무라다는 토루네오트의 손목을 슬쩍 맞잡더니 힘의 흐름을 조작하여 오히려 토루네오트가 움직이지 못하게 만들었다.

"토루네오트, 내가 한 말을 기억하고 있나?"

다무라다의 눈은 너무나 차가웠으며, 냉정한 토루네오트의 간담을 서늘하게 만들었다.

"뭐, 뭐라고?"

손목을 제압당한 채로 대꾸하는 토루네오트.

"대의를 위해서 강해지라고, 나는 그때 너에게 가르쳐주었을 텐데? 겨우 그 정도인가, 네가 얻은 힘은?"

모든 힘을 한 곳에 집중하자, 토루네오트의 손목에서 우직 하는 소리가 났다.

그리고 그대로—— 부서졌다.

"내, 내 손목을 순식간에…….."

신음하듯 그렇게 말한 뒤에, 손목을 문지르면서 다무라다로부터 거리를 벌리는 토루네오트. 상비하고 있는 회복약을 꺼내서 치료를 시작했다.

그런 토루네오트를 더 공격하지도 않고, 다무라다는 태연하게 서 있었다.

그 모습에는 빈틈이 일절 존재하지 않았다.

골절 정도는 순식간에 나을 수 있는 마물도 있는 이 세계에선, 상대를 확실하게 무력화시킬 때까지는 방심해선 안 된다. 그런 인식을 가지고 있지 않으면, 이 세계에선 살아남을 수 없다.

그런 다무라다를 보고, 유우키는 눈을 가늘게 좁혔다.

다무라다가 강한 것은 알고 있었다.

'더블오 넘버(한 자릿수)'의 상위자이며, 이 방에 모인 자들보다 강하다고 해도 신기할 게 없다. 중요한 것은 얼티밋 스킬(궁극능력)의 유무다.

그리고 어느 정도로 조종을 당하고 있는지 파악하는 것이었다.

(과연 내 '안티 스킬(능력살봉)'로 해제할 수 있는가 아닌가가 문제가 되겠군.)

그 결과에 따라선 다무라다를 죽여야 할 수도 있다.

유우키는 그걸 파악하기 위해서 일부러 동료들을 제지하지 않았다.

"네놈은 황제의 개였단 말이냐. 돈만 아는 녀석인 줄 알았는데, 멋지게 속았군. 하지만 겨우 혼자의 몸으로 여기까지 들어와서 정체를 폭로하다니, 겁쟁이였던 너답지 않은 어리석은 짓인데!"

아리오스가 소리쳤고, 그걸 시작으로 상황이 변했다.

"그 말이 맞아, 다무라다 씨. 당신에겐 갚을 은혜가 있지. 그러니까 내가 괴롭지 않게 죽여주겠어."

진심을 발휘하기 시작한 토루네오트가 이번엔 전력으로 다무

라다에게 달려들었다.

"늦다."

토루네오트가 허리에 찼던 메이스(전투용 곤봉)를 두 손으로 들고 온 힘을 다해 내려쳤지만, 다무라다는 그걸 어렵지 않게 통과했다.

자연스러운 동작으로 토루네오트의 품에 파고들었고, 왼손바닥을 슬쩍 내밀었다.

가벼운 동작에 어울리지 않는, 묵직한 충격이 토루네오트를 덮쳤다.

나선침투파(螺旋浸透破)—— 발경(發勁)의 일종이며, 끌어올린 오라(투기)를 상대에게 날려서 때리는 기술이었다.

지향성을 띤 상태로 침투한 오라는 방어구랑 근육을 관통하여 대상을 안쪽에서 파괴했다. 그 위력은 투기의 양에 비례하며, 다무라다가 끌어올린 나선침투파는 전차포의 위력도 상회하는 필살의 일격으로 변했다.

토루네오트가 이것을 맞고 버티는 것은 불가능했다.

"크헉!"

하는 소리와 함께 피를 토하면서 그 자리에 웅크리며 주저앉았다.

일어서려고 해도 두 다리에 힘이 들어가지 않았다. 당연하다. 방금 그 일격으로 토루네오트의 내장은 파괴된 것이다.

"마, 말도 안 돼……. 당신이 이렇게 강하다니……."

"휴우, 이런, 이런. 외모로 사람을 판단하다니, 강자 특유의 오만하기 짝이 없는 에고로군. 혹시 내가 너를 호위로 고용하고 있

335

었다고 해서, 너 자신이 더 강하다고 착각이라도 한 건가?"

"큭."

"나는 너에게 강해지라고 말했다. 인간도 섣불리 얕봐선 안 돼. 스킬(능력)에 의존하지 않아도 단련하면 얼마든지 강해질 수 있거든. 나처럼 말이지."

그렇게 말하자마자, 다무라다는 뒤도 돌아보지 않고 뒤로 돌려차기를 날렸다.

뒤에서 다무라다를 노리던 습격자는 그 발차기에 반응하지 못했고, 목뼈가 부러지면서 목숨을 빼앗기고 말았다.

너무나도 어이없이 죽어버리고 말았지만, 그자는 유우키도 인정한 강자 중의 한 명인 아리오스였다.

아리오스는 유니크 스킬 '죽이는 자(살인자)'를 가지고 있었으며 '무음이동'과 '존재은폐'라는, 암살임무에 적합한 특성을 획득한 자였다. 그건 죽이는 것에 특화되었다고 할 수 있는 스킬 구성이었으며, 서열 40위 정도에 해당하는 수준의 실력자였던 것이다.

대인전이야말로 아리오스의 진면목을 볼 수 있는 부문이라고 생각하고 있었는데, 다무라다에 의해 너무나도 쉽게 죽어버리는 결과가 나왔다.

"이런 식으로 스킬에만 의존해선 안 되는 거다. 정작 중요한 때에 의지할 수 있는 건 철저하게 단련한 자신의 육체와 정신이지. 내 기준에서 말하자면 너희는 쓸모없는 존재라고 하겠군."

다무라다의 말은 신랄했다.

전투기술 지도교관으로부터도 그런 비웃음을 받아본 적이 없었던 자들은 그 말을 듣고 분개했다. 마치 약자를 가르치는 것 같은 말투에 분노를 터트린 것이다.

모두가 발끈하면서 다무라다를 향해 살의를 날렸다.

그런 분위기 속에서 유우키는 냉정하게 상황을 계속 분석하고 있었다.

그리고 한 가지 결론을 내렸다.

(역시 그렇군. 다무라다는 배신한 게 아냐. 누군가에게 조종당하고 있는 거야. 아리오스는 근위기사였으니까 어쩌면 황제 편이었을 가능성도 있어. 토루네오트는 죽이지 않았는데, 아리오스에겐 인정사정없이 공격했다는 게 그 증거겠지. 즉, 자유의지는 남아 있지만, 지배자에게 불리한 짓은 할 수 없는 상태, 라는 걸까?)

다무라다를 조종하고 있는 자는 아주 강력한 지배력을 가졌을 것이다. 그러나 다무라다는 그 빈틈을 이용하여, 어떻게든 유우키에게 현재의 상태를 전하려고 하고 있었다.

그 판단에 따라서, 유우키는 최적의 답을 이끌어냈다.

"자, 전원주목! 지금부터 이 자리를 물러나야 하니까 싸울 준비를 하도록 해! 전권은 카가리에게 넘겨줄 테니까, 너희는 전력을 다해서 혼성군단과 합류하는 거야."

"보스? 굳이 도망치지 않아도 배신자를 처단한 뒤에 그대로 결기하면――."

"그건 안 돼."

유우키는 아리아의 제안을 일도양단으로 거절했다.

평소처럼 여유 있는 미소를 지으면서도, 그 눈은 진지하게 모두를 둘러봤다.

"다무라다는 시간을 버는 게 목적이야. 그러니까 길게 설명해주는 것이고, 그건 허용되는 행동이겠지?"

"허용되는 행동, 이라고요?"

카가리가 물었다.

그 질문에 고개를 끄덕이면서 유우키가 단정했다.

"그래. 다무라다는 배신한 게 아니야. 누군가의 조종을 받는 거지. 그리고 그자는 우리를 여기서 완전히 뿌리 뽑을 생각을 하고 있어."

유우키의 말을 듣고 보인 반응은 제각각이었지만, 동료들이 냉정한 판단력을 되찾게 만드는 효과는 있었던 것 같았다. 다무라다에 대한 살의를 억누르면서, 부관인 카가리 쪽으로 시선이 집중되었다.

카가리의 판단도 유우키와 같았다.

본능이 경종을 계속 울리고 있었으며, 지금이 위기상황이라는 것을 카가리도 깨닫고 있었다. 그때 유우키의 지시를 받아 자신이 해야 할 일을 이해하였다.

상황은 절박했다. 유우키의 지시에 반론을 제기할 때가 아니라고 생각하면서, 카가리도 행동으로 옮겼다.

"이곳은 포기하고, 혼성군단의 야영지로 향하겠어요."

"하지만 유우키 님은요?"

"난 신경 쓰지 않아도 돼. 다무라다가 날 놓아줄 것 같지도 않으니, 상대해줘야겠지."

그러니까 어서 가라——고 말한 뒤에, 유우키는 모두에게 등을 돌리면서 다무라다와 대치했다.

"다들 출발해요."

""""알겠습니다!""""

모두가 자신이 해야 할 일을 자각했다.

다무라다가 배신자인지 아닌지, 그런 건 어찌 됐든 상관이 없게 되었다. 유우키의 뒷모습을 보고, 그의 각오를 깨달은 것이다.

지금 해야 할 일은 말싸움을 하는 게 아니라, 살아남기 위해서 필사적으로 도망쳐야 한다는 것이라고, 강자인 그들은 이해했다.

쓰러진 토루네오트를 아리아가 부축했다.

작은 몸집의 소녀가 덩치 큰 남자를 업은 모습은 우스꽝스러웠지만, 그걸 보고 비웃는 자는 없었다. 치유마법사가 토루네오트를 치료하면서, 일동의 후열에 가담했다.

그리고 그대로 질서정연하게 밤의 어둠 속으로 사라진 것이다.

몇 분 후.

넓은 회의실에는 유우키와 다무라다만 남게 되었다.

"이젠 도망쳐도 늦었습니다. 당신은 늘 마무리가 어설프다니까요. 유우키 님은 정보국을 너무 만만하게 보시고 있습니다."

"그럴지도 모르지. 하지만 발버둥을 쳐보면 거기서 활로를 찾아낼 수 있을지도 모르잖아?"

"가소롭군요. 이건 어린아이들 장난이 아니란 말입니다."

"물론이지. 나는 늘 진심이야."

"세계정복이라는 꿈같은 이야기도 말입니까?"

"당연하고말고! 그리고 그건 너도 마찬가지잖아?"

그 말을 듣고, 다무라다도 웃었다.

그래, 그 말이 옳다고, 진심으로 만족스럽게.

카구라자카 유우키는 다무라다에게 있어 좋은 주인이었다.

어린아이다운 유치한 생각도 종종 보였지만, 냉철한 면도 있었다.

실로 철저하게 타산적인 그의 모습은 다무라다를 질리게 하지 않았다.

그렇기에 더더욱 다무라다는 유우키를 신뢰하였다.

지금의 자신이 콘도에 의해 조종당하고 있다는 것을 알아차려 줄 것이라고.

....

....

......

다무라다가 황제 루드라에게 바치는 충성심은 진짜였다. 유우키도 인정하고 있지만, 루드라에 비하면 한참 모자랐다.

애초에 비교 대상조차 되지 않았다.

황제 루드라는 다무라다에게 있어서 모든 것이었다.

그리고 다무라다는 루드라와의 약속에 따라 행동하고 있었다. 그 약속을 완수하는 것이야말로, 다무라다의 인생을 건 목적이 되어 있었다.

콘도보다도 다무라다 쪽이, 루드라와 알고 지낸 시간이 더 길었다. 그렇기에 콘도도 다무라다에겐 손을 대지 않을 거라 생각하고 방심했던 건 부정할 수 없었다.

의심받고 있다는 건 자각하고 있었다. 그래서 경계도 했지만, 콘도는 다무라다가 생각했던 것보다도 위험한 남자였던 모양이다. 미샤에게 작별인사를 끝낸 직후, 다무라다의 의지는 콘도의 지배하에 놓여버렸다.

어떤 방법을 썼는지는 불명이지만, 다무라다가 어떤 수를 써도 해제하는 것은 불가능했다. 다무라다의 의식은 그대로 있었지만, 그의 행동은 전부 콘도에 의해 장악당하고 말았다.

·················.

············.

······.

(빌어먹을 콘도 녀석, 설마 나까지 조종할 줄이야. 녀석의 조심성에 대해서 높이 평가하곤 있었지만, 이 정도일 줄은 몰랐군. 그건 그렇고 역시 유우키 님은 대단해.)

자신의 힘으로는 해제할 수 없는 이상, 남은 희망은 유우키에게 부탁하는 것뿐이다. 그렇게 되면 다무라다가 처해 있는 상황을 알려줄 필요가 있었지만, 그게 너무나도 어려웠다.

누가 어떻게 봐도 다무라다가 배신한 것으로밖에 보이지 않기 때문이다. 이런 상태에서 자신을 믿어주기를 바라는 건 무리라고 생각하여, 다무라다 자신이 포기하려고 했을 정도였다.

그러나 유우키는 훌륭하게 알아차려주었다.

다무라다는 그 사실에 감동하면서, 콘도에게 허용된 내용만을 말했다.

"유우키 님, 임페리얼 가디언(제국황제 근위기사단)의 부단장, 서열 2위인 제 실력을 보여드리죠."

이 지배에는 허가제가 있으며, 다무라다의 행동에는 제한이 가해져 있었다. 그런 상황이면서도 다무라다는 가능한 한 많은 정보를 유우키에게 흘리려고 시도했다.

이름을 대는 것도 그중 하나이다.

자신이 줄 수 있는 정보를 모두 유우키가 알게 되면, 그 뒤에는 유우키는 나름대로 판단하여 자신을 도와줄 것이다. 다무라다는 그렇게 확신하고, 앞으로의 일을 유우키에게 맡길 생각이었던 것이다.

(이제 내가 유우키 님의 손에 의해 죽으면 모든 것이 끝난다. 루드라 폐하와의 약속도 유우키 님이 이뤄주시겠지. 그 결과를 자신의 눈으로 확인할 수 없는 것이 아쉽지만──.)

다무라다의 뜻은 분명 유우키가 이어줄 것이다. 유우키가 야망을 성취하기 위해선 다무라다의 목적도 같이 이룰 필요가 있으니까.

너무 많은 것은 바라지 않겠다고, 다무라다는 생각했다.

"안심해. 난 아직 널 더 부려먹을 생각이니까. 구해주마."

"하하하! 그런 낙천적인 소릴 하고 있다간, 절 쓰러트리는 건 불가능할 텐데요."

진심으로 솟구쳐 나오는 이 유쾌한 기분은 조종을 당하고 있어도 지워지는 게 아니었다. 다무라다는 마음이 가는 대로, 그 감정을 발산했다──.

●

제도의 큰 거리를, 30여 명의 전사들이 달리고 있었다.

유우키에게 받은 명령대로, 카가리와 동료들은 혼성군단과 합류하기 위해 밤의 제도에서 탈출을 시도하였다.

혼성군단이 야영하고 있는 지점은 드워프 왕국과의 국경선 부근이다. 제도의 남서방향으로 500킬로미터는 떨어져 있으며, 행상인도 열흘 이상이 걸리는 거리였다.

마력이 높은 자라면 제도 주위에 펼쳐져 있는 '전이문'을 이용할 수 있다. 정해진 도시 사이를 순식간에 이동할 수 있는 우수한 마법기술의 산물이었다.

그러나 100명이 일제히 이용할 수 있는 것은 아닌 데다, 중요 시설인 이상 경비는 엄중했다. 이렇게 밤늦은 시간에 몰려가도 전투가 벌어질 것이 명백했다.

카가리는 망설이지 않고, 자신의 발로 돌파하는 길을 선택했다.

여기서 분쟁을 일으키는 것보다 우선은 전력을 갖추는 것을 우선해야 한다고 판단한 것이다.

이 집단의 멤버는 누구 하나 할 것 없이 모두 인간의 레벨을 넘어선 초인들이다. 쉬지 않고 계속 달린다면 몇 시간도 안 되서 목적지까지 도달할 수 있을 것이다.

"카가리 님은 괜찮아?"

"네, 아무런 문제도 없어요. 걱정해줘서 고마워요, 티어."

카가리는 옆에서 나란히 달리는 가면의 소녀—— 티어에게 감사의 인사를 전했다.

카가리는 과거에 마왕이었으며, 마왕 레온에게 패배한 후, 스피리추얼 바디(정신체)인 상태로 몇 십 년이나 방황했던 과거를 가지고 있다. 정신생명체가 아니었던 당시의 카가리—— 마왕 카자리무는 자신의 자아를 유지하는 것만으로도 벅찬 상태였다.

그런 과거를 뛰어넘고, 유우키 덕분에 겨우 호문클루스(인조인

343

간)이라는 육체를 얻었다. 그리고 아무런 문제도 없이, 누구와도 비교가 되지 않을 정도로 자신을 강력하게 단련해냈다.

따라서 지금은 상위마인에 필적할 정도의 전투능력을 익힌 상태였다. 이 강자의 집단 중에서도 결코 뒤지지 않는 수준이었다.

"그래? 그럼 다행이지만. 이런 때에 라플라스가 있었다면 좋을 텐데……."

"그러네요, 라플라스라면 다무라다에게도 이겼을 텐데."

"홋홋호. 보스도 강합니다. 반드시 이기고 우리에게 돌아올 거예요!"

"그렇겠지?!"

"네, 그 말이 맞아요."

카가리는 그렇게 대답했지만, 속으로는 초조한 마음이 커지고 있다는 걸 자각하고 있었다. 아까부터 경종이 멈추지 않고 계속 울렸으며, 카가리의 불안은 점점 커지고 있었다.

(——위험해. 이대로 가면 위험하겠어.)

본능적인 직감이었지만, 이것으로 인해 몇 번이나 목숨을 구했는지 모른다. 그래서 카가리는 근거가 없어도 뭔가 타개책을 마련해야 한다고 생각했다.

그리고 가장 신용하고 있는 동료들인 티어와 풋맨 쪽으로 시선을 돌렸다.

"라플라스를 부르세요."

"뭐?"

"돌아오라고 전해줘요."

티어랑 풋맨이라면 라플라스와도 '염화'로 대화가 가능하다. 아무리 멀리 떨어져 있어도 광대들끼리는 서로 이어져 있는 것이다.

"라플라스는 사자로 보낸 상태인데——."

"상관없으니까 서둘러요!"

카가리에게만 들리는 경종의 소리가 점점 커져갔다.

설명하고 있을 시간은 없다. 그렇게 판단하고, 카가리는 티어의 반응에는 아랑곳하지 않은 채 다음 명령을 내리려고 했다.

"다들 여기서 흩어지세요! 그리고 각자의 판단으로 생존을 우선하면서——?!"

혼성군단과의 합류를 위해 움직이라는 그 말을 마지막까지 할 수는 없었다. 이미 늦었다는 걸 깨달은 것이다.

"——놀라운걸. 기척을 완전히 지웠다고 생각했는데, 용케도 알아차렸군."

그렇게 말하면서, 어둠 속에서 군복을 입은 남자가 모습을 드러냈다.

콘도 중위였다.

콘도뿐만 아니라, 거리에 인접한 건물의 지붕 위에서 차례로 소리도 없이 내려오는 자들이 있었다.

그 수는 50명 정도.

그러나 그 한 명, 한 명에선 압도적이기까지 한 기운이 느껴졌다.

"임페리얼 가디언(제국황제 근위기사단)……."

"그래. 쓸데없는 저항은 포기하고 항복해라. 그러면 황제폐하를 위해 죽는 영광을 주도록 하마."

"그렇군, 인정하는군요. 콘도 중위, 당신이 임페리얼 가디언의 단장이라는 것을."

그런 지적을 받으면서도, 콘도는 무표정을 유지하고 있었다.

부정도 긍정도 하지 않았지만, 카가리에겐 그것만으로 충분했다.

카가리와 동료들은 밀집하면서, 자신들을 포위하듯이 선 기사들을 경계했다. 이렇게 된 이상, 전투는 피할 수 없는 상황이었다.

로열 나이트(근위기사)들은 레전드(전설)급의 무기와 방어구로 완전무장한 상태였다. 실력으로는 호각이라도 장비의 차이는 컸다.

압도적으로 불리했지만, 여기서 포기할 마음을 먹는 자는 유우키의 부하들 중에는 존재하지 않았다.

"하핫, 어디 한번 붙어보자고. 이렇게 되면 오히려 우리도 귀찮은 수고를 덜 수 있어서 좋은 거니까!"

"그 말이 맞네. 근위기사들의 실력을 한번 보기로 할까요!"

방금 전까지만 해도 다 죽어가던 토루네오트가 기염을 토하자, 아리아도 그에 응하면서 허세를 부렸다.

비현실적인 힘을 지닌 실력자답게, 싸워보지도 않고 패배를 인정할 마음은 전혀 없었다.

그런 분위기 속에서 카가리는 필사적으로 상황을 계속 분석하고 있었다.

모두가 살아남을 수 있는 확률은 한없이 제로에 가까웠다. 현 단계에서의 전술적 승리 목표는 보다 많은 동료들이 혼성군단과 성공적으로 합류하는 것이었다.

그러기 위해선 시간벌이가 필요했다.

유우키가 다무라다를 쓰러트릴 때까지.

라플라스가 도와주러 올 때까지.

그때까지의 귀중한 시간을 버는 것. 그게 바로 카가리의 사명이라고 인식했다.

(자, 누구든지 먼저 늦지 않게 도착해주면 좋겠지만, 과연 어떻게 될까.)

그렇게 생각하면서, 카가리는 콘도 앞으로 한발 나섰다.

"호오? 네가 내 상대를 할 생각인가?"

"네, 근위기사단의 톱인 분이 얼마나 강한지 확인해보도록 하겠어요."

카가리는 그렇게 대답했지만, 자신의 실력은 콘도에 비해 훨씬 모자란다는 것을 이해하고 있었다. 카가리의 목적은 자신을 미끼로 쓰는 것이었다.

(이기진 못하더라도 최소한 시간을――.)

그렇게 기합을 넣으면서, 콘도를 향해 싸울 자세를 잡았다.

그에 반해 콘도는 카가리 따위는 안중에도 없는 반응이었다. 주위에서 시작된 전투를 보고, 고개를 절레절레 저으면서 한숨을 쉬고 있었다.

"나는 의미 없는 짓을 싫어한다. 시간벌이에 어울려줄 생각 따윈 없는 데다, 정신론으론 전쟁에 이기지 못한다는 걸 이해하는 게 좋을 거야."

"글쎄, 어떨까요? 기도하면 기적이 일어날지도 모르죠."

"훗, 가소롭군. 예전에 마왕이었던 자라면 그런 잠꼬대는 하지 마라."

그 말을 듣고, 카가리도 혀를 한번 찼다.

자신이 과거에 마왕이었다는 사실은 극소수의 동료들에게만 알려져 있었을 것이다. 그 사실을 콘도는, 너무나도 쉽게 폭로했다. 즉, 그 정도의 정보는 별 것 아니라고, 그렇게 판단하고 있다고 생각할 수밖에 없었다.

"날 우습게 보고 있군요."

"딱히 그럴 생각은 없다. 그보다 하나 알려주도록 하지. 너희의 목표는 혼성군단과의 합류이겠지만, 그건 헛수고다. 이미 조금 전에 황제폐하께서 직접 토벌군을 조직하여 출전하셨으니까 말이지."

"뭐라고요?"

황제가 출전했다면 이상사태이다.

그러나 카가리의 마음에 걸렸던 것은 토벌군이라는 말이었다.

"당연하지 않은가. 중요한 것은 강자들뿐. 루드라 폐하께 충성을 맹세했다면 또 모를까, 진화할 가능성도 없는 잔챙이들은 필요가 없으니까 말이지."

"그게 무슨──."

"이해가 안 되나? 네놈들이 지금 살아 있는 건 진화할 가능성이 남아 있기 때문이다. 모든 것은 루드라 폐하의 계획대로 진행되고 있다는 뜻이다."

"그런 말도 안 되는……! 우리 계획을 이미 다 알고 있었단 뜻이야?!"

격노하는 카가리.

콘도는 흥미가 없다는 표정으로 카가리를 한 번 보고는 말했다.

"어리석은 질문이로군. 그렇지 않으면 설마 이 제도에서 내 눈을 속일 수 있을 거라고 생각했나?"

카가리의 마음에 어슴푸레한 분노의 불꽃이 일었다.

그 불꽃의 이름은 굴욕이었다.

유니크 스킬 '꾀하는 자(기획자)'에 의해 카가리는 다양한 계획을 입안했고 성공시켜왔다. 리무루에 관련된 계획은 계속 실패하긴 했지만, 자신은 유우키의 심복이며 책사라는 것이 카가리의 긍지였다.

그걸 콘도는 콧방귀를 뀌면서 비웃은 것이다.

"인간 주제에……."

"그건 카구라자카 유우키를 말하는 거겠지?"

머리끝까지 피가 치솟는 듯한 격렬한 분노를 느끼면서, 카가리는 눈앞이 새하얗게 된 것 같은 착각을 느꼈다.

그러나 그게 콘도의 계략이라는 것도 꿰뚫어 보고 있었다. 분노에 모든 걸 맡기면서 감정적으로 되었다간 이길 수 있는 승부도 지고 말 것이다.

그 증거로, 카가리의 분노에 촉발되었는지 풋맨이 이성을 잃은 것처럼 콘도에게 공격을 가하고 있었다. 광대연합의 멤버 중에서도 최대의 공격력을 자랑하는 풋맨이 자제력을 잃은 모습으로 거리의 파괴는 아랑곳하지 않고 극대마법탄을 날리고 있었다.

콘도는 그걸 대수롭지 않게 피하고 있었지만, 거리에선 경보가 울렸고 큰 소란이 벌어질 것 같은 분위기였다. 이대로 가면 근위기사들뿐만 아니라, 경비병이랑 구경꾼들까지 달려올 것이다.

이렇게 된 이상, 카가리 일행들이 괜한 배려를 할 필요는 없어졌다. 방해하는 자를 적으로 보고 물리치면 되겠지만, 그 정도는 콘도 일행들도 잘 알고 있을 것이다.

그럼 왜 지금 같은 상황을 허용하고 있는 것일까?

그게 카가리에겐 의문이었다.

(침착해, 냉정해지는 거야. 이 녀석은 나를 분노하게 만들려 하고 있을 뿐이야…….)

콘도가 노리는 게 뭔지를 꿰뚫어 보고 있으니 상대를 하지 않으면 그만이다. 그렇게 생각하면서, 카가리는 분노를 억눌렀다. 그리고 문득 뭔가 중대한 걸 보지 못하고 넘어간 것 같은, 그런 불안감에 휩싸였다.

(잠깐……? 다무라다는 누군가에게 조종을 당하고 있었어. 그게 콘도의 짓이라고 한다면──.)

풋맨뿐만 아니라 티어도 전투에 참가하고 있었다. 그리고 주위에선 근위기사들과 유우키의 동료들 사이에서 처참하게 느껴질 정도의 살육전이 시작되고 있었다.

콘도는 그런 상황에서도 안색 하나 변하지 않았다.

어느새 오른손에 권총을 쥐었고, 왼손에는 칼을 든 자세로 대처하고 있었다. 풋맨과 티어, 마왕도 능가하는 마인을 상대하면서도, 여유 있는 자세를 그대로 유지하고 있었다.

강할 것이라곤 예상했지만, 이건 예상한 것 이상의 수준이었다.

틀림없이 다무라다보다 강하다. 그렇게 느낀 카가리는 새삼 콘도가 얼마나 두려운 존재인지를 깨달았다.

콘도는 총을 겨누고만 있을 뿐, 쏘려는 동작은 보이지 않고 있었다. 칼만으로 풋맨과 티어를 상대하였다.

그 칼 말인데, 카가리의 눈으로 봐도 명도였다. 사실 카가리는

잘 몰랐지만, 그 칼은 해군태도형군도(海軍太刀型軍刀)라고 불리는 형식으로 만들었지만, 가장 중요한 칼날은 홀린 채 바라볼 정도로 아름다운 파문이 그려진 것이었다. 콘도의 집에 대대로 전해졌던 가보였으며, 초보자가 지니고 있을 만한 싸구려가 아니었다.

당연하게도 한 손으로 다룰 수 있는 종류의 무기가 아니었다. 그런데도 콘도는 손잡이의 아랫부분을 왼손으로 쥔 채, 한 손만으로 다루고 있었다. 그런 특수한 유파가 있다는 생각은 들지 않으므로, 원래 실력을 발휘하고 있는 게 아니라는 것을 바로 알 수 있었다.

(이 남자는 위험해. 저 두 사람을 상대하면서, 진짜 실력을 전혀 보이지 않는다니……. 하지만 왜지? 죽일 생각이라면, 좀 더 진지하게 상대해야 할 텐데. 그러지 않는다는 건 역시 우리에게 어떤 이용가치가 있다고 걸까? 그건 역시——.)

그리고 카가리는 그 의문에 대한 대답에 도달했다.

카가리가 소리쳤다.

"조심해요! 콘도는 우리가 모르는 어떤 수단을 통해서 다른 사람을 조종할 가능성이 있어요!"

"홋, 그 말이 맞다."

콘도는 부정할 거라 생각했더니, 순순히 인정했다. 그걸 꺼림칙하게 생각하는 카가리.

(이 남자가 자신이 가진 패를 순순히 드러낸다고? 아니, 이미 우리가 의심하고 있는 이상 부정해도 의미가 없어. 오히려 긍정하면 우리의 경계심을 높이게 되지. 하지만 모르겠어. 대체 어떤 방법으로——.)

카가리는 모든 것을 의심하게 되었다.

콘도의 생각이 이해가 되지 않으면서, 어떻게 하는 것이 정답인지 읽어낼 수가 없었다.

싸워도 이길 수 없는 이상, 철저하게 시간을 번다는 당초의 작전에 따르는 것이 제일 좋은 방법일 것이다. 그렇게 생각했지만, 왜 그 작전에 콘도가 어울려주는 건지 알 수가 없었다.

(——아니, 이상해! 이 남자는 시간벌이에 어울려 줄 생각은 없다고 말하면서, 왜—— 헉! 그렇구나. 그랬단 말이네!!)

카가리는 그제야 겨우 콘도가 지닌 진정한 두려운 면을 알았다. 대화 하나하나에 의미가 있었으며, 거짓말을 섞어놓는 것으로 이 자리의 분위기를 완전히 지배하고 있었다는 것을 이해하면서.

"당신도 시간벌이를……."

"이제 겨우 알아차렸나? 내가 네놈들의 시시한 시간벌이에 어울려주고 있었다는걸."

"큭."

"네놈들의 생각을 파악하는 것쯤은 쉬운 일이다."

냉정함을 유지하려고 했어도 콘도의 도발이 카가리를 자극했다.

"그런 지어낸 얘기를——."

"내가 왜 '정보 속에 둥지를 틀고 사는 괴인'이라고 불리는지 아나?"

"…………."

"너도 방금 말했을 텐데? 내가 다른 사람을 조종할 수 있다고. 그렇다면 조종하고 있는 자의 지식을 손에 넣는 것도 쉬운 일이라는 걸 왜 떠올리지 못하지?"

이자가 무슨 소리를 하는 거지? ——카가리는 그렇게 생각하면서 경악했다.

거짓말이라고 하긴 너무 치졸하다. 그러나 진실이라면 중요한 기밀은 전부 누설된 것이다. 자신이 가진 패를 드러내는 짓을, 이 신중한 남자가 하리라는 생각은 들지 않았다.

"귀찮군. 나도 모든 걸 다 꿰뚫어 보고 있는 건 아니다. 네놈들과 접촉하는 건, 네놈들이 교외로 나온 뒤에 할 예정이었다. 제도에 피해가 생긴 것도 예상외의 결과이며, 이렇게 적당히 봐주면서 상대하고 있는 것도 쓸데없는 고생이다."

"봐주면서 상대한다고?!"

"홋홋호, 우릴 우습게 보고 있군요!!"

콘도의 말에 반응하면서, 티어와 풋맨이 격노했다. 그건 상대의 계략에 넘어가는 짓에 지나지 않으며, 지금 같은 경우엔 악수가 된다. 그걸 이해하고 있기 때문에 카가리는 더욱 초조해졌다.

"진정하세요, 당신들! 상대의 말을 듣고 감정을 흐트러트리지 말아요!!"

그렇게 외치면서, 어떻게든 두 사람의 폭주를 막으려고 했다.

콘도는 시시하다는 표정으로, 그렇게 말하는 카가리를 바라봤다. 그리고 권총을 향해 시선을 잠깐 돌린 뒤에, 무슨 생각을 한 것인지 품에 집어넣었다.

"귀찮군. 죽이지 않을 정도로만 전투력을 빼앗아주마. 덤벼라."

콘도가 양손으로 칼을 잡고 자세를 취한 순간, 분위기가 일변했다.

그건 달인만이 내뿜을 수 있는 기운.

"티어, 이 녀석은 저에게 양보해주시겠습니까. 받아보세요, 인간!!"

두 사람의 기운이 거대하게 부풀어 오르자, 전투 중이었던 자들까지 압도된 것처럼 싸움을 멈췄다.

콘도는 팔상자세(검도의 자세 중의 하나로 좌상단자세를 변형시킨 자세)를 취하면서, 조용히 적이 오기를 기다렸다.

그에 비해 풋맨은 방어 같은 건 전혀 고려하지 않는 특공의 자세를 잡았다. 온몸을 투기로 뒤덮은 채, 스스로를 거대한 탄환으로 바꿔서 돌격했다.

그 뚱뚱한 몸을 보면 상상할 수 없을 정도로 기민하게 움직였으며, 마치 구르는 것처럼 이동했다. 그리고 땅을 박차고 가속하면서, 콘도의 주위를 뛰어다니기 시작하는 풋맨. 불규칙한 움직임을 반복하면서, 점점 속도를 높여갔다.

"호————웃훗훗호. 제 움직임을 파악할 수 있으면 파악해보시죠!"

풋맨은 자신의 힘이 낼 수 있는 최고 경지에 도달했다고 확신했고, 콘도를 향해 최종오의를 사용했다.

풋맨의 힘의 정체는 유니크 스킬 '늘어나는 자(증폭자)'라고 한다. 이 권능의 본질은 증폭.

파동이든 질량이든, 뜻대로 늘릴 수 있는 것이다. 한 번 뛰는 것만으로 가속하는데다, 자신의 체중도 계속 증가하면서, 겉보기로는 상상할 수 없는 중량으로 늘어난 상태였다. 이 운동에너지를 그대로 부딪치면 어떤 상대이든 산산조각이 날 것이다.

"받아보시죠, '앵그리 스플래터(분노의 폭발비산)'——!!"

절대적인 자신감과 파괴력을 담아서, 풋맨이 콘도에게 달려들었다. 그러나 콘도는 표정 하나 바뀌지 않은 채 자신이 지닌 검의 기술을 날렸다.

"'지천굉뢰(地天轟雷)'를 휘둘러주었다. 영광으로 생각해라."

그 목소리가 조용하게 들린 것은 모든 것이 끝난 뒤였다.

풋맨의 두 팔과 두 다리는 방금 그 한순간에 절단되고 말았다. 누구의 눈에도 보이지 않을 만큼 빠른 기술이었다. 압도적인 실력차이가 없다면 이렇게까지 놀라운 재주를 보이는 것은 불가능했다.

목은 붙어 있었지만, 새빨간 피가 솟구쳐 나오고 있었다. 그래도 풋맨이라면 죽지는 않겠지만, 전투를 계속하는 건 어려울 것이다.

"티어라고 했지? 그 남자의 손발을 묶어 주고, 그러는 김에 목도 지혈시켜줘라. 아직 죽으면 안 되니까 말이지."

태연하게 말하는 콘도.

그의 오른손에는 다시 권총이 쥐어져 있었고, 처음의 스타일로 돌아가 있었다. 그 자세는 아무리 봐도 더 이상 상대할 마음이 없다는 의사표시였다.

"무슨, 무슨 생각을 하는 거야——?!"

"네놈들은 죽이지 않는다. 특히 너, 카가리—— 아니, 전(前) 마왕 카자리무. 너에겐 이용가치가 있다. 그러니까 죽일 수는 없다는 얘기다."

"바보군요. 이런 짓을 당하고도 협력할 것 같나요?"

"홋, 허락 같은 건 필요도 없다. 알려줬을 텐데? 나는 다른 사람을 조종할 수 있다고 말이야."

한없이 밉살스러운 남자라고 생각하면서, 카가리는 증오를 담은 눈으로 콘도를 봤다.

그 말투가 너무나도 부아가 났다. 자신의 생각은 분명 올바를 텐데도, 틀린 게 아닐까 하는 불안감이 자꾸 들게 만들었다. 콘도의 말 한 마디 한 마디가 카가리를 자극한 것이다.

그때 콘도가 쥔 권총이 붉은빛으로 빛났다.

그걸 보고, 콘도의 입꼬리가 살짝 올라갔다.

그건 너무나도 작은 미소였다. 이 남자도 웃을 줄 안단 말인가. 그렇게 생각한 것과 동시에 지금까지 들었던 것 중에서 가장 큰 경종 소리가 카가리의 마음속에 울려 퍼졌다.

(시간벌이…… 그렇군, 그 말은 정말이었던 말이지?!)

이제 와서 알아차린들 이미 늦은 뒤였다.

이렇게까지 농락당한 자신에게 질렸지만, 그래도 카가리는 최선의 길을 계속 모색했다.

그게 무엇인지 명확하진 않았지만, 콘도의 패가 다 갖춰진 것은 틀림이 없었다. 이대로 도망치는 건 불가능하며, 더 이상 시간을 버는 것도 어려울 것 같았다.

그렇다면 선택할 수 있는 수단은 단 하나.

카가리에게 남은 길은 동료를 덮치게 될 위험의 싹을 뽑는 것뿐.

즉, 자살이었다.

죽음을 선택함으로써 정보누설을 막겠다는 결심을 한 것이다.

그렇다고 해도 데스맨(요사족)인 카가리는 진정한 의미로 죽는 것은 아니다. 이 육체를 잃게 되겠지만, 한 번 더 누군가에게 깃들면 계속 살아갈 수 있다.

풋맨이랑 티어도 카가리의 의도를 눈치챌 것이다. 그들도 또한 데스맨이며, 카가리와 마찬가지로 진정한 의미로는 죽지 않는다. 세 명이 동시에 콘도를 공격함으로써 카가리와 광대들의 의도를 들키는 일 없이 목적을 달성할 수 있을 것이다.

비록 육체를 잃는다고 해도, 뿌리치고 도망만 칠 수 있다면 최악의 사태는 피할 수 있다. 그게 카가리가 내린 판단이었으며, 비장의 수였다.

(모처럼 유우키 님이 얻어주신 육체인데 정말 분하네. 정착하기까지 시간도 오래 걸렸지만 모든 걸 잃는 것보다는 낫겠지. 풋맨이랑 티어도 같이 끌어들여서 미안하지만, 다음에는 더욱 강인한 육체를 마련해 주기로 하자.)

카가리는 그렇게 결단을 내렸다.

뒷일은 라플라스가 어떻게든 해줄 것이라 믿으면서.

예상외로 콘도는 너무 강했다. 현 단계에서 카가리의 예상으로는 콘도와 라플라스의 실력은 호각이었다. 아니, 콘도가 조금 더 강할 가능성이 있었다.

여기서 운 좋게 합류할 수 있었다고 해도 승리가 확실하지 않은 이상, 라플라스까지 위험에 노출시키는 건 어리석은 계획이다. 카가리는 그렇게 판단한 것이다.

불안한 요소는 콘도가 다른 사람을 어떻게 조종하고 있는가, 하는 것이다.

그걸 확실하게 파악한 뒤에 도망치고 싶었지만, 지나친 욕심을 부리는 것은 위험하다. 카가리는 망설임을 버리고, 즉시 행동에 나섰다.

"이것 참, 인간 따위가 날 얕봤단 말이군요. 풋맨, 티어, 장난치지 말고 온 힘을 다해서 덤벼요. 그리고 마왕이라고 불렸던 내 진짜 힘을, 제대로 맛보도록 하세요!"

카가리는 온몸에 오라(요기)를 강하게 두르면서, 한계를 넘은 힘을 냈다. 이런 무모한 짓에 임시로 마련한 육체가 버텨낼 리가 없었으며, 오래 가야 몇 분이 한계인 상태였다. 그러나 반대로 이렇게 함으로써 자살이라는 의심을 받지 않고 끝낼 수 있다고 생각했다.

풋맨과 티어도 카가리의 상태를 보고 작전을 이해했다.

"홋홋호, 손발을 잃은 것 정도론 날 멈출 수 없죠!"

"나도 아직 더 싸울 수 있어! 진짜 실력을 내보는 게 오랜만이라 두근거림이 멈추질 않네!"

카가리에게 맞춰 주려는 듯이, 풋맨도 몸을 둥그렇게 말더니 도약을 시작했다. 그리고 티어도 카가리와 마찬가지로 오라(요기)를 해방하기 시작했다.

제도의 중심구역에서 거대한 오라가 점점 방대하게 부풀어 올랐다. 콘도가 동귀어진을 노린 특공을 날리려고 한다고 생각하게만 만들면, 카가리 일행의 작전은 성공이었다.

하지만.

콘도는 그런 상황인데도 불구하고, 눈썹 하나 까딱하지 않았다. 차분한 동작으로 칼을 집어넣더니 권총의 상태를 확인하고 있었다.

그리고 대수롭지 않은 말투로, 카가리 일행에게 찬물을 끼얹는 듯한 발언을 던졌다.

"데스맨이란 종족은 스피리추얼 바디만으로 생존할 수 있다고 하더군."

그 발언은 도저히 무시할 수 있는 게 아니었다.

카가리와 광대들이 어떤 종족인지에 대해서 알고 있는 자는 동료들 중에선 유우키뿐이었다. 다무라다조차 모르는 초극비정보이며, 아무리 콘도라고 해도 알 리가 없는 일인 것이다.

"어, 어떻게 그걸――."

"싸움이란 건 시작하기 전에 모든 게 끝나 있는 것이다. 기갑군단이 전멸한 것도 적을 얕보고 정보 수집을 게을리했기 때문이지. 확실한 정세를 알지도 못하고 폭주하다니, 패배를 확정시키는 짓이나 다름없지. 그렇게 생각하지 않나?"

"…………."

"그러고 보니 네놈의 부하도 기대 밖이었지. 최고의 타이밍에 맞춰 싸울 수 있게 만들어줬는데 신참 마왕 따위에게 지다니, 그러고도 마왕이라니 웃기는군."

"――뭐라고요?"

"뭐, 패배해주는 게 우리 입장에선 더 좋은 일이긴 했지만 말이야. 그 땅에서 무슨 일이 일어난 것인지, 그 사정은 대강 파악할 수 있었고, 클레이만보다 재미있는 존재가 태어났으니까."

"그게 무슨 소리냐고 묻고 있잖아아――!!"

카가리의 분노는 폭발했다.

냉정해져만 한다는 생각은 완전히 사라졌으며, 눈앞에 있는 남자, 콘도 중위에 대한 증오로 인해 이성을 잃어버렸다.

콘도의 발언은 곧, 클레이만을 조종하고 있었다는 자백과 다르지 않았다.

생각해보면 클레이만은 언제부터인가 폭주하는 기미를 보이고 있었다. 라플라스의 보고에 따르면 수십일 전부터 그런 경향이 강해졌다고 했다.

마왕이 된 스트레스 때문일 것이며 지나친 걱정이라고 카가리는 생각했지만, 그게 콘도 때문이었다고 하면 얘기는 달라진다.

자신이 입안한 작전이 차례로 실패한 것도 누군가가 방해했기 때문이라고 하면 용서할 수 없는 일이었다. 그리고 무엇보다 귀여워했던 클레이만이 죽은 것도 콘도에게 조종을 받은 것이 원인이었다고 한다면…….

(용서하지 않겠어. 절대로 용서하지 않을 거야.)

카가리의 분노는 자제할 수 있는 것이 아니었다. 분노라는 감정에 민감한 풋맨도 또한 카가리의 분노에 반응하여 그걸 증폭시키고 말았다.

그 결과, 모든 것이 콘도의 생각대로 되어버린 것은 실로 아이러니했다.

아니, 그게 바로 콘도가 노리는 것이었다.

"어설프군. 싸우는 중에 감정적이 되다니. 그 정도밖에 안 되는 각오이니까 이렇게 쉽게 덫에 걸리는 거다."

콘도는 그렇게 말하면서 방아쇠를 당겼다.

"아."

타앙──하는 작은 소리가 울려 퍼졌고, 카가리가 움찔하고 뒤로 물러났다.

피는 흘리지 않았다.

그건 너무나 특수한 탄환이며, 육체가 아니라 정신에게 영향을 끼치는 것이기 때문이다.

그 이름은 '도미니온 불릿(지배의 주탄(呪彈))'이라고 했다.

황제 루드라로부터 받은 비보이며, 콘도의 비장의 수들 중의 하나였다.

'도미니온 불릿'에는 루드라의 권능의 일부가 담겨 있으며, 다른 사람을 지배하여 조종하는 효과가 있었다. 단, 한 번에 한 사람밖에 효과가 없는 이상, 정신력이 강한 자는 레지스트(저항)할 가능성이 아주 높았다.

여분의 탄환도 받았지만, 사용할 곳을 생각한다면 신중히 써야 할 필요가 있었다. 만약 실패하면 적에게 자신의 공격수단을 그대로 보여줄 뿐만 아니라, 자신의 패를 하나 잃게 되기 때문이다.

마왕 급의 자를 지배하려고 하면, 잘 때를 노리거나 혹은 흥분한 상태에서 써야만 했다.

욕망에 눈을 흐리게 만들거나, 혹은 분노나 슬픔 같은 어두운 감정에 빠지게 만들거나. 대상을 그런 상태에 빠트린 뒤에 '도미니온 불릿'을 맞춰야 겨우 지배가 가능해지는 것이었다.

"힘은 좀 들었지만 계획대로 되었군. 카가리, 동료들의 전투행위를 중지시켜라. 신중한 너라면 소환자에겐 '주언'을 새겨놓았겠지?"

"잘 알겠습니다, 콘도 님."

"존칭을 쓸 필요는 없다. 나는 그냥 중위라고 부르면 된다."

"네, 콘도 중위님. 명령대로 하겠습니다."

이리하여 카가리는 콘도의 수중으로 떨어졌다.

그리고 콘도가 예상했던 대로, 유우키의 동료들의 영혼에는 '주언'이 새겨져 있었다. 티어랑 풋맨도 마찬가지로 명령을 내리는 자인 카가리의 말에는 거역하지 못하게 된 것이다.

'주언'이 새겨져 있지 않은 자들도 있었지만, 그들도 상황이 불리하다는 걸 깨달았다. 동료들끼리 싸워봤자 기다리는 것은 개죽음이며, 저항하는 것보다 붙잡히는 게 더 낫다고 판단한 것이다.

제도의 밤에 어둠의 고요함이 다시 돌아왔다.

"원망하려면 힘이 없는 자신을 원망해라. 정의라는 건 각 개인의 수만큼 존재하며, 더욱 강한 의지에 의해 통합되는 것이다. 이상도 또한 마찬가지. 네놈들의 야망은 루드라 폐하의 대의 앞에 이슬이 되어 사라진 것이다. 단지 그뿐이다."

이게 바로 약육강식이라는 절대적인 규칙이었다.

콘도는 그걸 잘 알고 있었다.

"애초에 짓밟힐 각오가 없는 자는 야망을 지닐 자격조차 없지만 말이지. 그러므로 내가 네놈들의 원통함을 기억해주겠다."

콘도 자신도 또한 각오를 지닌 채 살고 있었다. 그렇기에 콘도는 카가리 일행을 업신여기지 않았다.

패배하면 자신도 같은 운명을 따르게 될 것이라는걸. 경험을 통해 배우고 이해하고 있었다.

유우키와 다무라다는 주먹을 주고받으면서, 격렬한 전투를 벌이고 있었다.

　벌써 몇 번째인지 모를 정도로 두 사람의 공방은 계속 바뀌었다.

　주저 없이 얼굴의 급소를 노리고 날린 백너클을, 손바닥으로 받아내는 유우키. 그대로 다무라다의 손목을 못 쓰게 만들려고 했지만, 그걸 허용할 다무라다가 아니었다. 손날공격을 날려서 유우키를 견제했다.

　그 손날을 예상하고 있던 유우키는 상반신을 뒤로 젖히면서 연속 차기를 두 번 날렸다. 그걸 감지한 다무라다는 그 자리에 주저앉아 다리 후리기를 실행했──지만, 유우키는 그것도 예상하고 있었는지, 위로 뛰어 돌려차기로 다무라다의 머리를 노렸다.

　그러나 그 발차기는 허공을 가를 뿐이었다.

　다무라다는 이미 거리를 벌린 뒤에 일어서 있었다.

　인간의 범주를 넘어서 벌어지고 있는 세련된 무술의 응수. 몇 번이고 몇 번이고 반복되면서, 지금은 마치 약속대련을 보고 있는 것 같은 규칙적인 움직임을 보여주었다.

　단, 일반인의 눈으로는 제대로 쫓아가지 못할 정도의 속도였다. 관객이 없는 것은 아쉬웠지만, 그걸 충분히 감상할 수 있는 실력자를 찾는 것은 어려울 것이다.

　단련을 거듭한 자신의 육체만으로 벌어진, 달인들의 격투전이었다.

　그러나 실제로 벌어지고 있는 것은 그뿐만이 아니었다.

　유우키는 다무라다와 의사소통을 하기 위해 대화가 아니라 '염화'를 시도하고 있었다. 다무라다도 그에 응하려고 유우키의 행동을 도와준 것이다.

쓸데없는 육체끼리의 접촉이 많았던 것은 그 한순간에 정보교환을 하고 있었기 때문이었다.

『이것 참, 겨우 연결되었나. 설마 다무라다. 너까지 얼티밋 스킬(궁극능력)을 획득했을 거라곤 생각하지 못했어. 내 '염화'를 전하려고 이렇게까지 고생을 할 줄이야. 혹시 나와 만났을 무렵부터 가지고 있었나?』

『빌린 거라서 말이죠. 당연하지만 유우키 님을 만났을 때부터 소유하고 있었습니다.』

좀처럼 쓰지 않았으니까 알아차리지 못했겠지만요——. 다무라다는 그렇게 말하면서 요령껏 추가 설명을 했다.

유우키는 쓴웃음을 지을 수밖에 없었다.

자신도 얼티밋 스킬에 눈을 뜬 지금, 유니크 스킬과의 절대적인 '격'의 차이를 깨닫고 있기 때문이다.

그렇다고 쳐도 다무라다의 대답에는 그냥 듣고 넘길 수 없는 말이 있었다.

『빌린 거라고? 그게 무슨 뜻이지?』

원래 스킬(능력)이란 것은 자력으로 획득하는 것이다.

유우키처럼 만들어낼 수 있는 자도 있지만, 그렇다고 해서 무에서 유를 창조해낼 수는 없었다. 자신이 바라는 것을 바탕으로 삼아 '영혼의 힘'의 형태를 바꾸고 있는 것에 지나지 않는 것이다. 그렇기에 더더욱 스킬을 양도할 수 있다는 것은 무시할 수 없는 얘기였다.

다무라다는 대답했다.

『말 그대로의 의미입니다. 제 힘은 황제폐하로부터 주어진 것에 지나지 않습니다.』

『그런 짓이 가능하단 말인가?』

『의심하시는 건 이해할 수 있습니다만, 저라는 증인이 있습니다. 가능하다고 이해할 수밖에 없을 겁니다.』

『그렇군, 타당한 말이야.』

그런 말을 들으면, 유우키도 납득할 수밖에 없었다.

그렇게 되자, 다음 의문이 떠올랐다.

『그, 스킬의 양도 말인데, 누구에게라도 가능한 건가?』

설마 하고 말하면서 다무라는 웃었다.

『평범한 인간으로는 얼티밋 스킬은커녕 유니크 스킬을 받을 수도 없습니다. 권능을 받아들이기만 해도 방대한 에너지를 필요로 하니까 말이죠. 그야말로 '이세계인'처럼 육체를 새로이 바꾸기라도 하지 않는 한 말이죠.』

『그 말을 듣고 안심했어. 황제가 얼티밋 스킬의 바겐세일이라도 하고 있는 건가 싶어서 초조해졌지 뭐야.』

『하하하, 그건 아직 실현되지 않았습니다. 그렇게 하려고 하는 것이 폐하의 계획이니까요.』

과연. 유우키도 이제서야 이해했다.

『그러기 위해서 강자를 모으고 있는 건가.』

『그렇습니다. 인간도 말이죠, 수행 끝에 진화하는 존재거든요. 종족 그 자체가 변하면서, '선인'이 되는 겁니다. '성인'의 경지에 도달해 있는 유우키 님이라면 그 이치도 알고 계시겠죠?』

『그렇긴 하지.』

유우키도 실감하고 있었다. 인간에서 '선인'으로, 그리고 '성인'으로 이르려면 평범하게 수행하는 것만으론 불가능하다는 것을.

그 서방열국에서 최강이라는 칭호를 얻었던 '십대성인'조차도 진정한 의미의 '성인'의 경지까지 도달했던 자는 히나타와 사레 두 명뿐이었던 것이다.

『인간은 '선인'으로 진화해야 비로소, 인간끼리 어울리지 않으면 살아갈 수 없는 인간이라는 굴레에서 빠져나올 수 있다. 그리고 개인이면서도 세계와 이어지는 것이 가능해지죠. 이 단계까지 이른 자들을 모은 것이 임페리얼 가디언(제국황제 근위기사단)이며, 루드라 폐하의 선별기준에 아슬아슬하게 합격했다고 할 수 있을 겁니다.』

『'선인'인데도 아슬아슬한 수준이라고?』

『네, 그렇습니다. 유우키 님도 기이와 싸웠다면 그자의 강함을 이해했겠죠? '성인'이라고 해도 승리할 가능성은 없다는 것도.』

『그건 뭐, 그렇긴 하지.』

기이의 실력은 비정상적인 수준이었다. 실제로 싸워보고, 그 사실은 충분히 잘 알고 있었다. 어중간한 힘으로는 마왕 기이 크림존의 상대를 하는 것조차 불가능할 것이라고.

『기이에게 이기려면 궁극의 힘에 각성해야 한다는 게 최소한의 조건입니다.』

『그게 얼티밋 스킬이란 말인가.』

유우키도 납득이 되는 얘기였다.

자기 자신이 얼티밋 스킬을 얻은 뒤로, 그 사실을 보다 강하게 실감할 수 있었다. 얼티밋 스킬을 지닌 자에겐 얼티밋 스킬로밖에 대항할 수 없었다.

『바로 그렇습니다. 루드라 폐하는 그 사실을 잘 알고 계셨죠. 그렇기에 더더욱 '선인'의 영역에 이른 자들에게 시련을 부여함으로써 새로운 각성을 재촉하고, 궁극의 힘을 주기에 어울리는 그릇으로 단련시키려 하고 계시는 겁니다.』

『무모하기 짝이 없는 짓이로군. 하지만 나라도 그렇게 했겠지.』

『이해가 빨라서 좋군요.』

유우키와 다무라다는 서로를 보고 웃었다.

일반인들은 이해할 수 없는 얘기겠지만, 유우키는 그 방법이 이치에 맞는다는 것을 간파했다. 방법론만 확립시키면 얼티밋 스킬에 각성한 자를 많이 모을 수 있을 것이다.

선각자에게 자신이 뒤처진 것이 부아가 났지만, 인정할 점은 인정하자고 유우키는 생각했다. 그보다 그 방법에 빼놓을 수 없는 루드라의 특이성이 더 문제였다.

『루드라가 다른 자에게 궁극의 힘을 줄 수 있다는, 그 사실이 놀라웠지만 말이야.』

『후후후, 그게 바로 루드라 폐하의 위대함을 증명하는 사례입니다. '성인'의 경지에 이른 자는 루드라 폐하로부터 얼티밋 인챈트(궁극부여) '얼터너티브(대행권리)'를 부여받을 수 있죠.』

다무라다의 '사념'은 자랑스러워하는 것 같았다. 황제 루드라에 대한 경의가 느껴지는지라, 유우키는 자신도 모르게 쓴웃음을 지었다.

다무라다는 여전히 유우키에게도 충성을 맹세하고 있겠지만, 그래도 황제에 대한 마음은 다른 것이라는 얘기다. 그럴 것이라는 건 알고는 있어도, 조금 더 잘 숨겨야 하는 것 아니냐고 유우키는 생각했다.

기본적으로 평소의 다무라다는 그런 실수를 하지 않으므로, 이건 이미 알면서 그러고 있는 것으로 봐야 할 것이다.

『그래서 루드라는 부하를 각성시키기 위해 전쟁을 일으키고 있다고 보면 되는 건가?』

『그렇게 되겠군요. 예전의 전쟁도 베루도라에게 방해를 받아 좌절되었습니다만, 그건 그런 결과로 끝나도 되는 것이었습니다. 몇 명이 '선인'으로 진화했으니, 잃어버린 것 이상의 전력을 보충할 수 있었으니까 말이죠.』

참으로 장대한 계획이라는 생각과 함께 질투하면서도 감탄한 유우키.

두 사람은 그런 식으로, 싸움을 벌이면서도 '염화'를 나누면서 정보를 교환했다.

그리고 드디어, 유우키의 힘이 다무라다의 심리적 방벽을 돌파했다.

『오, 성공이야. 드디어 찾아냈어. 너를 조종하는 힘의 '핵'을 말이지.』

『그건 아주 만족스럽군요. 그러면 해제는 할 수 있을 것 같습니까?』

『응, 문제없겠어. 하지만 말이지, 해제해버리면 콘도에게 들키지 않을까?』

『들키겠지만 상관없습니다.』

『그렇다면 바로 시작할게.』

유우키와 다무라다는 무작정 싸운 게 아니었다.

다무라다는 유우키의 '안티스킬(능력살봉)'을 알고 있으며, 그 힘이라면 콘도가 자신에게 건 '지배'를 풀어줄 수 있을 거라고 확신하고 있었다. 유우키도 그런 다무라다의 생각을 꿰뚫어 보고, 달리 아무 말을 듣지 않았어도 다무라다의 상태를 파헤치고 있었던 것이다.

그리고 유우키는 새로이 각성한 힘을 써서 다무라다를 원래대로 되돌리려고 시도했다——.

유우키가 얻은 얼티밋 스킬 '마몬(탐욕지왕)'은 빼앗는 것에 특화되어 있었다. 상대와 접촉하는 것만으로도 에너지를 빼앗는 '스틸 라이프(탈명장)'이라면, 주먹을 나누는 것만으로도 상대에게 대미지를 축적할 수 있는 것이다.

마력이든 체력이든, 상대에 따라서 빼앗을 수 있는 에너지의 성질은 다르다. 하지만 그걸 자신의 것으로 이용할 수 있다는 점에선 다를 게 없다.

그랬는데 다무라다를 상대로는 '스틸 라이프'가 통하지 않았다.

다무라다의 역량은 훌륭했으며, 콘도에게 조종당하면서도 최선의 상태를 유지하고 있었다. 본인의 의사와는 관계없이, 있는 힘을 다해 유우키를 방해하고 있었던 것이다.

그걸 가능하게 한 것이 황제로부터 부여받았다고 하는 얼티밋 인챈트 '얼터너티브'의 권능이었다. 이로 인해 다무라다는 소울 프로텍트(영혼의 보호)를 받은 것이다.

어떤 정신공격도 무효로 만드는 절대적인 심리방벽. 온갖 방어를 뚫을 수 있는 절대적인 물리파괴. 그 상반된 힘을 양쪽 날개로 삼으면서, 다무라다는 무패의 존재로 올라섰다.

콘도가 다무라다를 지배할 수 있었던 이유는 황제로부터 받은 '도미니온 불릿(지배의 주탄)'이 '얼터너티브'보다 더 상위의 것으로 설정되어 있었기 때문이다. 만약 '얼터너티브'가 빌린 힘이 아니었다면 다무라다가 지배될 일은 없었던 것이다.

그런 번거로운 '얼터너티브'를 해제하기 위해서, 유우키는 '안티스킬'을 구사하여 다무라다의 심리방벽을 무너트리고 있었다. 그리고 지금에서야 다무라다의 '영혼'에 박힌 '도미니온 불릿'을 발견한 것이다.

다무라다에게 물어보고 확인을 하자마자, 유우키는 단번에 힘을 집중시켰다.

『스틸 라이프.』

유우키의 손바닥이 다무라다의 가슴을 때렸다.

그 일격은 치밀하게 제어되면서, 탄환만을 파괴했다. 실로 간단하게 끝났지만, 이로 인해 다무라다는 자유의 몸이 될 수 있었다.

"덕분에 살았습니다, 유우키 님."

"남에게 기대는 것도 적당히 하면 좋겠는데. 그보다 카가리 쪽이 걱정이야. 나는 가겠지만, 너는 어떻게 할 생각이지?"

"함께 하겠습니다. 어차피 내일은 마왕 리무루와 회담을 하시겠죠. 그 기세를 살려 그대로 쿠데타를 벌일 테니까, 섣불리 콘도에게 돌아가는 게 더 위험할 겁니다."

"그건 그런가. 이젠 숨기고 연극을 할 필요는 없겠군."

그렇게 말하면서 유우키는 웃었고, 다무라다도 그를 보고 웃었다.

"그럼 가볼까."

"그러죠."

유우키가 발길을 돌려 문으로 향했고, 고개를 끄덕인 다무라다도 그 뒤를 쫓으려고 했다.

하지만 그 순간──.

"어째서 이분자를 처단하지 않고 놀고 있는 건가요, 다무라다. 혹시 루드라 님을 진심으로 배신할 생각은 아니겠죠?"

차가운 목소리가 들렸고, 유우키는 긴장하면서 동작을 멈췄다.

진정한 위기는 지금부터 시작된 것이다.

*

소리도 없이.

어느새 그녀는 그 자리에 서 있었다.

압도적인 강자의 기운.

푸른색의 머리카락을 가진, 너무나도 아름다운 여자였다.

분명 처음 보는 인물일 텐데, 유우키는 그 여자에게서 느껴지는 기척을 알고 있었다.

그건 발 너머에 있던 자의 기척.

'원수'라고 불리던, 황제의 곁에 앉은 인물──.

"베, 베루글린드 님……."

다무라다가 중얼거리는 소리가 크게 들렸다.

(베루글린드라고? 그렇다면 설마──?!)

유우키는 그 순간, 자신의 얼굴이 굳어진 것을 자각했다.

373

이 세계에서 최강으로 불리는 '용종'—— 그 존재를 앞에 두고, 자신의 힘과 비교하고 말았던 것이다.

(이거 큰일이군. 전에 베루도라를 봤을 때는 느끼지 못했지만, 이건 이기고 지고를 따질 수 있는 차원이 아니란 말이지. 이런 상대와 정면으로 싸운다는 건 단지 자살행위일 뿐이잖아.)

그렇게 깨달으면서도 유우키는 포기하지 않았다.

정면에서 싸우는 게 안 된다면, 뒤에서 공격하면 된다. 유우키는 아직 비장의 수를 감춰놓고 있었다. 지금 가지고 있는 패를 잘 활용한다면 충분히 승리할 수 있다고 생각했다.

"'원수' 각하의 정체가 설마 '용종'이었을 줄이야. 기이가 스스로 움직이지 않은 이유를 이제 알겠군."

"헤에, 인간치고는 보기 드문 반응이군요. 날 보고 겁을 먹지 않은 건 칭찬해주겠어요."

"그거 고맙군. 칭찬하는 김에 날 놓아준다면 더 기쁘겠는데?"

"나는 딱히 상관없어요. 당신에게 볼일이 있는 건 내가 아니라 내가 사랑하는 사람이니까."

그렇게 대답하자마자, 베루글린드는 한 걸음 물러섰다.

그때 처음으로 유우키는 그 남자의 기척을 알아차렸다.

자신도 모르게 눈을 크게 뜨면서, 그 인물을 응시했다.

베루글린드의 옆에 선 자는 천문학적인 가치까지 있을 것 같은, 너무나 호화로운 의상을 입은 남자였다.

그 얼굴은 유우키도 잘 아는 인물이었다.

"……마사유키? 아니, 그럴 리는 없겠지. 혹시 네가——."

마사유키와 판박이다——. 유우키는 그렇게 생각했지만, 몇 가지 차이점을 알아차렸다.

눈에 띄는 것은 그 머리카락의 색이었다.

그 남자는 눈이 부실 정도로 빛나는 금발이었다. 그에 비해 마사유키는 평소에 머리카락을 금발로 염색하긴 했지만, 기본 바탕은 일본인답게 흑갈색이었다.

잘 보면 눈매도 달랐다.

마사유키가 어딘가 멍한 듯이 보이는 느슨한 눈매를 가진 것에 비해, 그 남자는 모든 것을 꿰뚫어 보는 듯한 패기 넘치는 눈빛을 가지고 있었다. 자칫 방심했다간 먹혀버릴 것 같은, 그 남자의 기백을 앞에 놓고 보니 동일인물이라는 생각은 도저히 들지 않았다.

(다른 사람이로군, 이건.)

그렇게 확신하면서, 유우키는 그 남자의 정체에 대해 어떤 생각이 미쳤다.

베루글린드가 저런 호칭으로 부를 만한 사람이라면 그 정체는 유일하다.

"——황제 루드라인가."

"바로 그렇습니다, 유우키 님. 이분이 바로 제국의 정점이신 황제폐하, 루드라 님이십니다."

대답한 사람은 다무라다였다. 루드라에 대한 적의 같은 건 없다는 걸 보여주려는 듯이 옷이 더러워지는 것도 아랑곳하지 않고 그 자리에 한쪽 무릎을 꿇고 있었다.

유우키는 그걸 책망하진 않았다.

다무라다에게 자신보다 루드라가 더 중요하다는 건 말하지 않아도 알고 있다. 그보다도 문제가 되는 것은 왜 여기에 루드라가 있는 것인가 하는 것이다.

"놀랐어. 설마 존귀한 분께서 이런 장소까지 직접 나와 줄 줄이야. 할 일이 없나?"

놀리듯이 물어보는 유우키.

그런 유우키에게 화를 내지도 않고, 루드라는 지극히 평탄한 말투로 대답했다.

"바쁘다마다. 기이와의 승부도 대단원을 앞둔 상황인지라 놀고 있을 때가 아니거든."

놀란 것은 다무라다였다.

설마 루드라가 하천한 자과 얘기를 나눌 것이라곤 생각하지 않았으며, 그걸 베루글린드가 허용할 것이라고도 생각하지 않았다.

"헤에, 그럼 이런 데서 노닥거리지 말고──."

"군소리는 됐다. 내 부하가 되어라. 그렇게 하면 자유의지는 빼앗지 않고 놔두마."

그건 명령이었다.

저 높은 천상에서 땅을 기는 자에게 내리는 명령.

유우키가 가장 싫어하는 타입이지만, 왠지 거역할 수 없는 느낌이 들었다.

(이건 '사고유도'이려나? 마리아베르가 내게 걸었던 '지배'와도 비슷하긴 하지만, 그에 비할 수 없을 정도로 강력하군.)

짜증 나는 힘이었다. 그러나 유우키에겐 '안티스킬' 있기 때문에, 스킬(능력)의 힘을 빌려서 내리는 명령이라면 무시할 수 있었다. 분명히 그랬을 것이다.

(아냐! 이건 그런 만만한 권능이 아냐!!)

자신도 모르게 무릎을 꿇을 뻔하면서, 유우키는 전율과 함께 깨달았다.

이건 카리스마라고.

만물을 다스릴 수 있을 정도의, 상상을 초월하는 지배자의 패기.

유우키는 사력을 다해서 레지스트(저항)했다.

"퉤, 제법인데. 설마 처음부터 이런 속임수가 섞인 수법으로 공격을 받을 줄은 생각도 못 했어."

유우키는 피가 섞인 침을 뱉으면서 화를 냈다.

그것은 자신이 잘 쓰던 방법이란 생각과 함께 선수를 뺏긴 것을 분하게 여겼다.

하지만 그게 정답이었다. 분노라는 감정이야말로 루드라의 지배를 끊어냈다는 증거였으니까.

유우키는 대담한 미소를 지으면서, 루드라를 바라봤다.

그러나 당사자인 루드라는 신기하다는 표정으로 유우키를 응시하고 있었다.

"왜 그러지? 자신의 힘이 통하지 않아서 신기한가?"

"아니——."

루드라는 난감한 듯한 표정으로 베루글린드를 향해 돌아봤다. 그러자 베루글린드는 쿡쿡 하고 웃으면서 당황해하는 루드라에게 대꾸했다.

"안 돼요, 루드라. 저 아이는 당신의 패기를 접하고 정신공격을 받은 것으로 착각한 거니까요. 좀 더 상냥하게 대해주지 않으면 부하가 되기 전에 망가져버릴 거예요."

"설마, 이 정도도 안 된단 말인가?"

"그럼요. 당신이 대등하게 얘기를 나눌 수 있는 상대가 적으니까, 힘 조절이 어려운 것 아니겠어요?"

당혹스러운 표정의 루드라.

베루글린드는 즐거워 보였다.

그리고 유우키는 두 사람의 대화를 듣고 굴욕에 몸을 떨었다.

(웃기지 마! 내가 전혀 안중에 없단 말이냐? 그렇다면 그 여유를 사라지게 만들어주지.)

빠르게 냉정함을 되찾으면서, 유우키는 입을 열었다.

"좋아, 인정해주지. 확실히 너희는 이 세계의 지배자일 거야. 하지만 그 정도의 힘을 지녔으면서도 세계를 정복하지 못하다니, 내가 보기엔 무능함의 극치거든."

도발부터 시작하는 건 평소와 같았다.

이 말에 반응한 것은 베루글린드였다.

"건방지긴. 루드라, 역시 죽여버리죠. 저 애송이를 동료로 끌어들여봤자 기이에 대적할 수 있는 전력에는 큰 차이가 없어요. 불쾌해지는 만큼 손해일걸요?"

베루글린드에 비해 루드라는 너그러웠다.

"그렇게 말하지 마. 네가 보기엔 부족한 상대라도 잘 키우면 유용한 장기말이 될 거야. 그리고 반항적인 태도를 보이는 것도 유쾌하잖아. 날 따르지 않는 고양이도 그건 그것대로 귀여운 거라고. 나는 마음에 들었어."

그 말은 유우키를 완전히 격이 낮은 존재로 인정하는 것이었다.

흥 하고, 유우키는 시시하다는 표정으로 콧방귀를 꼈다.

정작 중요한 루드라가 태연한 반응을 보이고 있는 이상, 도발은 무의미하다. 그렇다면 실력행사로 나설 뿐이다.

베루글린드도 있는 이상, 시간을 들일 수는 없다. 첫수에 최대의 공격을 날리고, 그 기세를 살려서 베루글린드까지 제압한다. 그렇게 결심하면서, 유우키는 싸울 자세를 잡았다.

"부하가 되라는 얘기 말인데, 나는 나보다 약한 녀석에게 항복하는 취미는 없어. 내가 따르길 원한다면 그에 맞는 힘을 보여줘야 할걸!"

그렇게 소리치면서, 유우키는 행동을 개시했다.

장황한 소리를 늘어놓는 건 이제 끝이다.

연기를 해도 의미가 없었다.

얼티밋 스킬 '마몬(탐욕지왕)'은 자신의 욕망의 크기가 그대로 힘으로 환원된다. 유우키는 자신이 탐욕스럽다고 자부하고 있으며, 마리아베르로부터 빼앗은 힘이 각성한 것도 당연하다고 여겼다.

그렇기에 '마몬'이라는 대죄 계열의 권능을 얻은 자신이야말로 최강이라고, 유우키는 믿어 의심치 않았다.

누구를 노릴까?

그건 당연히 루드라였다.

루드라를 지배하여 베루글린드의 반격을 막는 인질로 잡는다. 이 위기상황을 돌파하면, 오히려 전화위복이 될 것이다.

그런 강경한 생각이야말로 유우키의 원동력이며, 지금까지도 계속 성공을 거둬왔다. 이번에도 승리하여, 큰 전진을 이룩할 것이다. 그것만 생각하면서, 유우키는 달렸다.

몇 걸음만 걸으면 주먹이 닿을 만한 거리가 된다.

눈을 깜박거리는 것보다도 짧은 시간에, 유우키의 손이 루드라에게 닿으려 하고 있었다.

오른손에 '마몬'의 권능의 하나인 '흡명(吸命)'을 발동시키고, 그 걸 '안티스킬'과 병용했다. 이렇게 하면 상대의 결계를 관통하는 흉악한 공격이 완성되는 것이다.

이게 바로 '스틸 라이프(탈명장)'의 원래의 사용법. 다무라다를 상대할 때와는 달리, 유우키는 상대가 죽어도 상관하지 않겠다는 기세로 공격을 날렸다.

만약 루드라가 죽으면 베루글린드에게만 집중하면 된다. 강적 두 명이 상대여선 도망치는 것도 어렵지만, 혼자만 상대한다면 어떻게든 될 것이다.

루드라가 살아남는다면, 그다음은 진짜 공격을 맡은 왼손이 나 설 차례다.

왼손에 적용시킨 효과는 '조심(操心)'이다. 대상의 감정을 자극하 여, 기억에까지 영향을 미치는 무시무시한 권능이었다.

마리아베르의 '독(욕망)' 이상으로 흉악하고 확실한 지배의 힘이 었다.

이 두 단계의 연속기로 유우키는 활로를 찾아낼 생각을 하고 있 었다. 그러나 그 생각은 힘없이 무너지며 사라졌다.

"내 눈앞에서 루드라에게 손을 대게 놔두지는 않아요."

신체능력을 극한까지 높인 유우키가 눈으로 좇지 못할 만큼 빠 른 속도로, 베루글린드가 앞으로 나섰다. 그리고 무난하게 유우 키의 오른손을 튕겨낸 것이다.

유우키는 경악했다.

오른쪽 손바닥으로 날린 공격을 막은 것도 놀라웠지만, 그 이상으로 충격이었던 것은 베루글린드로부터 흘러들어온 에너지의 양이었다.

그건 유우키가 피를 토할 정도의 거칠게 밀려드는 커다란 물줄기였다. 단 한순간의 교차를 통해, 한계를 넘어설 정도의 마력요소가 유우키의 몸을 침식한 것이다.

유우키는 순식간에 위험을 감지하고, 억지로 몸을 비틀어서 거리를 벌렸다. 만약 반응이 조금이라도 늦었다면, 유우키의 몸은 완전히 파괴되고 말았을 것이다.

베루글린드가 딱히 뭔가를 한 것은 아니었다. 오히려 그 반대였으며, 유우키의 손을 받아내 흘린 것 말고는 아무것도 하지 않았다.

그랬는데 유우키가 대미지를 입은 것은 말하자면 자폭이었다. '스틸 라이프'로 다 제어하지 못할 정도로 엄청난 에너지를 빼앗은 것뿐이었다.

피를 토하고, 피눈물과 코피를 흘리면서, 유우키는 생각했다.

(말, 도 안 돼. 내 허용량을 이렇게 쉽게 넘어섰단 말이야?! 지금의 나라면 상위정령을 다스 단위로 받아들일 수 있을 정도의 한계치가 있어. 그 용량이 순식간에 채워지다니, '용종'이란 존재는 대체 얼마나 비상식적인 거야?!)

유우키는 신에게 불평을 늘어놓고 싶은 기분으로 투덜거렸다.

실로 두려운 존재는 베루글린드였다.

그 정도로 많은 에너지를 빼앗겼는데, 통증은커녕 가려움도 느껴지지 않는다는 태도로 태연하게 서 있었다. 즉, 유우키의 공격 따원 방어할 필요도 없다는 걸 몸소 보여주고 있었다.

이건 무리겠군──. 유우키는 그렇게 깨달았다.

(제길, 이 정도로 힘이 차이가 날 줄이야. 이 정도면 당연히 나 같은 건 안중에도 없을 만하지.)

이 정도면 틀림없이 기이와 동등하다. 그 사실을 깨달으면서, 유우키는 지금 새삼스럽게 이 세계의 최고 경지가 어떤 수준인지 알았다.

얼티밋 스킬에 각성했기 때문에, 그 절망적이기까지 한 격차를 더 깊이 이해할 수 있었다.

자신이 먼저 공격을 하는 것은 자살행위다.

이렇게 되면 이젠 적이 어떻게 나올지 기다리는 것 말고는 방법이 없었다.

"눈치 없는 짓은 그만해. 모처럼 내가 직접 나선 자리야. 내 힘을 알고 싶다는 그 소원에 응해 주는 것도 하나의 재미잖아?"

"그건 나쁜 버릇이에요. 루드라. 다치기라도 하면 아무 보람이 없으니까 나에게 맡겨요."

"후훗, 그래선 납득이 안 될 텐데. 그렇지 않은가?"

그건 도발이었다.

자신의 주특기를 빼앗기는 듯한 짓을 당하면서, 유우키도 잠자코 있을 수가 없었다.

"하하하, 잘 알고 있잖아. 현실을 받아들인다면 이미 난 졌다고 생각하겠지. 하지만 난 쉽게 포기하지 못하는 성격이거든. 쉽게 항복할 거라곤 생각하지 말라고."

패배를 인정하기 싫어서 억지를 부린다는 것을 자각하면서, 유우키는 허세를 부렸다. 무슨 수를 써도 베루글린드에겐 이길 수 없다는 걸 이해한 지금, 지켜야 할 것은 자신의 긍지뿐이다. 그러다가 죽게 되더라도 마지막까지 자신의 의지를 관철할 생각이었다.

유우키는 그런 기백을 담아 루드라를 노려봤다.

그 시선을 받고 재미있다는 듯이 웃는 루드라.

"역시 내가 상대하도록 하지. 미리 말해두지만, 내 특기는 '지배'다. 이걸 버텨내면 너의 승리, 어디로든 가도 좋다."

바라마지 않던 그의 제안을 듣고, 유우키는 가늘게 눈을 좁혔다.

루드라의 말은 진심이었다.

진심으로, 유우키가 도망쳐도 상관하지 않겠다고 말한 것이다.

유우키는 루드라의 의도를 파악할 수 없었지만, 루드라의 생각은 단순했다. 여기서 유우키가 경험을 쌓으면, 더욱 강력한 힘을 얻을 수 있을 것이다. 그런 뒤에 한 번 더 교섭하여 유우키를 손에 넣으면 된다고 생각하였다.

유우키과 루드라는 그릇의 크기가 달랐다.

그래서 유우키는 루드라를 기분 나쁘게 느꼈고, 자신을 업신여긴다고 생각하여 분노했다.

(지배가 특기라고? 그건 나도 마찬가지거든. 이 힘—— '마몬'에 모든 걸 걸고 버텨주겠어.)

루드라는 그런 유우키를 재미있다는 듯이 바라봤고, 오랜만의 승부에 마음이 끓어올랐다.

만약 자신의 '지배'를 유우키가 버텨낸다면, 쓸데없이 분란의 씨앗을 기르는 짓이 될지도 모른다. 그럴 가능성을 떠올리면서도 루드라는 승부하는 길을 선택했다.

(여기서 모든 걸 망친다면, 나의 패도도 그 정도밖에 안 된다는

얘기겠지.)

그렇게 생각하면서, 지는 것 자체를 고려하지 않았다.

유우키가 따르는 척을 한다면, 그건 그것대로 하나의 여흥이다. 그런 장기말을 길들이는 것이야말로 이 세상을 향해 패도를 제창하는 지배자에 어울리는 행동이라고 자신을 북돋웠다.

베루글린드는 루드라와 오래 알고 지낸 사이다. 무슨 생각을 하고 있는지, 말하지 않아도 알고 있었다.

그렇기 때문에 타일러도 소용이 없다는 걸 깨닫고 있었다.

"알았어요, 그럼 만약 당신이 진다면 그 복수는 내가 해주도록 하죠."

그렇게 말하면서, 베루글린드는 한발 물러섰다.

"쓸데없는 걱정일 거야."

쓴웃음을 지으면서, 앞으로 나서는 루드라.

그리고 유우키도 비명을 지르는 몸을 억지로 일으켰다.

"재미있구나, 너희는. 기이가 널 게임판을 어지럽히는 조커라고 평했던 것도 납득이 된다."

"……어떻게 그걸……?"

"훗, 중용광대연합이라고 했던가? 지금 타츠야로부터 보고를 받았다. 그 회장이라는 자도 내 손에 들어왔다. 이것도 미리 전해두겠는데, 너에 대한 정보는 모두 내가 알게 되었다. 그 사실을 잘 알고 덤비도록 해라."

타츠야라면 콘도 중위를 말하는 것이다. 루드라는 콘도와 어떤 수단을 통하여 연락을 주고받았으며, 현시점에서 카가리를 굴복시켰다는 보고를 했을 것이다.

그렇게 이해한 유우키는 최악의 상황이라고 생각하면서 한숨을 쉬었다.

즉, 유우키의 특이한 체질도, 기이와 싸우면서 어떤 대화를 나눴는지도, 그 모든 것이 남김없이 다 드러나게 된 것이다.

유우키는 자신이 얼티밋 스킬에 각성한 사실을, 신뢰할 수 있는 자들에겐 얘기해놓았다. 다무라다는 착실하게 비밀을 지켜준 것 같았지만, 이렇게 되면 의미가 없다.

카가리는 유우키의 심복이며, 당연히 비밀을 공유하고 있었기 때문이다.

(이것 참, 큰일이로군. 내가 가진 패를 전부 다 들켰단 말인가…….)

진심으로 아무런 방법이 없다고, 유우키는 모든 것을 다 내던지고 싶은 충동이 강하게 일었다. 그러나 여기서 물러서는 건 자존심이 용납하지 않았다.

그리고 무엇보다도──.

(카가리도 죽진 않았단 말이지. 루드라 자신이 지배 계열의 능력을 가진 자인 것 같고, 콘도도 그에 준하는 힘을 다룰 수 있는 것 같군. 그렇다면 도망치는 것보다 차라리──.)

유우키는 그 짧은 순간에 작전을 세웠다.

너무나도 성공확률이 낮은 작전이긴 하지만, 이대로 아무 대책 없이 도전하는 것보다는 마음이 가벼워졌다.

"너무 친절해서 고마울 지경이로군. 하지만 그 여유가 네 목숨을 앗아갈 거다!"

"상관없다. 나는 상대가 온 힘을 다한 공격까지 압도해야만, 비로소 완전히 승리했다고 생각하는 성격이거든. 그러니까 너도 후회가 없도록 최선을 다해 싸워라."

그렇게 말하면서 한 걸음 더, 루드라가 앞으로 나섰다.

그리고 무기도 쥐지 않고 독특한 자세를 취했다.

루드라는 원래 검사였다. 그의 허리에 찬 태도가 그 증거지만, 유우키를 상대로는 자신이 선언한 대로 '지배'의 힘만 쓸 생각이었다.

유우키는 이미 루드라의 성격을 꿰뚫어 보고 있었다.

그 지배자답지 않은 곧고 정직한 성격으로, 싸움에는 진지하게 임할 것이라고.

그렇기 때문에 예상하기 쉬웠다.

(솔직히 말해서, 진정한 의미로 이기는 건 무리겠지. 만일의 경우 루드라를 어떻게든 이긴다고 해도 그다음엔 베루글린드가 있어. 여기서 도망치는 게 불가능한 이상, 내가 할 수 있는 건 루드라의 '지배'를 무효로 만드는 것뿐이려나?)

아니, 그것조차도 루드라는 예상했을 것이다.

그렇게 생각하면서도 유우키를 지배할 수 있다는 압도적인 자신감을 가지고 있는 것이다.

그렇다면 유우키가 할 수 있는 건——.

"덤벼라, 루드라!"

유우키는 너무나도 낮은 가능성에 모든 것을 걸었다.

"황패(皇覇)—— 레갈리아 도미니온(왕권발동)!!"

참으로 아름다운 동작으로 루드라가 움직였고, 순식간에 유우키와의 거리가 제로가 되었다. 그리고 발동한 것은 '왕자(王者)'의

지배'였다.

누구라도 상관없이 따르게 만들 수 있는 루드라의 권능── 얼티밋 스킬 '미카엘(정의지왕)'의 진정한 모습이었다.

콘도에게 빌려주고 있는 유사적인 힘과는 다르게, 제한도 없었고 위력도 차원이 달랐다.

얼티밋 스킬에도 '격'의 차이가 있다. 이제 막 눈을 뜬 유우키의 역량으로는 이 권능에 대항하는 것은 불가능한 얘기였다.

유연하게 서 있는 루드라.

그 자리에 무너지듯 쓰러지는 유우키.

승패는 명확하게 보였지만, 결과는 불명이었다.

"정말로 죽이지 않아도 되겠어요? 이런 자는 따르는 척을 하다가, 빈틈이 생기면 바로 기습을 할 텐데요?"

"상관없어. 그렇게 나와야 재미가 있지. 내 지배를 끝까지 저항한 상으로서, 그냥 넘어가 주는 것뿐이야."

그 말과는 반대로, 루드라의 자신감은 흔들리지 않았다.

절대적인 '지배'를 확신하며 승리를 의심하지 않았다.

"그럼 좋아요."

승자인 루드라는 대담하게 웃었다.

그리고 방의 한쪽 구석에서 꿔다놓은 보릿자루처럼 서 있던 다무라다 쪽으로 시선을 돌리면서 친근하게 말을 걸었다.

"용서해라, 다무라다. 지금은 아직 너에게 방해를 받을 수가 없다."

"모든 것은 폐하의 뜻대로──."

그 말만으로 두 사람은 모든 것이 서로 통했다.

"그자가 눈을 뜨면 네가 잘 돌봐줘라."

"알겠습니다."

그 대답에 만족했는지, 루드라는 베루글린드를 데리고 그 자리를 떠났다.

강기숙정(綱紀肅正, 법과 풍기를 엄숙하게 바로잡음)은 이제 시작되었을 뿐이다.

황제가 움직인 이상, 시대는 변할 것이다.

제도도 또한 격동의 파도에서 벗어날 수 없다.

그 날.

한밤중임에도 불구하고 하늘은 붉게 물들어 진홍의 비가 내렸다.

제4장

홍련의 숙청

Regarding Reincarnated to Slime

무장국가 드워르곤의 이스트(동부도시)는 현재, 6만 명에 달하는
자들로 인해 봉쇄되어 있었다.

　그러나 그건 위장공작이었다.

　양 진영 다 물밑으로는 서로가 동맹관계라는 것을 철저하게 잘
알고 있었다. 실수로라도 불행한 사고가 일어나지 않게 하느라,
지휘관들은 그야말로 골치를 썩이고 있었던 것이다.

　그런 상황 속에서 말단 병사들의 분위기는 가벼웠다.

　세워진 야영텐트 안에서 병사들이 잡담으로 꽃을 피우고 있었
다. 그런 식으로 모두가 적당한 긴장감을 유지하고 있었다.

　일개 병졸에 이르기까지 그런 모습이었으니, 놀랄 만큼 군대의
기강이 잘 유지되어 있다고 할 수 있을 것이다.

　그들의 사기가 높은 것도 당연했다.

　왜냐하면 지금 그들의 상사들이 최종적인 회의를 한창 벌이는
중이었으니까.

　제국을 타도하고 새로운 국가를 수립한다——. 그 꿈이 그 회
의를 통해 결정될 것이다.

　그걸 애타게 기다리면서, 모두가 제도를 향해 기대에 찬 눈길
을 돌리고 있었다.

　그랬기 때문에 많은 자들이 동시에 알아차렸다.

"붉어, 졌는데."

"불타고 있는 건가, 제도가?"

"무슨 일이 생긴 거지? 아니, 계획이 들통 난 건가?!"

이 중요한 날에, 제도에서 무슨 일이 일어나고 있었다.

그게 우연이라고 생각하는 자는 없었다. 간부들에게 무슨 일이 생겼다는 것을, 그 자리에 있는 모든 사람이 깨달았다.

"정찰부대를 보낼까요?"

"아니, 조직적으로 행동하는 것이……."

"멍청하긴! 그런 짓을 했다간 우리 부대의 배신이 완전히 들통 날 것 아니냐!!"

상위자가 없다는 것은 지휘자가 없다는 것을 의미한다. 예전부터 어중이떠중이를 긁어모은 집단이라는 야유를 받아 온 혼성군단은 단시간에 수습이 되지 않는 양상을 띠게 되었다.

그런 모습을 보고 일갈한 자가, 지금까지 묵묵히 눈을 감고 있었던 덩치 큰 남자였다.

그의 이름은 제로였다.

유우키가 부군단장의 자리에 임명한 남자이며, 지금 이 자리에선 최고지휘관이었다.

"다들 조용히 해라──!! 멋대로 행동하는 것은 용서하지 않겠다. 우리는 이 땅에서 유우키 님 일행의 도착을 기다린다. 그 방침이 절대 변경될 일은 없다."

제로가 그렇게 판단을 내리자, 의견이 갈리고 있던 자들도 다시 침착함을 되찾았다. 무엇이 정답인지 모르는 이상, 상위자의 명령에 따르기로 한 것이다.

하지만 그래도 불안이 가신 것은 아니었으며…….

그런 그들의 불안은 최악의 형태로 현실이 되었다.

"안녕하신가요, 멍청한 바보들. 기분 좋은 밤이라고 해서 너무 들떠 있는 것은 보기 좋은 일이 아니군요."

여유 있는 분위기로.

마치 산책이라고 하는 듯이 가벼운 몸짓으로.

그 여자는 교역용 도로를 걸어서 다가왔다.

푸른색의 머리카락을 지닌 너무나도 아름다운 여성, 베루글린드였다.

"누, 누구냐, 넌?"

교역용 도로 쪽의 외곽부에 있던 병사들이 술렁거리면서, 베루글린드를 검문했다. 진을 치고 있는 군대에게 일부러 말을 걸다니, 일반인일 리가 없었다.

그 이전에 베루글린드의 심상치 않은 기운을 느끼지 못하는 자라면, 애초에 혼성군단에선 살아남을 수가 없었다. 정체를 확인함과 동시에 상급자에게 보고하기 위해 전령도 달려갔다.

베루글린드를 포위하듯이 병사들이 움직였다.

그런 분위기 속에서, 자신의 실력에 자신이 있는 자가 앞으로 나섰다.

"이봐, 여자. 누구인진 모르겠지만, 이렇게 많은 사람들을 상대로 싸움을 거는 건 참으라고. 우리는 이래 봬도 혼성군단이라는 제국 최강의——."

"역시 약자가 최강을 자칭하는 걸 보는 건 우스꽝스럽군요. 사기가 올라갈 수 있으면 다행이라고 생각해서 허용은 했지만, 군단 차원으로 허락하는 건 중지시키는 게 좋을 것 같네요."

"뭐라고?!"

베루글린드의 말투는 바로 압도적인 상위자의 그것이었다.

군대라는 조직에게 아득한 정상 위에서 명령을 내릴 수 있는 존재. 그 정체가 무엇인지, 말단의 병사에게도 상대가 위험한 인물이라는 것을 깨닫기에는 충분했다.

당연히 부군단장인 제로도 상황을 알아차렸다.

상대가 한 명이라는 것을 들은 제로는 자신의 눈으로 그 정체를 확인하기 위해 움직였다. 보고를 듣자마자, 현장까지 달려간 것이다.

그리고 베루글린드를 직접 눈으로 봤다.

"워, 원수 각하……."

제로도 '원수'의 얼굴은 본 적이 없었다. 그러나 그 분위기는 틀림없이 발 너머에서 늘 압도적인 기운을 내뿜고 있었던 존재와 완전히 같았다.

"어머나, 조금은 똑똑한 아이도 있군요. 좋아요. 몰살시키지는 말라는 말을 들었으니, 콘도의 부대가 올 때까지 놀아주기로 하죠."

그 말을 신호로 참극이 시작되었다.

●

가젤은 우울한 나날을 보내고 있었다.

전쟁은 계속되고 있으며, 그것만으로도 골치가 아픈 문제였다.

하지만 그것보다.

젠의 보고를 듣고, 위에 구멍이 나는 줄 알았다.

(부하들까지 진정한 마왕으로 각성시키다니, 리무루는 대체 무슨 생각을 하고 있는 거냐!!)

이 자리에 있다면 바로 잔소리를 해줬을 텐데——. 그런 생각을 하면서, 가젤은 무겁게 한숨을 쉬었다.

진정한 마왕이란 표현은 어폐가 있었다.

'마왕'이라는 것은 칭호이며, 영토를 지배하는 마물의 왕을 의미한다. 그에 비해 '진정한 마왕'이라는 것은 마물의 상태를 나타내는 것이다.

'마왕종'이 각성하여 진화했기 때문에 '진정한 마왕'이라고 표현하고 있을 뿐. 실제로는 카타스트로프(천재) 급 미만이자 디재스터(재화) 급의 최상위라는 것이 정확한 표현이라고 할까.

(——아니, 디재스터 급은 그렇게 많지 않으니까, 최상위고 뭐고 따질 것도 없겠지만 말이지.)

디재스터 급은 그저 마왕을 구별하기 위한 표시일 뿐이다. 그러므로 현재는 여덟 명만 해당되는 것이다.

그런 상위의 존재와 대등한 실력을 가진 부하가 리무루 아래에서 여러 명 탄생했다고 한다.

생각만 해도 골치가 아픈 문제였다.

일단 가젤은 에르메시아에게도 불만을 털어놓았다.

자신만 고민하는 건 참을 수가 없었다. 그렇게 생각하여 에르메시아와도 그 고민을 나누자고 생각했던 것이다.

결론을 말하자면, 문제가 발생하기까지 리무루 일행을 계속 관찰한다는 것으로 결정되었다.

문제를 뒤로 미루는 것과 다를 게 없었지만, 아무것도 할 게 없으니까 어쩔 수 없었다. 정말로 위험하다고 판단했을 때, 그때엔 인류의 존망을 건 싸움의 막이 오르게 될 것이다.

"그렇게 되길 바라지 않는단 말이다."

그렇게 말하면서 가젤은 혼자 한숨을 쉬었다.

그런 가젤에게 또 나쁜 소식이 들려왔다.

"큰일입니다. 혼성군단이 움직임을 보이고 있습니다! 누군가와 교전 중인 것 같습니다."

그 목소리는 애써 평정을 가장했지만, 암부답지 않게 당황하는 기운을 느낀 가젤. 더 상세한 보고를 받기 전에 우선 돌프와 다른 간부들에게 모이도록 전령을 보낸 것이다.

그리고 몇 분 후.

『틀림없군. 저건 인간이 어떻게 할 수 있는 상대가 아니야. 괴물이라고. 그것도 마왕조차 상대가 안 될 것 같은 상상을 초월하는 괴물이야.』

『용종, 인가?』

『그래. 보는 건 처음이고 인간의 모습을 하고 있지만, 저 여자가 틀림없이 베루글린드일 거야.』

이스트(동부도시)로 나가 있던 어드미럴 팔라딘(군부 최고사령관)인 번과의 '마법통화'였다.

전송받은 영상을 보면서, 가젤과 부하들도 상황을 파악했다.

최악의 사태는 늘 예상하지 못할 때 발생하는 법이다. 그 사실을 지금, 가젤은 통렬하게 실감하게 되었다.

하늘이 불타고 있었다.

시원스러운 동작으로 움직이는 미녀와 쓰러진 강자들.

그 화염공격은 아름다우면서도, 보는 자를 두렵게 만들어서 위축시키는 박력이 있었다.

하지만 진정한 공포는 그 후에 일어났다.

감시마법용의 수정구에 비치던 베루글린드가 가젤과 부하 쪽으로 시선을 돌린 것이다.

우연이라고 가젤이 생각한 그 순간, 수정구가 박살 나면서 산산이 흩어졌다.

"녀석도 보고 있었단 말인가, 우리를——."

"미, 믿을 수가 없습니다. 그런 말도 안 되는 얘기가……."

"농담이겠죠?! 여기서 거기까지 거리가 얼마나 떨어져 있는데!"

"그 말이 사실이었군. 마법을 감지하여 그 마법을 쓴 자를 찾아내려고 했지만, 그 힘이 지나쳐 마법이 전송되는 곳까지 영향을 끼칠 수 있다는 건. 저런 짓은 나도, 아니 인간의 몸으론 불가능할 거야."

가젤은 동료들의 말을 묵묵히 듣고 있었다.

방금 일어난 사건을 보더라도 상대가 적이라는 것은 틀림이 없었다.

하지만 그 상대는…….

안 돼요, 훔쳐보는 건——. 들릴 리가 없는데도, 가젤의 귀에는 그렇게 말하는 목소리가 들린 것 같았다.

(용종, 이라. 말 그대로 진짜 괴물이로군.)

가젤은 지금, 최강이라는 말의 진정한 의미를 깨달은 것이다.

제국과 베루글린드가 연결되었다는 소문은 알고 있었다. 그 진위를 파악할 수 있는 방법은 없었지만, 가령 공격을 받더라도 버텨낼 수 있도록 그런 가정을 거듭하여 대비해왔다고 나름대로 생각했다.

그러나──.

그건 환상에 지나지 않았다는 것을 가젤은 깨달았다.

제국이 왜 이제 와서 베루글린드를 움직인 것인지는 알 수가 없었다.

황제 루드라가 무슨 생각을 하고 있는지를, 가젤은 아무리 생각해도 이해할 수 없었다.

가젤이 할 수 있는 것은 단 하나.

"나도 출전하도록 하겠다."

"폐하, 위험합니다!"

"그래도 나설 수밖에 없겠지. 여기서 번을 저버린다고 해도 드워르곤이 살아날 수 있는 것은 아니니까. 돌프, 너도 각오를 단단히 하도록 해라."

젠이 그렇게까지 말하자, 돌프도 입을 다물 수밖에 없었다. 처음부터 번이 죽는 걸 그냥 내버려둘 생각은 없었으며, 여기서 가젤을 말린다고 해도 상황은 달라지지 않는다고 다시 생각한 것이다.

"한시라도 빨리 출전할 수 있도록 준비하겠습니다."

"맡기겠다."

가젤은 무겁게 고개를 끄덕이면서 눈을 감았다.

할 일은 산더미처럼 쌓여 있었다.

각 동맹국에 알려야 할 필요가 있는 데다, 남은 국민들에 대한 대응도 지시를 내려야 했다.

가젤 쪽이 승리하면 다행이지만, 만약 패할 경우엔 어떻게 해야 할 것인가…….

국민들이 피신할 장소 따윈 없었다.

제국의 백성이 되어 굴종하는 것 말고는, 살아남을 방법은 없을 것이다. 이건 드워르곤이라는 국가의 붕괴를 의미하며—— 그렇게 되지 않기 위해서라도, 여기서 가젤이 질 수는 없는 것이다.

"이스트에는 전군을 받아들일 여지가 없을 것이다. 후속부대는 지상으로 행군시키도록 하고, 지휘는 노인들에게 맡기기로 할까. 젠, 설득은 그대에게 부탁하겠소."

"잘 알겠소이다. 그러면 가젤 폐하는 어떻게 하실 생각이오?"

"나는 먼저 갈 것이오. 늦게 오면 활약할 차례가 없을 테니, 그렇게 알고 계시오."

그렇게 말한 뒤에, 가젤은 대담한 웃음을 지었다.

강력한 왕을 연기하면서, 모두의 불안을 누그러트리기 위해서.

이리하여 가급적 빨리 군의 편성은 마무리가 되었다.

가젤 일행은 그걸 기다리지 않고, 돌프가 이끄는 페가수스 나이츠(천상기사단)만 데리고 출전했다.

가젤은 대공을 비상하면서, 문득 생각했다.

(그러니까 리무루는 부하들이 살아남을 수 있도록 힘을 준 것인가? 그렇다면 참으로 마음이 여리다고 할 수밖에 없겠군.)

진실을 깨닫고 쓴웃음을 지었다.

끝까지 그 착한 마음을 저버리지 못하는 사제(리무루)를 생각하면서, 입가에 떠오르는 웃음을 멈추질 못했다.

"폐하, 왜 그러십니까?"

"아니, 시시한 망상을 했을 뿐이다."

"그게 무슨 말씀인지?"

"후홋, 이런 절망적인 상황에 처해 있는데도 리무루를 떠올리고 말았거든. 그랬더니, 무슨 이유인지 이번에도 어떻게든 해결될 것 같은 기분이 들었다."

지나치게 낙관적이라고 스스로도 생각했지만, 그래도 비관하는 것보다는 낫다고 생각하면서 가젤은 웃었다.

"그렇군요. 그 카리브디스(폭풍대요와)와 싸웠을 때도 그랬지만, 리무루 폐하도 꽤나 터무니없는 분이었으니까 말이죠. 마왕 리무루의 인맥에는 그저 놀랄 뿐이었습니다."

그렇게 대꾸하면서, 돌프도 웃었다.

"그렇게 말하자면, 감시하고 있던 저희의 고생도 좀 언급해주시면 좋겠군요. 무슨 보고를 하더라도 거짓말이라는 반응을 보이는 건 이제 슬슬 신물이 나고 있으니까요."

가끔 독설을 토하지만 평소에는 과묵했으며, 물어본 것에만 대답하는 앙리에타까지 그런 말을 했다. 이런 그녀의 모습에는 가젤이랑 돌프도 놀라움을 감추질 못했다.

"후후후, 미안하구나. 다음부턴 선처하도록 하겠다."

"앙리에타 공에게도 불만이 있었단 말이군."

"당연하죠!"

"와하하하하하! 그렇다면 앙리에타여, 리무루 녀석에게 직접 말해줘라. 나도 곤란한 지경이라고. 너희를 믿고는 있지만, 리무루가 하는 짓이 너무나도 비상식적이라고 말이지. 젠의 보고를 들었을 때엔 솔직히 말해서 젠이 제정신인가를 더 의심했다."

"하하, 그 보고는 정말 너무했으니까 말이죠."

"늘 저 자신이 보고하는 입장이었기 때문에, 이번에는 남의 일처럼 재미있게 즐길 수 있었습니다."

앙리에타의 독설을 듣고, 가젤과 돌프가 웃음을 터트리고 말았다.

대공에 웃음소리가 메아리쳤다.

"얘기가 나온 김에 보고를 드리겠습니다. 불평도 겸하여, 리무루 폐하께도 지금의 사태를 알려드렸습니다."

"그런가."

가젤은 고개를 끄덕이더니, 앞을 바라봤다.

이제 불안감을 느끼지 않았다.

영웅에게 어울리는 패기를 날리면서, 가젤은 전장을 향해 비상했다.

●

여기서 시간은 거슬러 올라간다.

에르메시아 씨와 마신 다음 날, 태양은 이미 중천에 떠 있었다.

"일찍 일어나셨군요, 리무루 님."

"죄송합니다."

미소를 짓고 있는 슈나가 무섭다.

지금은 사과로 일관하면서, 나는 기선을 제압할 생각이었다.

만취한 상태에서 늦잠을 잔다──. 이건 내 노력의 성과이지만, 그런다고 꾸중을 듣는 건 좀 그렇지 않은가?

슈나는 크게 한숨을 쉬더니, 가늘게 뜬 눈으로 날 봤다.

"그래서 결론은 내셨나요?"

"무, 무슨 이야긴지 모르겠네?"

"어젯밤에도 고민하시지 않으셨나요? 또 무모한 짓을 벌이시려는 게 아닐까 하고, 저도── 아니, 저뿐만 아니라 모두가 걱정하고 있답니다."

그런 말을 듣자, 나도 모르게 찡해지고 말았다.

괜찮다. 무모한 짓은 할 생각이 없으니까.

안 된다면 포기하고 도망쳐올 생각이며, 그때는 기이에게 불평을 늘어놓고 그의 도움을 받을 생각이다.

그 전에 할 수 있는 만큼 해보는 것뿐이다.

"어떻게든 될 거야. 이번에도 안전제일을 생각하고 있으니까."

나는 밝게 대꾸했지만, 슈나는 여전히 불안한 표정을 짓고 있었다.

유니크 스킬 '깨닫는 자(해석자)'를 지닌 슈나를 속여 넘기는 건 무리였나. 아니, 그런 게 없어도 다 들켰을지 모르지.

그러게 말이야.

나도 사실은 이런 위험한 짓은 하고 싶지 않단 말이지.

안전제일이라고 말은 했어도, 적의 전력은 여전히 불명이다. 특히 콘도 중위, 베루글린드, 황제 루드라, 이 세 명은 아무리 생각해봐도 강적이었다.

이기지 못하는 것은 물론이고, 그 자리에서 살해당할 가능성까

지 있었다. 어떻게든 그 가능성을 회피할 수 없을까를 놓고 생각
해봤지만, 이것만큼은 라파엘(지혜지왕)도 답을 내놓지 못했다.

모르겠다면 직접 부딪쳐볼 수밖에 없다.

내 쪽도 최대전력을 투입하여 조금이라도 위험을 줄일 수밖에
없었다.

그런고로.

"실은 말이지, 누구를 데려갈까를 놓고 고민하고 있었어. 이번
에는 상위진만 데리고 갈 거야. 이런 표현을 쓰는 건 좀 미안하지
만, 실력이 부족한 자는 방해가 될 것 같으니까 말이지."

"——네. 오라버니는 반드시 따라가겠다고 아침부터 단단히 벼
르고 있더군요."

정말로 내 생각은 다 들킨 상태인 것 같다.

어제는 아침부터 에르메시아 씨를 상대하고 있었기 때문에 아
직 모두에게 기이와 나눈 애기 내용을 전하지 않았다. 그런데도
모든 것을 이해하고 있다는 표정으로 슈나가 웃고 있었다.

대적할 수가 없다고 생각하면서, 나는 쓴웃음을 지었다.

그런 나에게, 슈나가 자연스러운 태도로 보고를 했다.

"어젯밤, 그 수상하기 짝이 없는 라플라스란 사람이 찾아왔습
니다. 리무루 님에게 전할 말이 있다고 하던데, 사전에 연락이 전
혀 없었기 때문에 기다리게 했었죠."

갑자기 애기가 바뀌었지만, 중요도는 그렇게 높지 않을 것 같
군. 정말로 긴급한 건이라면 가드라를 시켜서라도 연락을 미리
했을 테니까.

애기를 전하려는 자는 유우키겠지만, 과연 그 용건은 무엇일까.

"귀찮지만 만나보기로 할까."

"그러네요. 쫓아내고 싶은 게 본심이지만, 일단은 동맹상대니까요. 그러면 응접실로 안내하겠습니다."

슈나도 라플라스를 싫어하고 있군.

좀처럼 호불호를 태도로 보여주지 않는 슈나치고는 드물게도, 광대들은 노골적으로 대하고 있었다. 역시 오거의 마을이 멸망한 원인이 된 라플라스 일행을 진심으로 용서할 수는 없을 것이다.

동맹상대이긴 하지만, 그 점은 잊지 않도록 하자.

"라플라스와 얘기하고 있는 동안, 일어나 있는 간부들에게 회의실로 모이도록 하라고 전해줘."

그렇게 슈나에게 부탁했다.

여러모로 생각할 일은 많지만, 그것들은 전부 제국과의 전쟁이 완전히 끝난 뒤에 더 고민하기로 했다. 나는 망설임을 날려버린 뒤에, 우선은 눈앞의 과제를 처리하기로 한 것이다.

회의실에는 나를 포함해서 스무 명이 모였다.

리그루도와 그의 부하인 장로들 네 명. 루그루도, 레그루도, 로그루도, 그리고 리리나 씨로군.

그 외에도 카이진과 베스터, 그리고 묘르마일 군.

'성마십이수호왕' 중에선 일곱 명.

베니마루, 시온, 디아블로, 가비루. 그리고 악마 아가씨 3인방인 테스타로사, 울티마, 카레라였다.

나머지는 소우에이와 하쿠로우와 고부타, 그리고 가드라도 왔군.

가드라에겐 제국 안에서 길을 안내해달라고 부탁할 생각이다. 솔직히 말해서 스스로도 좀 심하다고는 생각하지만, 무슨 일이 일어난다고 해도 가장 슬프게 느껴지지 않을 자가 가드라이기 때문에 이번 작전에 낙점했던 것이다.

그러고 보니 버니도 제국에서 길을 안내하겠다며 자청하고 나섰다. 그러나 힘을 잃은 그는 발목만 붙잡을 뿐이므로 그 제안은 기각했다.

가드라가 있으면 충분하겠지.

그건 그렇고.

회의만 하는 것 같은 기분이 들지만, 이것만큼은 불평을 들어도 어쩔 수가 없다. 자신의 뜻만으로 모든 것을 결정하기에는 우리나라는 너무 커져 있었다.

그렇게 말을 했지만, 이번에는 내가 결정한 내용을 전하는 것뿐이지만.

슈나가 평소와 마찬가지로 모두에게 차를 놓아주었다. 조용히 나가는 것을 확인한 뒤에 나는 천천히 입을 열었다.

"모두를 모이라고 한 것은 제국과의 마지막 싸움에 대한 결정 사항을 전하기 위해서다. 아, 그 전에, 들어와다오."

누구를 데려갈 것인지는 이미 정해놓았으므로, 이제 와서 새삼 허두를 일도 아니다.

그보다도 사자로서 찾아온 라플라스를, 모두에게 소개해두기로 했다.

라플라스가 찾아온 용건은 예상했던 대로 공동전선을 펼치는 것에 관한 내용이었다. 드워르곤의 동쪽 입구를 봉쇄하고 있는

군단으로 제도를 공격할 것이니, 우리도 그에 동참해주면 좋겠다는 요청이었다.

기이에게 들은 내용 그대로였으니 싫지는 않았다. 단, 내가 낸 결론은 군대를 이용해 끝을 내는 게 아니라, 정예를 동원한 정상 결전이었다.

민간인에겐 피해를 주고 싶지 않았기 때문에, 유우키와는 상세하게 얘기를 나눠볼 필요가 있다는 결론에 다다랐다. 그래서 급하게 정하긴 했지만, 회담을 열기로 했다.

그건 라플라스를 통해서 유우키와도 결론을 냈으며, 구체적인 날짜는 내일 낮으로 정해놓았다.

이 자리에 모인 자들에겐 내 입으로 설명했다.

사실은 라플라스에게 맡기고 싶었지만, 너무 수상쩍어서 그러진 않기로 했다.

신용이란 정말 중요하다는 걸 재인식한 순간이었다.

"안녕하세요, 안녕하세요, 제 이름은 라플라스라고 합니다. '중용광대연합'이라는 심부름꾼 센터의 부회장을 맡고 있으며, 이번에는 우리의 보스인 유우키 씨로부터 명령을 받고 사자로 찾아왔죠."

우와, 역시 엄청 수상쩍어, 이 녀석.

왜 이런 타이밍에 춤을 추는 건지, 나는 도저히 이해할 수가 없네. 하지만 뭐 이 녀석이 사자로서 찾아왔으니까 무시할 수는 없단 얘기지.

짜증이 난 사람은 나만은 아니었던 것 같으며, 소우에이가 뭔가 심상치 않은 짓을 하려 들고 있었다. 그 기분은 잘 알겠지만,

지금은 참아 줘야겠다.

"소우에이 군, 그 쿠나이(닌자들이 소지하던 무기의 일종. 손바닥 정도 길이의 단검 손잡이 끝에 고리가 달린 것으로, 공구로도 이용했다)는 그만 집어넣도록."

"――알겠습니다."

방심할 수가 없다니까, 소우에이도.

다시 얌전히 앉기는 했지만, 방심은 할 수가 없다. 바로 소개를 끝내기로 하자.

"여기 있는 라플라스 씨는 유우키와의 연락을 맡은 요원이다."

"그냥 라플라스라고 불러도 상관없는데요."

"아, 그래? 그럼 사양하지 않고 그렇게 부르지."

본인도 그렇게 말하고 있으니, 이참에 그 말을 따르도록 하자. 사자 같은 것과는 관계없이 하고 싶은 대로 하게 놔뒀다.

"내일 유우키와 회담을 하기로 했다. 급하게 정해졌긴 했지만, 라플라스가 그곳까지 데려다주겠다고 하니까 이동시간은 신경 쓰지 않아도 된다. 중요한 건 누가 함께 갈 것인가, 하는 거겠지."

그렇게 말하면서 겨우 본론으로 들어갔다.

"제가 동시에 데려갈 수 있는 건 모두 여섯 명까지입죠. 저와 리무루 폐하는 결정된 것 같으니까 나머지 네 명을 가르쳐주시죠?"

사실은 최대전력을 투입하고 싶다.

하지만 지금은 간부들이 전부 모여 있지 않았다.

란가는 내 그림자 안에서 수면 중이다.

게루도도 아직 눈을 뜨지 않았다.

미궁조의 멤버인 쿠마라, 제기온, 아다루만도 자신의 영역에

틀어박힌 채 아직 눈을 뜰 낌새가 없다고 했다.

진화의 잠에는 개체차가 있는 것 같았으니, 그런가 보다 하고 납득했다. 그걸 감안한 상태에서 출동할 수 있는 멤버를 확인했다.

"베니마루, 네가 같이 가주면 좋겠다만, 컨디션은 어떻지?"

"뭐야, 감기라도 든 겁니까?"

방심할 수 없다는 듯한 눈빛으로 라플라스가 물었지만, 이 녀석에게 각성에 관한 얘기를 해줄 생각은 없다. 어차피 나중에 들통나겠지만, 일부러 설명해줄 정도로 난 친절하지 않으니까.

"문제없습니다. 몸 상태는 최고입니다."

대담하게 웃는 베니마루. 라플라스를 완전히 무시한 채, 쿨한 태도를 유지하고 있었다.

나와는 달리 그릇이 크다는 생각과 함께, 이럴 때엔 날 감탄하게 만든다.

응응 하고 생각하면서 잘 보니, 베니마루는 어느새 종족이 바뀌어 있었다. 모미지랑 알비스와도 첫날밤을 잘 치른 것 같았고, 무사히 진화한 모양이다.

나중에 들은 얘기에 따르면, 베니마루는 이틀 밤에 걸쳐서 자신의 신부를 순서대로 상대해주었다고 한다.

고생이 많았다고 해야 할까, 젠장 부럽네, 라고 해야 할까…….

육체를 버린 상황에서 다시 육체를 얻으면서, 완전한 정신생명체의 경지에 이른 상태였다.

종족명은 '염령귀(炎靈鬼)'라고 하며, 성령(聖靈)의 일종이었다. '용종'과 마찬가지로 성 속성과 마 속성이라는 양면의 성질을 고루 갖추고 있으니, 성마령이라고 불러야 할 것이다.

성마령이라는 것은 '용종'의 하위적인 존재이다. '용종'과 마찬가지로 각종 속성이 있으며, 불꽃(炎)은 불(火)의 상위에 위치하는 걸로 일컬어지고 있다.

속성이라는 것은 이 세상의 원리가 되는 법칙이며, 전부 여덟 종류가 있다.

자연속성인 '땅, 물, 불, 바람'과 '공간' 속성. 이게 소위 5대 속성이라고 하겠다.

땅보다 불, 불보다 물, 물보다 바람, 바람보다 공간, 공간보다 땅이 더 강한 것으로 여겨지고 있다.

대지는 불로 완전히 태워지고, 불은 물로 인해 기세가 사라지고, 물은 바람에 의해 흩어지고, 바람은 공간에 의해 격리되고, 공간은 대지에 의해서만 지표를 얻는다. 그런 식으로 5대 속성은 상극의 관계에 있는 것이다.

이 5대 속성에 '빛'과 '어둠'이라는 상반되는 속성이 있으며, 누구에게도 얽히지 않는 '시간' 속성이 모든 속성의 위에 군림하고 있는 것으로 여겨지고 있다.

이플리트(불꽃의 거인) 같은 정령도 이런 물리법칙에 얽매여 있다. 아니, 이 세계의 법칙이 구현된 존재가 정령이며, 여덟 가지 속성이 있다고 한다.

'빛'과 '어둠'은 특수하며, 빛은 천사, 어둠은 악마로 파생되는 것 같단 말이지. 지금 확인되고 있는 엔젤(천사족)이랑 데몬(악마족)도 근본을 더듬어 가면 정령이라고 부를 수도 있겠다는 생각이 들었다.

디아블로나 다른 데몬들에게 물어보면 자세하게 가르쳐줄 것 같지만, 그걸 안다고 해서 의미는 없는 데다, 딱히 흥미도 없었다.

중요한 건 정령보다 상위에 위치하는 것이 성령이며, 이것도 또한 여덟 종류가 있다는 것이다. 그런 성령 중에서도 최상위인 것이 '용종'이며, 이건 현시점에서 네 명밖에 확인되지 않는다고 하는 사실이란 말이지.

'성왕룡' 베루다나바는 별이 들어간 이름을 통해 연상하면 공간과 대지 속성을 가졌을 거라고 생각한다. 어쩌면 더 많은 속성을 가지고 있을지도 모르지.

'백빙룡' 베루자도는 아마 얼음 속성일 것이다.

'작열룡' 베루글린드는 아마도 불 속성이겠지.

우리의 베루도라 씨는 물이랑 바람뿐만 아니라 공간까지 지배하곤 했다. 의외로 저렇게 보여도 엄청난 녀석인 것이다.

어쨌든 '용종'은 성령들의 정점이라고 생각해도 틀림이 없다. 그리고 베니마루도 '용종'에 준하는 존재로 진화했다고 할 수 있을 것이다.

'염령귀'는 정신생명체이면서도, 물질세계에 영향을 줄 수 있도록 육체까지 확실히 가지고 있었다. 수명의 한계도 없어진 것 같았으니, 키신(귀신, 鬼神)이라고 칭해도 과언은 아닐 것이다.

정말로 특수한 진화를 이뤘다는 생각과 함께 날 감탄하게 만들었다.

가장 중요한 에너지(마력요소)양 말인데, 이것도 또한 크게 상승한 상태였다.

이 정도라면 제국의 '더블오 넘버(한 자릿수)'들과도 호각 이상으로 싸울 수 있을 것이다.

"좋아! 그럼 첫 번째 멤버는 베니마루로 정하겠다. 뒤이어 두 번째 멤버 말인데——."

가드라는 이미 결정된 것이니, 남은 건 두 명이다.

시온과 디아블로도 데려갈 생각이었으니, 이러면 딱 네 명인가.

"길안내를 해줄 사람으로서 가드라. 내 비서인 시온과 디아블로가 되겠군."

라플라스가 데려갈 사람은 나와 가드라, 베니마루, 시온, 디아블로가 되겠다.

"맡겨주십시오, 리무루 님! 제가 있으면 절대 안전하니 안심할 수 있습니다!"

만면의 미소를 지으면서 시온이 말했다.

안심, 할 수 있으려나?

상당히 불안감이 컸지만, 호위로서 시온은 믿을 만하다. 자신보다 격이 높았던 라즐도 격파시켰으니, 전투를 생각하면 시온은 빼놓을 수 없다.

"쿠후후후후. 기이가 뭘 꾸미고 있었는지는 모르겠습니다만, 리무루 님이 직접 손을 더럽힌다는 건 언어도단입니다. 제가 동행하여 그 근심거리를 전부 사라지게 만들어드리죠!"

여전히 대단한 자신감이었다.

하지만 디아블로에게 맡겨두면 안심할 수 있다는 건 틀림없는 사실이다. 맡은 일은 잘 하고 있으니까, 이런 때야말로 의지하도록 하자.

소수정예지만, 이것만으로 안심해선 안 된다. 남은 멤버들도 후속세력으로서 늦더라도 제국까지 오도록 만들 생각이다.

그렇게 내 뜻을 밝히려고 했지만, 그 전에 불만을 표명하는 자가 있었다.

"기다려주십시오, 리무루 님. 길을 안내하는 거라면 제가 더 적임자라고 생각합니다. 부디 제가 동행하는 것을 허락해주십시오."

테스타로사였다.

확실히, 테스타로사는 제국 방면 출신이라고 했으니, 지리에도 밝을 것 같았다. 외교무관으로서의 활약도 놀라웠으며, 교섭에도 능했다.

전투능력도 나무랄 데가 없었다. ——아니, 여차하면 나보다도 강할 것 같았다.

가드라를 데리고 가는 장점은 유우키와 안면이 있느냐 아니냐 하는 정도의 차이뿐이다. 잘 생각해보면 없어도 어떻게든 될 것이다.

가드라도 이렇게 보여도 강하긴 하지만, 테스타로사보다는 훨씬 떨어진다. 그리고 약간이지만 쉽게 배신당할 것 같은 두려움도 있으니까 말이지.

그런 이유도 있으니까, 무슨 일이 일어나도 슬퍼하지 않고 넘어갈 수 있겠다고 생각했지만, 조금은 불쌍하다는 생각도 들긴 했다.

지금은 테스타로사의 주장을 받아들이기로 하자.

"알았다. 그럼 가드라는 제외하고 테스타로사를 동행시키도록 하지."

"정말 감사합니다."

테스타로사가 아름다운 미소를 지었다.

야아, 정말 화려하군.

가드라도 불만은 없는 것 같으니, 이렇게 결정하는 게 좋겠지.

"그러면 정해진 것 같으니, 저는 준비하고 있겠습니다. 출발할 때가 되면 절 불러주십쇼."

"그건 상관없지만, 준비라니?"

아무런 준비도 필요 없을 것 같아서 물어봤더니, 라플라스는 움찔 하는 표정을 지었다.

"그, 그건 말이죠……."

"온천입니다. 이 녀석은 어제부터 계속 식당과 온천을 오가면서 마치 자기 것이라도 되는 양 휴양시설을 만끽하고 있었습니다."

단단히 화가 난 느낌으로 소우에이가 내게 보고해주었다.

그야 당연히 붙겠지, 감시가.

"하하하, 다 들켰나요. 사람이 못됐군요, 소우에이 씨."

들키지 않을 리가 없잖아.

역시 배짱이 엄청나게 두둑하군, 라플라스는.

"너, 요금은 제대로 지불하고 있겠지?"

"그건 그러니까, 저는 손님으로 온 걸로 쳐주시죠. 지금부터 일하면서 갚을 생각을 하고 있으니까, 이번 건 외상으로 달아주시길 부탁드립니다."

참으로 뻔뻔하게 잘도 말하는군.

"너, 정말……."

"자자, 자자, 이 나라가 너무 훌륭한 게 잘못이라니까요. 지금은 이 땅이 그야말로 세계에서 최첨단을 달리고 있다고 해도 틀리지 않습죠! 극락정토라고요! 누구라도 이곳에서 편하게 쉬고 싶다는 생각을 하게 마련이란 말입니다!!"

그렇게 말하면서, 이 나라의 장점을 역설하는 라플라스.

이렇게까지 칭찬을 받으면 기분이 좋아진다.

조금은 괜찮은 면이 있는 녀석이잖아, 라고 생각하면서 나는 라플라스를 다시 봤다.

"속고 계십니다, 리무루 님!"

"베니마루, 안심해라. 리무루 님이 방심하시더라도 내가 주시하고 있을 테니까."

이런.

베니마루와 소우에이의 대화를 듣고 정신을 다시 차렸다.

어흠 하고 헛기침을 한번 했다.

"적당히 즐기도록 해."

"물론 잘 알고 있습니다! 자아, 그럼 전 먼저 실례하죠."

그렇게 인사를 하자마자, 라플라스는 신이 나서 들뜬 표정으로 회의실을 나갔다.

자유로운 녀석이라고 생각하면서 그를 배웅한 뒤에, 우리는 다음 의제에 관한 얘기로 넘어가기로 했다.

*

"적지에 다섯 명으로만 간다는 건 너무 위험하지 않겠습니까?"

"저도 동감입니다. 리무루 님에게 무슨 일이 생긴다면 아무리 전쟁에서 승리를 거듭한다고 돌이킬 수 없게 됩니다."

"그렇습니다. 정상끼리의 싸움에 군대가 무의미하다는 건 동감

합니다만, 만일의 경우엔 리무루 님의 방패가 되어줄 자도 필요할 것입니다."

소우에이, 가비루, 하쿠로우가 차례로 조금 전 정한 방침에 반대 의견을 늘어놓았다. 라플라스가 보고 있는 앞이라 입을 다물고 있었지만, 속으로는 불만스럽게 생각하고 있었던 모양이다.

"하쿠로우 스승님의 말이 맞습니다요. 저도 여차하면 리무루 님을 대신하여 죽을 각오가 되어 있습니다요. 그런 걸 고기방패라고 하지 않습니까요?"

"이 녀석, 고부타."

"아!"

고기방패, 라고?

무슨 말을 하고 싶은 건지는 상상할 수 있었다. 그런 건 내 입장에선 정말 사양하고 싶군.

"하쿠로우, 고부타에게 그런 걸 교육하는 건 중단하도록."

"알겠습니다. 하지만 그런 경우를 대비한 각오를 교육시키는 것도 중요하다는 걸 부디 이해해주십시오."

하쿠로우가 하고 싶은 말도 이해는 할 수 있었다.

그저 내 마음이 납득해주질 않는 것뿐이지······.

"날 걱정해주는 건 기쁘지만, 나도 너희를 소중하게 생각하고 있다. 처음부터 희생을 전제한 작전은 세우고 싶지 않고, 그런 상황이 되지 않도록 다 같이 지혜를 짜내야 하지 않겠는가."

"그렇군요. 제가 좀 지나치게 주제넘은 짓을 한 것 같습니다."

내 생각이지만 아마도 납득은 해주지 않겠지.

이 문제에 관해선 베니마루와 다른 동료들도 하쿠로우의 편을 들어주는 느낌이고.

나도 입장이 바뀌었다면 같은 기분을 느꼈을지도 모른다.

그래도 말이지…….

모두의 마음은 기쁘기도 하지만, 그래도 역시 누군가가 희생이 되는 건 싫다.

이기적인 욕심이라고 생각하지만, 지금은 내 기분을 우선하도록 하겠다.

"어쨌든 희생을 치러야 하는 작전은 생각하지 않는다. 그걸 전제로 하여 제국을 상대로 하는 싸움의 최종단계를 밟기로 하자."

내 말에 모두가 고개를 끄덕여주었다.

심정은 어찌 됐든 작전입안은 냉정하게 할 수 있을 것 같다.

"리무루 님, 제가 한 말씀 드리고 싶습니다."

"뭐냐, 소우에이?"

"현재 저의 '분신체'를 제국 안으로 잠입시켜 놓았습니다. 방해가 많아서 제도까지는 도달하지 못했습니다만, 예전보다 경계망은 느슨해진 것 같더군요. 라플라스가 '전송'할 곳에는 저도 '그림자 이동'으로 합류하려고 생각합니다. 괜찮겠습니까?"

과연, 그렇게 해준다면 든든하지.

소우에이는 '은밀'로서도 아주 우수하지만, 이런 경우엔 특히 더 그런 느낌을 준다.

그리고 전투능력도 나무랄 데가 없다.

잘 보면 시치미를 뚝 뗀 채, 혼자 몰래 진화한 것 같기도 하고.

소우에이는 오니가 아니라 어느새 '암령귀(闇靈鬼)'라는 종족이 되어 있었다. 보아하니 베니마루의 진화에 연동하여, 소우에이도 기프트(축복)를 받은 것 같았다.

소우에이는 오거의 마을에선 베니마루의 그림자로 길러졌다.

베니마루가 빛이라면 소우에이가 그림자. 상하관계이면서도 친구라는 입장에서 자란 모양이었다.

말하자면, 베니마루의 대척점이자 한 쌍인 존재라는 느낌이랄까.

그런 두 사람이었기 때문에 베니마루가 각성한 영향이 가장 짙게 드러난 것이겠지. 내 생각이지만, 아마도 베니마루에게 종속된 존재로 다뤄질 것이란 생각이 들었다.

뭐, 태도는 지금까지와 다르지 않은 것 같으니, 그 점은 큰 문제가 아닐 것 같다.

'암령귀'는 어둠 속성을 지닌 성마령으로, 베니마루와 마찬가지로 정신생명체이면서도 육체를 가지고 있다.

베니마루의 종속신(從屬神), 같은 위치에 서게 되는 걸까?

상위 수준은 아니지만, 중위 수준의 에너지(마력요소)양을 보유하고 있었다. 베니마루에 비하면 많이 뒤떨어지지만, 반쯤 각성했던 클레이만보다도 위였다.

실력은 충분하다. 지금의 소우에이라면 칼리온이랑 프레이 같은 예전에 마왕이었던 자들과도 호각 이상의 싸움을 벌일 수 있을 것이다.

그 정도로 강화되었기 때문에 제국의 경계망을 돌파할 수 있게 된 것이 아닐까?

그렇게도 생각할 수 있겠지만, 어느 쪽이든 상관은 없으려나.

소우에이도 와주겠다면 믿음직스러우니, 불만 같은 건 있을 리가 없다. 하지만 그렇게 되면 마사유키의 호위를 어떻게 할 것인가 하는 문제가 남는군.

"든든하군. 하지만 마사유키는 어떡하지?"

"저의 '분신체'를 이용하여 감시는 계속할 것입니다. 무슨 일이 있으면 충분히 대처할 수 있을 거라 생각합니다."

자신만만하게 대답하는 소우에이.

그렇게 말하는 옆에서 디아블로도 끼어들었다.

"그렇다면 베놈을 마사유키의 동료로 잠입시켜 놓도록 하죠. 그 애송이에게도 비밀로 해두면 호위와 감시, 양쪽을 다 맡을 수 있으리라 봅니다. 소우에이 공의 부담도 줄어들 것이고, 보험도 되리라고 감히 생각합니다."

응, 제법 괜찮은 생각이군.

베놈은 악마답지 않게 상식적인 성격을 가지고 있는 데다, 나름대로 강해져 있다. 마사유키와 얘기가 통할 것 같은 느낌이니, 의외로 사이좋게 지낼 수 있을지도 모른다.

맡겨보는 것도 재미있을 것 같다.

"그렇게 되면, 네 부관이 자리를 비우는 게 된다만."

"쿠후후후후, 문제없습니다. 테스타로사 일행이 있으니, 저 자신의 일에는 영향이 없을 테니까요."

그렇다면 문제없겠군.

"소우에이도 그러면 되겠나?"

"그림자에서 지켜보는 것보다는 내부에 들어가는 것이 더 확실하겠죠. 그렇게 해줄 수 있다면 '분신체'에 배당하는 힘을 절약할 수 있을 것입니다."

그렇다면 결정되었군.

"그럼 그렇게 하도록 부탁하마."

"알겠습니다!"

"맡겨주십시오."

이리하여 베놈이 마사유키의 호위를 맡게 되었고, 현지에서 소우에이도 합류하게 되었다.

남은 것은 군을 움직이느냐 아니냐 하는 것인데…….

"드워르곤과 함께 싸울 때에 제국을 상대로 우리의 무력을 보여줄 필요가 있겠지?"

제1군단과 제3군단은 시체의 회수가 종료된 시점에서 함께 귀국한 상태였다. 즉, 전군이 이곳, 수도 '리무루'에 머무르고 있었다.

제2군단장인 게루도가 진화의 잠에 든 이상, 제2군단은 움직일 수 없다. 그렇다면——.

"리무루 님, 지금은 제가 나설 차례인 것 같습니다만?"

"잠깐 기다려주십쇼! 저희가 나가겠습니다요!!"

가비루는 그렇다 치고, 고부타도 웬일로 의욕을 보이는군.

하지만 지금은 예전과는 달리, 수에 의존하는 것은 위험하다는 생각이 들었다. 상대가 대군이었다면 아군까지 휩쓸리게 되는 대규모공격은 없을 거라 생각하지만, 이번 상대는 소수정예이다. 인정사정없이 핵격마법을 사용할지도 모르고, 그 이상으로 강한 공격수단에 노출될 가능성도 있다.

군대 단위의 마법전은 레기온 매직(군단마법)의 강도에 저절로 의존하게 된다. 이런 싸움에서 밀리기 전에 정예부대를 이용한 강습을 서로 시도하지만, 상대가 일정한 레벨 이상의 강자들뿐이라면, 말단 병사는 방해밖에 안 될 것이라는 생각이 들었다.

"하쿠로우, 네 생각을 들려다오."

"헛헛허. 리무루 님이 무슨 생각을 하시는지 저도 알고 있습니다. 그렇게 생각하시는 게 틀림이 없겠지요."

"즉, 훈련병은 아예 논외이고, 하급병도 데려가지 않는 게 더 좋다고 봐야 할까?"

"가능한 한 희생을 내지 않으려면 그렇게 해야 한다고 생각합니다."

"그렇다면……."

"저희는 고블린 라이더만 출전한단 말입니까요?"

"제 군단에선 '히류(비룡중)'만 출전하겠습니다!"

그렇게 나온단 말인가.

고블린 라이더는 콤비의 종합력만 따지면 A랭크에 달한다. 이번 전쟁에서도 미끼 역할을 훌륭히 소화해주었으니, 그리 쉽게는 당하지 않을 것이다. 도망치는 것만 따진다면 일류이므로, 문제가 없을 것 같았다.

'히류' 쪽도 불만이 없었다. 가비루의 각성에 의해, 모두가 A랭크를 넘어섰다. 힘의 제어에 대해 불안한 느낌은 있지만, 아마 괜찮겠지.

"그렇다면 고부타와 가비루는 그런 방향으로 준비를 진행시켜──, 잠깐?"

나는 그렇게 결정하겠다고 말하려고 했지만, 그때 중요한 의문을 떠올렸다.

"고부타, 너희는 지금 파트너인 스타울프(성랑족)를 불러낼 수 있나?"

"네?"

"아니, 란가는 아직 각성이 끝나지 않았는데, 권속들도 여전히 잠들어 있는 상태이지 않은가?"

"아!"

보아하니, 불러보지 않은 모양이다.

"너희는 남아야겠군."

"하, 하지만……."

"고부타, 자신의 역량을 다 파악하지 못했다고 스스로의 입으로 말할 생각인가?"

"죄송합니다요."

고부타는 풀이 죽은 표정으로 고개를 숙이고 있었지만, 이것만큼은 어쩔 수가 없는 일이다.

고블린 라이더의 우위성은 스타울프의 높은 기동력이 있어야만 발휘되는 것이다. 타는 자 개개인이 A—랭크라고 하더라도 데려갈 수는 없다.

"네가 잘못한 게 아니다. 리그루와 협력하여 치안유지 쪽을 잘 맡아다오."

"알겠습니다요!"

이리하여 아쉽지만, 고부타 부대는 남아서 도시를 지키게 되었다.

그렇게 되면, 달리 출전할 수 있는 부대는…….

"'쿠레나이(홍염중)'는 괜찮은가?"

"문제없습니다. 모두 A랭크에 도달했으니까요."

역시 대단하군.

지휘관으로서 우수했던 고부아를 필두로, 이번에 기프트를 받으면서 키진(귀인족)으로 진화한 자가 여러 명 있다고 한다. 참전시켜도 충분히 믿을 수 있을 것이다.

"'쿠라야미(람암중)'는?"

"각지에 흩어져서 정보수집과 색적 임무를 수행하고 있습니다. 필요하시다면 불러 모으겠습니다만――."

"아니, 계속해서 뒤쪽을 맡기겠다."

"알겠습니다."

무리해서 불러 모을 필요는 없다. 정보가 중요한 건 더 말할 필요도 없으니, 이대로 계속 유지하도록 놔두자.

"남은 건 '부활자들(자극중)'인데――."

"맡겨주십시오! 언제든지 만전의 준비를 한 상태이며, 활약할 기회만을 기다리고 있습니다!"

"으――음, 그렇단 말이지……."

시온의 각성은 변화가 보이지 않았다. 그러나 '자극중'의 전투 능력은 대폭 상승해 있으며, A랭크에 도달한 자까지 있었다.

잘 죽지 않는다는 특성도 이점이니까, 참전시켜도 괜찮을 것 같았――지만, '자극중'은 시온과 세트로 움직이지 않으면 진가를 발휘하지 못한다. 지휘할 수 있는 자가 없으면, 멋대로 행동해버린다.

이번에는 고부타 부대와 마찬가지로 도시를 지키도록 남도록 하는 게 무난하겠다고 판단했다.

"역시 남는 게 좋으려나."

"그럴 수가……?!"

"'자극중'은 군이라기보다는 호위집단 같은 느낌이고, 시온이 나와 같이 간다면 안심이 되니까 말이지."

"그렇군요!"

그 말도 옳다면서, 시온은 쉽게 납득해주었다.

이렇게 출전시킬 부대도 결정되었다.

'히류' 100명과 '쿠레나이' 300명. 합해서 400명이지만, 전원이 A랭크 오버인 우수한 전투집단이다.

수로 따지면 밀리겠지만, 전투능력을 따지면 나무랄 데가 없을 것이다.

하지만 이것만으로는 안심할 수 없다.

"그럼 울티마, 카레라, 너희에게도 임무를 주겠다."

"할게, 하겠어! 무엇이든 말만 해!"

"뭐지, 주군?"

"울티마는 계속해서 가비루의 부대에 정보부관으로서 동행해주면 좋겠다. 그리고 카레라는 이번엔 게루도가 아니라 고부아를 보좌해다오."

"으에…… 또 도마뱀이야?"

"내게 맡겨줘. 확실하게 눈에 띄지 않으면서 도와주도록 할게."

왠지 모르게 불안하게 만드는 대답이로군.

울티마는 가비루를 부담스러워하는 마음이 싹튼 것 같고, 카레라는 스스로 눈에 띄지 않도록 행동하겠다고 말한 것이 믿어지질 않았다.

"이런, 울티마 공은 나에게 불만이 있는 거요?"

"있지, 잔뜩 있고말고! 분위기를 타면 너무 막 나간다고 할까, 내 상식으로는 다 감당이 안 된다고 할까."

"핫핫하, 걱정할 것 없소! 우리는 싸움에는 진지하게 임하니까!"

"싸우는 중에 적의 공격으로 실험을 하는 걸 진지하다고 말하진 않거든?"

"무슨 말씀을 하는 거요. 싸움을 유리하게 이끌어가기 위해선 모든 전술을 다 시도해보는 것이 당연한 것을. 실험도 그 일환이니까, 진지하게 임해야 하지 않겠소?"

"아니야! 그건 싸움이 시작되기 전에 끝내야 할 일이라고!! 아니, 그전에 내가 왜 이런 강의를 해줘야 하는 건데?!"

이 정도면 뭐, 부담스러운 감정을 가지는 것도 자연스러울 것 같군.

내가 듣고 있어도 울티마가 옳은 소리를 하는 것 같다는 생각이 든다.

"미안하지만, 이번만 참고 어울려주겠나?"

"리무루 님의 명령이라면 나도 열심히 따를 거야! 어차피 많은 걸 가르쳐주지 않으면 안 되겠다고 생각했던 참이고, 좋은 기회라고 전향적으로 생각하기로 했으니까."

가늘게 뜬 눈으로 귀여운 표정을 지은 울티마가 가비루를 평가하는 것처럼 바라보면서, 그렇게 대답해 주었다.

상성은 안 좋은 것 같지만, 가비루를 맡겨도 괜찮을 것 같다.

"카레라는 굳이 눈에 띄지 않으려고 조심하지 않아도 된다."

"호오?"

어차피 날뛸 것이니, 눈에 띄지 않는 건 무리라고 생각한다. 그보다 카레라에겐 적절한 타이밍을 기다렸다가 행동해주면 좋겠다.

"아군에게 피해를 주지 않을 것, 그걸 가장 우선적으로 생각해 다오. 그리고 싸움이 시작될 때까지는 얌전히 있어주면 되니까."

"간단해서 좋네!"

그런가?

더 이상의 요구는 하지 않을 테니까, 절대 지켜달라고 다짐을 놓았다. 이렇게 하면 어떻게든 될 것이라고 믿고 싶었다.

"하쿠로우, 너도 고부아를 따라가 주겠나?"

"알겠습니다."

"카레라의 고삐는 네가 맡기겠다."

하쿠로우가 쓴웃음을 지으면서, 고개를 끄덕여주었다.

이러면 일단은 안심이다.

자, 이제 출격할 멤버는 정해졌나——. 그렇게 생각했더니, 가드라가 손을 들어서 발언을 요구했다.

"리무루 님, 주제넘은 말씀을 드리겠습니다만, 논의하고 싶은 의제가 있습니다."

"뭐지?"

"데몬 콜로서스(마왕의 수호거상)도 이번 싸움에 참전시키는 것이 어떨까 합니다."

과연.

그걸 미궁 밖으로 꺼내는 건 좀 문제이겠지만, 파괴되어도 인적피해는 없다. 탑승하여 조작했다고 해도 가드라라면 무사히 탈출할 수 있을 것이고.

가드라에겐 '부활의 팔찌'와 긴급귀환 마법이 있으니까 말이지. 어떤 격전지에 투입하더라도 안심하고 지켜볼 수 있다는 건 큰 이점이었다.

하지만 데몬 콜로서스의 전투능력을 공개하는 건 문제가 되려나?

"베스터, 어떻게 생각하나?"

의견을 들어보기 위해 베스터에게 물어봤더니, 그의 얼굴에 떠오르는 건 대담한 웃음이었다.

안경을 쓱 추어올리면서, 베스터가 입을 열었다.

"실력을 선보이기에는 최적의 자리인 것 같군요. 가젤 폐하에게도 상세한 보고를 드렸습니다만, 예전부터 실물을 보고 싶다는 말씀을 듣고 있었습니다. 다양한 상황에 처했을 때의 데이터도 얻고 싶으니, 실제 전장에서 어떤 활약을 할 수 있는지 알게 되는 것도 저로선 아주 흥미진진한 일이라 하겠습니다."

역시 베스터는 연구자로군.

병기의 가치는 어떤 위력이 있는가에 따라 정해진다. 시위행동이 목적이라고 해도, 한번은 직접 쓰는 모습을 보여주지 않으면 의미가 없는 것이다.

그런 관점에서 판단하자면, 이번 전장은 좋은 시연장이 될 것이다. 베스터는 그렇게 생각한 것 같았다.

확실히 데몬 콜로서스라면 대량파괴병기와는 달리 국지전에도 적합하다. 상대에게 위압감을 주고 전의를 꺾는 데도 도움을 줄 것이다.

악마 아가씨 3인방의 활약을 허용한 내가 도의적인 이유로 거절하는 건 말이 안 되겠지.

"만약 적에게 빼앗긴다면 기술이 유출되게 될 텐데?"

"그런 멍청한 짓은 절대 하지 않겠다고 맹세하겠습니다!"

"그렇게 되면 그렇게 된 걸로 치고, 다음에는 더욱 우수한 성능의 골렘을 개발하기로 하겠습니다. 기술에 최종점 같은 건 없으니까요. 그렇다곤 하나, 그런 경우엔 자폭장치도 달아놓았으니까 기술이 유출될 걱정은 할 필요가 없을 겁니다."

잠깐, 잠깐.

듣기 좋은 얘기라도 하는 것처럼 말했지만, 무시할 수 없는 단어가 들렸는데.

"자폭장치?"

"그렇습니다. 베루도라 님이 제안하신 것인데, 무슨 일이 있어도 그걸 달라고 하셨죠. 무슨 농담이라도 하시는 줄 알았는데, 역시 베루도라 님은 대단하시군요. 이런 사태를 미리 예견하시고 그런 제안을 하신 것이겠죠."

아닐 거야. 절대 그렇지 않아.

혹시나 하고 생각했는데, 그 멍청한 제안을 한 건 역시 베루도라였나.

자폭장치 같은 생각을 떠올릴 수 있는 건 내 만화를 죄다 읽어본 라미리스 아니면 베루도라일 것으로 생각했어.

정말, 이런 쓸데없는 것에 집착하는 짓은 그만했으면 좋겠다.

하지만 뭐, 없는 것보다는 있는 게 더 좋은 건 확실하겠지.

"알았다. 파괴되거나 적의 손에 넘어가는 건 딱히 상관없지만,

무모한 짓만은 하지 않도록 해다오."

"그러면?!"

"그래, 출격을 허가하겠다. 가드라가 나설 차례는 없을지도 모르지만, 여차할 때를 대비해서 참전해다오."

"잘 알겠습니다. 저도 예전에 동료였던 자들을 상대로 힘을 쓰는 짓은 하고 싶진 않습니다. 저도 모르는 신형병기가 있을 경우에만 데몬 콜로서스가 출현할 때라고 이해하고 있겠습니다!"

그렇다면 안심하고 맡기도록 하자.

가드라는 처신이 가벼우니까 우리가 패전할 기미가 농후해지면 배신할지도 모른다. 그런 경우를 대비해서 미궁 밖으로 내보내고 싶다는 심리가 작용하고 있는 걸지도 모르겠다. 그런 식으로 생각했지만, 그걸 굳이 추궁하는 건 촌스러운 짓이다.

지금은 낙관적으로 생각하고, 가드라가 두 마음을 품지 않도록 만들어주고 싶다는 생각을 했다. 즉, 압도적으로 제국과의 전쟁에 승리하면 되는 것이다.

이리하여 가드라의 참전도 정해지면서, 출전할 멤버가 결정된 것이다.

＊

회의가 끝난 시간은 저녁이었다.

해산하자마자, 각자 내일을 대비한 준비를 시작했다.

나는 굳이 말하자면 식당에서 한때의 휴식시간을 즐길 생각이었다.

내일은 아침에는 출격할 멤버의 사기를 고무시키는 것이 예정되어 있다. 그런 뒤에 모두를 '전송술식'으로 보내게 되어 있다.

낮부터는 유우키와 회담이 예정되어 있다. 라플라스가 보내주는 것이니까 시간적으로는 여유가 있다.

그날 돌아올 예정이니, 딱히 큰 준비는 할 필요가 없다. 당연하지만 유우키에게 줄 선물 같은 건 준비할 생각이 없었기에 가벼운 마음으로 내일을 맞을 수 있는 것이다.

"그렇게 느긋하게 구셔도 괜찮겠습니까?"

"괜찮지 않을까. 그보다 너야말로 모미지와 알비스를 내버려 둬도 되는 거야?"

나와 함께 식당까지 온 베니마루. 새신랑이니까, 집에서 편안하게 시간을 보내면 좋을 텐데.

그렇게 생각해서 물어봤는데, 그 질문을 듣고 베니마루가 훗하고 웃었다.

"오늘은 둘이 함께 슈나에게 요리를 배우겠다고 하더군요. 서로 새치기를 하지 않는다는 협정을 맺은 것 같은데, 그 때문에 쫓겨났지 뭡니까……."

이봐, 이봐, 그건 새신랑으로선 문제가 좀 있는 것 아냐?

그래도 괜찮은 건가—— 하는 생각이 들었지만, 다른 집안일에 간섭하는 건 좀 아닌 것 같다.

"그, 그렇군."

그렇게 말하면서, 나는 관대하게 고개를 끄덕이고 말았다.

디아블로가 서둘러 식사를 들고 왔다.

그 모습은 진짜 집사 같았다.

아니, 태초의 악마가 그래도 되는 건가 하는 생각이 들었지만, 본인이 기쁜 표정으로 그러고 있으니까 내가 말릴 입장은 아닌 것 같다. 나도 익숙해지고 말았으니, 이제 와서 따지는 것도 이상하고.

"고맙다."

"아닙니다, 이것도 제가 할 일이니까요."

그런가?

뭐, 본인이 그렇게 납득하고 있으니까 문제는 없을 것이다.

"리무루 님, 이것도 드시죠."

그렇게 말하면서 와인을 따라 준 사람은 시온이었다.

당연하지만, 이 와인을 만든 사람은 시온이 아니다. 그러므로 안심하고 마실 수 있지만, 왠지 엄청나게 갑갑한 분위기가 느껴졌다.

그도 그렇게, 오늘 메뉴는 자주 먹는 참으로 익숙하고 평범한 돈가스란 말이지. 이렇게 서빙을 받지 않더라도 가볍게 먹을 수 있는 거라고.

그런데 디아블로와 시온이 내 뒤에 서 있으니까, 오히려 정신적으로 더 피곤해졌다.

"너희도 앉아서 같이 먹지, 그래?"

"그렇게 말씀해주시니 감격스럽습니다."

"그럴 수가! 저는 이미 배가 부르니 배려해주시지 않아도 됩니다!"

"시온은 주방에서 몰래 훔쳐 먹었으니까 말이죠."

"디아블로, 너!"

틈만 있으면 싸웠다.

걱정하는 것도 멍청한 짓인 것 같으니, 나와 베니마루는 둘을 방치한 채 식사를 즐기기로 했다.

"그건 그렇고 유우키를 믿으실 생각입니까?"

"진심으로 믿기는 어렵지만, 신용할 수밖에 없잖아. 그리고 믿고 싶은 기분은 있기도 하고."

"그렇다면 저는 리무루 님을 따르겠습니다. 작전은 전부 유우키를 믿는다는 전제에서 세우도록 하죠."

"만약 배신당한다면?"

"위험하지만 뭐, 어떻게든 되겠죠."

"그렇군. 귀찮게 만들겠지만 부탁할게."

"바라는 바입니다."

베니라루의 미소는 믿음직스럽군.

전쟁을 하려면 우군인 동맹상대를 믿어야 한다. 그걸 의심하면 어떤 작전행동이라도 성공할 수 있을지 불안해진다.

만약 배신당하면 피해는 막대하므로, 어려운 선택을 강요당한다고 말할 수 있다.

하지만 나는 유우키를 믿기로 했다.

그렇게 정한 이상, 고민하고 있어봤자 소용이 없다.

"그보다 궁금해진 게 있는데, 너도 식사를 할 필요가 있어?"

눈앞에서 나와 같이 돈가스를 먹고 있는 베니마루에게 그렇게 물어봤다.

"굳이 따진다면 없다고 할 수 있겠군요."

"아, 역시."

"하지만 그건 리무루 님도 마찬가지 아닙니까? 미각이 사라지지 않아서 개인적으론 안심했습니다."

"이해가 되네. 나도 3대욕구가 채워지지 않게 되었을 때는 솔직히 말해서 인생이 끝나는 줄 알았거든. 노력한 덕분에 식욕과 수면욕은 부활했으니까, 지금도 매일이 즐겁지만 말이지."

"그렇겠죠. 저도 그게 걱정이었지만, 원래대로 유지되어 있는지라 안심했습니다."

응응 하고 서로를 보면서 고개를 끄덕이는 우리.

그때 문득, 나는 위화감을 느꼈다.

"어라? 원래대로 유지되어 있다면 너, 3대욕구가 전부 남아 있단 말이야?"

"네. 다행히 전부 남아 있습니다."

"수면욕도?"

"잘 필요는 없습니다만, 명상하고 있으면 수면상태로 들어갑니다. 게다가 피로도 회복되죠."

뭐야, 그게. 나는 고생한 끝에 겨우 잘 수 있게 되었는데, 처음부터 잘 수 있단 말이야? 더구나 나보다 더 뛰어난 효과까지 있단 말인가.

아니, 그보다 궁금한 건——.

"성욕도?"

나는 작은 목소리로 나지막이 물어봤다.

그러자 베니마루는 조금 쑥스러운 표정으로 살짝 고개를 끄덕여 긍정했다.

"뭐야, 그게. 너, 아이가 생기지 않기 때문에 진화를 할 수 없었던 게……?"

"그 말이 맞습니다. 모미지도 알비스도 임신했습니다."

"그건 축하할 일이네. ──잠깐, 그렇다면 성욕도 사라진 게 아니란 말이야?!"

"저도 사라질 거라고 생각했습니다만, 아이는 만들 수 없어도 성욕은 남아 있었습니다. 이제 그 두 사람을 슬프지 않게 만들 수 있을 것 같습니다."

너무 부러웠다.

나에겐 사라진 기능까지 갖추고 있다니, 완벽한 진화잖아.

젠장, 나는 왜……

"잘됐네."

"네. ──아니, 왜 제 밥을 빼앗는 겁니까?!"

"시끄러워! 이 배신자 녀석!"

내 질투가 불을 뿜었고, 나는 베니마루의 돈가스를 빼앗았다.

나에겐 먹는 즐거움밖에 없는데 이 자식── 이라고 생각한 건 당연하지 않은가.

어쨌든 그날 밤도 우리는 시끌벅적하게 굴면서, 유쾌하게 보내고 있었다.

평소와 다르지 않은 광경이었다.

하지만──.

그건 갑자기 끝을 고했다.

＊

"크, 큰일 났어! 엄청 심상치 않은 일이난 것 같으니까, 나는 즉시 돌아가야만 해!!"

그렇게 소리치면서, 라플라스가 식당으로 뛰어 들어왔다.

그리고 그 직후, 다른 자가 들어왔다.

"큰일입니다, 리무루 님! 지금 막 가젤 폐하의 이름으로 연락이 들어왔습니다. 진을 펼치고 있던 혼성군단 앞에 베루글린드가 출현한 것으로 보이니, 긴급히 응원군을 보내달라고 합니다!!"

눈에 핏발이 선 모습으로 외치는 베스터.

너무나도 놀라운 내용인지라, 나도 모르게 자리에서 일어났다.

"지금 당장 출격예정인 자들을 모아라!"

"알겠습니다."

내 명령을 듣자마자, 베니마루가 즉시 움직여주었다.

이러면 오랜 시간을 들이지 않고 다들 모일 것이다.

"라플라스, 돌아가는 건 좀 기다려다오. 우리도 같이 갈 테니까."

"하, 하지만……."

라플라스의 당황한 모습을 보고, 연기일지도 모른다고 생각하면서 의심했다. 또 뭔가를 꾸미고 있으며, 우리를 덫에 빠트릴 생각을 하고 있는 게 아닌가 하는 생각이 든 것이다.

하지만 이어진 베스터의 보고를 듣고, 그렇지는 않다는 걸 이해했다.

라플라스도 파악하지 못한, 어떤 중대한 일이 제국 안에서 일어나고 있다고 한다.

이런 때엔 냉정해져야 한다.

"큰일이 일어난 건 알겠지만, 당황하지 마라. 우리는 지금 동맹관계에 있으니까. 네가 혼자서 돌아가는 것보다 우리가 따라가는 게 어떻게든 더 편리하겠지?"

"편리라니, 그건……."

혼성군단 앞에 적의 최대전력이 있다면, 반대로 찬스라고 생각할 수 있다. 유우키 일행도 누군가에게 습격을 당하고 있는 것 같았는데, 그 녀석들을 쓰러트리기만 하면 이후의 교섭을 유리하게 진행할 수 있을 것이다.

그렇게 생각한 나는 라플라스로부터 자세한 정보를 듣기로 했다.

"그래서 무슨 일이 일어난 거지?"

라플라스는 잠시 망설인 뒤에, 내 질문에 대답해주었다.

"티어가 연락을 해왔어. 회장, 그러니까 카가리 님이 나를 다시 불러오라고 했다고. 보아하니 콘도와 부하들에게 습격을 당한 것 같아."

콘도 중위란 말인가. 상대하기 어려울 것 같은 자들 중 한 명이었지.

역시 지금은 라플라스를 도와주면서, 우리도 반격을 하는 게 정답일 것 같다.

하지만 마음에 걸리는 건, 유우키 일행의 전력으론 어떻게든 해결할 수 없었는가 하는 점이로군.

"유우키는 뭘 하고 있지? 그 녀석도 패한 건가?"

"그게, 보스의 상대는 다무라다라고 하는 것 같아."

"다무라다? '케르베로스(삼거두)'의 보스(머리) 중의 한 명이자, 그 정체는 임페리얼 가디언(제국황제 근위기사단)의 부단장이잖아. 역시

435

유우키를 배신했단 말인가?"

유우키의 동료인 것처럼 들었는데, 아니었단 건가?

만난 적이 없으니까, 무슨 생각을 하고 있는 인물인지 파악할 수가 없군.

"모르겠어. 티어도 풋맨도 하는 말이 계속 바뀌고 있었으니까. 어쨌든 보스와 싸우고 있는 건 틀림없는 것 같아."

흐—음, 모르겠군.

하지만 상대하기 버거운 적들이 분산되어 있는 건 확실한 것 같았다.

어쨌든 상황을 파악하는 것이 최우선 사항이다. 그렇게 생각한 나는 시간이 아까운지라 이 자리에서 바로 물리마법 : 아르고스(신의 눈)을 발동시켰다.

좌표는 이미 파악했으므로, 핀 포인트로 혼성군단의 주둔지를 지정했다. 식당 벽에 현지의 상황이 비치고 있었다.

"이, 이건……."

자신도 모르게 그런 말을 중얼거린 사람은 누구였을까.

요염한 미소를 지은 미녀가 한 명. 특징적인 것은 머리 위에 시농 스타일로 말아 올린 푸른색 머리카락이었다. 그 여성은 중화풍의 호화로운 의상을 입었으며, 어깨에는 군복을 걸치고 있었다.

사람이 없는 들판을 걸어가는 것처럼, 6만의 대군 앞에 서성거리고 있었다.

아니—— 대군이 아니라 대군이었던 자들의 앞에, 라는 것이 정확한 표현이었다.

공중에 떠 있는 건 시체, 일까.

하늘과 땅을 잇고 있는 진홍의 기둥── 저건, 그래, 초중력 역장이다.

피의 비가 내리면서, 역장이 붉게 물든 것처럼 보이는 것이었다.

"그래비티 컬랩스(중력붕괴)인가. 이거 큰일이네. 내 주특기를 멋대로 쓰다니."

카레라는 가벼운 농담을 지껄였지만, 그 표정은 진지했다.

그것도 그럴 것이, 베루글린드로 보이는 인물이 구사한 마법은 카레라가 썼던 것보다 더 뛰어난 정밀도를 지니고 있었다.

완벽하게 범위를 지정했으며, 폭주하는 일 없이 제어해내고 있었다.

파괴의 흔적이 없는 걸 봐도 중력에만 영향을 끼치고 있다는 걸 추측할 수 있었다.

"중력을 제어해서 대지에 영향을 주지 않고 군대만 위로 날려버린 건가?"

"바로 그거야, 주군. 더구나 얄밉게도 모래가루 하나 휩쓸리지 않았어. 적이라고 보는 인간들만 하늘로 날려 보내고 있는 거야."

가능하단 말인가, 그런 짓이?

아니, 가능하겠지.

그 결과가 지금 눈앞에 보이는 이상, 그걸 의심해봤자 아무 소용이 없다.

"저런 자와 싸운단 말입니까?"

"쿠후후후후, 역시 베루도라 님의 누님이십니다. 재미있군요. 한 번쯤 진심으로 상대해보고 싶다고 생각하고 있었습니다."

디아블로는 강하게 나왔지만, 솔직히 말해서 이길 수 있을 거란 생각이 들지 않는 상대였다.

《아닙니다. 모든 전력을 동원하여 도전하면 승산은 있습니다.》

든든한 말이지만, 모든 전력이라는 것이 난관이로군. 반드시 희생이 나올 것이니, 가능하면 싸우는 건 피하고 싶다.

그렇게 되면 베루글린드보다 황제 루드라를 노리는 게 정답일까.

기이와 루드라의 승부에 결말을 짓고, 이 싸움을 끝낸다. 그렇게 하면 쓸모없는 희생을 내지 않고 마무리 지을 수 있을까.

"그건 그렇고, 이해가 안 되는군. 왜 마법을 완성시키지 않는 거지?"

"우리와는 달리, 자연을 파괴하는 것이 싫은 게 아닐까?"

"그건 아니겠지. 봐. 피를 뽑힌 시체들이 차례로 쌓이고 있어."

테스타로사가 영상의 한쪽 부분을 가리켰다.

그곳에는 확실히 몇 명의 시체가 쌓여 있었다.

나는 화면을 분할시킨 뒤에 그 장소를 확대하여 비췄다. 그러자 그곳에는 군복을 입은 남자와 낯이 익은 여성이 있었다.

"유우키의 비서—— 카가리 씨로군."

"우리의 부모이자 중용광대연합의 회장이야. 빌어먹을!! 믿고 싶지 않지만, 정말이었네. 풋맨이랑 티어가 '염화'로 얘기해줘서 알았지만, 아무래도 카가리 님은 콘도에게 조종을 당하고 있는 것 같아."

"조종당하고 있다니, 정신지배 계열의 술법인가?"

"그래. 게다가 최악인 것이, 티어랑 풋맨은 카가리 님에게 거역하지 못해. 아까부터 '염화'가 연결되지 않은 것도 멈추라는 명령을 받았기 때문이겠지."

최악이로군.

정신지배라니, 인간의 자유의지를 빼앗는 것은 가장 질이 낮은 짓이라고 생각한다.

──아니, 그보다.

현재 상황이 위험하다.

"그, 카가리 씨가 지배당한 영향은 어디까지 미치지? 넌 괜찮은가?"

가면을 쓰고 있어서 잘 모르겠지만, 진심으로 분해하는 것처럼 보였다. 그런 라플라스였지만, 티어랑 풋맨과 마찬가지로 명령을 거역하지 못하게 되면 큰 문제다.

"난 괜찮아. 카가리 님이 낳아준 건 사실이지만, 나만은 명령에 따르지 않아도 괜찮게 되어 있어. 그보다 더 큰 문제는 유우키 씨가 모은 동료들의 대다수에 '주언'이 새겨져 있다는 거겠지. 물론 걱정이 되는 건 간부들뿐이지만. 그 외의 자들은 저 상황을 보면 이제 와서 걱정해봤자 소용이 없을 테니까."

확실히 유우키의 군대는 이제 글렀다. 살아남은 자가 있다고 해도 저 마법에선 도망칠 수 없을 것이다.

마법의 영향권 밖에는 아직 무사한 자들이 있는 것 같지만, 저 참극을 봤으면 전의를 잃어버렸을 것 같고 말이지. '주언' 문제를 따지기 이전에 전력이 될 것 같지도 않았다.

그런 상황이니 라플라스가 괜찮다는 건 더더욱 기쁜 소식이라는 생각이 들었다.

"뭐, 너만이라도 무사하다니 다행이잖아."

"쓸데없는 위로는 안 해도 돼. 내 동료들은 이젠 끝장난 거나 마찬가지야."

어디까지나 담담하게 라플라스가 말했다.

그 목소리는 태연했고, 아무것도 느끼지 않는 것처럼 보였지만, 나에겐 그렇게 느껴지지 않았다.

동료가 조종당하는 것을 분하게 여기고 있었다. 그 모습은 두말할 것도 없이 분명 진심일 것이다.

나는 아무 말도 하지 않고, 라플라스의 어깨를 토닥토닥 두들겼다.

놀란 표정으로 나를 보는 라플라스.

나는 자연스럽게 보이도록 신경을 쓰면서, 밝은 말투로 라플라스에게 말을 걸었다.

"아직 포기하기엔 이르지 않을까? 카가리 씨도 죽은 건 아니야. 콘도라는 녀석에게 조종당하고 있다면, 그 녀석(원흉)을 쓰러트리면 원래대로 돌아오겠지. 유우키도 아직 싸우고 있을 테고, 어서 도우러 가서 반격하자고."

자기 위안의 성격도 조금은 담겨 있었지만, 부정적으로 생각하는 것보다는 나을 것이다.

어쨌든 절망하는 건 나중에라도 할 수 있다.

지금 뭘 할 수 있는가?

그걸 생각하는 게 중요할 것이다.

"희한한 사람이네. 보스랑 같은 말을 하다니. 우리를 박해해서 추방한 것도 인간이라면, 우리에게 구원의 손길을 내밀어 주는 것도 인간이란 말인가…… . 못 당하겠구먼."

라플라스는 그렇게 중얼거리더니, 가면 안에서 쓴웃음을 지은 것 같았다.

난 이렇게 보여도 마물인데 말이지…… .

아니, 뭐, 슬라임이지만 예전에는 인간이었으니까 말이지. 그 점을 따지는 건 촌스러운 짓이려나?

"하나 묻고 싶은데, 괜찮을까?"

"뭐지?"

"댁은 마왕으로서 뭘 하고 싶은 거지?"

그걸 묻는 건가.

그거라면 지금까지 전혀 달라지지 않았지.

이 세계에 전생한 이후로 내 야망은 단 하나뿐이다.

"다 같이 즐겁게 살도록 만든다는 거야. 그러기 위해서 도시를 만들고, 나라를 만들고, 다른 나라와 교류를 했어. 그 뒤에는 다양성을 소중히 여기면서, 취향이 맞는 자들과 사이좋게 살고 싶다고 생각하고 있어."

"이 세계를 손에 넣고 싶다는 생각은 하지 않고?"

"응, 그게 무슨 소리야? 귀찮게시리."

"뭐어?! 이 세계를 손에 넣으면 뭐든 자기 맘대로 할 수 있잖아!"

"그러니까, 그랬다간 틀림없이 질릴걸. 다양한 생각이 존재하는 게 가능성의 폭이 넓어지면서, 생각지도 못한 즐거운 작품도 나올 거 아냐!"

내가 역설하자, 라플라스가 눈을 휘둥그레 떴다. 그리고 당황한 표정과 함께 잠깐 기다리라는 듯이 손을 저으며 소리쳤다.

"그건 이상하잖아! 작품이 다 뭐야. 지금은 그런 얘길 하는 게 아니잖아. 이 세계를 손에 넣은 뒤의 얘기를 하는 거 아니냐고!"

말귀를 못 알아듣는 녀석이네.

"그러니까 뭐야. 뭐든지 자기 마음대로 하겠다니, 타인의 사상을 통제라도 하겠다는 거야? 그게 아니면 카가리 씨처럼 정신을 지배당하는 게 더 좋은 거라고 말할 생각인가?"

"아니, 그러니까 말이지……."

"사상, 언론, 표현, 이 세 가지 자유는 보장되어야 한다고 나는 생각해. 그게 바로 기본적인 인권의 존중으로 이어지면서, 다양성을 낳고, 문화를 발전시키는 원동력이 된다고 말이지."

"뭐어?! 그랬다간 입만 산 녀석들을 늘릴 뿐이지, 통합될 수 있는 것도 제대로 뭉쳐지지 않을 거 아냐. 그런 식으로 나라를 제대로 운영할 리가 없잖아!"

그 말도 일리는 있군.

민주주의의 가장 큰 약점은 국익과 개인의 감정을 어떻게 구분할 것인가에 있다고 생각한다.

하지만 그것도 포함해야 가능성이라고 할 수 있다.

"괜찮아. 그건 앞으로의 과제로 치고, 다 같이 어떻게 할 것인지 생각해나갈 예정이니까. 나도 기본적으로는 이기적이라서, 역시 내가 바라지 않는 방향으로 나라를 움직일 생각은 없으니까 말이지."

나는 입만 산 대장이면 충분하다.

'군림하되 통치하지 않는다.'

이 말을 가슴속에 품고, 지금까지 해왔던 것처럼 해나가면 그만이다.

다행히도 본보기가 되어줄 인물은 많다.

루미너스처럼 종교를 은신처로 삼아서 통치하는 방법이나 에르메시아처럼 나라의 최고위에 앉아서 다스리는 지배체제도 참고가 될 것이다.

뭐, 앞날은 아직 많으니까 지금 당장 이렇게 해야 한다고 결정할 필요는 없다.

"그러니까 말이지, 나라의 정책 같은 건 나중에 생각할 거야. 그보다 더 중요한 건 문화의발전이라고. 오락이란 말이야, 오락. 그게 없이는 나라의 발전 같은 건 의미가 없어."

이건 시험에 나올 정도로 중요한 부분이니까 기억하라고.

재미있고 즐겁게 살기 위해선 무수한 오락작품이 만들어져야 한다. 그러기 위해서라도 사상이라 표현에 규제를 가해선 안 된다.

그렇게 설명하는 나를, 라플라스가 당혹스러운 표정으로 바라보기 시작했다.

"모르겠어. 난 정말 이해가 안 돼. 그 사람은…… 보스는 말이지, 이 세계를 정복해서 즐겁게 살 수 있는 세상으로 만들어주겠다고 약속했어. 그러니까 나는 보스를, 유우키 씨를 믿기로 한 거야. 그랬는데, 대체 댁은 뭐냐고."

"뭐가 말이야?"

"그런 어중간한 각오로, 우리 야망을 우습게 보는 거야?"

"우습게 보다니, 누가. 난 그저 세계정복 같은 건 생각보다 재미있을 것 같지 않고, 예상한 것 이상으로 힘들겠다는 생각을 했을 뿐이야."

그렇게 대꾸하자, 라플라스는 한동안 침묵하고 있었다.

그리고 넌지시.

"······알고 있어. 그 정도는."

힘없이 바닥에 주저앉는 라플라스.

그의 얼굴은 마법으로 비치는 영상을 향해 있었고, 그 시선 끝에는 쌓아 올려진 시체와 그 앞에 서 있는 카가리가 있었다.

"저기서 뭘 하고 있는 거냐고 방금 물었지? 가르쳐줄게. 이건 말이지, 정말로 비밀 중의 비밀이야. 우리가 데스맨(요사족)이라는 건 알고 있을 거라 생각하는데, 어떻게 그 수를 늘리는지에 관한 얘기지."

응?

잠깐, 잠깐, 정말로 중요한 얘기인 것 같은데.

"이봐, 진정해. 그건 식당에서 함부로 해도 될 얘기가 아니지 않아?"

"상관없어. 그런 말을 하고 있을 상황도 아니니까. 잘 들어, 우리는 카가리 님의 손에 의해 태어났어. 그게 바로 '커스 로드(주술왕)'인 저분의 진짜 힘이라고. 죽은 자의 시체와 원한의 감정을 한데 모으는 방법으로 강력한 마인을 만들어내는 금단의 주술───그게 바로 금기주법(禁忌呪法) : 버스데이(요사명산, 妖死冥産)야."

식당이라고 했지만, 이곳은 간부용 시설이다. 일반인은 보이지 않았지만, 라플라스도 단단히 마음을 먹고 그런 짓을 한 것이다.

이런 장소에서 극비사항을 얘기할 줄이야.

남아 있던 사람은 지시를 내리고 돌아와 있던 베니마루와 소우에이, 디아블로에 시온이었다. 하쿠로우, 악마 아가씨 3인방과 보고를 마친 뒤에도 같이 영상을 보고 있었던 베스터도 있었다.

어느새 가비루도 부하들에게 지시를 다 내렸는지 돌아와 있었다.

중요한 얘기였지만, 들으면 곤란해질 사람이 없었던 것은 그나마 다행이었다.

"그것참. 그리운 주법이로군요."

"알고 있나, 디아블로?"

디아블로는 마법 마니아라서 이런 때에도 도움이 된단 말이지. 알고 있다니 다행이다.

"제가 리무루 님으로부터 받은 육체도 그 버스데이를 응용한 것이니까요. 제 경우는 '영혼'이 없었습니다만, 육체를 얻기 위해 마련한 육체치고는 최고였습니다. 원래 사용목적으로는 만 명을 넘는 시체를 통합하여, 그 힘을 자신의 것으로 만드는 것에 있죠."

비인도적인 사법(邪法)이니, 금기주법이니 잘도 그런 말을 하는군. 뭐, 그 '영혼'을 빼앗은 내가 할 얘기는 아니니까, 그건 넘어가기로 하자.

"그 힘을 자신의 것으로 만든다는 건, 특정한 누군가의 의지를 거기에 깃들어지게 만든다는 얘기가 되나?"

"경우에 따라 다르겠습니다만, 그렇게 생각하셔도 크게 틀리진 않을 겁니다."

"디아블로 씨의 말이 맞아. 풋맨도 티어도 클레이만도 카자리무 님과 같은 고향 출신 중에서 살아남은 자들이거든. 조국을 잃은 뒤에, 그 굴욕을 잊지 말자고 생각하여 금기에 손을 댄 거지."

라플라스도 수긍했다.

내 추측이 옳았던 모양이다.

그렇다면 그 주법이 완성되는 건 위험할 것 같군.

"저곳에 있던 혼성군단의 수는 대략 6만 명이야. 그 정도로 많은 소재를 쓴다면 클레이만에 필적하는 수준의 데스맨을 열 명정도는 만들어낼 수 있겠지."

"이봐, 잠깐……."

"게다가 더 귀찮은 일은, 저기엔 강인한 영혼을 지닌 자들이 잔뜩 있다는 거야. 풋맨이랑 티어와는 다르게, 새로 태어날 녀석들이라면 강대한 힘을 제어할 수 있을지도 몰라."

그게 무슨 뜻이냐고 묻자. 라플라스는 질린 표정으로 대답해주었다.

그의 말에 따르면.

풋맨이랑 티어는 강대한 힘에 먹혀버리는 바람에 정신이 여전히 미숙한 상태라고 한다. 카자리무가 맨 먼저 데스맨을 만들어냈을 때엔 영혼과 힘의 분배가 아직 미숙했다. 그랬기 때문에 주체하지 못할 정도의 힘을 주고 말았던 것이다.

클레이만은 그 후에 반성을 거쳐 훌륭하게 성공시켰다고 한다.

하지만 풋맨이랑 티어가 실패사례냐고 따진다면, 그렇지는 않았다. 정신이 미숙한 탓에 지성의 성장은 더디지만, 힘만은 대단했던 것이다.

실제로 진화 전의 게루도는 풋맨의 힘과 비교하면 뒤처지는 수준이었다. 그걸 생각해봐도 전투능력만 따져보면, 클레이만 이상의 성공사례라고 할 수 있을 것이다.

만약 6만 명의 시체에서 힘에 특화된 데스맨이 만들어진다고 생각하면, 그럴 경우엔 여섯 명에서 일곱 명으로 줄어들지 않겠느냐고 말했다.

각성자를 만들어내기 위해서라면, 100만 명의 군대를 희생시키는 짓도 거리낌 없이 저지르는 녀석들이다. 그 정도의 일은 아무런 고민도 없이 해치울 것이다.

"──그때는 아직 다들 어린아이였지. 티어는 지금도 어린아이 같고, 풋맨은 더 말할 것도 없지만 말이야. 어른이 된 건 클레이만뿐이었어. 그 클레이만도 멍청한 폭주를 하면서 자멸하고 말았지만. 하지만 댁들에게 미안한 짓을 했다고까지는 생각하지 않아. 어차피 이 세상은 약육강식이야. 믿을 수 없는 상대를 시험해 보는 건 당연한 일이고, 우리 세력을 확대하기 위해서라면 타인의 희생 따위는 신경도 쓰지 않는다. 이게 내 진심이야. 그래도 손을 잡을 건가?"

말하지 않아도 될 것을, 라플라스는 굳이 말한 것이겠지.

여기서 우리를 화나게 만들어 봤자 의미도 없는데다, 악수라고까지 할 수 있었다.

그래도 라플라스가 이런 발언을 한 것은──.

"얕보지 마라. 너희가 오크를 선동해서 오거의 마을을 멸망하게 만든 일은 절대 용서하지 않을 거다. 하지만 손을 잡겠다고 리무루 님이 결정하신 이상, 내가 이의를 제기할 일은 절대 없어."

"베니마루의 말이 옳습니다. 마을사람들의 원통함, 그걸 생각하기만 해도 가슴이 갈가리 찢기는 것만 같습니다. 하지만 당신에게 어떻게든 복수해봤자 그 분이 풀리지는 않겠죠. 리무루 님이 바라시는 세계, 모두가 웃으면서 살아갈 수 있는 세계를 실현한 뒤에야 비로소, 저도 그 후회를 잊을 수 있을 겁니다."

"홋, 보나마나 자신에게 증오를 집중시켜서 화근을 끊으려고 생각한 모양인데, 안일하군. 우리의 분노는 그 정도로 사라지지 않는다. 너희를 혼내준다고 해서 사라질 정도로 자그마한 게 아니란 말이다."

"뭐, 그렇겠지. 네놈이 말한 대로, 약육강식이야말로 모든 것이다. 무엇보다 큰 잘못은 미숙했던 우리에게 있지. 네놈들도 자신의 미숙함 때문에 이렇게 원통해하고 있는 부류가 아니냐? 그렇다면 우리의 기분도 이해할 수 있을 게다."

베니마루가, 시온이, 소우에이가, 그리고 하쿠로우가, 라플라스와 그의 동료들에 대한 증오를 여전히 가슴속에 품고 있으면서도, 그걸 애써 참고 함께 싸우겠다고 결의해 주었다.

라플라스 일당이 한 짓을 용서할 수 없는 것은 당연하지만, 그걸 넘어서려 하고 있었다. 게루도 때도 그런 생각이 들었지만, 베니마루와 그의 동료들도 그릇이 컸다.

"잘 들어라. 너희를 용서한 건 아니며 완전히 신용한 것도 아니지만, 지금은 동맹상대다. 마음속의 응어리는 잊어버리고 같이 싸워야 하지 않겠나."

"──나야말로 부탁하고 싶은 바야. 부탁드립니다. 보스랑 회장, 그리고 우리 동료들을 구하고 싶습니다. 부디 날 도와주십시오."

깊이 머리를 숙이는 라플라스. 늘 경박하게 굴던 남자답지 않게 진지한 태도를 보여주었다.

이게 연기라면, 나는 인간불신에 빠지겠지.

지금만큼은 이 녀석을 믿어보자고 생각했다.

*

라플라스의 요청을 받고, 베니마루 일행도 고개를 끄덕이면서 받아들이겠다는 뜻을 보였다.

그 모습이 너무 멋져서 반해버릴 것만 같았다.

"좋아. 그럼 우리는 예정대로 여섯 명이 잠입하여 유우키를 구하러 가기로 하자."

베니마루는 의욕을 보였다.

뭐, 그 유우키라면 다무라다를 쓰러트리고, 아무렇지도 않은 듯한 모습을 보여줄 것 같기도 하지만.

문제는 베루글린드에 대한 대책을 어떻게 세울 것인가 하는 것이로군. 그걸 지시하려고 생각한 순간, 시온이 놀랄 만한 발언을 했다.

"콘도라는 남자가 흑막이란 말이죠? 카가리라는 자를 조종할 수 있을 정도니까, 클레이만도 조종당했을지도 모르겠군요."

"""…………."""

자신도 모르게 침묵에 잠긴 우리들.

베니마루는 놀란 표정으로 굳어져 있었고, 라플라스는 "뭐라고?!"라고 중얼거리고 있었다.

"쿠, 쿠후후. 제1비서는 재미있는 말을 하는군요."

디아블로는 그렇게 말하면서 웃어넘기려고 했지만, 과거의 상황을 떠올렸는지, 그 발언에 부정할 만한 요소가 없다는 것을 깨달은 것 같았다.

"그럴 수도 있겠군……."

하쿠로우까지 그렇게 말했다.

아니, 그렇게 생각하는 게 자연스러운 것 같은데.

라플라스의 말로는, 유우키는 클레이만에게 얌전하게 있으라고 명령했다고 했으니까,

오크의 난이 일어났을 때는 그렇다 쳐도, 그 후의 폭주는 의도하지 않은 것이라고 했으니까 말이다.

《네. 새로이 얻은 정보를 기반으로, 상황을 재정의해봤습니다. 개체명 : 클레이만의 행동에 일부 명확하지 않은 점이 보였습니다만, 콘도라는 자의 의지가 개입한 것이라면 앞뒤가 들어맞습니다. 가장 많은 이익을 얻는 쪽은 제국이라는 답이 도출되었습니다.》

응, 그렇게 되겠지.

"──그럼 뭐야? 그 콘도라는 녀석의 계획 때문에 우리가 그 고생을 했단 말인가?"

"빌어먹을 자식."

"말조심하세요, 베니마루. 또 그런 말을 뱉으면 슈나 님께 이르겠습니다."

"그러지마. 다신 안 그럴 테니까."

베니마루와 시온의 만담은 일단 넘어가기로 하고.

"분하지만, 시온의 의견에는 찬성할 수밖에 없을 것 같습니다. 저도 프로파일링(범죄심리분석)을 해봤습니다만, 클레이만의 행동에는 명확하지 않은 점이 있었습니다. 좀 더 신중하게 행동했어야 할 때에도 왠지 조바심을 내면서 군을 움직인 흔적이 보이는군요. 어리석기 때문이라고 생각하여 그냥 넘겨버렸습니다만, 제3자의 개입이 있었다면 납득이 가는군요."

우와, 디아블로의 의견도 라파엘(지혜지왕)과 같았어.

이렇게 되면 의심할 이유도 없다.

"진실은 모르지만, 클레이만도 콘도에게 조종당했다고 생각하고 행동하도록 하자. 즉, 콘도와 상대할 때엔 자신이 조종당할 가능성이 있다는 것을 잊지 말고 경계하도록 해라!"

"""넷!!"""

주의해도 소용없을지 모르지만, 하지 않는 것보다는 낫다.

어쨌든 콘도라는 남자는 주의해야 할 인물이다. 자칫하면 베루글린드보다 번거로운 존재일 가능성까지 있었다.

모두에게도 콘도의 얼굴을 잘 기억하도록 지시했다.

자, 그럼 작전을 짜도록 하자.

"가비루 부대는 가젤 왕의 구원요청에 응해다오. 단, 베루글린드와는 정면에서 싸우지 마라. 간부들이 싸워도 위험하겠지만, 병사들은 쓸데없이 죽는 결과가 나올 테니까."

"잘 알겠습니다. 저도 위대한 '용종'을 상대로 도전하려는 생각은 하지 않습니다."

"헛헛허, 이길 수 있는 상대가 아니니까 말이죠."

가비루와 하쿠로우도 충분히 이해해주고 있었다.

원군의 목적은 시간벌이다.

우리가 유우키를 구출한 후, 베루글린드를 상대할 것이다.

"하지만 저 의식은 그냥 방치해도 될까?"

울티마가 물었다.

의식이라는 것은 카가리가 지금 벌이고 있는 버스데이(요사명산)를 말하는 것이겠지.

"그 점은 안심하십시오. 저 주법은 발동까지는 시간이 걸립니다. 한 명을 만들어낸다면 최소 두 시간은 걸리죠. 에너지를 응축시키려고 하면 더 많은 시간이 필요할 겁니다."

디아블로가 그렇게 가르쳐주었다.

의식이 시작된 후로 아직 1시간도 지나지 않았다.

유우키와 합류하여 황제 루드라를 쓰러트린다. 그런 뒤에 서둘러 돌아오면———.

"그게 그렇지가 않아. 원래 방식이라면 디아블로 씨의 말이 옳지만, 카가리 님은 비기를 쓰고 있거든."

"비기—— 설마?! 그렇군, 그래서 베루글린드 님이 돕고 있는 거군요."

디아블로는 이해한 것 같지만, 우리는 뭐가 뭔지 제대로 알아들을 수 없었다. 그러나 여기서 자세한 설명을 듣고 있을 틈은 없었다.

"쉽게 말해서 시간 여유는 얼마나 있는 거지?"

"쿠후후후후. 최악의 경우엔 두 시간만 지나면 여러 명의 데스맨(요사족)이 탄생될 겁니다."

두 시간이라.

겨우 그 짧은 시간 안에 황제 루드라를 쓰러트리란 말인가?

아니, 고민하는 것도 사치다. 할 수밖에 없는 것이다.

나는 라플라스를 봤다.

"네가 가장 강하겠지? 적어도 클레이만보다는 위일 것이고, 힘에 특화되었다는 다른 두 명보다 강하게 보이는데."

"뭐, 나는 특별제작사양이니까 말이지."

"그렇다면 카가리가 벌이고 있는 주법은 무시해야겠군."

"네? 그래도 되겠습니까?"

놀라는 가비루.

"그래. 잘 생각해봐라, 가비루. 라플라스는 상당히 강하지만, 그래도 우리가 이기지 못할 상대가 아니다. 다른 두 사람은 지금의 너희라면 충분히 이길 수 있겠지."

그게 내 예상이었다.

라플라스는 힘을 숨기고 있지만, 내 눈은 속일 수 없다. 즉, 얼티밋 스킬(궁극능력)에 각성하지는 못한 것 같다. 가비루는 좀 벅차겠지만, 소우에이라면 호각으로 싸울 수 있을 것이다.

즉, 라플라스 정도의 데스맨이 태어나버린다면 귀찮아지겠지만, 그 이하라면 어떻게든 해결할 수 있다는 얘기가 된다. 성장하면 귀찮아지니까 방치할 순 없다. 하지만 그 탄생을 절대로 방해해야 한다고 할 정도의 위협은 아니라고 판단한 것이다.

"베루글린드가 주법에 협조하고 있다면, 우리에겐 오히려 잘된 일이다. 가능하다면 집중할 수 없게 방해해라. 그게 무리라면 베루글린드도 방치해도 상관없다. 아니, 우리가 먼저 사자의 콧털을 건드리는 짓도 할 필요가 없겠지."

내가 그렇게 말하자, 가비루와 하쿠로우가 서로의 얼굴을 보면서 고개를 끄덕거렸다. 내 말에 납득해준 것 같았다.

그리고 만일의 경우에는.

"만약 그녀가 너희랑 가젤 왕을 향해 칼끝을 돌린다면, 그때는 울티마랑 카레라가 상대해다오."

내 부하 중에서도 최강급인 그녀들이라면, 강자인 베루글린드가 상대라도 시간을 벌어줄 것이다.

카가리의 의식이 어떻게 되든 무시할 수 있지만, 베루글린드가 움직이기 시작한다면 군은 궤멸한다. 그것만은 절대 피해야 하기 때문에 나는 비정한 명령을 내렸다.

"날 의지해줘서 고마워! 베루도라 님의 누님이라면 힘을 조절하지 않고 싸워도 되겠네!"

"그러게. 이길 수 있는지 아닌지는 해보지 않고는 모르지. 이래 봬도 불패기록 갱신 중인 몸이니까 말이지. 마음껏 즐기도록 하겠어."

울티마와 카레라가 믿음직스럽게 응해 주었다. 제기온에게 졌다는 얘기는 듣지 않은 것으로 치자.

이것으로 방침은 정해졌다고 생각했지만.

"기다려주십시오. 울티마와 카레라가 베루글린드 님의 상대를 하는 것만으론 충분하지 않을 겁니다. 제가 먼저 길을 안내하겠다고 해놓고 이런 말씀을 다시 드리는 것이 무례하다는 건 잘 알고 있습니다만, 저도 베루글린드 님의 상대를 해보고 싶습니다."

테스타로사의 제안이었다.

이 말을 듣고 나는 고민했다. 그 제안은 매력적으로 느껴졌지만, 제도 중추에 침입하는 것이라면 최대전력으로 임하는 것이 확실하다는 생각을 했기 때문이다.

기이가 호적수라고 인정한 상대, 그리고 추가로 호위로서 '더블오 넘버(한 자릿수)'가 네 명 이상. 그 정도의 강자들을 상대한다면, 테스트로사라는 전력을 빼고 싶지 않다는 생각이 들었다.

하지만 베루그린드를 상대로 시간을 벌어준다면, 그건 그것대로 괜찮겠다는 생각도 들었다.

그렇다면 역시 가드라를──.

"제가 대신 동행하죠. 조금이라도 시간단축으로 이어질 것이며, 작전의 성공률도 높아지리라 생각합니다."

소우에이가 그렇게 제안했는데, 타당한 생각일지도 모른다.

적어도 가드라를 데려가는 것보다는 낫겠지.

베니마루, 시온, 소우에이, 그리고 디아블로. 이 네 명이 있으면 어떤 상대이든 질 것 같지는 않다.

"그렇게 하자. 부탁한다, 소우에이."

"알겠습니다!"

가비루 부대의 주목적은 시간벌이다. 가능하면 콘도를 포함한 적의 세력을 제거하기 위해 움직일 것이다.

만일의 경우엔 테스타로사를 비롯한 악마들이 나선다. 지금 선택할 수 있는 것 중에선 최선의 방법이겠지.

"이렇게 하기로 정해졌다. 가비루 부대도 우리가 돌아올 때까지 무리하지 않도록 해라."

"""네엣!!"""

이리하여 다급하게나마 방침이 정해졌다.

그때 계속 영상을 보고 있던 베스터가 흥분한 목소리로 외쳤다.

"오옷! 가젤 폐하도 도착하신 것 같습니다!"

그 말을 듣고 영상 쪽으로 눈을 돌려보니, 그곳에는 천공을 날고 있는 페가수스 나이츠(천상기사단)의 모습이 보였다.

"서두르자. 가젤 쪽에 피해가 생기기 전에 합류해서 작전을 전달하도록 해라!"

"맡겨주십시오! 불초 가비루가 그 중요한 역할을 맡도록 하겠습니다!!"

"그러면 각자 행동을 시작하라!!"

나는 그렇게 명령을 내렸다.

이리하여 길고 긴 밤이 시작되었다.

＊

가비루 부대를 '전송술식'으로 보낸 뒤에, 우리는 라플라스의 안내를 받아서 제도를 향해 도약했다.

무슨 일이 일어나도 대응할 수 있도록, 나도 처음부터 인간의 모습을 하고 있었다.

"다 왔어. 여기가 우리의 비밀기지—— 아니, 여긴 어디야?"

마법으로 온 것인데, 라플라스의 반응이 이상했다.

그 시점에서 한없이 불안한 예감이 들었다.

주위를 둘러보니, 우리나라에는 존재하지 않는 광대한 공간이었다.

조각이 된 기둥이 나란히 서 있었고, 고급스러운 카펫이 바닥에 빈틈없이 깔려 있었다.

어딘가의 황제가 머무르는 성의 알현실로 보이지만, 뭔가 일이 어긋난 것 같다는 느낌을 지울 수가 없었다.

"이봐."

"아, 아니라니까! 평소에는 늘 제대로 도착했어. 이런 일은 처음이라고!"

당황한 말투로 대답하는 라플라스를, 나는 가늘게 뜬 눈으로 바라봤다. 거짓말을 하고 있는 것처럼 보이진 않는데, 그렇다면 이건 어떻게 된 일일까.

그렇게 생각하면서 주위를 둘러보니, 50미터 정도 앞에 몇 단계 더 높은 장소가 있었다.

옥좌 같은 것도 보이므로 역시 알현실인 것 같다.

지위가 높아 보이는 인물이 의자에 앉아 있었고, 그 옆에는 푸른 머리카락의 미녀가 있었다. 특징적인 시뇽 스타일의 머리카락은 잘못 볼 리가 없었다. 베루글린드, 바로 그 사람이라는 생각이 들었다.

"베루글린드?! 아니, 방금 전까지만 해도 전쟁터에 있었으니, 여기 있을 리가 없잖아?"

"전이하면 바로 올 수도 있겠지만, 분위기로 봐선 그런 것 같지 않군요."

내 의문에 베니마루가 대답했다.

베나마루도 당혹스러워 하고 있는 것 같았다. 그건 소우에이랑 시온도 마찬가지였다.

"포위된 겁니까. 보아하니 덫에 걸린 것 같군요."

냉정하게 말하는 디아블로.

나도 눈치를 챘지만, 이 넓은 방에는 수십 명의 기운이 느껴졌다.

그것도 상당한 강자인 것 같은 기운이었다.

"라플라스, 네 이놈. 역시 우리를 함정에 빠트리는 것이 목적이었나——."

소우에이가 험상궂은 표정으로 물었지만, 라플라스는 그에 응할 만한 상황이 아닌 것 같았다.

"그런 말도 안 되는 일이……. 내 술법에 간섭했단 말이야?! 농담이지? 그건 불가능하다고……."

그야말로 당혹스러움의 절정인 표정이었다.

라플라스에게도 예상 밖의 사태였던 모양이다.

라플라스가 꾸민 덫은 아니로군. 나는 그렇게 생각했다.

경계를 강화하는 우리 앞에 한 명의 남자가 다가왔다.

"야아, 잘해줬어, 라플라스. 마왕 리무루 일행을 잘 속여줘서 나도 아주 기쁠 따름이야."

유우키였다.

제국의 군복을 입은 채로 미소를 짓고 있었다.

"보, 보스?! 자, 잠깐. 이게 어떻게 된 일이야?"

"아하하. 이제 연기는 그만해. 이 자리에서 마왕 리무루를 처리하면 우리가 승리하는 거잖아."

유우키의 발언을 듣고, 시온과 소우에이가 살기를 띠었다. 그러나 베니마루와, 의외로 디아블로도 냉정을 유지한 채 유우키와 라플라스의 대화에 귀를 기울이고 있었다.

그 모습을 보고 나는 감탄했다.

『너희도 라플라스를 믿었구나.』

『아, 아뇨. 두 사람이 방심하고 있으면 바로 죽여버리자고 생각하고 있었습니다.』

『이봐!』

『쿠후후후후, 역시 베니마루 공이군요. 살기를 보내기 전에 죽인다. 기본이니까요.』

멍청한 녀석들, 너희가 무슨 마피아냐!

우리나라에 그런 기본 같은 건 존재하지 않아―!!

어이가 없어진 나는 어쨌든 상황을 좀 더 지켜보자고 두 사람을 설득했다. 그러는 김에 살기를 노골적으로 뿜어내고 있는 시온과 소우에이도 달랬다.

그러는 사이에 유우키와 라플라스의 설전은 과열되고 있었다. 라플라스가 필사적으로 우리에게 결백을 주장하고 있었다.

"믿어줘―! 이번에는 정말로 난 전혀 나쁜 짓을 하지 않았어!"

필사적으로 그런 말을 하면 할수록 수상쩍게 보이니까, 유우키의 수법은 훌륭하다는 말밖엔 달리 더 할 말이 없었다.

나는 라플라스가 불쌍해졌으며, 이 촌극을 끝내기로 했다.

라플라스의 어깨를 툭툭 두들기면서 말했다.

"진정해. 저 녀석은 유우키지만 유우키가 아닐 테니까."

"뭐?"

"아쉽지만 콘도에게 조종이라도 받고 있겠지."

다무라다에게 패한 끝에 조종을 당했거나, 승부 중에 기습이라도 받았겠지. 어찌 됐든 적에게 마음을 지배하는 기술을 가진 녀석이 있다는 건 귀찮은 일이다.

진심으로 믿고 있지는 않았다는 식으로 말하면서, 그 즉시 동료끼리의 싸움으로 유인해버릴 수도 있을 것 같았다.

"아, 그렇구나! 아니, 남을 속이는 건 재미있지만 내가 당하는 건 정말 짜증이 나네."

참 뻔뻔한 성격을 가지고 있군, 라플라스도.

내가 믿고 있다는 걸 알고, 기운을 되찾은 것 같다.

하지만 딱히 상황이 개선된 것은 아니다. 여전히 우리는 포위되어 있었고, 위기에 빠져 있는 것이다.

"쳇, 그렇게 쉽게 꿰뚫어 볼 줄이야. 좀 더 서로를 의심하게 만든 뒤에 동료들끼리 싸우게 만들고 싶었는데."

유우키도 정말이지, 조종을 당하고 있으면서도 여전히 성격은 나쁘군.

기본적인 성격이 그런 것 같으니, 지금은 어른의 여유로 대응하여 흘려버리기로 했다.

"폐하, 아쉽게도 제 작전은 실패로 끝났군요."

"시시한 여흥이었구나. 뭐, 됐다. 싸움을 시작하기 전에 나도 조금은 얘기를 하고 싶은 기분이었으니까."

유우키가 단상에 앉은 인물을 향해 말을 걸자, 그자는 일어서서 걷기 시작했다.

얌전히 옆으로 비켜나서 길을 내주는 유우키. 그걸 보고 판단할 수 있는 것은 유우키는 황제 루드라를 신하로서 따르고 있다는 사실이었다. 연기일 가능성은 완전히 버릴 수 없지만, 낙관하지 않는 게 좋을 것 같았다.

루드라와 동반하듯이 베루글린드도 그 뒤를 따랐다. 미인인 점만 제외하면 평범한 인간으로밖에 보이지 않지만, 그건 명백히 은폐된 정보다.

내겐 보였다.

베루글린드는 자신의 몸과 앞에서 걷고 있는 남자를 감싸듯이 얇은 '결계'를 펼치고 있었다. 그 '결계'에 의해 모든 기운이 차단되고 있었던 것이다.

"엄청난 위압감이군. 이건 가짜가 아닌 것 같은데."

"동의합니다. 가까이서 보니, 이 정도로 대단했단 말이군요."

내 말을 듣고 베니마루가 고개를 끄덕였다. 그러나 다른 반응을 하는 자도 있었다.

"그런가요? 베루도라 님에게 종종 훈련을 받았습니다만, 저에겐 비슷한 수준으로 느껴지는데요. 물론 이기진 못하겠습니다만."

시온…… 베루도라와도 특훈을 했었구나.

이 녀석들이 말하는 훈련이란 미궁 안에서의 실전을 말하는 것이니까 말이지. 목숨을 건 싸움을 하기 때문에 장난이 아닌 성과가 나온다.

그리고 이기지 못한다면 의미가 없다. 그런 말은 자랑도 되지 않으며, 진 걸 인정하기 싫어서 뱉는 억지소리도 되지 않는다.

"확실히 대단한 '결계'입니다. 하지만 시온의 말대로 베루도라 님과 그리 큰 차이가 있는 것 같지는 않습니다."

디아블로의 의견도 시온의 편을 들고 있었다.

베루글린드의 평가가 낮은 것일까, 베루도라의 평가가 높은 것일까. 나도 판단이 망설여지는 부분이었다. 하지만 늘 자신만만했던 디아블로까지 이길 수 있다고 단언하진 않았다.

이게 중요하다.

디아블로는 의외로 거짓말은 하지 않기 때문에, 불가능한 일은 말하지 않는다. 즉, 그런 뜻일 거라고 나는 이해했다.

"너희 예정에는 없었던 일이겠지만, 정상회담이라는 것도 재미있을 것 같구나."

그렇게 말하면서 미소를 짓는 루드라. 과연, 마사유키를 쏙 빼닮았다.

머리카락 색은 빛나는 듯한 금발이었고, 머리모양도 조금 달랐다. 눈동자의 색도, 루드라는 푸른색이고 마사유키는 갈색이다. 잘 보면 차이점도 많지만, 분위기는 왠지 같은 인상을 받았다.

그러고 보니 마사유키가 이상한 말을 했었지.

'최근 들어서 머리카락 색이──.'

'머리카락이 벗겨졌어?'

'네, 스트레스 때문에── 아니, 그럴 리가 없잖습니까? 머리카락 색이 흐려지면서 검은색보다 갈색 비슷하게 되었다고 할까요?'

'흐──응. 멜라닌 색소가 줄어들었다거나, 그런 거 아냐?'

'그런 걸까요? 그렇다면 제 신경과민이려나요──.'

그런 식의, 딱히 중요하지 않은 소년의 고민 상담. 그렇게 생각하고 있었는데, 무슨 이유인지 지금 떠올랐던 것이다.

마음에 걸렸지만, 지금은 깊게 생각하고 있을 때가 아니었다.

바로 눈앞까지 루드라가 와 있었던 것이다.

"확실히 우리한텐 그럴 예정이 없었지. 하지만 내 입장에서도 얘기해보고 싶은 건 있었어."

"그거 다행이군. 뭐, 일단 앉도록 해라."

루드라가 그렇게 말하면서 손짓을 하자, 그 자리에 의자가 두 개 출현했다.

마술인가?

원리는 전혀 모르겠지만, 덫 같은 것을 놓는 짓은 하지 않을 거라고 생각한다.

지금은 분위기를 중시해야 할 때다. 나는 사양하지 않고 앉았다.

내 오른쪽에 베니마루가 섰고, 다짜고짜 디아블로가 왼쪽을 확보했다. 시온은 순순히 내 뒤에 섰으며, 그녀의 오른쪽 옆에는 소우에이가 자리를 잡았다.

있을 곳을 찾지 못한 라플라스는 잠깐 시선을 이리저리 돌린 뒤에 시온의 왼쪽으로 미끄러지듯 들어갔다.

장소를 정하는 게 끝난 우리를 보고 베루글린드의 놀리는 듯한 목소리가 들려왔다.

"어머나, 먼저 앉다니 예의가 없군요."

예의?

그런 건 난 몰라.

앉으라고 하니까 앉은 거라고.

"그만해, 베루글린드. 그의 행동은 틀린 게 아냐. 이자도 마왕이라는 위치에 있는 이상 나라를 다스리는 자로서의 입장은 같

463

아. 대등한 존재라고 나는 생각해."

역시 황제폐하. 듣자 하니 진심을 말한 것 같으니, 도량이 크군.

"당신이 좋다면 나도 더 이상은 말하지 않겠어요."

베루글린드는 바로 납득한 것 같았다.

정말로 아무렇지 않다고 생각하는 것 같으니, 위협은 하지 말았으면 좋겠군.

맞은편 의자에 당당히 앉는 루드라.

그의 오른쪽 옆에는 베루글린드가 섰다.

한발 뒤에는 갓즈(신화)급으로 무장한 네 명의 기사가 나란히 섰다. 이 네 명이 바로 버니가 말했던 4기사일 것이다.

그리고 마지막으로 검은 군복을 입은 남자가 루드라의 왼쪽에 섰다. 일본인으로는 보이지 않으니 저자가 다무라다일 것이라고 생각했다.

유우키는 다무라다의 바로 옆에 서서, 자신의 위치를 명확히 보여주고 있었다. 단단히 마음을 먹고 적으로 여기기로 했다.

그건 그렇고 이렇게 되면, 이 자리에 콘도를 제외한 제국의 상위자들이 전부 모인 것이 된다. 우리도 상위의 간부들을 데려왔지만, 머릿수로 따진다면 압도적으로 불리했다.

제국 측에는 임페리얼 가디언(제국황제 근위기사단)의 상위 서열자가 수십 명. 더구나 최상위인 '더블오 넘버(한 자릿수)'까지 다섯 명이 있는 셈이다.

게다가 베루글린드까지 있으니 솔직히 말해서 이길 수 있을지 의심스러운 생각이 들고 말았다.

그리고 유우키도 있다.

과거에 겪어본 적이 없었던 위기라고 해도 과언이 아니었다.

루드라의 말을 통해 추측해보건대, 이 상황은 라플라스 때문이 아니라 처음부터 그렇게 되도록 꾸며져 있었던 것 같다. 상대의 뜻대로 된다는 건 이렇게까지 불안해지는 일이란 말인가…….

나는 그런 속마음을 들키지 않도록, 대담한 태도를 연기하면서 입을 열었다.

"이번에는 한 방 맞았다고 해야 할까? 우리가 올 것을 예상하고 있을 가능성은 고려했지만, 이런 상황이 될 것이라고는 예상하지 못했어."

거짓말이다.

정예를 동원한 기습을 노리고 있었으니까, 우리가 주도하는 입장에 있을 거라고 생각하고 있었다.

"하하하, 그렇게 겸손 떨지 마라. 나도 예상 밖이었으니까. 침공하라고 보낸 기갑군단이 패배할 거라고 생각했지만, 살아남은 자가 전무한 데다 각성자가 태어나지 못한 것은 계산 밖이었지."

태어나긴 했지만, 디아블로가 쓰러트렸으니까 말이지.

일일이 가르쳐주지 않았지만, 그 계획을 세운 녀석은 상당히 우수하다고 생각한다. 애초에 인간으로선 완전히 길을 벗어난 사고방식인 것 같지만.

"그렇군. 그걸 계획한 자는 누구지?"

어차피 가르쳐주지 않을 거라고 생각하고 가볍게 물어봤다.

그러자 의외로 루드라가 재미있다는 표정으로 자신이 직접 말해주었다.

그의 말에 따르면.

계획입안자는 콘도 중위였다.

예상대로라고 말하고 싶었지만, 내가 상상했던 것보다도 위험한 계획이었다.

· 침공시킨 군대에서 몇 명을 각성시킨다. 그 후에 져서 도망치는 것처럼 보이게 만든다.

· 추격해오는 군대를 혼성군단이 맞아서 반격한다. 단, 이 군단은 배신할 가능성이 있기 때문에 적의 세력과 동일하게 보고 대처한다.

· 배신이 확정된 시점에서 한꺼번에 제거한다. 그 역할은 '원수'가 맡는다.

그런데 이 단계에서 계획에서 차질이 생기고 말았다.

그래서 콘도는 계획을 크게 변경했다고 한다.

· 활동하게 놔두고 있던 유우키 일파를 공략한다. 마왕 클레이만으로부터 얻은 정보를 보더라도 유우키 일행의 배신은 틀림없을 것으로 판단한다.

· 유우키 일행을 격파. 그들의 계획을 확인한 뒤에 계획을 최종 조정한다.

· 모인 혼성군단은 대략 6만 명. 이걸 산 제물로 희생하여 마인을 양산한다.

· 이때 '원수'가 출전하며, 화려한 연출을 동원하여 기이 일행의 눈을 끈다.

· 번거로운 자들을 모아서 한 번에 공격한다. 그러기 위해서라도 전력을 한 점에 집중시켜둔다.

· 화려하게 움직이는 것으로 인해 제도의 방비를 허술하게 보

이게 된다. 반드시 습격을 시도할 자가 있을 것이고, 틀림없이 정예일 것이다. 이들을 최대 전력으로 쳐야 한다.

· 가장 중요한 항목. 마국도 전력이 약해져 있을 것으로 추정하여 '원수'라는 최대전력을 투입한다. 기이의 눈이 다른 방향을 향하고 있는 사이에 최강의 장기말인 '폭풍룡'을 손에 넣을 것.

이상이 전체 내용이었다.

마왕 클레이만으로부터 정보를 얻었다면, 클레이만도 콘도의 지배하에 있다고 봐도 틀리지 않을 것이다. 처음에는 그런 의심만 했던 거였지만, 이로 인해 그게 명확해진 셈이다.

그러나 중요한 건 그게 아니다.

이렇게까지 정보를 다 공개해서 보여준 것도 놀라웠지만, 그것도 일단은 넘어가겠다.

지금 한 이야기에는 더 중요한 것이 있었다.

등줄기가 오싹해졌다.

이봐, 잠깐만 기다려봐.

그 계획에는 '원수'가—— 베루글린드가 몇 명이 등장하는 거야?

그렇다.

이상하다고는 생각했지만, 현재의 전장인 드워프 왕국의 이스트(동부도시)에서도 분명 베루글린드가 힘을 쓰고 있을 것이다.

그렇다면 내 눈앞에 있는 이자는 대체…….

《——!! 고찰. 얼티밋 스킬(궁극능력)의 권능에는 자신과 동일한 존재를 만들어낼 수 있는 것이 존재합니다. 그건——.》

"——'병렬존재'——?"

그게 틀리길 바라면서, 라파엘(지혜지왕)이 고찰 내용의 입에 올린 나. 그러나 현실은 너무나도 무자비했다.

"어머나, 알고 있었군요. 똑똑하네요."

베루글린드의 미소는 너무나 아름다웠고, 그리고 너무나 무서웠다. 답이 어긋나길 바라는 예상만큼 잘 적중하는 것은 없는 법이다.

이길 수 있겠냐고, 그런 존재를!!

그게 지금의 내 거짓 없는 심정이었다.

그 정도면 테스타로사가 자신의 힘으론 이길 수 없다고 단언할 만하다.

나에게 여유가 있었던 것은, 여기서 베루도라를 불러내어 형세를 호각으로 유도할 수 있을 거라고 판단했기 때문이다. 그러나 지금, 그런 말을 할 수 없는 상황이라는 것을 이해하고 말았던 것이다.

라파엘의 말에 따르면 '병렬존재'라는 건 너무나 위험한 권능이라고 한다.

단순히 생각하자면, 소우에이의 특기인 '분신체'와 큰 차이가 없는 것 같다. 소우에이의 경우는 여러 명의 '분신체'를 동시에 조종하는 게 가능하다. 어떤 게 본체인지 구분도 되지 않으며 '분신체'가 아무리 쓰러져도 본체만 무사하면 문제가 없다.

마력이 떨어지지 않는 한, 몇 번이고 '분신체'를 만들어낼 수 있는 것도 반칙이다. 뭐니 뭐니 해도 본체와 '분신체'의 신체적 능력에는 차이가 없으므로, 소우에이가 여러 명 있는 것과 같기 때문이다.

하지만 지금 이 자리에서 밝혀두도록 하겠다.

이 '분신체'라는 것은 동시에 조종하려면 요령이 필요하다. 의식이 분열되어 있는 게 아닌지라, '사념전달'로 시간차 없이 조종하고 있는 셈이다. 반응도 '사고가속'에 의해 조정함으로써 위화감 없이 동시에 움직이고 있는 것처럼 보일 뿐이다.

내가 그다지 '분신체'를 자주 사용하지 않는 것은 이게 상당히 어려운 조작을 요하기 때문이었다.

소우에이는 말하자면 게임의 달인이며 센스 그 자체라고 할 수 있었다. 초보자인 나로선 그 정도로 잘 다루진 못한다.

그리고 또 하나.

신체능력은 호각이지만, 마력은 당연히 본체 쪽이 많다. 따라서 보유한 스킬을 전부 쓰지 못한다는 결점도 있다. 소우에이의 '분신체'가 소비마력이 적은 스킬만 쓰는 것은 이런 이유가 있기 때문이었다.

그렇기에 이 조건을 숙지하고 있다면, 어느 것이 본체인지 더더욱 쉽게 구분할 수 있게 된다. 본체가 쓰러지면 '분신체'도 사라지므로, 무적이라고도 부를 수 없는 것이 이 스킬의 특징이었다.

그런데──.

베루글린드가 사용하는 모습을 보여 준 '병렬존재'라는 것은 자신의 의식을 완전히 분할할 수 있다고 한다.

본체 여러 명이 동시에 존재한다──고 생각해도 된다.

즉, 여기 있는 것은 '별신체(別身體)'이며, 설령 쓰러트렸다고 해도 다른 어느 것 중 하나라도 '별신체'가 남아 있으면 그게 본체가 되는 것이다.

더구나 마력을 분할할 필요도 없다.

모든 '별신체'가 본체와 이어지고 있는 것으로 보였고, 얼마든지 서로 마력을 보급해줄 수 있는 것 같았다.

아무리 그래도 기본적으로 최대치에 한계는 있기 때문에, 분할한 마력만큼 본체를 포함한 다른 '별신체'의 최대마력이 감소된다.

이게 공략의 열쇠가 될 것 같았지만, 상대는 에너지(마력요소)양이 엄청나게 많은 것으로 유명한 '용종'이다. 소비속도보다 회복속도가 더 빠르니까 어중간한 소모로는 의미가 없다고 생각해야 할 것이다.

대놓고 말해서, 어떻게 해야 쓰러트릴 수 있는지 모르겠다.

나는 테스타로사가 아니지만, '승리하는 것은 불가능'이라고 단언하고 싶은 기분이 들어버린 것은 어쩔 수 없는 일이라고 하겠다.

나는 베루글린드 쪽으로 시선을 돌리면서 일부러 오만하게 웃어 보였다.

"그렇게 말해주니 고마운걸. 나에겐 우수한 파트너가 있거든. 지략에 관해선 질 것 같지 않아. 그건 그렇고 우리를 덫에 빠트릴 생각이었던 것 같은데, 뭐가 목적인지 말해줄 수 있을까?"

이런 때엔 허풍밖엔 답이 없단 말이지.

우리는 너희의 꿍꿍이쯤은 다 파악하고 있다고, 그런 태도를 보이면서 얘기를 진행시킬 것이다. 상대의 동요를 유도하여, 우리를 경계하게 만들 수 있다면 시도해볼 만하다.

하지만 그렇게 마음대로 잘 풀리지 않는 게 실상이었다.

"건방지네요. 순순히 패배를 인정하지 않는 건 어리석은 동생과 아주 비슷하군요."

어리석은 동생이란 말은 베루도라를 뜻하는 거겠지.

이런 누나가 있었으면 베루도라도 꽤나 많은 고생을 했겠지.

이해하는 거냐, 리무루! 그런 목소리가 들린 것 같았지만, 루드라가 입을 열었으므로 그쪽으로 의식을 돌렸다.

"목적이라. 지략에 자신이 있다면 내가 말해줄 필요도 없을 텐데?"

그런 말을 들어도 난감하단 말이지.

우리를 제거할 생각이라면 이미 벌써 싸움은 끝난 거나 다름이 없을 텐데. 그런데 이렇게 회담 자리를 만들었다는 건 교섭을 할 여지가 남아 있다는 뜻이다.

이끌어낼 수 있는 답이라면 우리를 회유할 생각을 하고 있는 게 아닐까?

《네. 그렇게 해석하는 게 옳을 거라 생각합니다. 하지만 시간벌이를 하고 있을 가능성이 있으며, 그럴 경우엔 개체명 : 베루도라 템페스트를 쓰러트리고 동료로 받아들일 생각을 하고 있는 것으로 추측됩니다.》

나도 참 대단한 녀석이라니깐. 어느 정도는 그게 좋은 생각이라고 느꼈으니까.

확실히 콘도가 입안한 계획에선 '원수'=베루글린드가 베루도라를 손에 넣느니 어쩌니 했던 것 같다. 가능할 리가 없다고 생각하고 대충 듣고 넘겼지만, '병렬존재'가 있다면 베루글린드는 지금 미궁을 공략하러 가지 않았을까?

그런 의문을 참을 수 없게 된 나는 '영혼의 회랑'을 통해 베루도라에게 물어봤다.

『이봐—, 잘 지내고 있어?』

『멍청한 녀석, 지금 그럴 때가 아니다! 크, 큰일이 벌어졌단 말이다. 누님이, 누님이 나를 노리고 있어. 지금은 미궁 밖에 있지만, 이대로 가다간 침공을 당할 거다!!』

한창 바쁜 모양이다.

『괜찮을 것 같아?』

『내가 나설 수밖에 없겠군. 이대로 미궁으로 쳐들어오는 것보다는 나을 테니까.』

베루도라라면 '병렬존재'가 상대라도 지지는 않을 거다. 나는 그렇게 생각하고 베루도라에게 전력을 다해 전투할 것을 허가했다.

『모든 책임은 내가 질 테니까 베루글린드를 어떻게든 막아주면 좋겠어. 부탁해도 될까?』

『호오? 그렇다면 내게 맡겨 놔라! 크앗핫핫하!!』

『그럼 맡기겠어!』

나는 안심하고 통화를 끝냈다.

베루도라에게 맡겨두면 안심이다. 그리고 루드라의 꿍꿍이도 파악했다.

교섭을 재개한다.

"너희의 목적은 우리를 회유하는 거로군. 그리고 또 하나. 우리와 회담하여 시간을 벌면서, 베루도라와의 싸움을 우리가 방해하지 않게 하려는 거겠지?"

'내 말이 맞지?'라고 생각하면서, 나는 어떠냐는 표정으로 대꾸했다.

약간 놀란 표정의 베루글린드.

그리고 루드라는 기쁜 표정으로 웃었다.

"유쾌한 녀석이로군. 타츠야와 지혜대결을 벌여도 재미있을 것 같지만, 지금은 그런 여흥에 빠져 있을 여유가 없지. 거기까지 이해하고 있다면 긴 얘기는 필요가 없겠군. 내 부하가 되어라. 영토는 그대로 보장하며 대공의 지위도 주겠다."

"루드라! 혈연도 아닌 자를 대공으로 임명하다간 다른 귀족들로부터 반발을 살 텐데요?"

"상관없어. 내게 협조해준다면 그 정도의 가치는 있을 테니까."

공작보다도 더 높은 지위. 그게 대공이다.

원래라면 황제의 혈족이 1대에 한해서 될 수 있을까 말까 한 수준으로 높은 자리지만, 그 지위를 마련해주겠다고 루드라가 약속해주었다.

이건 제국의 입장에서 보면, 과거에 전례가 없을 정도로 대단한 우대이겠지. 전쟁 상대국에겐 항복을 허용하지 않으며, 영지를 늘리기 위해서 병합조차도 인정하지 않는다고 들었으니까.

늘 침략전쟁으로 영토를 확대해온 제국이 나에게 최고의 지위를 약속했다. 이건 솔직히 말해서, 생각했던 것 이상으로 높은 평가를 받고 있다고 생각해도 틀리지 않을 것 같다.

하지만.

아쉽게도 내 대답은 정해져 있다.

"훌륭한 제안이라는 것은 이해하고 있지만, 대답은 'NO'야. 반대로 제안하겠는데, 여기서 끝내지 않겠어? 배상 같은 건 요구하지 않을 테니까, 상호불가침 같은 형태로 조약을 체결해주면 좋겠는데."

자신을 따르는 자들 중에서 얼마든지 희생이 나와도 상관하지 않는다──. 그런 사고방식을 지닌 자의 밑으로 들어간다니, 그건 자살을 바라는 행동일 뿐이다. 자신만은 예외라거나, 그런 안일한 생각을 하는 것은 파멸을 향해 일직선으로 달려가는 짓과 마찬가지다.

그러므로 루드라의 제안은 단호하게 거부했다.

그보다.

모처럼의 기회이기에 내 요망사항을 얘기해봤다.

내 입장에선 피해도 나오지 않았으니까 사과를 요구할 생각도 없다. 이 이상 우리에게 간섭하지 않겠다고 약속해준다면, 이번 침공은 불문에 부쳐도 좋다는 생각을 하고 있다.

불만을 제기할 자도 있겠지만, 이 이상의 피를 흘리지 않고 원만하게 수습할 수 있다면, 그게 가장 좋다고 생각하기 때문이다.

안일한 생각이라는 건 알고 있으며, 약속을 전적으로 믿을 수 없다는 것도 이해하고 있었다. 신용할 수 없는 상대인 이상, 언젠가는 조약이 파기될 것이라고 생각했다.

하지만 중요한 건 시간을 버는 것이다.

여기서 화목을 도모함으로써, 서로 상대를 알 수 있는 유예시간을 얻을 수 있다. 더 깊게 서로를 이해하는 시간을 가진다면, 전쟁을 피할 수 있는 미래로 이어질 수 있을 거란 희망이 남는다.

이대로 계속 싸운다면, 갈 데까지 갈 수밖에 없게 된다. 그럴 바엔 얼마 되지 않는 가능성에 걸어보자고 생각한 것이다.

그러나 루드라의 대답은 냉소였다.

"역시 너는 지배자가 될 만한 그릇은 아니로군. 나의 자비를 이해하지 못하고 헛소리를 늘어놓다니."

"참으로 건방지네요. 루드라가 최대한으로 양보해준 건데, 그걸 걷어차다니 말이죠."

100만 명의 군대를 잃은 입장일 텐데도, 그 말투는 압도적인 상위자의 것이었다. 정말 진심으로 패배했다고 생각하지 않고 있었다. 자신의 명령으로 인해 죽어간 장병들의 목숨도 대단한 손해가 아니라고 생각하는 것이다.

그런 루드라가 너무나도 두렵게 느껴졌다.

"나는 인간은 서로 이해할 수 있는 생물이라고 생각하고 있다. 이윽고 하나의 의지에 통합되면서, 더 좋은 세상을 만들어나갈 수 있는 존재라고 말이지. 그러기 위해선 압도적인 무력에 의한 세계통일이 필요불가결하다."

루드라의 말은 내가 얘기하는 이상과 서로 이어지는 것 같았다. 그런데도 메우기 힘들 만큼 커다란 골이 있었다.

그게 너무나 안타까웠다.

스타트 지점은 같은데, 나와는 정반대의 결론을 얘기하는 것이 그 증거다.

나보다도 더한 이상주의자가 아닐까 하는 생각도 했지만, 그렇진 않았다. 루드라는 자신의 독선이 절대정의라고 주장하며, 다른 자의 생각을 일절 인정하지 않는 독재적인 이상을 지닌 자였던 것이다.

역시 서로 받아들일 수 있을 것 같지 않았다.

이렇게까지 주장이 다르다면, 이젠 대화로 서로에게 이득이 되는 결론을 찾는 것도 불가능할 것이다.

"인간은 자유의지를 가진 생물이야. 이 세상에 변하지 않는 정의는 없으며, 가치관도 천차만별일 텐데? 그걸 인정하지 않는 건 분쟁의 불씨를 뿌리는 것뿐이잖아."

"어리석기는. 내 생각이야말로 지고이며 정의다. 어리석은 백성들의 이기심에 일일이 어울리다간 이상적인 세계에는 도저히 도달할 수 없다는 걸 깨달아라."

"인간은 누구라도 틀릴 수 있다고!"

"부정하진 않겠다. 나도 신용하는 가신의 목소리에는 귀를 기울인다. 그보다 어리석은 백성들의 목소리를 전부 들어줄 순 없다는 뜻이다. 그런 짓을 했다간 그야말로 세상이 어지러워질 것이다."

끄으응, 그건 그럴지도 모르지만······.

논쟁으로도 질 것 같은 분위기다. 인정하고 싶지는 않지만, 지배자로서 살아온 시간은 루드라 쪽이 월등히 많았다.

"자, 여기서 더 말싸움을 해봤자 의미가 없겠군요. 우리가 바라는 건 당신의 충성이에요. 마왕 리무루, 기이를 버리고 우리의 동료가 되세요."

다시 권유했다.

기이를 상대로 승부를 걸 생각이겠지.

여기서 내가 루드라의 편에 붙으면 확실히 저울이 기울 것이다. 그렇기 때문에 지금의 우리를 살려두고 있는 것이라고 할 수 있었다.

그렇다곤 하나, 내 대답은 방금 말한 대로다.

교섭이 결렬된 이상, 싸움은 피할 수 없으려나.

그런 내 생각을 읽었는지, 베루글린드가 냉소를 지으면서 검지를 우아하게 까딱거렸다.

가볍게 두 번.

그러자 아무것도 없는 공간에 영상이 나타났다.

내 아르고스(신의 눈)와 같은 원리. 그 영상은 현재 전장의 상황을 비추고 있었다.

그곳에 비친 것은——.

베루글린드 앞에 쓰러진 세 명, 테스타로사, 울티마, 카레라였다. 놀라운 광경이었다.

우리나라에서도 최강 전력으로 불리는 세 명이 단 한 명에게 패배한 것이다.

"말도 안 돼!"

나는 자신도 모르게 중얼거렸다.

영상에선 테스타로사를 비롯한 악마 아가씨들이 다시 일어나고 있었다. 아직 투지를 잃지 않은 것 같았지만, 뒤집을 수 없는 전력차이 앞에서 고전을 강요당하고 있었다.

오래 버틸 수 없다는 것을, 깨달을 수밖에 없었다.

"당신이 믿고 있는 '태초의 악마'들도 제 앞에선 이런 꼴이에요. 신중히 생각하세요. 똑똑한 당신이라면 이해할 거라 생각하지만, 저는 지금 힘을 조절해서 싸워주고 있으니까요."

말하지 않아도 그게 협박이라는 건 이해하고 있었다.

베루글린드가 그럴 마음을 먹는다면 악마 아가씨 3인방 이외의 다른 동료들도 무사하진 않을 거라고.

누구의 의도가 개입한 건지는 모르겠지만, 루드라 쪽은 최대한으로 양보해주고 있었던 것이다.

애초에 가비루 부대도 악마 아가씨들을 도와줄 여유가 없었다. 어느새 전장의 하늘에 비공선이 모습을 드러냈고, 그 이후로 속속 제국의 군대가 참전하고 있었기 때문이다.

지상에서도 콘도가 이끄는 부대가 있었다.

의식 중인 카가리를 제외한 유우키의 동료였던 자들이 드워프의 군대와 싸우고 있었다.

"티어?! 그리고 풋맨까지도?!"

라플라스가 외치는 소리를 듣고 알아차렸지만, 그 골치 아팠던 가면의 마인들까지 적의 편에 가담하고 있었다. 혼전에 가까운 상태였지만, 그 형세는 달갑지 않아 보였다.

상황은 최악.

베니마루로부터 나를 걱정하고 있는 낌새가 전해졌다.

그러나 여기서 내가 굴복할 수는 없었다.

"그쪽이 노리는 게 뭔지는 알고 있어. 베루도라를 동료로 끌어들이려면 나를 공략하는 게 더 쉽기 때문이겠지. 그 녀석은 자유로운 성격이라서, 위에서 명령을 해봤자 절대 따르지 않을 테니까 말이야."

뭐, 내 말은 꽤 잘 들어주지만.

늘 화를 내며 꾸중을 하니까, 날 좀 어렵게 생각하고 있을지도 모르지.

어쨌든 그게 날 끌어들이고 싶은 이유이겠지. 그렇게 생각한 나는 끝까지 루드라의 권유를 거절하기로 했다. 그런 뒤에 다른 타협점을 찾아보려고 했지만──.

"교섭은 바라지 않는다. 예, 아니오. 그것만 분명히 대답해라."

그 말과 함께 선택을 강요받고 말았다.

거절하면 이대로 승산이 적은 싸움으로 돌입하게 될 것이다.

그러나 수락하면 나는 내 의지와는 상관없는 싸움에 몸을 던지게 될 것이다.

그거야말로 자신의 뜻이 아니라 타인의 뜻에 따라, 수많은 희생을 낳는 일이 될 수도 있는 것이다.

"하나의 의지에 통합되어 더욱 좋은 세상을 만든다고 말했지만, 그건 누구라도 웃으면서 살아갈 수 있는 세상인가?"

"뭐라고?"

"전쟁도 없고, 굶을 일이 없어도, 자유의지까지 빼앗긴다면 살아가는 의미도 사라지게 되는 것 아닌가? 네가 하려는 짓은 인간의 가능성을 빼앗는 행위잖아! 그런 점은 제대로 생각해본 거냐고?!"

"가능성이라고? 그런 건 필요 없다. 인간에게 자유를 인정하면, 멸망의 길로 가버릴 수 있다. 그건 나뿐만 아니라 기이의 바람에서도 벗어난 행위지. 그렇다면 올바른 길에서 일탈하지 않도록 관리해줄 자가 필요한 것은 당연하지 않느냐?"

"어느 정도는 이해할 수 있고 부정도 하지 않겠어. 하지만 그 세상에 미소는 존재한단 말이야?!"

내가 하려는 일도 대국적으로 보면 인류의 관리가 되는 것이니까 말이지. 하지만 어느 정도는 인간의 뜻에 맡겨야 한다고 생각한다.

지나친 과보호는 성장의 기회를 앗아가 버릴 것이다.

인간은 생각하는 것보다 강한 존재이며, 처음부터 끝까지 관여할 필요는 없다고 생각하고 싶다.

"미소라고? 무슨 그런 안일한 소리를……. 아무리 희생이 생기더라도 유구한 평화를 위해서라면 어쩔 수 없는 것이다. 그걸 이해하지 못하는 자들을 이끄는데 일일이 허가를 받을 필요는 없지. 찾아올 큰 행복을 위해 어느 정도는 참아야 할 필요가 있을 것이다."

이해가 안 되는 건 아니지만, 역시 받아들일 수 없었다.

루드라가 하려는 짓은 개개인을 보고 있는 게 아니었다. 그건 아무리 생각해도 나의 정의에 반하는 행동인 것 같았다.

"역시 널 따르는 건 무리이겠군. 네가 하려는 짓은 더욱 많은 불행을 뿌리는 것 같거든. 그건 절대 인정할 수 없겠어."

"내가 내민 손을 잡지 않겠다니, 어리석구나."

"어리석어도 괜찮아. 넌 뭘 위해서 왕 노릇을 하는 거지? 위대해지고 싶어서인가? 그렇지 않으면 사치를 부리고 싶은 것뿐인가?"

"무슨 멍청한 소리를 하는 거냐. 당연히 백성을 위해서지."

"거짓말하지 마! 나도 모두를 위해서 마왕이 되었다고 생각하지만, 더욱 많은 사람들이 웃으면서 살아가기를 바라고 있다고. 그야 희생은 생기기 마련이지만, 가능한 한 적게 줄이려고 고심하고 있어. 너처럼 딱 잘라 생각하는 짓은 절대 할 수 없다고!!"

희생 없이 좋은 세상을 만들고 싶지만, 그건 무리다. 애초에 내가 마왕이 되었을 때엔 수많은 희생자를 내고 말았다.

내 입장에서 보면 상대측의 자업자득이며 후회도 없지만, 희생자의 가족이라는 입장에선 그렇게 설명해도 납득할 수 있는 얘기가 아닐 것이다.

그건 내가 안고 가야 할 죄다.

마찬가지로 루드라에게도 가벼이 여겨선 안 될 죄가 있을 것이다.

내 말을 들은 루드라는 한순간이지만 불타는 듯한 시선으로 날 봤다. 그러나 즉시 냉정함을 되찾았는지, "젊군. 그리고 너무 물러"라고 중얼거리면서 나를 봤다.

"루드라?"

"걱정하지 마, 베루글린드. 나도 주책이로군. 오랜만에 뜨거워지고 말았어. 설득에는 실패했지만, 죽이기에는 아깝다는 생각이 들 정도로 말이지."

"나쁜 버릇이에요, 루드라. 저기 있는 유우키도 그렇지만, 당신의 컬렉션은 저로선 이해하기가 어렵다니까요."

우리를 장난감처럼 말하지 마——. 그런 불평을 해주고 싶었지만, 그만뒀다.

그보다 지금은 교섭이 결렬된 이상, 싸움을 대비해야만 했다.

내가 눈짓으로 신호를 주자, 동료들은 모두 만반의 준비를 해놓은 것 같았다. 나와 루드라의 대화중에도 착실히 준비를 진행시키고 있었던 것 같다.

여기서 루드라를 친다.

그렇게 결의하고, 나는 입을 열려고 했다.

하지만.

"하지만 마왕 리무루의 설득에 실패한 건 아쉽군요. 그 아이, 의외로 강해졌더라고요. 제 말에 귀를 기울이지 않으니까 조금 벌을 주려고 생각했는데 말이죠. '병렬존재'를 유지한 상태에선 위압감이 부족하니까 오랜만에 전력을 다해서 싸우기로 하겠어요."

"호오? 설득은 무리였나."

"전혀 말을 들어주지 않네요. 뭐, 그 아이답지만."

나는 자신도 모르게 베루글린드 쪽으로 의식을 돌리고 있었다.

베루도라 쪽이 마음에 걸렸던 것이다.

그 무적의 '폭풍룡'이 질 것이란 생각은 들지 않지만, 상대도 또한 상상을 초월하는 괴물이다. 무슨 일이 일어나도 이상할 게 없으므로 갑자기 걱정이 된 것이다.

"어머나, 그 아이를 걱정하는 건가요? 그렇다면 루드라의 손을 잡아주면 좋겠네요. 그러면 나도 귀여운 남동생을 괴롭히지 않아도 되니까 말이죠."

베루글린드는 또 영상을 공중에 띄웠다.

그곳에 비친 것은 용의 형상으로 부상을 입은 채 싸우는 베루도라의 모습이었다.

"하나 묻고 싶은 게 있었는데, 당신, 어떻게 저 아이를 길들인 거죠?"

"뭐어?"

"어떻게 베루도라를 부릴 수 있었는지 묻고 있는 거예요."

아니, 딱히 부리고 있는 건 아니거든.

"나와 베루도라는 친구야. 단지 그뿐이라고."

"그렇군요. 가르쳐줄 생각이 없단 말이군요. 아쉽군요."

정말로 아쉽다는 듯이 베루글린드가 한숨을 쉬었다.

"그러면 봐주면서 싸울 수가 없겠군요. 그 아이, 마력요소양만큼은 나보다 더 많으니까요."

그렇게 말하자마자, 베루글린드가 사라졌다.

나는 놀라 동요했다.

루드라 일행의 목적이 베루도라를 쓰러트리고 복종시키기 위한 시간을 벌려는 것이라는 건 이해하고 있었다. 그걸 알고 있는 상태에서 상대에 맞춰주고 있었던 것은 우리도 또한 시간을 벌고 있었기 때문이다.

베루글린드의 '병렬존재' 말인데, 무적에 가깝지만 결점도 있었다. 그건 바로 에너지의 고갈이었다.

한 명 한 명을 차례로 제거해나가면 분할된 마력요소를 소모시킬 수가 있다. 즉시 회복하지는 않으니까 전체적으로 약화시킬 수가 있을 것이다.

분할시켜둔 마력요소가 적으면 큰 기술도 쓰지 못한다. 따라서 베루도라가 유리하다고 예상하고 있었는데…….

영상을 보고 판단하건대, 베루글린드의 '병렬존재' 한 명만을 상대로도 베루도라는 완벽히 쓰러트리지 못하는 것 같았다.

그러기는커녕, '영혼의 회랑'을 통해 베루도라의 초조함이 느껴졌다.

공중에 떠 있는 화면 속에서도 테스타로사 일행을 상대하고 있던 베루글린드가 사라졌다. 악마 아가씨 3인방도 열심히 시간을 벌어주었는데, 그것도 쓸데없이 끝난 셈이다.

이건 위험하다고 나는 생각했다.

베루글린드의 힘은 내 예상을 넘어섰다.

우리의 의도를 꿰뚫어 보고, 그걸 비웃으면서 이용하고 있었다니…….

"걱정이 되나? 그럼 이 싸움이 끝난 뒤에 한 번 더 기회를 주기로 하지. 자신의 어리석음을 깨달으면 마음도 바뀔 것이다."

루드라의 목소리가 멀리서 들려오는 것 같았다.

분하지만, 지금의 내가 할 수 있는 것은 없다.

베루글린드가 사라진 지금, 여기서 루드라를 쓰러트려야 할지도 모르지만, 왠지 좋지 않은 예감이 들었다.

그래서 나는 베루글린드의 싸움을 지켜보기로 한 것이다.

베루들린드가 남겨 놓고 간 두 번째 영상 속에서 심홍색의 용이 포효했다.

'용종'끼리 벌이는 세기의 격돌은 지금부터 그 격렬함이 더 강해질 것이다──.

종장

격노

Regarding Reincarnated to Slime

그건 괴수대결전이라고밖에 부를 수 없는 광경이었다.

아니, 농담이 아니었다.

그렇게밖에 말할 수가 없었다.

싸우고 있는 것은 두 드래곤.

형상은 다르지만, 둘 다 거대하다는 점은 같았다.

'작열용' 베루글린드의 본 모습은 너무나도 세련되고 아름다웠다.

베루도라보다 늘씬했고, 대공을 비상하기에 적합할 것 같은 실루엣을 갖고 있었다.

과연 어떤 싸움이 펼쳐질 것인가…….

심야인데도 하늘이 밝았다.

쥬라의 대삼림이 불에 타면서 밤의 장막을 새빨갛게 물들이고 있었다.

수도 '리무루'는 미궁 안으로 피난을 시켜놓았기 때문에 피해는 없었지만, 밖에 그대로 나와 있었다면 흔적도 없이 사라져 버렸을 것이다.

그 증거로, 미궁과 바깥 세계를 연결하는 대문도 파괴되어 있었다. 아마도 미궁의 상층부는 궤멸적인 피해를 입었을 것 같다.

승부는 교착상태에 빠져 있었다.

베루글린드가 '병렬존재'를 해제했기 때문이다.

숲의 참상을 보면 상상할 수 없지만, 그 둘의 힘은 감탄이 나올 정도로 잘 통제되어 있었다. 극대의 에너지끼리 충돌했음에도 불구하고, 너무나 수준 높은 싸움이 벌어지고 있었다.

속도는 호각.

베루도라도 놀랄 만큼 성장해 있었다.

고도로 힘을 제어하여, 초고속 비행을 가능하게 했다. 베루글린드을 상대로 한 걸음도 물러서지 않고 맞싸웠다.

숨어서 몰래 수행하고 있었던 것 같은데, 그 성과가 드러나고 있었다.

지금 본 느낌으로는 베루도라가 약간이지만 압도하고 있었다.

힘의—— 에너지(마력요소)양의 크기만 비교하자면, 베루도라 쪽이 더 컸다. 봉인되어 있던 시기보다 증대했을 뿐만 아니라, 몸에 익힌 기술도 있었다. 그게 이런 결과로 이어져 있었다.

그래도 내 불안은 불식되지 않았다.

왜냐하면 컨트롤(마력제어)은 베루글린드가 좀 더 능숙했기 때문이다. 베루글린드가 베루도라에게 집중한 지금, 승부는 지금부터라고 할 수 있을 것이다.

그건 그렇다고 쳐도——.

루드라의 여유가 마음에 걸렸다.

절대적인 방패가 되어주던 베루글린드가 여기 없는데, 어떻게 그렇게 차분하게 있을 수 있는 걸까?

내 경우는 늘 베루도라를 불러낼 수 있다는 것이 마음의 위안이었다. 어떤 위기상황에서도 베루도라가 있다면 돌파할 수 있을 거라고 생각했다.

루드라는 확실히 강할 것이다.

기이가 인정할 정도의 인물인 데다, 유우키를 별 어려움 없이 지배하고 있는 것도 위협적이었다.

하지만 나도 얼티밋 스킬(궁극능력)을 보유하고 있다. 베니마루에게 했던 것처럼 내가 제어하여 권능을 부여할 수 있는 비기도 있다.

본심을 얘기하자면, 임페리얼 가디언(제국황제 근위기사단)의 서열 상위자들은 위협적인 존재가 되진 않았다.

최상위인 '더블 오 넘버(한 자릿수)'의 다섯 명과 유우키만이 경계해야 할 상대라고 할 수 있었다.

특히 다무라다라는 남자가 위험해 보였지만…….

그러나 쓰러트리지 못할 상대라는 생각은 들지 않았다.

라플라스를 우리 쪽 전력으로 계산하지 않더라도 우리가 유리하게 싸울 수 있을 것 같았다.

그게 내 예상이었지만, 그렇기에 쓸데없이 더 불안이 증폭되었다.

왜 루드라가 불안해하지 않는 건지, 그 점이 의문이었다.

베루글린드에 의지하지 않아도 압도적인 실력차이가 있다고 생각하고 있는 걸까?

하지만 그래도 여기서 모험을 시도해볼 의미는 없을 것이다.

저렇게까지 자신이 있는 이유는 뭐지?

그게 마음에 걸렸지만, 베루도라 쪽의 싸움의 행방도 궁금했다.

베루글린드가 화염공격을 시도했고, 베루도라가 배리어(장벽)

으로 방어했다. 이번에는 베루도라가 반격이라도 하겠다는 듯이 폭풍공격을 날렸지만, 베루글린드는 그걸 회피했다.

엄청난 싸움이었다.

내가 봐도 몸이 떨릴 정도로, 신화의 싸움이 재현되고 있었다.

베루도라가 진심으로 싸우는 모습은 처음 봤지만 상상 이상이었다. 설마 베루도라가 악마 아가씨들을 압도한 베루글린드와 호각으로 싸울 줄이야…….

하지만 생각해보면 당연할지도 모르겠다.

베루도라는 자신의 얼티밋 스킬인 '파우스트(구명지왕)'을 능숙하게 구사하고 있었다. 그렇기 때문에 베루글린드와 비등비등하게 싸울 수 있었던 것이다.

레벨(기량)로는 베루글린드가 위다. 그러나 베루도라의 '파우스트'가 반칙적인 변수였다.

라파엘(지혜지왕)이 가르쳐줬는데, 그 권능은 '확률조작'이라고 한다. 게다가 '진리의 구명(진리지구명, 眞理之究明)'이라고 하는 해석 계열의 최상위 권능도 보유하고 있다고 하는데. 이게 있으면 적의 권능을 즉시 꿰뚫어 보고 적절한 대응을 할 수 있다고 한다.

이해가 되지 않을 정도로 전투에 특화되어 있는 게 아닐까?

솔직히 말해서 '파우스트'를 구사하는 베루도라에게 이길 수 있는 자가 있을까, 라는 고민이 들게 하는 레벨이었다.

그래서 나는 베루도라의 승리를 의심하지 않고 있었던 것이다.

지금도 역시 눈에 보이지 않는 공격을 베루글린드에게 날렸다.

영상으로는 식별조차 불가능했고 베루글린드가 갑자기 대미지를 입은 것으로밖에 보이지 않았다.

하지만 나는 알고 있었다.

방금 그건 베루도라가 만들어낸 필살기의 하나이며, 그 이름은 스톰 파우스트(수속폭풍공격, 收束暴風攻擊)라고 했다. 툭하면 자랑을 했는데, 실제로 직접 보니 감탄이 나왔다.

언뜻 보기엔 의미가 없는 파동을 여러 종류 날린 뒤에 예정된 좌표에서 교차시킨다. 그때 겨우 효과가 발휘되는 것이다.

알아차렸을 때엔 이미 늦다.

왜냐하면 이미 당했으니까, 회피도 방어도 불가능한 것이다.

이것 참, 정말 터무니없는 기술을 개발하고 말았군.

하나하나의 파동에는 의미가 없으니, 보고도 그냥 넘겨버리고 마는 것이다. 정체를 알지 못하면 당할 수밖에 없으며, 맞은 상대를 절대 살려 보내지 않는 필살의 공격이었다.

베루글린드도 스톰 파우스트의 직격을 제대로 받고 있었다. 역시 베루도라는 대단하다고 생각했고, 불안한 마음이 가시는 기분이 들었다.

하지만.

이대로 가면 베루도라의 승리라고 내가 확신한 순간, 사태가 급변하기 시작했다.

그것도 최악의 방향으로——.

갑자기 한 척의 비공선이 전투공역에 모습을 드러냈다.

함수 부분에 다른 자들과는 다른 군복을 입은 남자가 홀로 서 있었다.

콘도 중위였다.

당황하여 또 다른 영상 쪽으로 눈길을 돌리자, 방금 전까지 거기 있었을 콘도 일행의 모습이 보이지 않았다. 베루글린드가 '병렬존재'를 해제한 시점에서 의식은 종료되었던 것이다.

그걸 눈치채지 못할 만큼, 나는 여유가 없었던 모양이다.

《알림. 금기주법 : 버스데이(요사명산)가 완료된 것은 약 1분 전이었습니다.》

겨우 1분, 하지만 1분인가.

그 1분 만에 콘도는 베루도라와 베루글린드가 싸우고 있는 영역까지 온 셈이다.

좋지 않은 예감이 그치질 않았다. 뭘 꾸미고 있는 건지 모르기 때문에, 내겐 있지도 않은 심장이 미친 듯이 두근거리는 것 같은 초조함에 휩싸였다.

그때 비공선의 함수에 또 한 명의 인물이 모습을 드러냈다.

그자는 지금 눈앞에 앉아 있는 남자와 똑같이 생겼는데──.

마사유키……?

아니, 아니야!

"병렬존재──?!"

내가 알아차렸을 때는 이미 늦었다. 그 후에 일어난 일은 말릴 틈도 없이 순식간에 일어난 것이다.

콘도가 오른손에 든 권총으로 베루도라를 쐈다.

최강의 '용종'인 베루도라에게 총탄 따위가 통할 리가 없다. 그런 생각이 머릿속을 스칠 시간도 없이, 총탄이 있을 수 없는 속도

491

로 베루도라의 몸에 파고들었다.

음속이라는 단위를 넘어서 아광속에 도달해 있었다.

베루도라의 몸을 꿰뚫은 탄환은 관통하지 않고 체내에 머물렀다. 그리고 사악한 힘을 해방했다.

괴로워하기 시작하는 베루도라. 원래는 즉시 회복되겠지만, 그 한 순간이 목숨과 관계된다.

영상 속의 루드라가 베루도라를 향해 손을 뻗었다.

"가르쳐주마. 저건 레갈리아 도미니언(왕권발동)이라고 한다. 의지를 가진 자를 전부 지배하는 절대적인 권능이지. '용종'이라고 해도 내 지배에서 벗어날 순 없다는 걸 알아라."

그렇게 말하면서, 루드라는 자리에서 일어났다.

목적은 달성했다는 듯이 이 자리를 떠나려 하고 있었다.

"이봐, 잠깐⋯⋯."

"훗, 그리고 보니 약속했었지. 이젠 너에겐 흥미가 없다만, 내 부하가 되겠다면 새로운 세계를 보여주도록 하겠다."

루드라는 나 같은 건 안중에 없었다.

그리고 보아하니 여기 있는 루드라 쪽이야말로 베루글린드의 '병렬존재'로 만들어진 가짜였던 모양이다. 의식은 공유되어 있지만, 이 녀석을 쓰러뜨려도 의미가 없다는 뜻이다.

나는 처음부터 끝까지 루드라의 손바닥 위에서 놀아난 것이다.

그건 완전한 패배를 의미하고 있었다.

"베루도라를 쉽게 보지 마."

패배를 인정하기 싫어서 억지를 부린다는 것을 자각하면서도, 나는 그렇게 말했다.

그런 내 마음을 전혀 헤아리지 않은 채, 루드라는 잔혹한 사실을 내게 고했다.

"역시 '용종'이로군. 생각했던 것보다 장악하는 데 애를 먹었지만, 겨우 완전한 지배하에 둘 수 있게 되었다."

루드라의 말은 정말이었다.

그 직후, 내 가슴에 고통이 일어났다.

통각무효로조차도 낮게 할 수 없을 것 같은 격렬한 통증.

마치 내 안에서 '영혼'을 붙잡아서 억지로 빼내려는 것 같은──.

《알림. 마스터(주인님)과 개체명 : 베루도라의 '영혼의 회랑'이 파괴되었습니다. 이로 인해 얼티밋 스킬 '베루도라(폭풍지왕)'의 '폭풍룡소환'과 '폭풍룡복원'을 사용하지 못하게 되었습니다.》

내게 알려준 고통의 이유를 듣고 경악했다.

뭐라고?

나한테서 베루도라를 빼앗았다고 말하는 건가?

나한테서…… 베루도라를……?

"웃기지 마, 빌어먹을!!"

나는 그렇게 소리치면서, 루드라를 향해 주먹을 날렸다.

신속── 지금의 내가 낼 수 있는 최고의 속도로.

그러나 루드라는 피하려고도 하지 않았다. 그럴 필요가 없었던 것이다.

내 주먹은 허무하게 허공을 갈랐다.

루드라가 '병렬존재'를 해제했고, 쓸모가 없어진 이쪽 루드라를 지워버린 것이다.

"그게 대답인가? 뭐, 좋다. 원래는 너도 부하로 들이고 싶었다만 아쉽구나. 내 권능도 만능은 아닌 것 같으니, 이 이상의 '지배'도 어려운 것 같고 말이지."

"무슨 소리를——."

"의의 있는 시간을 제공해준 것에 대한 답례로 조금 더 생각할 시간을 주마. 어찌 됐든 이 땅, 몽환요새에 불려온 시점에서 너희는 붙잡혀 있는 셈이다. 자발적으로 항복해주기를 기대하고 있으마."

그런 말을 남긴 뒤에 루드라가 사라졌다.

그 목소리를 신호로, 루드라의 부하들도 '전이'에 의해 사라지기 시작했다.

나는 쫓아갈 마음도 들지 않은 채, 맹렬하기까지 한 상실감과 가열하기까지 한 격노를 맛보고 있었다.

"웃기지 말라고……."

모든 것은 내 방심이 초래한 결과였다.

불시의 기습을 하려고 했다가 그대로 덫에 걸리고 말았다. 라플라스를 경계하고 있었지만, 상대는 그걸 이미 예상한 상태에서 음험한 책략을 짜놓고 있었던 것이다.

루드라의 말을 듣고 알아차릴 것도 없이, 이 땅에 불려온 시점에서 이미 눈치채고 있었다.

이 장소가 왜곡된 격리공간이라는 것을.

탈출하는 것만으로도 힘들 것이다. 그러나 나라면 어떻게든 될 것이다. 그런 생각이 나도 모르는 사이에 방심으로 이어진 것이리라.

신중을 기하고 있다고 생각했지만, 상대 쪽이 한 수 더 위였을 뿐이다. 이건 전쟁이니까 매번 이길 수 있다고 장담할 순 없다.

그런 건 말하지 않더라도 알고 있었다.

"젠장!!"

그렇게 소리치면서 나는 내 볼을 주먹으로 쳤다.

아프지는 않았다. 찢어질 것 같은 마음의 고통만이 더욱 강조될 뿐이었다.

"그만하십시오, 리무루 님!"

시온의 말은 내 귀에 들어오지 않았다.

두 대, 세 대.

그리고 네 번째 주먹을 날리려고 했지만——.

내 뒤에 서 있던 시온이 날 말렸다.

시온만이 아니라, 베니마루와 소우에이, 그리고 디아블로까지. 모두가 당황하면서 나를 붙잡아서 말리려고 했다.

"——미안하다. 머리까지 피가 솟구치고 말았어. 참을성이 없는 건 내 나쁜 버릇이지. 너희가 있어준 덕분에 냉정함을 되찾을 수 있었군."

거짓말이다.

여전히 계속해서 분노가 솟구치고 있었다.

그래도 억지로 격앙된 머릿속을 달래면서, 나는 일어섰다.

분노에 몸을 맡겨 있는 힘을 다해서 때렸지만, 내 얼굴은 여전히 깨끗했다.

시온이랑 베니마루가 반응하기도 전에 라파엘이 직접 막아준 것이다.

나는 모두에게 보호를 받고 있다는 것을 다시 인식하게 되었다.

그렇기에 더더욱 나는 자기 자신을 용서할 수 없을 것 같았다.

상실감을 메우려는 듯이 분노가 멈추지 않고 계속 터져 나왔다.

이 분노의 칼끝을, 어디로 향해야 할 것인가…….

아니, 떠올렸다.

이건 전쟁이었다.

그렇다면 상대를 봐주면서 싸우는 것이 잘못이었다.

그러니까 나도 가지고 있는 모든 힘을 동원하여 상대해줘야 하지 않겠는가.

분풀이?

그럴지도 모르지.

하지만, 그래서 그게 어쨌단 말인가?

제국은 나를 화나게 했다.

그렇게 바란다면 선사해주마.

멸망이라는 이름의 축복을.

어리석은 자들은 내 역린을 건드린 것이다.

나는 여전히 분노한 채로, 평소에는 늘 제어하고 있었던 힘을 해방했다──.

후기

오랜만에 뵙습니다, 후세입니다.

연말에는 인플루엔자에 걸리는 바람에 고생했습니다. 작년 연말이 마감일이었지만, 그 시간을 상당히 오버하는 사태가 벌어지고 말았죠.

마감을 연기해준 담당편집자 I 씨에겐 감사의 말밖엔 드릴 말씀이 없습니다. 다음에는 좀 더 여유를 가질 수 있도록 조금만 더 주의하려고 합니다!

조금만 더 주의한단 말입니까, 라고 물어보는 I 씨의 목소리가 들려올 것 같습니다만, 그건 신경 쓰지 않고 넘어가기로 하죠.

이번 권의 본편은 인터넷 연재분과는 조금 전개가 달라졌습니다. 어떻게 달라졌는지는 자신의 눈으로 확인해주시길 바라며, 드디어 동쪽 제국의 전모가 밝혀지는 식으로 전개되었습니다.

표지에 있는 미녀의 정체는 과연?!

——뭐, 그런 건 대부분의 독자 분께서 알아차리시겠죠.

미인이군요. 다루기 쉬운 어느 드래곤의 누님은.

밋츠바 씨에겐 무리한 요구를 해서, 요염한 색기를 발산할 수 있는 그림에 도전해달라는 부탁을 드렸습니다.

모 만화에 나오는 주인공('GS 미카미 극락대작전(국내명 : 고스트스위퍼)'의 주인공인 '요코시마 타다오(국내명 : 장호동)')의 명언인 '가슴, 엉덩이, 허벅지', 남자의 영원한 꿈인 세 가지 요소가 들어 있습니다. 너무 많이 보여주는 게 아니라 슬쩍 보이는 것이 정말 멋지네요.

이런 걸 치라리즘(보일 듯 말 듯 살짝 드러나는 노출을 가리키는 말)이라고 합니다만—— 아, 얘기가 엇나가고 말았군요.

마감 후에 하이텐션 상태가 되어서 그런 것이니, 지금은 부디 너그러이 봐주십시오.

그런고로 밋츠바 씨, 매번 멋진 일러스트를 그려 주셔서 감사합니다!

그리고 응원해주시는 팬 여러분. 보내주신 팬레터를 통해 많은 격려를 받고 있습니다!

답장을 보내드리고 싶은 마음은 있습니다만, 글쓰기를 귀찮아하는 성격이기도 하고 시간을 낼 수 있을 것 같지도 않습니다. 전부 다 읽은 뒤에 소중히 보관하고 있습니다.

그리고, 그리고 이 작품에 관여해 주신 모든 분들께 감사를 드립니다!

여러분이 보내주신 응원 덕분에 애니메이션 쪽도 2기 제작이 결정되었습니다.

본 작품인 '전생했더니 슬라임이었던 건에 대하여'에 대한 기대를, 원작자로서 절실히 느끼고 있습니다.

여러분에 대한 감사의 마음에 응하기 위해서라도, 더욱 좋은 작품으로 나올 수 있도록 앞으로도 많은 노력을 하고 싶습니다!

그럼 또 뵙도록 하죠~.

재화 재래의 예감

만화: 카와카미 타이키

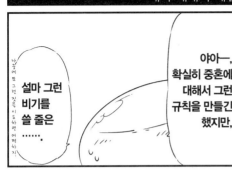

설마 그런 비기를 쓸 줄은……. 나중에 또 그런 짓을 시도하려면 어떡하지!

야아—, 확실히 중혼에 대해서 그런 규칙을 만들긴 했지만,

본편을 다 읽은 후에 보시길 강력하게 권합니다.

※본편의 스포일러를 포함하고 있습니다.

카리스.

마음의 상처까지 깨끗해질 순 없으니까요.

몸은 상처 없이 부활해도,

포비오가 불쌍해서 말이지…….

그렇긴 한데.

상관없잖아. 수라장이 원만하게 수습되었으니까.

그게 무슨 관계가 있어?

그 왜, 제 임시 육체는 그 대요괴의 마핵이었잖 습니까?

위험 하다고?

실제로 지금도 조금 위험합니다.

카리브디스 (폭풍대요와)가 부활하겠에!!

아, 보십시오. 지금도.

사 삭

고오 오오오

포비오 공의 감정에 제 몸이 조금씩 저절로 끌려가는 것 같거든요.

「전생했더니 슬라임이었던 건에 대하여」 카와카미 타이키 작가님의 축전

악마 아가씨
3인방은
최고입니다.

「마물의 나라를 즐기는 법」 오카키리 쇼 작가님의 축전

축 14권!!

후세 작가님,
축하드립니다!

SHIBA
별
2019.

마음에 듭니다.

곤충 커플이

「전생 슬라임 일지」 시바 작가님의 축전

후세 작가님 14권 축하드립니다!

인터넷 연재판과는
다른 전개에
두근거리며
읽고 있습니다!

노口口口

밋쓰바 작가님의
일러스트도 매번
기대하고 있습니다!

수요일의 시리우스에서 연재 중인
'이문 마국에 사는
트리니티'도
잘 부탁드립니다!

『이문 ~마국에 사는 트리니티~』 토노 타에 작가님의 축전

TENSEI SITARA SURAIMU DATTA KEN Vol. 14
©2019 by Fuse
First published in Japan in 2019 by Fuse.
Korean translation rights reserved by Somy Media, Inc.
Under the license from MICRO MAGAZINE, INC Tokyo JAPAN

전생했더니 슬라임이었던 건에 대하여 14

2019년 10월 1일 1판 1쇄 발행
2023년 2월 15일 1판 6쇄 발행

저　　　자 후세
일 러 스 트 밋츠바
옮 긴 이 도영명
발 행 인 유재옥
본 부 장 조병권
담당편집자 정영길
편 집 1팀 김준균 김혜연
편 집 2팀 정영길 조찬희 박치우 정지원
편 집 3팀 오준영 이해빈 이소의
미　　　술 김보라 박민솔
라이츠담당 김정미 맹미영 이승희 이윤서
디 지 털 박상섭 김지연
인쇄제작처 코리아피앤피
발 행 처 ㈜소미미디어
등　　　록 제2015-000008호
주　　　소 서울시 마포구 토정로222, 403호 (신수동, 한국출판콘텐츠센터)
판　　　매 ㈜소미미디어
마 케 팅 한민지 박종욱 최원석 박수진
물　　　류 허석용
전　　　화 편집부 (070)4164-3962, 3963 기획실 (02)567-3388
　　　　　　 판매 및 마케팅 (070)4165-6888, Fax (02)322-7665

ISBN 979-11-6389-909-9 04830
ISBN 979-11-5710-126-9 (세트)